U0596353

沈曾植書信集

沈曾植著作集

一 沈曾植 著 許全勝 整理

中華書局

圖書在版編目（CIP）數據

沈曾植書信集/沈曾植著；許全勝整理. —北京：中華書局，
2021.1（2024.5重印）
（沈曾植著作集）
ISBN 978-7-101-14922-7

Ⅰ.沈… Ⅱ.①沈…②許… Ⅲ.書信集－中國－近代
Ⅳ.I265

中國版本圖書館 CIP 數據核字（2020）第 227166 號

書　　　名	沈曾植書信集
著　　　者	沈曾植
整 理 者	許全勝
叢 書 名	沈曾植著作集
責任編輯	杜艷茹
責任印製	陳麗娜
出版發行	中華書局
	（北京市豐臺區太平橋西里 38 號　100073）
	http://www.zhbc.com.cn
	E-mail：zhbc@zhbc.com.cn
印　　　刷	三河市航遠印刷有限公司
版　　　次	2021 年 1 月第 1 版
	2024 年 5 月第 2 次印刷
規　　　格	開本/920×1250 毫米　1/32
	印張 14⅞　插頁 4　字數 300 千字
印　　　數	1501-2000 冊
國際書號	ISBN 978-7-101-14922-7
定　　　價	88.00 元

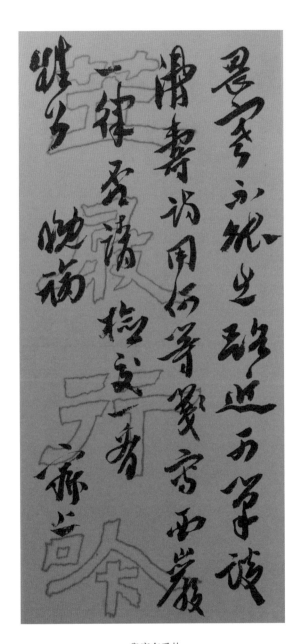

與康有爲札

有要詳呂劇為 過我一談

靜菴先生 盦

與王國維札

與金蓉鏡札

奉懇

代訪事目　　曾植錄呈

近時俄人測繪之内外蒙古地圖　尚有行記及青海西藏

近日中亞細亞詳圖　乾隆以前中亞細亞舊圖　國尤佳

元代蒙古近王地圖　蹯山之庫程汗當在何時并其業示

元太祖取俄地侵與日二國事跡　怗木兒郎世示

道東之克力米亞部四爾羊秋胃蒙覺林部疑即无特康里諸访

閉其種人本末驗其也示　噶尔丹占俄國者又沙事否

媽嘉國疑亩肉奴遺裔土耳其世愛賑而不知常者阿史那氏乎

黜夏斯勃興唐季不知何時氐徽此三程诗与俄文通家完彼中博士編有彼诖笺本末者

與佚名札

目　録

整理凡例

1、本集收録筆者近二十年所見沈曾植書信八百八十首。

2、收信人按姓氏拼音順序排列，後注明函數。僅知上款字號及佚名者排在最後。

3、收信人知其姓、字而不知其名者，其字小一號字體表示，如“金佩三”作“金佩三”。致函多人者，所有人姓名均列出。

4、每封信下皆加案語，説明資料來源、寫作時間，并按年月日順序排列，未能考知年份者排在最後。與佚名書亦以所考時間先後爲序。

5、本集書信已收入拙著《沈曾植年譜長編》（中華書局2007年）者，皆於案語中注明頁碼。《長編》所録書信釋文之訛脱及個别編年考證不確者，皆加訂正，以本編爲准。

6、書信中所涉近代人物，未見於《長編》所附人物小傳者，在案語中略爲增補。代稱、隱語可考者，亦加注釋。

7、書信中譌字及個别通假字後用圓括號( )加注通用正字，補字用方括號[ ]表示，衍文用尖括號< >表示。三角符號△係原稿所有，缺字用□表示。

與曹元弼　二首

一

鄂黌晤教,瞬且十年。世宙日非,度先生憂世之懷,亦且日增悼痛。去歲聞巾車來此,因病不能造謁,曾屬旭莊代致區區。日昨兩荷枉存,又適當瘧發瞑眩之時,不能一承篤論,事與願左,彌益鬱陶。弟病爲間瘧,一暴一寒,隔日搜脂,有身爲患。天幸病魔退舍,敬當函定晤期。汐社、《谷音》,猶望友聲不絕也。東瀛丁祭,禮冠雅樂,聞之病心。肅泐,敬請叔彥先生道安。曾植頓首。初三日。久未見手書,示覆數字彌慰。

【案】此札爲上海崇源 2005 年春拍 Lot239 號拍品。又見《曹元弼友朋書札》(18 頁)。約作於民國元年壬子(1912)。

二

風雨之思,積之彌載。昨蒙枉駕,不獲祗迎,歉悵如何。本擬午後趨謁,如台從惠臨,則十鐘以後掃榻恭候。肅泐,敬請叔彥先生同年大人道安。植頓首。

【案】此札爲上海崇源 2005 年春拍 Lot239 號拍品。作於民國三年甲寅(1914)。

與陳邦懷　一首

奉手教,敬承雅意。小學近罕達者,閣下究心殷契,極所歡迎。書久未至，當是未付郵耶？保之先生箸安。植頓首。

【案】此札見《鐵雲藏龜拾遺坿考釋》卷首。作於民國十年辛酉（1921）後。

與陳邦瑞　一首

久未奉教，馳企。寶瑞臣太夫人八旬壽慶，弢老作壽文，欲得公列銜。原信奉閱，可開示否？此請瑤甫仁兄大人台安。弟曾植頓首。廿五日。

【案】此札今藏上海博物館。作於民國十年辛酉正月二十五日（1921 年 3 月 4 日），參觀《沈曾植年譜長編》499 頁。

與陳漢第　一首

【前缺】自應先告以家忌，請其改期，如不能改，再行辭謝。即由弟作札，兩人名可也。漢弟。乙。

【案】此札爲鄭逸梅舊藏，2019 嘉德春拍 Lot2187 號拍品。

與陳焕章　三首

一

兩奉手書，具悉一是。入都逢此奇變，非意料所及，而實不出意料之外。吾党尊孔本意，在求萬民之治安，非僅一姓之興廢。無君臣則無尊卑，無上下，無秩序，無法律。暴徒昌言軍士服從，是有法律時代之言，今爲無法律時代，無所謂服從。政府非曰曰言法律者乎？而謂之無法律，歷史心理，於此可見。百萬虎狼，競放其無等之欲，以誅求於政府，和平以心競，拂亂以力爭，直無說以禁之。證以今日命令文詞之沘涩依違，可見逆取順守，千古所同。至此猶畏暴徒之口，不敢言君臣，不敢言孔教，其人非不識道理，乃不識利害，不識生死耳。古之操莽，位可繼世，今之操莽，災必及身，戰勝之威，亦瞬息耳。竊人之國，而不能竊其仁義，固必無自全之策、持久之道也。足下若能持此義爲宋硜，則乘此機會，正可昌明孔教；若畏懦不敢昌言，則不如早歸，不談孔教爲得也。吾所以於公臨行，強聒不已者以此，所謂不出意料之外也。爲當道謀，除復辟不足自存，此另一議，是策士之談，不以望公也。公以孔教爲職志，固明明有君臣之學也。而諱言君臣，得免懸驢頭賣馬脯之譏乎？

【案】此札見王益知注釋《沈曾植函稿》，《近代史資料》總35號（87—88頁）。作於民國二年癸丑（1913）。

二

重遠仁兄閣下：頃讀報載《祀天原議》，喪心狂囈，荒謬絕倫。此反對黨極無賴、極惡作之言，而足下坐視不能糾正，足下名譽從此掃地，對世界無以自立，即對政府亦無以自立矣。事已至此，前途已無幾希之望，除潔身引退無他策，除將自己意見不同之議論，大聲疾呼、表白於世以外無他策。如此尊孔配天，是促孔教之亡也。爲公計，止有痛快駁議一篇文字。苟無駁議，足下亦化爲妖人矣。速上書，速登報，速南歸。此問近安。乙泐。

擬電：“報載《祀天原議》，荒謬絕倫，如此嘲弄，公可忍，天不可忍。”請審查。

【案】此札今藏上海博物館。據筆跡、內容及所用“大梁太歲癸丑殷氏”磚文箋，當作於民國二年癸丑（1913）。

三

得手書，知近狀，甚慰。公攜眷入都，背水陣勢，所不能不急者，謀生問題耳。志在孔教，學在財政，此外他題，概可不問。伯玉、平仲皆儒者，善保身名之法，靜對古人，得師匪遠。此請重遠先生侍安。植。

【案】此札今藏上海博物館。作於民國六年丁巳（1917）。

與陳夔龍　二首

一

陽明像聞已在尊處，請勿躊躇，慮攘奪者不久且出也。善化書呈覽，黃氏兩世名德，公當且特別對之。巨然卷小坡品題若何？

文仲關督就之乎？慕韓意乎？京信政客對武人甚喉，黎且用外力以制段，亂不遠矣。子西其導火線乎？兩恕。

【案】此札今藏嘉興博物館，收入《海派代表書法家系列作品集·沈曾植》（87 頁）、《函綿尺素》（45 頁）。作於民國五年丙辰九月末至十月初（1916 年 10 月下旬），參觀《沈曾植年譜長編》431—432 頁。喉，音同“齁”，吳方言詞，意爲生氣。《函綿尺素》釋作“毀”，不確。

二

極寒不能寫字，近復失足跌傷左髀，拙詩草草完卷，奉呈一粲。子勤詩交來已數日，并送上。諸卷想可收齊，馮、陳詩能録副見示否？此請小石尚書吟安。植頓首。

【案】此札爲 2018 北京匡時秋拍 Lot0316 號拍品。作於民國六年丁巳（1917）。

與陳啓泰　一首

前日妄發，誠知越分。顧以此重傷公感情，暴其書於大府，則非植意料所及也。夫其口衆我寡，假如有公所親敬者於此，身當前敵，伏弩伺之，顧公適在其旁，不知將默然避去乎？亦將執干盾爲之捍蔽，且告以矢來之嚮乎？昔也躄足，今之饒舌，惓惓下懷，良無兩意。公既不樂儳言，自今請三緘其口，默盡義務可矣。宸憲於當局苦心深所諳悉，絶不知植有此書，願公察之。肅請廉訪大人崇安。曾植敏上。

【案】此札今藏嘉興博物館，收入《海派代表書法家系列作品集·沈曾植》（89 頁）、《函綿尺素》（36 頁）。作於光緒三十二年丙午（1906）。

與陳衍　十四首

一

綠意　葦灣觀荷簡半塘，是日立秋節也。

澹霞垂鏡，遣碧筩勸酒，聯盤徵令。風約生衣，涼揞輕羅，依舊涉江風景。鬢絲已逐哀蟬化，夢不到、鷺涼漚静。任無邊、水珮風裳，倦眼迷離難醒。　　艇子打波去好，昔遊如夢了，悽斷心影。薏苦難甘，絲拗還連，不轉妙香根性。西來秋色今如此，料前度、雨聲須聽。付沙禽、漫畫紛紛，又近夕陽煙暝。

　　紅情　半塘補此調，僕亦繼聲。

葦間風緒，有亭亭青蓋，爲人起舞。欲采還休，鄭重花身奈何許。幾度窺糚瘦減，又還是、碧雲天暮。念解佩、何處江皋，離合感交甫。　　凝佇。堤前路。儘水静香圓，葉深魚聚。冰絃漫撫。一葉驚秋幨回顧。三十六陂南北，紈扇上、斷煙零雨。鼓枻遠，重騁望，延緣誰語。

　　録丙申舊詞，奉爲石遺仁兄一笑。東湖庵主。

　　【案】此札今藏上海圖書館。作於光緒二十四年戊戌（1898）。《緑意》、《紅情》即姜白石所製《疏影》、《暗香》二調。此札《緑意》一首，《曼陀羅龕詞》題作“《疏影》”，用字頗有不同。《紅情》一首失載。

　　　　　　　　　二

　　客甚少，還請惠臨一談。公意畏酒，請備加非以待，必勿再辭，至盼。石遺仁兄大人。植頓首。

　　【案】此札今藏上海圖書館。約作於光緒二十四年戊戌（1898）。

　　　　　　　　　三

　　聞閣下體中不適，未知今日已勿藥否？弟復苦喉痛，甚無俚。局中《萬國公報》云在尊處，三月以後假我一觀。
此請石遺仁兄大人午安。弟制植稽顙。廿八日。

　　【案】此札今藏上海圖書館。約作於光緒二十四戊戌
（1898）。

四

行篋喜線有此，固亦合宜，謝謝。客可同來園乎？閣
內甚盼。石遺仁兄大人。植。

　　【案】此札今藏上海圖書館。光緒二十五年己亥（1899）沈
曾植居武昌城南水陸街姚園，此札蓋作於是年。

五

孤雲與寒石，郢路偶相將。老斲知輪苦，新硎得刃藏。
芥根菘葉味，寒月大堤旁。畫出陳居士，披披布衲涼。奉
呈石遺先生。植。十月十四日。

　　【案】此札今藏上海圖書館。作於光緒二十五年己亥十月
十四日（1899 年 11 月 16 日），參觀《沈曾植年譜長編》219 頁。

六

陸集廿册、張集十册奉覽。昨遊勞苦備嘗，然今日仍
猶勉强可支，意回味當在明後日耶？公體操詩，黃鶴上頭，
凡筆安得再吐也？石遺仁兄大人台安。弟植頓首。臘前
一日。

　　【案】此札今藏上海圖書館。作於光緒二十五己亥十
二月七日（1900 年 1 月 7 日），參觀《沈曾植年譜長編》220 頁。

七

患何恙？極馳念，能對客否？《宋詩鈔》三十一册奉
繳，梅詩能檢得，致佳事也。此請石遺仁兄大人午安。植
頓首。十三日。

【案】此札今藏上海圖書館。作於光緒二十五己亥(1899)。

八

答石遺

浩劫微生聚散看，空江老眼對辛酸。河山落日滄浪
色，兄弟危時冗散官。腸繞薊門通夢遠，石窮滇海化禽難。
邗江鄂渚書郵返，疊鼓鳴笳燭淚殘。乙僧。

【案】此札今藏上海圖書館。作於光緒二十六年庚子五月
末(1900年6月)，參觀《沈曾植年譜長編》229頁。

九

石遺仁兄大人閣下：得第一書及惠詩，即和一章，由太
夷信寄上，計日應達覽。而第二書來，尚未接到，何耶？比
惟眠食多宜，潭祺萃吉爲頌。令兄近有信否？宦況若何？
世兄已南來否？在此見吴蔚若，云沿途辦差，一切如常，然
則直隷州縣情形，或尚不至十分狼藉。惟與拳遇須敏頭，
忤即不免，亦須爲辦差，此難堪耳。羅紹耕以敏頭稍遲幾
被屠，京中許竹篔、那清軒亦受此辱，舉隅可思矣。舍弟仍
無消息，電信殆皆不能達，憂悶不可狀。六章致佳，彼此共
此況味，而弟不知何日始能和也。暑熱復多病，動即頭眩。

聞滬上近多北來，明日擬到彼一探。惠信仍望寄揚。<small>鄂中近有舉措，便示一二。</small>此請箸安。<small>見季立兄致候。</small>弟植頓首。六月廿三日。

【案】此札爲 2006 上海嘉泰春拍 Lot1319 號拍品。作於光緒二十六年庚子六月二十三日（1900 年 7 月 19 日），參觀《沈曾植年譜長編》230 頁。

十

石遺仁兄先生閣下：頃由郵局遞到去月廿一日手書，知弟上月復書尚未達到，何遲緩乃爾。云同叔尚困重闈，又云明日與同叔一醉，語殊不解。當是同叔發榜後尚住闈中耶？鄂不得脫無碍，長安則頗望公來，來後亦不勸公久住也。士可特科，吳興摺定初七上。曾慕陶所保，大學堂所聘，皆湘人同名者耳。辰案潰敗至此，極不可解。忽忽先泐數行，即請箸安。不盡。植。初三日。

【案】此札今藏上海圖書館。作於光緒二十八年壬寅十月三日（1902 年 11 月 2 日），參觀《沈曾植年譜長編》276—277 頁。

十一

石遺仁兄大人如面：新歲忽奉手書，如獲異珍，摩挲不已。久不知先生蹤跡，乃尚在花堤耶？去夏在揚寄兩信，<small>樊時勛處。</small>到江寄一信，<small>商務報館。</small>皆郵局原件交回，詢諸舍弟，亦無答語。從他處輾轉傳來，云舍七姪結媾閩陳氏，懸揣當是公家，而又不成，真可怪笑。舍弟書絕口不及家事，一出國門，便如異域，可悵慨也。

此間繁遽（劇）不可耐，思謀一息肩之地，未知下半歲能如願否？若長此僕僕，終當借五遁脫身耳。署有荒園，有樓可眺遠，巨樟百年物，美蔭可愛，徘徊其下，時作癡狂哲學。毗邪杜口而淵默雷聲，閣下果能偕士可一來發我狂言乎？南皮歸鄂，東傳彌甚，及其未來，曷圖之。得書必覆我。敬叩道安。不具。白飯青芻，掃徑以待，盼盼。先惠信，[遣]人九江迎。植。十二日。

【案】此札今藏上海圖書館。作於光緒三十年甲辰正月十二日（1904年2月27日），參觀《沈曾植年譜長編》309頁。

十二

石遺先生仁兄大人閣下：得十九書，敬承一是。寄滬一書，昨已由王我臧遞來矣。信言譯人包譯，諒是葉君，每月二萬字二十元，謹如命。書於日內寄上，既以千字乙元計，能多出尤好。在鄂兼差，所得幾何？如有與相當者，能來江否？公開歲入都，尚能紆道過我否？世兄事不復提，當是知我局促，曲加體諒耶？洋款若到，或少舒展，第學乖，語不便耳。詩叙亟思報効，有則三日內必寄，過五日即難言矣。詩集乞速賜。泐請箸安，並賀年禧。植。廿五日。

【案】此札今藏上海圖書館。作於光緒三十一年乙巳十二月二十五日（1906年1月19日），參觀《沈曾植年譜長編》315頁。

十三

石遺先生仁兄閣下：去月奉手書，知公尚在鄂，喜出望外，初意直憂公之入山深而入林密也。弟忽由政界而入學界，夢想所不到，且喜得脱離南昌，然終不若廣信之優遊卒歲爲可樂也。今夏熱甚，面生瘡疥，如在鄂第一年，困甚。署臬三十五日，甚不爲州縣社會所喜，所遇皆然，無一可者。愛滄來，耳目爲一新，惜身又將去，不得盡觀其長處也。要之，西江腐敗之氣，此公可略爲蕩滌。

抱冰七旬大慶，公壽詩古體乎？近體乎？伯嚴五古六十韻，良爲健者，遂勒諸人同作長古，乃虐政也。相見匪遙，先此馳佈。即頌箸安。植。七月十四日。

【案】此札今藏上海圖書館。作於光緒三十二年丙午七月十四日（1906 年 9 月 2 日），參觀《沈曾植年譜長編》318 頁。

十四

老去隨緣覓故心，電光石火未消沉。何年亭角陳居士，末日扁舟李翰林。　嘲齁睡，罷閒吟。四更山月照披襟。誰將識浪掀言海，政爾喧朝有寂音。

井谷夜坐，諷石遺詩，賦小詞答之，調寄鷓鴣天。餘翁。

【案】此札今藏上海圖書館。作於民國七年戊午十月（1918 年 11 月），參觀《沈曾植年譜長編》472 頁。此詞《曼陀羅㝩詞》失載。

與陳毅　一首

前日到此，假寓紗局商報館，三五日即擬東歸。閣下得暇，希枉顧一談爲盼。士可仁兄閣下。植頓首。十六日。

【案】此札今藏上海博物館。作於光緒二十六年庚子五月十六日（1900 年 6 月 12 日），參觀《沈曾植年譜長編》228 頁。

與程朝儀　三首

一

久儗裁箋啟候，猥以庶政殷繁，期會迫卒，未克常奉教言，良用歉仄。伏維興居綏福，祇符心祝。方今歐風東漸，漢道式微。學子承流，寖忘夏大。朝廷廣甄學説，慨念古微。鑒埃及之古文，緬河間之故事，特詔海内，建設存古學堂。期年以來，次第興舉。

安徽爲國朝斯文樞紐，熙雍之相業文章，乾嘉之經師碩學，軍興接踵。又復奄有兼長，名門大家，光照史宬，中原文獻，北斗在兹。於古言存，視他邦爲尤亟亟也。而足下者，著作等身，邱園養望，撫江山之文藻，顧儒胄之莘祁。周情孔思，亮殷素抱。

學堂橫舍，暑假後當可就緒。植等深惟教旨，博採輿評。監督一席，非足下莫稱斯選。繼鄉前哲婺源之遺徽，續令先德伊川之道緒。潛山鳩水，引領同深。謹掃除瓊席,屏息以待,不勝欽佩之至。專肅,祗請道安,惟希亮詧。
教弟沈曾植、吳同甲頓首。

【案】此札見《徵君程抑齋先生年譜》宣統二年庚戌條。作
於庚戌四月(1910 年 5 月),參觀《沈曾植年譜長編》341—
342 頁。

二

敬再啟者。曾植違奉芝顏,眴經兩載,緬尋馨欬,無任
依馳。去歲世兄來省,敬稔道履康和,神明澹定,竊欣山
斗,慰我民瞻。比屬方振民君,以存古事私詢門下,頗聞巾
車或可近遊,而學林彌殷親炙。茲事保存一綫,鄙見以《程
氏讀書日程》爲藍本,取各學堂學生國文程度優勝者,聚而教
之,有研究而無課本,有指授而無講解,取外國大學高等教
法,而不取中學以下普通教法,庶於存古二字本意略有徑途。
省中諸君,如姚如馬,皆贊此意,所冀杖履惠來主持茲事,皖
省之幸,抑非獨皖一省之幸矣。大箸擬印刻數種,以公當世。
俗言日盛,至言不出,區區之懷,亦略冀存十一於千百耳。所
懷甚多,非侍坐不能面罄。吳棣翁同此欽欽,幸不鄙教之,至
盻。專泐,并請道安。曾植頓首。四月初五日。

【案】此札見《徵君程抑齋先生年譜》宣統二年庚戌條。作
於庚戌四月五日(1910 年 5 月 13 日),參觀《沈曾植年譜長
編》342—343 頁。

三

昨奉手教,竟夕彷徨。此校藉德望以主持,先生倘有

遐心，全局將憂渙散。三伏炎蒸，舟車非便，清恙謂宜静
攝，切勿以瑣事縈懷，兹儒林公言，微棣、植之區區也。專
泐，敬請頤安。抑齋先生容丈。六月念二日。

【案】此札見《微君程抑齋先生年譜》宣統二年庚戌條。作
於庚戌六月二十二日（1910 年 7 月 28 日），參觀《沈曾植年譜
長編》347—348 頁。

與丁立鈞　二十八首

一

趨曹

長衢何廣廣，日曉斂餘寒。負擔霜何早，披裘老未安。
馭微東野習，出有北門歎。薄晚回車去，蕭條著小冠。

旳旳霜盈瓦，團團樹蔭堰。過曹傳鵲喜，加飯念漚飢。
更惜人情舊，相從拙政宜。白頭歌爾汝，囊底了無奇。

漁釣平生願，郎潛智者蹤。何情偕醉飽，翻是示從容。
軫篋書遮眼，城隅日下春。長安多父老，賤子去安從。

應譯署試日作

倦鳥投林豈識枝，請從成相爲弦詩。傾身一飽談何
易，作調千年事可知。濠上故人勞呴沫，瑯琊書訓説詅癡。
天涯儉歲煩相報，未是貧兒擇禄時。

答樊雲門大令次韻

散帙披襟各見真，王先兒後總非倫。敢當洛下能言
士，永憶江南最好春。寒意漸回天際雪，風懷相惜坐閒人。

煙雲供養圖篇集，解治昇平是幸民。

　　簡可莊

　　第一江山在部中，官齋坐嘯稱清雄。由來汲鄭中朝議，得及龔黃守郡功。天禄遽收縶跡遠，焦巖親諗石書工。知君無薄淮陽意，千里疲旽待惠風。

　　　　近作數首録奉叔衡三兄教正。曾植寫上。

　　賤子起孤露，籀經懵無知。被蒙母氏教，粗識詩言持。浮浪三十年，蓬心謇言詞。分隨斥鷃翔，焉偶長離姿。同榜多儁豪，黃陳見阿私。謂言解尺牘，乃復夸歌辭。正爾逃虛心，似人理不遺。趙女蹀利屐，執屑壽陵訾。丁侯雛誦孫，名理默自怡。明鏡鑑秋豪，各各識所之。才性論所盡，山水情方滋。胡然讐言信，冠此沐猴爲？盲者不忘睐，扣槃即爲嗤。好兒樂喑啞，何責烏烏爲？鹽石苦洗鍊，璧琼有瑕疵。方當十年學，佐以七日思。稱子期待心，博我轉益師。報玖良願言，摘果會有時。儀天終一發，數齒無嫌遲。讕語相拉枝，笑乎君意夷。

　　植於詩家頗嘗觀其指要，顧才不逮意，有所作輒不存稿，徒以酬贈答、代煩舌而已。叔衡三兄同年猥以佳紙索書，敬以情告，而繼有詩來，督取彌峻，乃步原韻奉呈。子培録上。

　　【案】此札今藏上海圖書館。作於光緒十六年庚寅十一月二十日（1890 年 12 月 31 日），參觀《沈曾植年譜長編》129—130 頁。

　　　　　　　　二

　　叔衡三兄同年出示所藏名蹟，歸賦四詩，録奉笑覽。

王元照仿黃鶴山樵溪山仙館圖

苔磧鬇髟石觙跂，謖謖松花吹滿地。是中有徑絕無人，兔迹麕躓劣蹠跊。陰壑澟泉倏轉雷，陽崖壑厂危縣甀。幽人一去不知年，上有非煙暈丹翠，下有偃蹇仡儗之長松。樅身栝葉芝栭容，鱗之皵皴牙角童。仙蝠老蝠潛形蹤，寓生女蘿實唐蒙，白日蔓蔚元雲封。仰際屛管目精絕，劃然大壁掀當中。巨靈胡冠角閶風，堂防密盛名無從，迥絕上與天臺通。人間局促何處得此境，祇應真形五嶽蟠心嵓，丹青一往參元功。著吾高顛鹿盧蹻，下視萬世塵夢夢。廉州老仙相家子，少著朝冠老隱几。閱世看山不殊似，寫山非山水非水，古意今情蕩豪紙。吳興之甥倘無是，茗柯理極偶然耳。丁侯瓻畫說畫旨，我習書評畫能起。明窗離坐鉼笙沸，長卷展完言有斐，罷际高弧日傾晷。

王石谷仿江貫道山水

畫史由來非俗士，冥觀洞古成殊藝。世閒不見宋元君，盤礴誰能賞元致。此是王翬老去工，南唐北宋嗟嗞是。實處爲山虛處水，騎宕煙雲入藤紙。江南三月草如煙，茶塢漁莊盡清麗。坡陀盡處天空明，林表疑有澂湖橫。山長水遠驪不見，高樓日莫心怦怦。散地盤紆起形防，晴光下映成宥突。藤梢橘刺極蒙籠，鼠尾丁頭取孏密。貫道本是南州人，金陵山水情所親。千載王郎起江國，妙契神明得繩墨。筆界南宗有轉師，巒形北苑非常得。要將習尚迴波靡，特起精能示鉤勒。尋常競賞豪端巧，大智還蘄學人識。嗚呼察擬有妙非言傳，鑒評過眼還雲煙。渺然末法今誰起，寂寞塵寰二百年。

唐子畏雪景

虛室夜生白，千巖静天光。嵯峨沈寥極，視聽皆茫茫。逸士臥敝廬，枯禪守空鄉。甯知天地閉，肝膈惟清涼。愛此萬法俱，了無一邱當。作圖彼云何，非聖焉知狂。

趙吴興鷗波亭圖

鷗波亭上佳公子，絕代丹青發清麗。淵源不到宋遺民，大雅能窺唐畫史。下雪清苔滿意春，管公樓對比肩人。還將平遠溪山意，消取滄桑異代身。

庚寅祀竈後一日，曾植録稿。

【案】此札今藏上海圖書館。作於光緒十六年庚寅十二月二十四日（1891年2月2日），參觀《沈曾植年譜長編》136頁。

三

能止止之，不能而後用鄙議。篤論佩服，第未知叔喬願止否？此層我輩亦不能留意。復上恒公。名心叩。廿九。

又霞處已無味，洪謀聯銜，則幾於謬矣。叔喬不阻，所不解也。

【案】此札今藏上海圖書館。作於光緒二十一年乙未（1895）。

四

喬更望熟商，勿致痕跡。半唐不可止，則宜以前議告之，復頌箸安。名心叩。喬不著意，殊不可解。三十日。

【案】此札今藏上海圖書館。作於光緒二十一年乙未（1895）。

五

頃陳次亮來談，所聞殊令人不樂。晚康招飲，有公否？懇事能即得乃佳，促促如此，諒高明所不料也。意園允爲任君作書，并聞。即頌晡安。弟植頓首。十五日。

【案】此札今藏上海圖書館。約作於光緒二十一年乙未七月十五日（1895 年 9 月 3 日）。

六

請先將練兵作一文字，再與太夷商定，如何？陸軍擬分京旗、南、北洋、粵、滇、蜀六枝，此意可用否？來稿先繳。此請蓋安。弟名心叩。

【案】此札今藏上海圖書館。作於光緒二十一年乙未九月十七日（1895 年 11 月 3 日），參觀《沈曾植年譜長編》176—177 頁。

七

恒齋三兄同年大人左右：去臘接奉手書，備承一切。新歲復由筱丈處遞到一緘，連得兩書，快同面晤。長箋於簿領倥傯之餘，指事述情，從容曲暢，尤足見遊刃有餘之致。騰聲蜚實，驤首以睎，蘭陵儒效，知必有以光吾黨也。獻歲發春，敬惟履祉延釐，勳猷枨晉，闔潭多福，慰如臆祝。

琅琊土俗，頗見於劉氏之書，積惰成驕，諒非一日，求爲弭盜，莫若富民。齊俗矜誇，誦言健吏，向嘗疑其窬言匪實，得閣下身親勘驗之言，益信俗吏之術無關實政也。海濱小港，無當於海防，而可以拓商路，儻導以舟楫之利，或亦富民一術有可以藉手者乎？

後書筆墨敷腴，度體中當已頤養復常。江湖魏闕，意緒紛來，敬當逐條詳對，顧恐披閱之餘，又損公一夕佳眠耳。樞事閟不可知，南屋之談，或謂河間肅穆，苦縣激昂；或稱天德方滋，鬐公日絀。道聽塗說，未敢質言。就迹觀之，則善善不用，惡惡不去，其於用人也則然。思古徒托幽情，圖新衹採俗論，其行政也則然。

銀行棄諸家之說，獨用孝章，不過爲各埠增一阜康，并不能抗滙豐，何關國計？舉此一端，餘可隅反矣。譯則合肥歸後頗思包攬把持，力擠南海，欲出之使俄國，南海以計自脫，而兼并之志未嘗忘也。合肥耄而逾躁，兔園册子惟恃羅稷臣，羅既遠行，此老臨文遂無一字，持論庸鈍，不異中朝諸老，不惟不及筱丈精辨，亦且不如南海機敏，諸老乃群然以洋務推之，笑矣乎！

交涉他無新異，惟滇粵間事，枝生蔓引，未有窮期。法得計，英有責言；英得計，法思進步。西江商約，陰計多端，一不能有所防制。楊虞裳自謂奇功，諸公亦曾不略微留意，國皆失日，其此謂歟！英約畫而法議起，懸計西南鐵路成效當不減東北耳。以上皆正月所書，以事中止。

京察惟庚辰最盛，亦惟庚辰不記者獨多。秋曹去四人，三庚辰；農曹去二，皆庚辰；水曹去一人，亦庚辰。餘波所及，尚有復帶之桂卿。於是知公之簡放，真爲難能可貴之遭逢，昔以兄不得觀察爲憾，今乃知一麾猶徼倖也。總計全數，滿得三分二，漢得三分一。此時牧守，他日公卿，嘗戲謂捧檄諸公，當稍通豐鎬語言，異日憲僚需用正廣耳。

弟之身計，漠然無朕，精力日弊，息肩無日，悶極輒思吾叔度，亦能以千里音書代籌仕止乎？館事大率由舊，各省圖初稿已齊，惟覆看尚須三四月。子脩意興不佳，采臣研研，弟間一到，嫥以調停爲主，若諸事應手，秋冬之間不難進呈，第祝蓋臣早放，一切彌有益耳。又霞數同遊晏（宴），文興未衰，而擇言頗慎。褚、張寂寂，張今夏截取，亦到班矣。宋芝洞鋒出穎露，其交遊惜多淺人，將來未卜何如。

館中極安静，臺一變而守舊，至謂畝捐可行，雖釐金亦可計度總帳，攤入田畝并征，何恨於農？何德於商？議論怪變至此。兄親歷外任，聽之得無駭怪乎？叔樵意興亦淡，黃公度之事，最足使英雄短氣、志士灰氣者已。江南士議，張、鄭爲一家，汪、梁爲一家，取舍不同，作用乃不能有異。星海、禮卿合辦自强於鄂，積微造微，海内亦衹此數處。

關中之劉遥相應和，其人有李剛主風，顧值此閉隱消沮之時，智慧鎡基，衹益苦惱，如何如何。李中丞誠健者，惜其强力用以戢暴，不肯稍分數成以興學也。太原懆惰，非復常情，外間謂之驕貪，此即（節）又無由考實。近事惟某貝勒之革極爲風厲，其人至尊僚壻，城内之論，咸以爲抗法伯禽也。尊紀即行，忽忽布此，不盡怲怲。敬頌蓋安，并祝潭福。不具。年小弟植頓首。三月廿二夜四鼓。

【案】此札今藏上海圖書館。作於光緒二十三年丁酉正月間及三月二十二日（1897年4月23日），參觀《沈曾植年譜長

編》188—189 頁。筱丈即徐用儀（1826—1900，號筱雲）。羅
稷臣即羅豐祿（1850—1903），時任駐英兼意、比三國公使。楊
宜治（1846—1898），字虞裳，四川成都人。同治六年（1867）舉
人。歷任內閣中書、總理衙門章京、起居注主事、刑部員外郎、
記名御史、刑部郎中，光緒二十、二十一年（1894—1895）隨王
之春出使俄國，著有《俄程日記》。又霞即王鵬運（1849—
1904，字佑遐、幼霞）。李中丞，陝西按察使李有棻（1842—
1907）。某貝勒之革，指多羅貝勒愛新覺羅·載澍為光緒鳴不
平而觸怒慈禧被革職。"抗法伯禽"見《禮記·文王世子》，所
謂"抗世子法於伯禽……成王有過，則撻伯禽"，用典頗切。

八

　　恒齋三兄同年左右：十月間接奉唁牋，副以厚賻。隆
儀摯愛，摧咽莫名。敬告几筵，用章仁賜。顧以草土殘喘，
未克即時答，縈縈馳繫，念與時積。今日復奉手教，敬承動
定安和、闈潭萃吉。書中垂念棘人，詳詢近狀，苴斬餘生，
罔知所對。棘人侍奉無狀，天降鞠凶，變起倉卒，呼搶靡
訴。追溯自有知識以來，吾母之拮据恩勤，惻怛辛勞，鏤心
怵目。微官薄祿，曾未盡一日返哺之心。屈曲此間，黽勉
朝夕，妄冀邀恩捧檄，稍遂烏私。誠薄志漓，未能感格，昊
天不惠，酷毒逮茲，嗚呼痛哉！

　　病之初起，醫者咸視為陰虛發熱，進常服養陰之劑，熱
亦即退，退一日復至，再進復退。至第五日，忽發大熱，養
陰重劑不復應，乃審知為時症。桂卿諸君咸甚皇皇，謂高
年重症不易當，不意改投小劑人參白虎，當夜即得汗解，諸

君咸大喜過望,謂再服調理數劑可以復元矣。不意間日之後,脈象驟變,手足厥冷,逆象迭出。衆議紛歧,或主熱,或主涼,或謂清餘熱,或謂復元氣,天奪之魄,莫能自決。不得已,姑用復脈一法,竟無寸效。嗚呼痛哉!病之初見在廿一,大熱發廿五,汗解在廿六夜,脈變在廿七夜,大故在廿八夜。疾風驟雨,地坼天傾,并不及博求方法,竭盡心力,痛定思痛,若夢若狂,天地罪人,何心斯世。嗚呼!尚何言哉!尚何言哉!

　　遭變以來,家徒四壁,幸藉師友之力,人情摯厚,得以粗完局面。企及禮文,而不肖孱軀,災疢牽纏,又幾以疾不勝喪,貽虞殞越。民莫不穀,我獨何害。哀哉!現定以明歲開河航海南返,年向如利,安葬當在冬間。詢諸更事之人,僉謂自遭變以至安葬,中人之家,非三千金不辦。_{彝叔云實然。}舍間在京日久,歸時共有四棺,此較他人爲難,而祖塋本有穴地,則較他人略易。刻已用及千金,逆計歸匶辦葬,自必在千金以外。南歸後不能廬墓,麥舟之助,仍將謀之四方。植已應南皮之招,_{館脩歲千金。}湘中亦見招,請以封代,未知能_{如願否也。}五弟尚未有定向,謀館之難,不殊謀缺,可歎息也。

　　兄右體尚未痊,繫念殊不能去懷,以年而論,似不應爾。或恐齊無良醫,曷飭人錄所服之方及諸脈案,隨時寄示,質之此間高手如何?夏間曾爲兄遍繙群籍,顧不知詳狀,亦無由以決去取。希覆:脈象數否?胃納壯否?二便若何?皆爲緊要關節。若勞則加甚,用心加甚,則是致病之由。所懸擬而可得者,僅服養陰之劑,猶恐不足濟事。病以春得,若得良方,迎春氣治之,當有速效,恨無由爲兄致陳蓮舫也。

承詢膠澳之事，此事近歸密辦，章京自一二要人外，均不得其詳。或云將定密約，此甚似。或云與俄密議。此或未然。大約海城革職不能免，樞師力為海城設法，高理臣奏膠澳不可許，又奏海城不可廢棄，又覆奏鐵路畀德非便，均存。東省鐵路礦務不能不許，賠款或可減輕，州縣亦恐有罣誤者。泊船地大約取之於閩，或曰廈門，或曰三都島，在福州口，極要。尚須聽德廷之信。膠澳理不久據，亦未知能否即還。此舉大悖公法，開從來未有之奇，說者謂為分裂入手之著，誠不敢為謂誕妄。日本日開議院，英人漸展文機。裕朗西電有索大連灣之說，此間尚未宣。總之，德事即了，許電外部有善語。相因而起者必不能免。日異月不同，未知稅駕何所耳。

德人開礮之報，聖上臨朝痛哭，西聖亦復汍瀾，惟吾王度蕭穆不改。德事未發前一月，瑞典公使私於合肥曰：“分裂之事將動矣，公為大臣，宜以入告。”合肥謝之，則再三請見王，王不得已見之。使舉前詞，笑曰：“何至是？”使曰：“事且動，我小國無所利，故以奔告；彼有所利者，固不告也。”又笑曰：“自有辦法，無勞繫懷。”舉茶送之，不得盡其辭而去。西人議此三年，一切均有成竹，持滿而發，發必應弦，雖使畢斯瑪克處此，亦將枯窘無策，況今日視爾夢夢者。惟先事可作騰挪，而我王無事時深惡人之多事；惟閑處可為布置，而我王有益語一概視為無益。束手待斃，甘之如飴，氣運使然，奈之何哉！

海城行徑似葉漢陽，物望所存，清流不敢以所行為是，亦不敢遽議其非。至章鎮膠州，則談者類多戟手，事定處分，正難言耳。譯署僅知不宜戰，臺議僅知不戰亦非了局，若何而可,舉國惘然。康長素近復入都,頗欲以談鋒鼓動朝士,亦似虛衷以聽者。然近歲以來,臺中尚攻訐,絀條陳,風習已成,殆難遽挽回,江河日下,尚不知明年何狀矣。

事至今日,火已燃眉,和戰二字均須撇開。紓外患只有講邦交之學,圖自强只有講內治之學,不惟乾嘉緰綷爲陳言,惟(雖)咸同章奏亦爲宿物,自非一新壁壘,無以易彼觀聽。變法二字,終不可諱,顧吾曹力不能濟耳。時乎,時乎,爲日諒亦非久,第大臣乖離,黨軋日以益深,竊有隱憂,不在顓臾,冀斯言之不讎則幸已。

東省兵械俱無,決無辦法。琅琊福地,公可無憂。教案一節,記公出都議論,早已智珠在握。海城受累,正在此竅不通耳。示禁西學,何爲乎? 京兆電來,聞諸公似有謂其不了事者。海城固不能有二,非邯鄲所可學者也。此上半係傳聞,不必遽作實語看。

圖上周、秦任總纂,志菴署提,事多雜糅,總裁無不思念仲弢,然渠已請假隨侍還鄉,非開河不能來也。叔嶠得額外幫總纂,住伏魔寺繆小山故居。伯唐傳到尚遠,劇有去志。伯兮罕得見,興致如常,館中擬開保,公意若何,電示最好。姑開以道員在任記名,請旨簡放並加二品銜如何? 寫此信已兩日,至此心中怔忡遽作,近不能多看書握管,甚苦。不復能繼矣。敬請頤安,並候潭祉。冬月廿二日酉正。棘人曾植稽顙敬上。

【案】此札今藏上海圖書館。作於光緒二十三年丁酉十一月二十二日(1897 年 12 月 15 日),參觀《沈曾植年譜長編》192—193 頁。高理臣,即高燮曾(1841—1917)。裕朗西,即裕

庚(?—1905)。海城,謂山東巡撫李秉衡(1830—1900)。章
鎮,謂登州鎮總兵章高元(1843—1913)。秦即秦樹聲(1861—
1926),光緒十七年(1891)充會典館圖上纂修官,二十三年
(1897)補總纂官。志菴即羅文彬(1845—1903),字質安,一作
植菴,號香草園主人。貴州貴築人。同治十年(1871)進士。
歷官會典館畫圖處纂修、鑄印局員外郎、司務廳掌印、主客司
掌印、會典館畫圖處幫總纂、祠祭司掌印、會典館畫圖處總纂。
光緒二十三年(1897)十一月,充會典館畫圖處幫提調官。著
有《援黔録》、《香草園集》、《香草園日記》等。

九

　　恒齋三兄同年大人閣下:歲底接奉手書,娓娓千言,機
神完暢,別紙録示前後脈案,尤復字句詳確。公病由心氣
之傷,傷後猶能如此,此可爲康復預證。閱後怊悵,又增忻
慰者也。

　　獻歲發春,伏惟起居增勝,潭慶駢臻。陳盛章述兄臥
治情狀,病困如此,而諸事仍不能不經心料理,此誠非養疴
之所宜。顧積累未清,歸裝亦須略有把握,苟懸計未能家
食,似不妨略緩請假之期也。情形非可遥度,就目下所見
論之如此,惟裁度之。

　　館中開保,據云當在二月,然時事多端,竊恐有遲無
速。志菴現署提調,理路頗不分明,公事模糊而意見偏愎,
總裁甚不樂之。望仲弢而不來,則亦無如何已。道員請旨
簡放,弟曾爲前協脩馮中甫遞一名條,開保均自寫名條,向例如
此。據何潤夫云,過優恐須酌改。此爲協脩以下言之,若兄

曾署提調，照章當可入夾片。實録方略舊式。延三之説，不爲無憑，似尚可與總裁商之。舍此而外，開缺而仍留出路，則須與筱丈細酌，銓曹諸友議論往往不足據也。論情事，此時志菴爲提調，自應就彼與商，顧聞春卿云，志菴一等記名，彼無可保，故不願他人保有實際。館中人亦多言其遇事荆棘，此殊非所望於蕭傅，故未敢以兄事驟告之也。歲首弟不能出門，此時無可奉告，俟晤商筱丈，辦有頭緒，當以電商。電信止能寄至台兒莊，然恐其不肯遠送，請兄先遣人至台莊電局知照一聲乃妥。

　　兄疾能服再造丸、活絡丸，此皆順機可乘，右胯間氣，恐另是一症，當俟風病愈後熟圖之，因此遂專意治肝，非計也。弟曾見服千金大活絡丸者，方在《千金方》。極有効，恐他時須取法於此。又此症惟西人治法爲備，中醫多夢夢，非老手不可輕任也。此間有奥國電醫，其操術與兄病極相宜，恨無由致之琅琊耳。

　　德事遂無一不遵，此後山左誠無可措足之處。英人接踵而來，索六條：一、開大連灣、南甯、湘潭爲各國通商口岸；一、緬鐵路通至揚子江岸；一、長江口岸不得輕讓他國；一、租界内不得抽釐；一、内河輪船華洋一體，准拖客貨；一、減定内地釐金。惟大連一條，俄人持之甚急，有"若開口岸，從此中俄即爲仇國"之語，格不得應，餘者殆將照允矣，如何如何。

　　弟開河准即南歸，五弟擬就保定新開學堂。經費賴知好之力，幸已足覓抵里。今歲年向不利，葬費止可藉筆耕圖之。羸病積時，脅下有伏氣，心稍動或身勞輒喘促，服十全大補十餘劑，尚無復元消息也。馬勇明日行，忽忽不盡。敬敏歲禧，并頌潭祉。弟制植頓首。新正初二。

【案】此札今藏上海圖書館。作於光緒二十四年戊戌正月二日（1898 年 1 月 23 日），參觀《沈曾植年譜長編》195 頁。

十

【前缺】［仲］弢出月即到。_{名在離館單中，豈非恠事。}芝翁有稍俟之言，而諸君必欲於月内出奏，彼其用意固别有在矣。弟定于三月初四出都，二十外可抵里。四月中西行赴鄂，沿途不欲逗留，恐不悉兄行蹤所在。若於閏月中作一書寄弟，_{交上海時務報館沈新甫先生轉寄。}庶幾可圖良晤。所懷千萬，非面莫罄。泐請痊安。不盡。二月二十日。年小弟_制植頓首。

【案】此札今藏上海圖書館。作於光緒二十四年戊戌二月二十日（1898 年 3 月 12 日），參觀《沈曾植年譜長編》196 頁。

十一

恒齋三兄同年左右：植廿三夜自滬開行，廿四夜半抵里，廿五布置一切，廿六奉神柩安抵墓廬。千里征途，半年憂懼，幸無殞越，若或相之，天地至仁，彌深哀惕。葬期詢之日者，謂必明歲十月始有吉日，鄙意欲取二月，然叢辰刑害，其説多端，夙所不諳，選擇固無由自主也。鄉俗遠歸當開吊，定於十一日舉行，柩須加漆，親友來唁者，開吊後須出門敬謝，約計諸事粗畢總須望後。

昨得手書，躊躇竟夕。今早復得旭莊書，知兄在蘇竟無多耽閣，益用悵然。孤生惸疚，託命友朋，約自弟先，甯有不踐之理？第誠不料閣下來吳之速，尤不料來吳十日即欲回揚，時日太促，殊難湊泊，失此機會，年內恐未必相逢。此語誠然，未知行旌能稍作勾留、緩至二十前後再定歸期否？江湖放浪，雖與輪蹄跋涉勞逸不同，至於震撼形骸，蓋無殊致。是近來閱歷之言。兄病機稍鬆，似不妨小住旬時，以資靜攝。能任勞，非此時所宜，惟習嬾乃養陰妙劑耳。其說甚有味，幸稍淹，俾得面罄，並希賜覆一紙爲昐。以定弟之行止。比日沈陰黮霮，寒氣襲人，披裘不溫，殊難將息，此天氣於弟病體尚不宜，於兄體更不宜無疑也。泐請箸安。不盡。弟制植頓首。閏月初六日。

【案】此札今藏上海圖書館。作於光緒二十四年戊戌閏三月六日（1898 年 4 月 26 日），參觀《沈曾植年譜長編》197—198 頁。

十二

【前缺】惟視政府過深嚴，著著皆有用意，此則法眼尚差，未免自縛手足耳。都中諸公遂不能再作推袁之舉，此殊不解，現在尚有可圖，過是恐無餘望矣。壺有電致叔喬，諸公言不願入，此自文章節次應爾耳。辭者自辭，推者自推，甯可死煞句下乎？公事自時時在意，荆襄外郡，可備一格否？弟擬初二動身，若兄節前歸，乞先示，猶可留兩三日也。泐請頤安。弟制曾植稽首。四月廿七日。

【案】此札今藏上海圖書館。作於光緒二十四年戊戌四月二十七日（1898 年 6 月 15 日），參觀《沈曾植年譜長編》

201 頁。

十三

恒齋三兄同年左右:久未得書,馳企無似,比日敬惟視
履祥和、頤養攸宜爲祝。近日定居何處? 長夏何以遣日?
服何人方? 何藥品? 脈候何似? 不意滬上相送,遂而闊絶
至今,獨居深念,時增悵悵也。弟節後至此,寓紡紗局中。已
屆四旬,無日不病,無病不出於意外。推原其故,深疑此間
風土於賤體不甚相宜。思爲廬阜之游,顧又窘於資力。薌
老在署中新修客舍,云爲弟【後缺】

【案】此札今藏上海圖書館。作於光緒二十四年戊戌
(1898)六月。

十四

曹叔彦所著書兩册奉覽。昨所論病機,願隨時留意考
驗。行理已發,不盡惓惓。此請恒齋仁兄同年大人頤安。
弟制植稽顙。十六早。

【案】此札今藏上海圖書館。札末有"丁三大人"、"東關
街"字樣。東關街在揚州,故此札當作於揚州,蓋在光緒二十
五年己亥正月十六日(1899 年 2 月 25 日),時沈曾植將離揚州
赴上海。《沈曾植年譜長編》(196—197 頁)繫於光緒二十四
年戊戌三月十六日(1898 年 4 月 6 日),不確。

十五

恒齋四(三)兄同年足下:在揚得公廿八日書,知弟廿

九書所言良爲過慮。初五到滬，亟走詢朱樹卿，則已有兩
信來，前信繳還，獨後信得讀耳。味兄語意，幾有刻不可緩
之勢，弟固亦不能一日〈不能〉無館之人，事得速定，良亦
兩便。

初意到此與季直必可晤面，渠忽改由虞山一徑回通，
初一已過此，不復再來，殊出意外。今日即作信寄通，告以
弟不復北行、決就澄江之說。第總須李公關聘來時，乃能
料理吾二人交代之事，四月初之約，恐非吾二人所能定也。
季事自有把握，然使新宰略作挽留，往復便須經一二旬，此
亦意中事。兄久病，凡事須寬打算，不可尅期太緊，轉致煩
悶也。

孝章招弟來此，聞將以梅生遺席相屬，此非所能勝。
若掛名一席，使弟可自澄遙領，則於愚計最便者，第恐非彼
所願。虛與委蛇，終無兼顧策耳。回鑾未期，此間中外人
情忽復搖動。季直尚思作鄂游，行時弟不免與同往，封弟
頃往鄂商行止。此請頤安。三月初七日。植淛。賜覆仍
寄古香室朱樹卿。

【案】此札今藏上海圖書館。作於光緒二十七年辛丑三月
七日（1901 年 4 月 25 日），參觀《沈曾植年譜長編》244—
245 頁。

十六

恒齋三兄同年左右：初六奉一緘，諒經達覽。兄寄滬
第一書，初意謂必復寄來，而竟不至，豈信局未經繳回耶？
其中諒有要語，不得讀，殊悶悶。張四昨書言，已作新宰

書,詞至意決,當可如願。弟日内擬回禾,作十日之行,寄
揚關聘若來,四月望後當可料理交代之事,第不知所謂交
代者,是公在滬相待否? 幸覆我。公欲爲海鹽行,約在何
時? 若過禾,可遣人至東門大街贊福橋沈瑞宣處一問最
好,或弟在禾,當可細談,但恐拖船不能停耳。近事殊無佳
耗,督辦處名尤可憎。回鑾無期,慮有枝節,此間傳各公使
帶兵入關覲見之謀,刻是譌言,將來恐成實事耳。此請頤
安,閫潭均候。植頓首。三月十四日。

【案】此札今藏上海圖書館。作於光緒二十七年辛丑三月
十四日(1901 年 5 月 2 日),參觀《沈曾植年譜長編》245 頁。

十七

恒齋三兄同年左右:屺懷來言,公歸過吳門,復相與從
容兩日,畫情談興,並極優遊,此甚佳消息,懸知舟檝江湖,
未足爲道體累也。即日惟視履如宜、閤覃均吉爲頌。

季直力辭文正而不能脱,果不出鄙人所料。昨書來,
並録新甯書詞相示,詞意甚堅,恐蛻局於此罷論矣。

鄙於滬上勉借枝棲,請公於澄江,亦勿遽去之[若]脱
屣,萬一果改學堂,猶望公爲經學留一隅之地。總之斷斷
不可習西文,斷斷不可延洋教習。算學、化學、理財學、兵
學、教育學、政治學,譯本精深,儘有過於學堂西文之本,由
此成學者,於通譯即爲見短,於治幹實甚見優,將來學堂儲
備人才,期以任内政,非皆以任繙譯也,何所爲而廢本國文
字,强學他國文字乎? 日本學堂專以譯本爲課程,西語、西
文別爲專門之學;埃及則專以各國語言文字教。一興一

亡,斷可識矣。千萬留意,千萬留意。

公此月諒不去澄,弟端節前擬回揚一轉,刻寓四馬路鐵路總公司,請即惠覆,以發寂寥。此請頤安。不一。植頓首。四月十一日。

此數日無甚新聞,賠款籌畫,尚無眉目,人稅殆必行。

【案】此札今藏上海圖書館。作於光緒二十七年辛丑四月十一日(1901 年 5 月 28 日),參觀《沈曾植年譜長編》247 頁。

十八

辛丑九月二日會飲於恒齋客舍,冒鶴亭孝廉出示辟疆先生菊飲詩卷,題者甚多,因用卷中後二首韻書於其後。是時恒齋自江陰來,趨齋自吳來,越日季直當自通州來。海角雲萍,年來僅事,而胸臆悢悢,不能無聚散之感。悲念逝者,彌怛心神。圖蓋靈鶼閣主迻贈鶴亭者,墓草今再宿矣。

閑居元自惜秋光,賴遣朋樽對物芳。病客支離還命酒,神娥佳俠與添糚。鬱然懷抱向霜夜,何處江湖安筆床。莫話古藤陰下事,淚痕悽浥鵠綾香。

客飆歷落雁鴻度,噩夢蒼涼露電如。破壞火風非一相,涅槃身世寂無餘。水天閒話情何賴,翰墨前緣記未疏。珍重冒家詩卷子,明年燕市要重書。

　　復用前兩章韻是日病腰不能出

誰分蠻左界傖荒,歷歷開元偃月堂。草奏文人有郗路,揮金客舍駭原嘗。蒼茫青史千秋待,顛倒黃巾一國狂。直見關河徧戎馬,可憐涕淚溢江鄉。

棋局誰知幾道新，依然劫劫又塵塵。樵夫漫解談王
道，學地居然狪化人。典略九流須校録，漆書一卷未寒貧。
摩挱老眼留屛守，海雨江風跡已陳。

録奉小跛道人教示。乙盦呈稿。

【案】此札今藏上海圖書館。作於光緒二十七年辛丑九月
二日（1901 年 10 月 13 日）後不久。恒齋、小跛道人，即丁立
鈞；趎齋，即費念慈；季直，即張謇。錢仲聯《海日樓詩注》卷三
僅録前二首。參觀《沈曾植年譜長編》258—259 頁。

十九

【前缺】又須遲數日，沉悶不可言。西蠡適鄂，叔韞今晚
適甯，季直、蟄仙專力墾牧，謂留四百畞以待鄙人，鄙固無
此力，分半以屬公可乎？ 日内眷屬行，即擬回揚一轉。極
思詣公一談，未知風水如願否？ 要之，北行從容，必當面
別。公年内何時回東臺？ 望先示知。萬事悵惘，新世界不
知若何過度耳。此請潭安。不具。十月廿日。植頓首。

【案】此札今藏上海圖書館。作於光緒二十七年辛丑十月
二十日（1901 年 11 月 30 日），參觀《沈曾植年譜長編》262 頁。

二十

【前缺】所能任。凡今之議學事者，大都馳心於不可知之
域，設策爲不能成之事，少年不更事固然，我輩愛學生，則
不可不爲計長遠也。普通中文課本，可用者儘多，如算學
則《代數備旨》、《形學備旨》、《八線備旨》；測繪則《繪地法
原》；化學則《鑑原三編》；格致則《格物入門》；天文則《天

文揭要》;理財東譯稱經濟學。則《富國策》;諸形量法則《算式集要》;地理則《地理志略》。以東文課本校之,大致不殊,於此中擇取數門,諸生各自認定,分年學習,而延一普通諸學指授之,狄考文學生,多能教普通。自習於私室,講解於課堂。諸生皆逾弱冠,不可復以教小兒之法教之,不易課讀爲自習,終無見成效之日也。南菁以經義自存,尤不可不遵明詔,置《三通》於不問,諸生或治學堂課,或治科舉業可矣。若普通學,棄中文而任習東西,異日糾葛必多,不可不熟思審計也。

弟今歲殆將不能北行,下月擬回家兄處度歲,行止方糾纏,終必以達我志者。奏案不銷,不能補缺,此部員苦處,諸公豈知之乎?假使僕在滬更優遊一年,未必遂喪我素守,公何所聞而代爲懍懍耶?凡謗語願盡聞之,直相告,勿隱也。頑固之目,自信益篤,且與叔韞、讓三爲頑固黨,波及於菊生,行將與公把臂矣。泐請叔衡三兄同年頤安。植。十一月初八日。

有遊學東洋學生周祖培者,甚可愛,可充教習。第讓三已薦諸盜波,若彼不成,擬代兄延之。

【案】此札今藏上海圖書館。作於光緒二十七年辛丑十一月八日(1901 年 12 月 18 日),參觀《沈曾植年譜長編》263 頁。

二十一

前日奉一牋,未知已達否?今日至鎮,明晨赴十二圩度歲。開歲頭批江船回滬,約在初六七。過澄江未能登岸,南望眷然。春卿自潯梧來,寓滬候開河,極思與公一晤,屬弟轉

達，僅能於初十前到，鄙人猶當在滬，如不能來，則望賜一
書以覆春卿。春寓虹口提藍橋隆慶里，弟現寓長發棧十二
號。_{行李、僕人皆在彼。}此請恒齋仁兄同年頤安，並賀年禧。
植。廿八夜。佛照樓上。

【案】此札今藏上海圖書館。作於光緒二十七年辛丑十二
月二十八日（1902 年 2 月 6 日），參觀《沈曾植年譜長編》269 頁。

二十二

恒齋三兄同年左右：四月初在滬得一書，久未泐覆，至
爲歉仄。日前與長公相遇，略聞近日起居，比惟視履多宜，
燕處超然，道情日曠爲祝。

承詢學堂意見云云，此事植在昔年爲先覺，而在今日
爲背時，舉世冥冥，事未立而弊已形，至言絀，俗言勝，蓋不
知其所以然。凡國所以立於天地間者，宗教一也，文字二
也，倫理三也。世必無敢背周孔之人，然仇經議而蔑理學，
則宗教之根柢搖；必無侮倉許之人，然輕譯本而重歐文，則
文字之根柢搖；必無逆綱常之人，然蔑師長而傲齒德，則倫
理之根柢搖。凡此三弊，皆託於廢科舉之説以發之，然則
廢科舉也，是將舉二千年生人之天秩、天序、宗教、文字、倫
理一舉而盡廢之也。惡少之乖張不足論，而名流詭激之談，
官場峭薄之氣，不相謀而適與相應，茲則大可懼矣。非捨克
不得爲人才，非詬厲不得爲論議，吾視今人日詬康梁，而所操
之術其爲毀瓦畫墁，蓋無二致，其不大可怪且可懼耶？

設學堂不必改書院，講西學不必廢時文，兩利並存，和
輯之術在調停。此論在秣陵大爲時流詬病，在滬目覩南洋

公學生徒之變怪，梅生三年心血，福開生壞以一話一言。故嘗以爲生徒與繙譯不同科，教生徒之學堂與教繙譯之學堂不同制。以他國語言文字爲主者，教繙譯之法也；以本國語言文字爲主者，教生徒之法也。日本學堂以本國文字爲課本，埃及學堂以歐洲文字爲課本，日以學堂興，埃以學堂亡。然則世之輕言變法者，漫不考已經之實驗，一若學堂就立，可致富强，豈非見卵求時，見彈求炙哉！【後缺】

【案】此札今藏上海圖書館。據中"四月初在滬得一書，久未泐覆"、"在滬目覩南洋公學生徒之變怪"等語，當作於光緒二十八年壬寅（1902）夏。

二十三

《吉林圖》一卷奉上。李僞卞真，諒如雅鑒，然李册亦署有風味。此等物，賤價皆可存，高價皆可棄，遂欲以畫中九友居奇，則大煞風景矣。近於董法似有所解，前所見巨幅，異日尚思假一看。兩恕。初九日。

【案】此札今藏上海圖書館。

二十四

多日未得奉教爲念，《畿輔通志》山川、河渠、關隘三略，乞假一用。此請恒衡三兄同年大人開安。弟期植頓首。

【案】此札今藏上海圖書館。

二十五

旬日未晤，不謂清興乃爾，畫裏當倍增神意矣。來書三峽收到。復請叔衡三兄同年晚安。弟期植頓首。

【案】此札今藏上海圖書館。

二十六

事無所聞,果爾,則文武之道盡於今日耶? 無可復云,慟慟。兩略。

【案】此札今藏上海圖書館。

二十七

長懷慘怛,噩夢紛紜,異聞究是何言? 不忍問,乃又不能不問,請明示兼注出處。此請早安。兩恕。初二日。

【案】此札今藏上海圖書館。

二十八

示敬悉。如時當早到,餘面罄。姚稷臣今晚登舟赴粵,不能來珍,其論證治,與趙静盦大畧相同。此請恒齋三兄同年晨安。植。

【案】此札今藏上海圖書館。

與端方　二首

一

曾植敬啟。尚書制軍大人鈞席:昨奉敬電,遵即札府徹查此案,司中先已據控派員體察,頗聞有紳界學界衝突,别種轇轕。蓋前令洋作千二百而帖然,新令加一百作千三百而滋訟，事乃不情，不能不研究其故也。

　　節盒至宥，聞公勞歈之餘，不疲遊賞，目營四海，機綜九流，乃遂合江陵、弇州爲一家，宏願逸情，幾所謂勇邁終古者，得不令鹹生撟舌耶？然亦祝望稍稍節嗇神明，以指揮此復雜恢詭之社會。舊學家曰深根宥極，新學家曰主觀一元，黃老之説，最適衛生，此亦野人食芹而美，輒以餉所愛敬長者之喻也。

　　西江聞有參案，未知輕重若何？愛滄要是俊物，度公能度外待之。余堯衢頃又失其愛妾，意興寥落，可念也。其弟^{肇度}昔曾因案罣誤，既開復而無力繳免保銀兩。江浙梟匪，指月肅清，公念堯衢，他日可於保案中坿一名字，百朋之貺不啻也。

　　《渡海天王》，無緣瞻禮，自恨無福，不知此畫可攝影否？善餘日嫛姍勃窣於丁氏書中，何幸福也，令人豔妬不能已已。此間事，朱、汪二公寔驗之。肅泐，敬請勳安，伏垂亮詧。署司沈曾植敬稟。三月廿七日。

　　【案】此札見《二十世紀書法經典·沈曾植卷》（45—47頁）。作於光緒三十三年丁未三月二十七日（1907 年 5 月 9日），參觀《沈曾植年譜長編》322—323 頁。

二

　　尚書大人鈞席：去月廿二拜辭，廿三乘江元上駛，廿四晚即抵皖。江元船小而機靈，葛統帶及諸船員終日勤動，專意駕駛，不講應酬，甚可喜也。到日即奉回任飭知，廿八日接篆。

皖學界絕少當行，頗有紳權，滋多黨訟。姚叔績文人之秀，學務則疏；方玉山見聞較多，資望尚淺。議長一席，定請禮卿，或以爲不能駐省爲疑，植以季直比例解之。顧季直固時時往來白下，他時禮卿若能不廢此例，則大善耳。

咨送工業學校學生，以鈞意告中丞，當蒙允許，將來由內地選送，抑由留東學生選送，植意選諸留學生中，東語東文可省豫備，不知藎慮以爲何如？謹候指揮以爲動。

此邦紳士近日倡募賑捐，漸有動機，枹鼓響應，皆幕府熱誠所鼓盪。第無季直久委其人者，柱礎其間，呼應靈否，尚未可知。所幸泗宿災狀略減海徐，又此間布置較早，有饑困而尟流徙。【後缺】

【案】此札今藏嘉興博物館，收入《海派代表書法家系列作品集·沈曾植》（88 頁）、《函綿尺素》（40—41 頁）。作於光緒三十四年戊申十月（1908 年 11 月），參觀《沈曾植年譜長編》332 頁。

與樊增祥　二首

一

秋齋四首次韻

月虛魚腦減，霜降鶡冠加。小極成蕉夢，忘憂泛菊花。苦應尊諫筍，澹與瀹團茶。容易秋原暮，高林點晚鴉。

閒靜得詩慵，文身自性空。菘芽含露白，韭本入秋豐。書味矜芸蠹，天心減稻蟲。都將悲願意，回向寂光中。

漏永繁霜夜，薪傳異世心。醫來新鬼喜，病變倒倉深。

六氣陰陽盡，三因内外侵。黄河甯可塞，猶自鑄黄金。

　　危語辭難續，矛言理必真。方書訛破故，_{補骨脂，蕃藥名，}字訛爲破故紙。藥議有因陳。_{茵蔯蒿，《本草》止作因陳，故《廣韻》無蔯}字，吳譜説因陳蒿因陳根而生，故名。水國蛤蜃化，秋場烏鳥馴。長留平旦氣，或作再來人。

　　天琴仁兄吾師。曾植呈草。重陽晨。

　　【案】此札見《藝風堂友朋書札》（190 頁）沈曾植第五十九函，誤作與繆荃孫札。作於民國二年癸丑九月九日（1913 年 10 月 8 日）。札詩又題作"次韻雲門齋中雜詩四首"，參觀《海日樓詩注》卷五 659—661 頁，詩句及注多有異文。

二

　　一星期未奉詩札，殆真欲贏鄙人東道耶？前日遣人至新居探視，云驂從尚未遷居，不知今日已入舍否？齒痛諒不發。弟廿一、二、三日劇痛，得一藥能立止痛，或謂中有嗎啡，然自適用，不問所來已。東道作上巳局何如？此請天琹先生道安。植。

　　【案】此札今藏上海博物館。作於民國三年甲寅二月下旬（1914 年 3 月下旬），參觀《沈曾植年譜長編》396—397 頁。

與傅增湘　一首

　　欒城與公鄉誼至深，或謂此行將恐不返，姑以《東觀》爲假，定交換如何？將來《文定》南歸，《雲林》北上，燕鴈代飛，老人眼前亦不寂寞。事若可行，尊意如何？否則《欒城》見還，爲公代校。此請沅未仁兄同年大人台安。植頓首。

【案】此札見《二十世紀書法經典・沈曾植卷》（18 頁）。作於民國二年癸丑（1913）。《文定》即《蘇文定公後集》，傅增湘藏有宋蜀大字殘本四卷，沈曾植亦有殘本五卷，參觀《藏園群書經眼録》1174 頁、《海日樓書目題跋五種》81 頁。

與岡千仞　一首

鹿門先生足下：隔海相望，不殊臭味，相逢卒卒，未盡鄙懷，此爲歉然，非尋常比也。送上《丁辛老屋集》四本，并與舍弟書，又致萬君書。均乞檢入。又拙詩兩首，聊以贈行，并希哂政。臨穎不盡區區，謹此，敬請行安。不一。

虹髯有古色，落落寒松姿。鶴身無窘步，踽踽癯仙儀。足蹟遍八州，長吟蘇韓詩。掉頭謝軒冕，觸手紛珠璣。快意猶未足，一帆來海西。願交天下士，一覽名山奇。士生天地間，若寒蟬附枝。得氣競鳴噪，過時還泯澌。且窮域外觀，一縱無涯知。來者緬爲誰，苦心相慕師。古人不可作，尚論傳風期。天風且浪浪，海水方瀰瀰。送君汗漫遊，聽我湧浪辭。

爲士當死學，爲兵當死戰。嗟乎安得此？健語起頑偄。方今金氣沴，木德日柔曼。究厥所以然，豈不坐愚淺？彼以累世精，我取倉卒辦。按此神靈遺，相隨墮塗炭。士氣在天壤，强弱隨世變。豈無英雄人，俛首勉仉倪。譬若千里足，躞蹀就覊絆。出舌復何言，泫然惟淚眼。感君無限意，短日未能展。天道固難知，民心猶可見。大心除畛域，苦語通憂患。各啟儲材術，堅持捄時竿。倘有同心人，西來企篇翰。

讀岡鹿門先生文集、日記，欽其風烈。先生將往保定，輒賦短［章］以贈其行。愚非詩人，固不計工拙也。嘉興沈曾植子培父稿。

文家俗見蒜千層，嫵媚誰曾識魏徵。若反清言從正始，便同乳穴復零陵。有源君導如春水，無盡人分是慧燈。愧我尚爲知解縛，不成得髓自南能。

萬里仁兄雅正。弟沈曾植。

【案】此札及所附與岡千仞佀萬里書見鄭海麟輯録《清季名流學士遺墨》（《近代中國》第十一輯，298—299 頁）。兩札末皆鈐“蕙盦”圓形朱文印。作於光緒十年甲申九月二十四日（1884 年 11 月 11 日）前，參觀《沈曾植年譜長編》57—58 頁。

與韓太夫人　一首

男曾植敬叩稟母親大人膝下：廿二日接五弟正月十六日、廿一兩信，欣悉家中平順，並弟婦獲雄之喜，快慰無似。添丁之望已十餘年，今日乃得如願，遥計慈懷欣暢，比尋常更必不同也。比日敬惟大人壽體康强，眠食安穩，慰如孺祝。

咳血幸不數發，而天癸復來，意外之事，聞之甚爲焦灼。第二信中雖説漸好，然晚間寒熱尚未退盡，胃氣尚弱，足知真陰之虧，恐三五劑藥未必遂能復元。乙亥春間亦是如此，彼時服戚潤如藥，前後亦二十餘劑，終以天氣漸熱，補劑不敢多服而罷，而大人氣體遂不如前。此番病情，細推信中所説，大略相同，現在未審已盡復元否？所望五弟極力持之，大人尤不可計較小費，或以日久而不耐煩。男近日始知老年患病精神之減甚易，雖知加倍調理，求其復元，尚非旦夕閒事也，若不藥之喜，恐無此理矣。淡煮海參不知曾試過否？如未曾試，或姑一試如何？徹幸其或不吐，當勝蓮子也。前歲戚潤如用阿膠甚見效，舊方似可尋出，或更與他人酌增減之，如何？

　　世事大抵可知，少算不敵多算，況吾儕固無算乎？慈懷愈抑鬱，他人愈歡暢，此中元之又元，願大人燭破其奸，一切以不聞不見處之，雖未必於事有益，且得心中無事，靜養數月，若因之動氣，致損身體，此真是千金之璧乃與茅廁磚相觸也。在彼何所樂而不爲，但在我未免太不合算耳。至揚州之事，此時徹底尋思，亦實無長策。男此番到揚，若見大兄，必將此事所以然之故一探。即不能相遇，亦當於信中宛轉致意。若京中，則亦祇好勤寫信，勤催，徐冀大兄之自悟。大人出身與爭，不足懾其心，而徒然自損，最無益也。家事如此，殆亦天命，更亦何從説起。但得大人長健，男與五弟困苦磨折，亦所甘心。天道神明，必無身名並敗之理，願大人反復思之，姑忍一時之憤。五弟尤宜加意，衆口鑠金，集毀銷骨，吾爲此懼，昔人所謂每事當百思也。

　　新生兒相貌如何，肖父乎？肖母乎？比小東如何？惜不得即見之。叔父母聞之，並爲歡喜者竟日，叔父當時即將其八字排出。昨六弟將去，與俞先生看，俞先生言，他日功名甚早也。房子更宜速搬，此兒居然立住，自已有腳力，但巖牆之下，終非善地耳。男意如此，不知家中議論何如？近日艱窘不知又到若何田地？此番回至南中，如褚星齋現

署上海道，錢伯申現署蘇州府，並處膏腴之地，不知可少少
沾潤否？所苦者，二公都闊手，有所得，尚可少助家中涸
轍也。

　　男行期尚未定，大約總在下月初十以内，歸心如箭，而
事不如意。叔父歲首臂痛，直至於今，近兩日雖見向愈，亦
尚未能出門。男之川費尚待張羅，以此不能遽定時日，計
下月初動身，端節前後亦總可抵京也。

　　叔父之病，究其根原，總是在粵積受潮濕所致。初時
原不甚劇，因用太乙神針，燥烈傷筋，遂致夜不能寐，寢饋
不安。繼服滋陰之品，臂痛少愈而腹痛大作，旋服通利之
劑，腹痛愈而臂痛又作。病幾兩月，日來始覺有起色，而精
神亦疲極矣。官事亦無佳況，絕非梧州之比。叔父亦頗思
換一差事，不知能如願否？

　　粵東去歲大寒，今歲天象亦多不佳。近日陸豐、從化
蠢動，佛岡失守，官吏被囚，談者咸有戒心。又聞虎門鎮有
陰兵假兵械之説，大吏泄泄沓沓，但爲筐篋之謀，一旦有
事，正恐煩朝廷南顧之憂耳。姑母致叔父信，言姑丈今歲
有人都之説，不知確否？舅舅近日想無異議，房子倘能早
搬最是好事。大約舅氏説話，遇大兄凶于遇男，遇男又凶
于五弟，若能及袁家未催出屋以前謀之，取勢稍寬，諸事或
冀得從容，願五弟熟思之。雖經費無出，但時時籌畫之，或
有意外之巧，未可知也。行期定時，再作信上稟，納計不出
十日。敬敏母親大人得孫大喜，並賀五弟夫婦闔家均好。
男曾植敬稟。二月廿六日。

　　【案】此札見《海派代表書法家系列作品集・沈曾植》

（4—6頁）。作於光緒四年戊寅二月二十六日（1878年3月29日），參觀《沈曾植年譜長編》31—32頁。褚星齋，即褚蘭生（字心齋），1878年署蘇松太道（俗稱上海道）。

與胡嗣瑗、陳曾壽　一首

潛信一緘，希面致。昨歸聞虎頭南來，奇極。兩公到津所見聞，務望各一紙相示，至懇。鄙不憚北行，懼無合群之才。肅請愔、仁兩公。

【案】此札見王益知注釋《沈曾植函稿》（《近代史資料》總35號，87頁）。作於民國六年丁巳四月下旬（1917年6月中旬），參觀《沈曾植年譜長編》449頁。

與胡元吉　一首

昨奉惠書，備承教益。茲事體大，非得碩儒長德，合志同聲，不足爲風聲之樹。請公函達程先生，道達鄙意，務懇來省一晤，商榷大端，期垂久遠。企達之至，懸榻以待。專此，即請道安。

【案】此札見《徵君程抑齋先生年譜》光緒三十四年戊申條。約作於是年八九月間（1908年9月），參觀《沈曾植年譜長編》331頁。

與黃紹箕　三首

一

承示謹悉。弟久不作字，所用筆多失去，奉去羊豪二支,均非佳才,慮未必合用也。蘇盦兄肎書後銜,感何可言。惟界格尚未齊,下午當送上也。小世兄究是痙否? 甚用爲念。復請中弢仁兄同年大人侍安。弟植頓首。外筆二枝。

【案】此札爲 1997 嘉德秋拍 Lot508 號拍品。據筆跡,當作於光緒十五年己丑(1889)。

二

《玉堂嘉話》一册繳上,唐人寫經并坿去,請查入。昨聞弢甫言,閣下復抱微痾,當復實然爲是,假簿例言也。五日館中去否? 此請仲弢仁兄同年大人撰安。弟植頓首。

【案】此札今藏温州博物館,見《黄紹箕往來函札》(158頁)。"館"即會典館。據筆跡,當作於光緒十五年(1889)。

三

穆琴仁兄同年大人左右:奉別遂再更寒暑,違離之况,覼縷難窮。夏間曾肅寸緘,未奉還雲,彌深悵憶。歲云暮矣,風雪淒其,羈旅江湖,徘徊疇昔。七月間因大學堂事,與星海同發一電,諒鑒入。即辰敬惟箸祉多宜、潭祺集吉爲頌。清班再轉,雲路齊驤,遠道聞之,至深慶慰。學堂事繁否? 會典館諒仍常到。君立來略述近狀,間及一二瑣事,意觸神馳,輒夢想謦欬不置也。竹篔侍郎、漸西京卿想常相見,文酒燕閒,風味何似? 漸西詩興聞尚佳,差可略洗箏琶耳。叔鏞聞寓半截胡同,想即葉編修舊寓。年伯大人近日起居聞極清健,鄉人傳説,至用慰慶。班侯、弢甫各復如何? 北望遡

然,不意乙未相送,吳頭楚尾之詞,今日竟成語讖。不識諸
君子對酒圍爐,亦尚話及鄙人乎?

　　弟十月中復回禾一轉,料理明春辦葬一切應先預備事
宜。去鄉日久,期功強近,中外懿戚均寥落無人,僅族中疏
遠數君相助料理,丙舍去城又遠,事無鉅細,呼應不靈。現
在粗舉大綱,明春辦事之時,佐理乏人,懸計情形,實深憂
懦。禾中葬事風俗不爲侈費,然約計所須亦當在千金以
上,鄉俗生疏,尤更不能節省也。十一月初復至此間,即在
節署下榻。抱冰談興似減往時,無米之炊,此固最足耗人
意氣者。昔人稱弱國之臣、貧士之婦,何有何無,黽勉求
之,先生之謂乎? 節盦書院中極忙,前月其郎入塾,請曹叔
彥開蒙,自言此十六年來第一稱心事。叔彥新著《孝經六
藝大道錄》,粹然儒言,有關世教,而此間名士多輕之、訕笑
之者,漢宋之障,乃至此乎? 今日世道之大患在少陵長、賤
犯貴,其救之術曰"出則事公卿,入則事父兄"。《論語》開
章首言學,舉世知之;第二章重言孝弟,乃舉世忽之。犯上
之與作亂相去幾何? 而有子之言警切如此。夏間嘗與叔
彥言而太息,謂暇時當以弟字、順字貫串<諸>作一文字,與
渠書相爲表裏,初不料文字未成,而其言已不幸而中也。
嗚呼! 抑吾於此益有味於夫子"亦有惡乎"一章七事之指,
凜然爲百世龜鑑也。

　　近日朝士猜疑略稍釋否? 康梁之說,邪說也;其行事,
則逆黨也。事狀昭然,無可掩飾。彼且諱飾其邪逆,靦然
自稱曰新黨。其狡獪之計,不過欲以此名强自解於天下,
而又冀污染海內士流,誤朝廷而斲喪國家之元氣。海上妄

人沿而稱之，都中士大夫亦沿而稱之，豈非重墮其術中，而爲逆徒張之焰乎？彼其伎倆，東人近亦看破，聞有送諸美洲之議。弟嘗謂，今日不能菹石厚，未嘗不可錮欒盈，此於公法固無礙，惜無深思静氣者爲此事也。

弟近體疲羸，不能飲食，素冠蘊結，漂泊江干，回首宣南，幾成隔世。咯血幸已愈，脾泄則已經三月，藥裹無靈，只可委心任運，然較夏間固已略勝，陳蓮舫所言，或冀其不遽驗耳。封弟遂半年有餘無一字見寄，不知渠近狀如何？思之至苦，兄若知其涯略，幸望惠示數字。弟月底回揚，明春在禾。如惠書，請由郵局寄上海江海新關文案處張屛之收，轉寄不誤。此請撰安。不具。臘月十二日。弟制植稽顙。

【案】此札今藏上海博物館。作於光緒二十八年戊戌十二月十二日（1899 年 1 月 23 日），參觀《沈曾植年譜長編》210—211 頁。

與蔣汝藻　二首

一

昨日晴暖，謂今日可應雅招，不意風勢乃爾。觀書眼福，若是慳乎？書林今話，祇可耳食，且爲沅叔題《手鑑》耳。泐請孟蘋仁兄台安。植頓首。

【案】此札今藏上海圖書館。作於民國八年己未（1919）。

二

匣籤書就奉上，恐不適用，或另紙重書可也。允賜舊宣紙,能檢付去价帶下否? 此請孟蘋仁兄大人台安。植頓首。

【案】此札今藏上海圖書館。作於民國九年庚申(1920)。

與金蓉鏡 三十二首

一

明日請薆軒赴杭一行最佳,切實表明沈統領歡迎雅意。擬電一紙奉上備用。薆軒如允行,務請至敝寓一面。此請旬丞仁兄大人台安。名心叩。

【案】此札今藏上海博物館。據筆跡,作於光緒末葉。

二

禾民畏法云云,情理之談,微獨足感官廳,且亦足感衆論也。府信繳還,江、皖、魯、粵、湘皆邀恩帑,獨浙向隅,此亦不可解者。復上闇公侍史。植。十九日。

【案】此札爲美國劉先先生舊藏。約作於宣統己酉元年(1909)。

三

候蟲應節鳴,嘉蔬易地賤。天倪邈無朕,撓風復舒電。一入祥金冶,長悲素絲練。傷哉陸大夫,繫纓喻峩弁。爲賣世方矜,臨淵網何羡。先生信古狂,衆學就簡鍊。孤根龍門桐,直榦會稽箭。昔厠鵷鴻儔,頗驚雕鶚眄。風塵俄蕩滌,江海隔顔面。一紙瘴江書,三年懷未倦。早亡那律眼，敢作雲門揀。寗知澼湖清，復此觀河見。起攬使君髯，喜心成瞁眩。我病維摩懶，選場薹最殿。君才域龍健，忍鎧施方便。滅定有莊嚴，空華不蒽蕡。潤我死灰禪，微津出枯硯。昭昭塔月朗，每每湖田衍。野遊狎釣艇，寺俎拾僧傳。正爾誦苕難，殘璣不能穿。

　　洞下六日，兀不成眠，無用繫心，輒步來韻，奉答旬丞先生。乙菴謹上。廿二日。

　　【案】此札爲美國劉先先生舊藏。詩又見《海日樓詩注》卷四407—410頁，字句多有不同。作於宣統三年辛亥九月二十二日（1911年11月12日）。

四

　　近閱公報否？省垣議論甚夥，幾於無意不搜，而截餉三十萬作何分派獨無一字，竊懼其移作他用也。沈、邵二君見否？其意頗望公作杭游，又有請公開會之意。此請潛廬先生箸安。植。廿九日。

　　【案】此札爲美國劉先先生舊藏。約作於宣統三年辛亥（1911）。

五

　　來教祗悉，鄙處交通不便，將來簿據似仍存尊處合宜。然省城已設籌賑公所，延紳總司其事，則府中將來亦必仿辦，吾輩任奔走呼號，不必僭彼權限也。流行坎止，緣感即隨，惟真如不變，是學人受用實際耳。此請潛廬先生道安。植。廿日。

【案】此札爲美國劉先先生舊藏。約作於宣統三年辛亥（1911）。

六

涅般義欲一發揮，須用東原《原善》、伯元釋義體乃能盡意，病懶不知何日償此願也。詠史大類陸海，擬請公專學士衡半年，當有大解脱、大受用也。新莽盡信書，祖龍盡廢書，看似相反，其殘賊實乃相等，法家之説，自信益篤，而殺人益烈。古謂以學術殺天下者，公能以經驗所得成一不殺人之學，則現身菩薩矣。杭請截留部款三十萬，恐此奢願非易償。復上潛廬先生午安。植。十九日。

【案】此札爲美國劉先先生舊藏。約作於宣統三年辛亥（1911）。

七

手教具見虛懷，愧非盧扁，妄劾鐵石。竊於公之論佛學大乘、小乘，似尚未能融爲一冶，病遂傍見於詩。所謂滑者未嘗滑，而所謂結者乃真結也。山谷善用此結，此老游戲玉臺，但作七十五法觀耳。所謂現聲聞、辟支【後缺】

【案】此札今藏上海博物館。作於民國元年壬子（1912）。

八

閻伯先生足下：屢奉手教，困於炎燠，遲遲未復爲歉。減賦事分兩節辦，止可如此，褚於公所考辨，或恐未能盡了了，將來尚須與細剖析耳。與官吏論地方事易，與議員論地方事難。一或不妨峻激，一則必須諄篤也。高明謂爲何如？

　　近來詩興若何？無憀時正好作畫，樓影湖光，何一處不是長水耶？華嚴世界，筆墨佛養，不可放過也。聞前日小恙回禾，比日當已占勿藥。與班老同作滬游計畫定否？蕭泐，即請箸安。寐叟拜上。六月廿七日。林肖梅無功課，請公指點何如？

　　【案】此札爲2004年上海崇源秋拍Lot735號拍品。作於民國四年乙卯六月二十七日（1915年8月7日）。

九

　　贈日者詩，平直似南宋婁彥發、陳君舉，人謂不熟，鄙特嫌其不生。公於珞琭非當家，無唐以前古義以驅駕俗説，又不以佛學玄義緯之，故此詩無色澤，無以極詼詭之致也。公近作似避佛典，六朝詩之高者，大都以玄理勝。然則將用新名詞乎？郡志當續，鄙當盡義務。朱桂老或沈潔老可領銜。閽伯先生。植。

　　【案】此札今藏上海博物館。約作於民國四年乙卯（1915）。

十

　　志例以承前爲常則，其擴摭所得，補前者爲補遺，正前爲考異。《選舉編》者承此例，第不能有所補，考則須吾儕修飾耳。優拔應補，薦舉亦應補，然薦舉是特科，當特立一表，試題列入亦佳，無考則不妨闕之。科場事例，似祇能摘浙省專條，他不勝鈔也。

【案】此札見王蘧常《沈寐叟年譜》民國四年乙卯（1915）條。

十一

天氣甚佳,而邇日來胃氣不和,食滯不銷,便則忽溏忽結,出門不便,今年殆不能歸里矣。高士祠不得瞻拜,甚悵。計公今明日當定回杭。此請闇伯先生箸安。植。

【案】此札今藏上海博物館。作於民國五年丙辰（1916）春。

十二

闇伯先生足下:久未奉問,馳念無似。即日起居佳勝,遊興若何? 詩興若何? 葵園一緘,由止老交來已經月,幾忘之,忽然憶及,俗語所謂心血來潮乎? 局款不知究能領到否? 吕有通候書,覆之,籲及吾禾減賦事。褚慧僧來,亦以公頻年苦心告之。此君議論有力,公似宜先浹洽。渠意先從限制抵補金起手,亦一説。此請箸安。寐上。

【案】此札今藏上海博物館。約作於民國五年丙辰（1916）。

十三

闇伯先生閣下:奉手書,新詩有別趣。晚唐詩沿波張、賈,張、賈系出韓門,北宋諸公無不染指晚唐者,於格無傷,第如南宋江湖專以此爲事,則禪家所謂没意智耳。此間寫官日課五千字,雖不能滿,然總在三千以上、四千左右,浙局二千太慢,須加催督。滬上謡言百出,大都由政客倡之,民權乃爲盜權之代名詞，可爲長太息。此頌箸安。不具。
寐叟泐上。廿七日。

【案】此札今藏上海博物館。作於民國五年丙辰（1916）。

十四

晨間泐一緘，諒已達覽。陳陶在五代，嶢然秀出，其人
不凡，宜其詩亦不凡耳，要亦遠承韓系。公胃氣近韓，故擬
之即似，如文通擬二謝，其相似仍從自分得也。"未狎海
鷗"當有所指，希密示大意。圖澄善幻，非四果以下人所敢
希。此請闓公箸安。植頓首。

【案】此札今藏上海博物館。作於民國五年丙辰（1916）。

十五

先從舊志分類排輯，其有專書者，則以專書爲本。班
取《史記》，范取華、謝，《華陽國志》兼取馬、班、《東觀》，此
史家舊例。《通典》於刑據《疏議》，於官取《六典》，其他亦
各據專書，鮮自撰者，古人屬筆之慎如此。故吾輩取於採
訪也宜嚴，取於書檔宜博也。

余茸江試擬鹽法辦法，頗能用心，渠有一信與健伯，屬
稟提調，咨取《兩浙鹽法志》，諒可辦到。繕校，班老意且緩
派，鐩孫世兄自可豫定。《竹垞圖》，前途來催，能早成爲
盼。大銀錠亦甚願見，佐季善鑑，曷先示之？此問箸安。日
内甚望公來。植。

【案】此札前半爲王蘧常《沈寐叟年譜》民國四年乙卯條所
引。上海博物館藏殘札一頁存自"故吾輩取於採訪也宜嚴"至

札末内容,故予以綴合,但札前仍當有殘缺。據殘札墨跡,當作於民國五年丙辰(1916)。

十六

寒雨不時,體中時復懍懍,來時頗有柯古訪寺之意,今不能矣。古農善氣迎人,知其實踐淵思,兩途並進,至可忻慶也。即晨早車回滬,所欲言者甚多,昨手教是其一也。

大乘邪教,其萌蘖已發見唐前,記北魏時有聚衆作亂者,似不起於明時。所謂羅祖者,似是北方人,與徐鴻儒輩有影響,容更考之。邪教靡不起於鄉曲陋儒,空腹高心,荒經蔑古,以之飾智驚愚,其流弊遂無所不至。近溪、心齋,退儒者而進游俠,其末流可以成秘密社會,非必其初意,推諸山陰,則荀卿、李斯之論,恐儒林未肯公仞也。

手教致多精語,已入巾箱,不能一一細答。竊意此義可專作一文字發之。或《黄氏日抄》、魏氏《古今考》跋,或《大智度》、《成實》、《俱舍論》書後,皆東亞文明極有關係之作也。

足疾滬有佳醫可治,畫圖渴盼。旬丞仁兄大人台安。弟植頓首。

【案】此札爲沈迦先生所藏。據字體及"即晨早車回滬"之語,蓋作於民國六年丁巳三月十六日(1917年5月6日),參觀《沈曾植年譜長編》447頁。此札自"大乘邪教"至"皆東亞文明極有關係之作也"二節,曾刊載於《世界佛教居士林林刊》1933年34期,題爲《答金香嚴居士書二》。

十七

本欲留公多住,熟商一切。今改明日即行,殊嫌促迫。即刻望即過我,爲竟日談,欲言甚多,待公決定。此請甸臣刻安。植。

【案】此札今藏上海博物館。據字體當作於民國六年丁巳(1917)。

十八

新春惟起居增勝,道品進加。到杭想當在上元後。子韶意欲整理採訪事,此誠亦進行之要,屬其與公商量,擬一簡要事目,舉現在亟需者令其速送,乃有實際耳。開井事需費無多,卻是百年之利。請公與知事及自治主者亟圖之,先開一二井以爲模型,或禾井較廉於杭,未可知。款非無可籌。若公不樂與張言,或令步雲以公意先之,何如? 此請闇伯先生箸安。植頓首。

【案】此札今藏上海博物館。作於民國七年戊午正月上旬(1918 年 2 月)。

十九

許文肅書五册、《二馮年譜》二册奉上。清丈事,議者紛紛,謂客民不免反抗。疑事無質,甚不願公有主張之名也。開井經費,公所籌者何款? 弟擬請派學生先試鑿一處,其費即可算定,當不鉅也。今日回滬,餘續布。此請闇伯先生箸安。寐上。廿五日。

【案】此札今藏上海博物館。作於民國七年戊午三月二十
五日（1918 年 5 月 5 日），參觀《沈曾植年譜長編》464—
465 頁。

二十

佐季來，奉手教，敬承一是。立夏日自禾起身，奉一緘
並《二馮年譜》、許文肅書共七本，送交尊府。吳君轉寄來
書，未言及，未接到乎？而所謂省稅一箋，鄙亦未見，不應
洪喬，幸更詳之。抵補金事，葛嗣威曾來言，有平湖徐君赴
杭與公浹洽。嗣威欲弟出名，答以甸主稿，挈賤名無不可
者。此當即所謂省稅事乎？杭紳不可無人，絅齋與張至
親，誼不容辭，請商之。闇伯先生箸安。植頓首。初四日。

【案】此札今藏上海博物館。作於民國七年戊午四月四日
（1918 年 5 月 13 日），參觀《沈曾植年譜長編》465 頁。葛嗣
威，即葛稚威（1867—1935），名嗣澎，一字詞蔚，平湖人。

二十一

闇伯先生左右：兩奉手箋，敬承一切。徐翰卿來滬，曾
一見，面有愧色，絕口不提局事，鄙亦不問。子韶來，乃知
有繳還三月薪水之説。此事如此辦法，王甚得計，此議何
人提議，得非亦王提議乎？子韶呕呕欲結此事，未免上當。
太忠厚。鬼怪情狀，公不説，鄙亦不願多説，免察見淵魚之
忌。然如公諸憤詞，卻似可以不必。徐、王本一氣相護，彼
但一味躲閃，於袁、喻何關？於公更何干？去之易易，如太
便宜何？但請公與子韶酌定派一人，彼自退，固無痕跡也。

此信千萬勿宣布傳觀,亦不必示子韶,老人怕口舌,公當念此衆生。《物産表》文極樸雅,惜無材料,不足盡發揮旁通之致。吾浙地産甚多,儘可作,兼《貨殖傳》、《地理志》爲之,卓見若何? 恇仲益甚,心神不甯,此書憒憒率意,爲欲慰公,不能不即答。近廢筆墨幾兩月。書亦不能看。專頌箸安。植頓首。廿四日。

【案】此札今藏上海博物館。作於民國七年戊午(1918)。

二十二

前日肅一箋,諒經入照。子韶委提調事,渠頃過談,云公事尚未接到,不知局中接到否? 道沖不可挽留,惟交代必須鄭重,是否交公,抑仍待喻,此諸事都懇詳示爲荷。此請闇伯先生台安。植頓首。

【案】此札今藏上海博物館。作於民國七年戊午(1918)。

二十三

來教披讀兩次,公出與社會周旋,歸與古人稽,孜孜不倦如此,真健者也。見和拙句,理解精深,未免稍有喫力處,得非真俗空有理事之際,尚有融之不盡者耶?"佛法"兩句,過譽何敢當。胸中磊塊,正苦消除不盡,政恐往生時,品轉在村嫗下耳。君親報答,卻是助道品,亦即浄行真如,雖著跡,無障礙也。

《樟亭記》太無力,公詩太有力,馬君詩雖未見,想有簡雅風致。吾嘗謂詩有元祐、元和、元嘉三關,公于前二關均已通過,但著意通第三關,自有解脱月在。元嘉關如何通法? 但將右軍《蘭亭詩》與康樂山水詩,打並一氣讀。劉彦和言:"莊老告退,而山水方滋。"意存軒輊,此二語便墮齊、梁人身[分]。須知以來書意、筆、色三語判之,山水即是色,莊老即是意;色即是境,意即是智;色即是事,意即是理;筆則空、假、中三諦之中,亦即徧計、依他、圓成三性之圓成實[性]也。康樂總山水、莊、老之大成,開其先支道林。此秘密平生未嘗爲人道,爲公激發,不覺忍俊不禁,勿爲外人道,又添多少公案也。尤須時時玩昧《論語皇疏》,與紫陽注止是時代之異耳。乃能運用康樂,乃亦能運用顏光禄。記癸丑年同人脩禊賦詩,鄙出五古一章,樊山五體投地,謂此真晉、宋人,湘綺畢生何曾夢見?雖謬贊,卻愜鄙懷。其實止用《皇疏》川上章義,引而申之。湘綺雖語妙天下,湘中《選》體,鏤金錯采,元理固無人能會得些子也。其實兩晉元言,兩宋理學,看得牛皮穿時,亦祇是時節因緣之異,名文句身之異,世間法異,以出世法觀之,良無一無異也。

　　就色而言,亦不能無決擇,李、何不用唐後書,何嘗非一門法!觀《劉後邨集》可反證。無如其目前境事,無唐以前人智理名句運用之,打發不開。真與俗不融,理與事相隔,遂被人呼僞體。其實非僞,祇是呆六朝,非活六朝耳。凡諸學古不成者,諸病皆可以呆字統之。在今日學人,當尋杜、韓,樹骨之本。當盡心於康樂、光禄二家。所謂字重光堅者。康樂善用《易》,光禄長於《詩》。兼經緯。經訓菑畬,才大者儘容耨獲。韓子因文見道,詩獨不可爲見道因乎?歐公文有得於詩。

　　鄙詩蚤涉義山、介[甫]、山谷以及韓門,終不免流連感悵。其感人在此,障道亦在此。《楞嚴》言"純想即飛,純情

即墮”，鄙人想雖不乏，情故難忘。橘農嘗箴我纏綿往事，
誠藥石言。“宏雅有治才，浮侈多薄行”，見道之言，即此是
已。謝傅“遠猷辰告”，固是廊廟徽言；車騎“楊柳依依”，何
嘗非師貞深語。鄙近嘗引此旨序止庵詩，異時當錄副
奉教。

　　古韻溯源顧、江，中權戴、段、孔、王，最後嚴、張、姚、
江，皆正鵠也。道咸諸家稍嫌淺薄。傅氏書曾在廠肆一
繙，未窮其蘊。《古音諧》，舍間無之。公有意此學，宜先就
戴、段、孔、王書求之。等韻家比坿五音二變，已不自然；古
音家比坿之音，益爲枝蔓矣。闇齋先生閣下。九月初四
日。寐叟上。

　　【案】此札今藏上海博物館。作於民國七年戊午九月四日
（1918 年 10 月 8 日），參觀《沈曾植年譜長編》469—470 頁。

二十四

　　兩奉手書，歡喜之至。公此次病真不輕，鄙處三四日
輒有報告，近雖聞已嚮愈，不意手書居然完健如此也。湛
卿仙逝，真可傷痛。局中賻贈，自應照輔卿先例，不可厚
薄。遺席已定，此要語，免爭者有人。暫緩發表，候來信而行可
也。病中神佑自是佳相，屬諸前生可，屬諸今生亦可。佛
家有鬼神，自力他力，淨土平等，感相應相，密教明徵，金剛
法華，具有靈驗，不必苦求諸八識田中，如泰西惟心論棄臼
也。鄙今夏劇病，略無感應，自視欿然。閱公來書，極爲欣
賀，惟加意調護，勉酬神貺。鄙作書近來脫誤益多，公書無
脫誤，彌可慶也。此問闇伯先生頤安。寐叟拜上。十

八日。

【案】此札爲美國劉先先生舊藏。札中有"湛卿仙逝"語，朱錫恩逝世於1918年(參觀《海日樓詩注》卷九《朱湛卿太守輓詩二首》)，又戊午長至前二日(十一月十九日/12月21日)沈曾植與金蓉鏡札云："湛卿遺席，均折爲三，一請孫君，一請羅君，一擬請步雲。"此札云"遺席已定，暫緩發表"，蓋作於民國七年戊午十月十八日(1918年11月21日)。

二十五

闇伯先生閣下：奉手教及新詩累幅，快如面接塵談。《神告篇》出入韓、歐，奇而有實，元祐後無此作也。他皆蒼老，差無逸想，則題不足發之耳。勘荒事近復如何？書言來滬，足音寂然，當緣天氣未佳，大病初愈，誠亦不宜勞動耳。湛卿遺席，均折爲三，一請孫君，一請羅君，一擬請步雲。薪不能豐，而名仍分纂，不知步雲能俛就否？請公先商見覆。晉老失女，懷抱可知，比常見否？乞代致候起居。肅請箸安。植頓首。長至前二日。

【案】此札今藏上海博物館。作於民國七年戊午十一月十九日(1918年12月21)。

二十六

闇伯仁兄大人閣下：別後兩旬，風潮震盪，幾忘日月。賤體苦瘦，欲作書乃懶握筆，病態乃老態也。論後山詩，乃不免又求之過深，試以見示爲唐君題圖詩，隱心言之，字字求吾言之著落，則後山詩心昭然若見矣。後山出世當慶曆黨論相持之日,其晚年則爲元祐黨人,其文字淵源在南豐,而知遇在蘇門,故其持論常立於不激不隨之地,不犯正位,有微意焉。而其無垂不縮、無往不收之筆妙,遂適與不來不去、不增不減甚深般若冥合,故山谷之詩多禪關策進語,而後山乃頗有教家行證語,於詩家參法理,乃政可於此密辨之。至其晚歲同遊,大多鄉里後進之差知信向者,程度相去甚遼,自寇國寶外,其他似尚不及淵明栗里,僅可比老杜夔州。而酬酢俛接,終不作一溢分之語,此其詩品之潔,尚友者,千載之下,有餘憭焉。排比鋪張,後山終身蓋未嘗遇此題目。僕嘗擬後山爲韓門之孟、歐門之梅,楊風子壁書千古,固不必別有豐碑大碣也。天氣微陰,縱筆作此談。余櫬江尚未歸,滬今日開市,杭其亦可開乎? 此問箸祺。不具。植頓首。五月十四日。

【案】此札今藏上海博物館。作於民國八年己未五月十四日(1919 年 6 月 11 日)。此札"論後山詩"至"固不必別有豐碑大碣也"一段,曾刊載於《世界佛教居士林林刊》1933 年 34期,題爲《答金香嚴居士書一》。

二十七

江西周少猷君,歐陽境無之净侶,將以募刻全藏事奔走南北,專誠奉謁,望進而教之,可知發起端倪也。此請甸臣仁兄大人台安。寐敏。

募刻文脱稿付周君最好。前寄兩信,一極長者。到否?

【案】此札今藏上海博物館。作於民國八年己未(1919)。

二十八

近世歐華粯合，貪嗔癡相，倍倍增多。曰路德之嗔，曰羅斯伯爾之嗔，曰托爾斯泰之嗔，曰馬克斯之嗔。吾國天性主讓，而近世學説貴爭，既集合上四者而用之，變其名曰專制之嗔、官僚之嗔、軍閥之嗔、資本之嗔。又爲之枝葉，曰涼血之嗔，曰不順潮流之嗔，曰迷信之嗔，曰頑舊腐敗之嗔，曰民智不開之嗔。廣張八萬四千釣，而吾華四萬萬民，無一非可嗔之物矣。惟政客爲造嗔之主，唯報爲嗔傳之媒。僕於歐亞之嗔辨之至微，而於雜粯之嗔猶視之若風馬耳。

【案】此札見王蘧常《沈寐叟年譜》。作於民國十一年壬戌正月（1922 年 2 月）。

二十九

刻如得暇，過我一談，有小詩請政。闇伯先生仁兄晨安。植。十一日。

【案】此札今藏上海博物館。

三十

前水未退，後雨復來，鄂皖現象，豈又將普及吾渖乎？臧孫急難，《春秋》所哀，第須預定辦法，其盼台從入城，面商大旨。至命之義，來書薈萃百家，可云美富，區區之意，乃七字連讀者。《論語》廿篇，終於知天；靈山五時，盡於涅槃。前日談次，乃有觸於此，似前七字竟是實地工夫語，以質高明，欲得鉗錘耳。似與尊旨不背，但須敷暢言之耳。闇伯先生道席。植。十三日。

【案】此札爲美國劉先先生舊藏。

三十一

　　昨與慧僧言，辦賑必須合官吏兩面組織一聚義機關，庶幾呼吸靈通，不虞隔膜，此即條議設辦賑公所之意，然必須與省城通氣。曰"辦賑公所"，不若曰"嘉郡籌賑分所"較爲一氣也。辦事人即以自治局、商會、農會員充之，最爲合式，且可徑請太尊具詳立案。卓見以爲如何？條議第三，權限太廣，諸多不便，切望更加審度。鄙所見謬轕案甚多，不敢不忠告。幹事決非鄙所堪任，六弟亦但可副董耳。覆請潛廬先生藎安。植。十三日。

【案】此札爲美國劉先先生舊藏。

三十二

　　昨談甚暢，不知風雨之橫也，船價壹元繳還。此請旬丞仁兄世大人台安。植。初九日。

【案】此札爲美國劉先先生舊藏。

與金武祥　一首

　　昨奉教言，至爲忻慰。病軀不獲趨謁。《六憶》大稿謹繳，小文奉覽，不足揄揚百一也。肅請粟香世丈大人台安。曾植頓首。

【案】此札今藏上海圖書館。作於民國七年戊午九月三十日（1918 年 11 月 3 日），參觀《沈曾植年譜長編》471 頁。

與金佩三　一首

前日枉駕，失迓爲罪。明日午前能來敝齋一飯否？藉
可暢敍。此請佩三仁表弟大人台安。植。初八。

【案】此札今藏上海圖書館。坿信封署"金佩三先生台
啓"。作於民國五年丙辰(1916)。

與康有爲　四十首

一

遺老請願，必不可少。請公揮一文，鄙亦擬一稿。並請
公提倡此舉。此事如衆議僉同，則鄙可以代表入都矣。落筆
即脱誤，足見其神理不完也，一歎。兩恕。

【案】此札爲 2013 上海工美春拍 Lot934 號拍品。約作於
民國元年壬子(1912)。

二

金淮懷秋來談書法甚久，深以用力勤而不得自在爲苦。
此摩天鵠卵也，非魯雞所能堪，請公思所以啓發之。鄭叔
問銘，抄出奉上。敬請牲公大安。植頓首。

【案】此札爲 2013 上海工美春拍 Lot934 號拍品。約作於
民國二年癸丑(1913)。金淮，字懷秋，平湖人。

三

風温頭面皆腫，目不書、指不筆者四日矣。今晨精神

略振，始得展讀大作。手此布謝，不能多及。《大觀》事，亦
尚未能代致也。甦翁。寐。

【案】此札爲 2013 上海工美春拍 Lot934 號拍品。約作於
民國二年癸丑（1913）。

四

續來五卷一册，還當以趙昌爲第一，惜其剥落仙山，秀
麗在前見黄筌上，非蘇片也。董元最劣，巨然較勝，亦吴小
仙、戴文進手筆。小米有墨無筆，尚不及軸中郭天錫。四
王册如爲子静物，價乃非昂，姑留以振其急，亦佳事。
兩恕。

【案】此札爲 2013 上海工美春拍 Lot934 號拍品。作於民
國三年甲寅（1914）。

五

小極已全愈否？來書四種，皆佳刻也。《誠齋》，宋槧
不疑。小字《昌黎》，或謂元、或謂宋，鄙則認作宋刻，但非
罕見，不爲世珍，然此本則印之精美者也。大字《昌黎》，明
本佳者。《三蘇》亦明刻，極罕見，容查復。公處目録書太
少，瞿氏目一部奉備檢查。來書四册繳上，付收字。更生大
師。植。

【案】此札爲 2004 上海崇源秋拍 Lot735 號拍品。作於民
國三年甲寅（1914）。

六

落水《蘭亭》奉覽，旭莊持來，索價三千，不必留，不可

不一觀。然跋雖不佳,帖固勝裝也。更兄。寐。

【案】此札爲 2005 嘉德秋拍 Lot1734 號拍品。又收入《海派代表書法家系列作品集·沈曾植》(98 頁)。作於民國四年乙卯(1915)。

七

羅侯欽想積時,頃以他客,不獲延款。刻謹掃榻,鵠[候]光臨。希代致意,有要談也。此請游翁晚安。兩恕。

【案】此札爲 2005 嘉德秋拍 Lot1734 號拍品。又收入《海派代表書法家系列作品集·沈曾植》(99 頁)。作於民國四年乙卯(1915)。

八

來款收到,即交匯。《大觀》校語細密乃爾,山谷所謂磊落人瑣碎事耶?已遣人録出。游公。寐。

【案】此札爲 2005 嘉德秋拍 Lot1734 號拍品。又收入《海派代表書法家系列作品集·沈曾植》(102 頁)。作於民國四年乙卯(1915)。

九

大文自何得之?將非湘陰傳送耶?青年演説歸後,體中何如?南洋畫卷一,又畫四軸,均奉繳。有兩幅思題數語,神思不續,落筆輒有誤字,可見。待異時矣。更翁。遜上。

【案】此札爲 2015 浙江南北秋拍 Lot44 號拍品。作於民國四年乙卯(1915)。

十

昨睡起，左頰忽腫，今日蔓延至頸，方延醫施治。開寶遣（遺）事，不得罄聞，亦有緣乎？長翁。植。

【案】此札爲 2015 浙江南北秋拍 Lot44 號拍品。作於民國四年乙卯（1915）。

十一

畫兩件收到。開歲疲憊，雨窗尤悶。如何？游翁。寐。

【案】此札見《海派代表書法家系列作品集·沈曾植》（100 頁）。約作於民國五年丙辰正月（1916 年 2 月）。

十二

珍味拜謝。霓裳九疊，不知三撾之力若何？任公来，能小住否？復請甦老節安。寐。

【案】此札爲 2015 年 3 月佳士得紐約拍賣會 Lot3732 號拍品。民國五年丙辰正月（1916 年 2 月）梁啟超至上海，此札當作於此時。

十三

書是康熙蔣刻初印者。黃筌貓，相形之下愈覺李迪可念，鄙卻無設法矣。竹是明季摹耳，極不過四十。鄒或可爲公代談。今日復洞泄，疲甚。湯信發否？示覆。兩恕。

【案】此札今藏上海博物館。作於民國五年丙辰（1916）。

十四

腹疾未全愈,乃頗思談。昨拱候未臨爲悵。黄是宋搴鑄,吴程度相等,作收藏副品,每卷三四十元可。吴是鄙同鄉,題者汪叔明,先公好友也。<代>爲我代購如何?復請午安。遜翁。

【案】此札今藏上海博物館。作於民國五年丙辰(1916)。

十五

刻石人胡肖菊來,遣詣台前,有刻件,可交一試。長素先生。植。

【案】此札今藏上海博物館。作於民國五年丙辰(1916)。

十六

秋花殆不能不開,燕樓有曲逆在焉,恐亦主與秋花透蛇。然七日之占,假中有假矣。苦無人處燕樓爲發踪,奈何? 近事真如鄭鷓鴣詩,出月有暇思一談。兩恕。

【案】此札爲 2013 上海工美春拍 Lot934 號拍品。約作於民國五年丙辰(1916)。

十七

稷臣下午至園,聞請客退去。頃將電件交來,屬呈上。此請刻安。兩恕。老態可憎,遊興倦矣。

【案】此札爲 2015 年 3 月佳士得紐約拍賣會 Lot3732 號拍品。約作於民國五年丙辰(1916)。

十八

四畫皆可存，無名者待吾儕題目耳。價當不昂，彌陀像收以見惠則大佳。游公。寱。

【案】此札爲 2015 浙江南北秋拍 Lot44 號拍品。作於民國五年丙辰(1916)。

十九

畫三軸，先繳上。行計何向，乞示知。本欲奉候，客來中止。行前尚得一談否？此請游存先生道安。寱上。

【案】此札見《海派代表書法家系列作品集·沈曾植》(94頁)。作於民國五年丙辰(1916)。

二十

加非昔以治腹疾極効，今無効矣。聞近事以外情略緩，彌可怖。兩恕。

【案】此札見《海派代表書法家系列作品集·沈曾植》(95頁)。作於民國五年丙辰(1916)。

二十一

水雲京居似是東單二條胡同，敝處信都由舍姪轉送。來示遵辦，明日發。兩恕。

【案】此札見《海派代表書法家系列作品集·沈曾植》(100頁)。作於民國五年丙辰(1916)。

二十二

清風行止若有掣之者，來此已三徙。昨兩日聞在海藏處，前曾有訪公之説，又言甚畏人，行有期乃拜客。今晚或可見，再詢之。

寒氣所迫，嗽大劇，又患腹瀉，昨信來已倦臥矣。四畫頃展視皆無味，巨然軸，張平山之靡耳。浙近尚有人來否？子文聞入浙，確乎？彥騫談甚暢。兩恕。

【案】此札爲翁率平舊藏，見《人天書》卷前插頁。又爲2014 浙江南北春拍 Lot0209 號拍品、2017 上海元貞春季首拍 Lot0162 號拍品。作於民國五年丙辰十二月（1917 年 1 月）。清風即升允（吉甫），參觀《鄭孝胥日記》。

二十三

損惠多珍，一總拜領。禪語所謂一單領過也，謝謝。愧無佳品以報。新拓得錢唐《閣帖》，權以壓盤，此是宋石，尚未能定爲何本，山舟以爲修内司，未確也。復頌新年大吉。游存先生。寐頓首。

【案】此札今藏上海圖書館。作於民國六年丁巳正月（1917 年 1—2 月）。

二十四

腹疾畏寒，雅招不得趨集，至以爲歉。止老亦以頭痛，屬爲代謝。聯句詩經晴初潤色，居然成章，奉覽。此請游翁道兄壽安。植。

【案】此札見《海派代表書法家系列作品集·沈曾植》（92頁）。當作於民國六年丁巳二月五日（1917 年 2 月 26）康有爲六十生日之後。

二十五

津信繳。頃得仁信，述萬言與此相應。幼雲仍暫留，㳄亦浹洽，前説不確，惟曲折尚多耳。今日壇語有陳橋字，稷謂與答公詩陶穀草相應，此釋亦佳。兩恕。

【案】此札爲 2013 上海工美春拍 Lot934 號拍品。作於民國六年丁巳（1917）。

二十六

畏寒不能出，路近可筆談。濤壽詩用何等箋寫？西巖一律否？請檢交一看。牪公晚福。寐上。

【案】此札爲 2005 嘉德秋拍 Lot1734 號拍品。又收入《海派代表書法家系列作品集·沈曾植》（96 頁）。沈瑜慶（濤園）生於 1858 年 12 月 4 日（陰曆十月二十九日），1917 年 12 月 13 日（陰曆十月二十九日）值六十大壽，故此札當作於 1917 年 12 月上旬，參觀《沈曾植年譜長編》458 頁。

二十七

痢後變瘧，今日幸不發。承念，謝謝。陶詩數年前曾見之，無足取。尊箸明晨繳。兩恕。

【案】此札見《海派代表書法家系列作品集·沈曾植》（93頁）。約作於民國六年丁巳（1917）。

二十八

稷來，知公歸，甚喜。比頗懸懸，亦病者心象也。昨受暑，今尚疲頓，欲談甚多，期明晚何如？卷奉到。兩恕。

【案】此札爲 2005 嘉德秋拍 Lot1734 號拍品。又收入《海派代表書法家系列作品集·沈曾植》（98 頁）。作於民國七年戊午（1918）夏。

二十九

怔忡益甚，惟恃藥力鼓舞，真行尸走肉乎？鄭索二百，則前留三種固應酌加。比亦蹙蹙，姑奉十元，繳隨十四種何如？何詩繳，升詩爲姚持去。稷日內奉詣。見聞極少。復上甡公大安。名叩。

【案】此札今藏上海博物館。作於民國七年戊午（1918）。

三十

瀛客來游，鄙人向以老病爲辭，不答拜。雅招以此不能趨陪，例不可破也。此請甡公晚安。植。

【案】此札今藏上海博物館。作於民國七年戊午（1918）。

三十一

一山信兩件奉閱，如何答覆？後而不及時矣。甡公大安。寐上。

【案】此札爲 2005 嘉德秋拍 Lot1734 號拍品。又收入《海派代表書法家系列作品集·沈曾植》（99 頁）。作於民國七年戊午（1918）。此札末空白處有康有爲書章梫住址“北京齊化門内南小街井兒胡同章寓”一行。

三十二

憎明晨有焦巖之行，明日局不集矣。鄙亦中暑，三兩日未能自敦率，稍遲如何？大箸奉繳。此請甡公仁兄午安。植。

【案】此札爲2005嘉德秋拍Lot1734號拍品。又收入《海派代表書法家系列作品集·沈曾植》（96頁）。作於民國七年戊午（1918）。

三十三

鄙見止用“不幸而言中”五字，已沈痛矣。翰好事保守，惟不知能勝重載否？恐須問一山。公極意商務，曷不於島稍留盼乎？近無新聞，但紛紛言雲間靠不住、黨人可怕而已。病曾一見。兩恕。

【案】此札爲2013上海工美春拍Lot934號拍品。作於民國七年戊午（1918）。

三十四

其人不足言，似不必發。公頭昏究何因？曷不招習西法者一視。小兒今日略能起坐，鄙卻患脅痛。復請甡公晚安。寐泐。

【案】此札今藏上海博物館。作於民國八年己未（1919）。

三十五

甘信奉覽，前送辦學意見，乞檢還，有改竄處也。杭行想未定期。此請更生仁兄午安。寐頓首。

【案】此札爲 2005 嘉德秋拍 Lot1734 號拍品。又收入《海派代表書法家系列作品集·沈曾植》（101 頁）。作於民國九年庚申（1920）。

三十六

《蘭亭》近人翻刻，僞古色者，亦拙工也。繳上。此請更生仁兄大人晨安。寐上。

【案】此札爲 2005 嘉德秋拍 Lot1734 號拍品。又收入《海派代表書法家系列作品集·沈曾植》（101 頁）。作於民國九年庚申（1920）。

三十七

《韓非》一册，昨包時誤漏，茲檢呈。卷，公囑慈護保持，俟其歸題奉。甡公大安。寐上。

【案】此札爲 2013 上海工美春拍 Lot934 號拍品。作於民國九年庚申（1920）。

三十八

閩學真大師，舊歲在敝齋曾瞻道範。頃將入都，專誠奉謁。公具天眼，識此異人。其生平歷史頗可聽。即請甡公道安。寐上。

【案】此札爲 2013 上海工美春拍 Lot934 號拍品。作於民國九年庚申（1920）。閩僧學真，參觀本編《與吳慶坻書》第五十五首案語。

三十九

委書四體，未免見彈求炙，勉强塗就，敗公佳扇矣。石君已晤，意甚懇至，不敢固辭，惟公命是聽。甡公午安。寐上。石鼓生疏，瘦草楷勉徇尊意，亦非本色，較可，謂何如？

【案】此札爲 2013 上海工美春拍 Lot934 號拍品。作於民國十年辛酉（1921）。

四十

《大觀》一册付去。宋太宗書在《絳帖》第十一卷，《寶賢》雜取《大觀》、《絳》覆刻，故有此書，宋翻《大觀》無此也。

開會説，聞甘卿言之，魔鬼世界須達長者何人耶？長素道兄。植頓首。

【案】此札見蔣貴麟編《萬木草堂遺稿外編》（下册，891 頁）。

與柯逢時　一首

昨奉佳刻，并頌鈞諭。感格涕洟，益深慕戀。顧惟譾劣，何足以承隆誼。儻得重來，日奉清誨，固三生之幸也。鈔件謹繳還，臨穎馳嚮。肅請中丞大人崇安。曾植敏上。廿五巳初。

【案】此札爲 2018 北京美三山春拍 Lot203 號拍品。作於

光緒二十九年癸卯閏五月二十五日（1903 年 7 月 19 日）。柯
逢時時由江西布政使護理巡撫遷任廣西巡撫,參觀《沈曾植年
譜長編》301 頁。

與李傳元 十八首

一

橘農仁表弟如晤:貞疾,百事俱廢。久未奉書,諒邀照
察,不爲罪耳。即日惟履祉如宜,潭祺萃吉。浙司法報中
崖略,俱見匠心,未知經費若何? 此間諸事,廉訪虛懷,決
無成見,以此得勉强佈置,然持久之計不易也。鄙與老姊
託庇頑健,然皖江風土究與體氣不甚相宜,再請開缺,未能
如願。實則爲財政困者十之四,爲病魔困者乃十之六。長
處此山城瘴霧之中,華髮日增,他日相見,且不識矣。

陳大令慶綏,西江循吏,卓有政聲,急流勇退,而亦未能
安於家食。其人老成遠見,爲紳界富有經驗之人,儻有機
會位置一事,他日當得其臂助。吾弟其有意乎? 蕭渤,即
頌勳安,閫潭均頌。儲令已委厘差,並聞。兄植頓首。四
月初九日。

【案】此札今藏上海博物館。作於宣統二年庚戌四月九日
（1910 年 5 月 17 日）。

二

中秋前一日簡訏叟
醉唱儂家七返丹,坡句。道家此丹,襲用釋典。華陽服是楚

囚冠。上生兜術歸依法,變相明王熾盛觀。百劫不迷臣寶
願,九圍重式泰山安。常儀作證吳剛侍,破碎山河影忍看。

【案】此札今藏上海博物館。作於民國四年乙卯八月十四
日(1915 年 9 月 22 日),參觀《沈曾植年譜長編》412—413 頁。
此詩又見《海日樓詩注》卷七 944 頁。

三

三疊丹字韻簡訏齋

栗葉初黃楓樹丹,娑婆世界閟儒冠。有來秋色蒼茫
處,過去吾生次第觀。葛令晚年惟抱朴,龐公雅性説遺安。
朱陳圖畫張周對,二老風流異代看。　　　寐叟。

【案】此札今藏上海博物館。作於民國四年乙卯八月十六
日(1915 年 9 月 24 日),參觀《沈曾植年譜長編》413 頁。此詩
又見《海日樓詩注》卷七 945 頁。

四

明日約劉靈華、催眠者。張猛劼來寓吃素菜,請台從于
四鐘惠臨一談,勿遲爲盼。訏齋老弟親家定安。寐泐。

【案】此札今藏上海博物館。作於民國五年丙辰(1916)。

五

恰好劉君往九江,不能到,廿後再約。惟十三有鐘局,
兩鐘集晚餐,兄與玖皆東。玖老屬約公入社,恐須一應酬耳。訏
公。寐。

【案】此札今藏上海博物館。作於民國五年丙辰(1916)。

六

詩詞並妍潤殊常，不似老翁，尤不類病客，止觀力耶？有神論未見，新出鬼語見過否？靜久思動，晴暖或奉候。橘叟。寐上。

【案】此札今藏上海博物館。約作於民國五年丙辰（1916）。

七

近日無新聞，我輩寂寥，而彼惟轉相警告，此殆《繫傳》功效耶？千枝萬葉動無數，一一皆可尋其原，原者何？則窅而已矣。最新說謂紫陽傳意東西，贊吾學說，此誠匪所望者。顧呕欲流燕樓，何說也？穀成昔言，淨土別一星球，鄙謂持名是無線電報。我輩今日惟勤打無線電，萬一得回電，大事濟矣。此請日安。兩恕。廿三日。

【案】此札今藏上海博物館。穀成即沈登善，參觀第十首案語。此札約作於民國六年丁巳（1917）。

八

大作送善化，擊節非常。朱桂卿來一篇，亦極暢達，然廓市已收，止可留待龍福護國市矣。此數日內，無論若何，必有許多波瀾曲折。吾黨皆敏行而訥言者，前行無口號，後行何從著力乎？

雨後微涼，且復養痾，比張魏公不動心如何？

【案】此札見《海日樓手簡》。原注“丁巳”，當作於民國六年丁巳五月八日（1917 年 6 月 26 日）赴北京前。

九

青陽白日，沉鬱萬端，猥以賤辰，遠頒鉅制，獎飾何敢
當。而阿上、阿長暗偲，字字皆光明性海流出，微弟不能爲
此詩，抑非兄殆亦不能弟妙思也。張之壁上，徘徊籀諷，瓊
瑤之報，油然已具。或且躍冶而出，先期交卷，亦未可知，
惜明日慶辰趕不及耳。款識絕口不談，已爲匝月，終日以
佛號遣懷，極思晤言。回禾祭掃後，頑體如健，或當奉訪，
爲莫釐、張公之遊，未知能有此清福否？尊患想十日內可
全復元，究以移居高爽爲宜。

【案】此札見《海日樓手簡》。原注"戊午"，當作於民國七
年戊午二月二十八日（1918 年 4 月 9 日），參觀《沈曾植年譜長
編》463 頁。

十

拙詞過荷獎飾，得無招彊邨忌耶？尚有在皖時作，搜
出二三十首。都中所作則零落無幾，緣曾寫出清本完全失
去，反是未寫出者存，人事難意料如此。鄩中年文字遂盡
亡於拳禍，及今次回禾清理乃知之耳。前數日作得《楊仁
山塔銘》，似有中肯語，篇幅太長，遲日抄寄。近日手足皆
腫，早晨甚，午後消，不知是何病。心神枯澀，忽忽無聊。
彌陀教理殆過穀成，行證仍不及仁山，奈何。知無障，行有
障，此何說也？賤辰不比（必）舉，令姊乃不可不舉，公有文
字章之，速藻爲盼。

【案】此札見《海日樓手簡》。作於民國七年戊午三月下旬
(1918 年 5 月上旬)。參觀本編《與謝鳳孫書》第十首。沈善
登(1830—1902)，字尚敦，號穀成、豫齋、未還道人，法號覺塵。
室名豫恕堂。浙江桐鄉人。同治六年(1867)舉人。同治七年
(1868)進士。精易理，通佛學，曾書大字《彌陀經》刻於石崖。
著有《需時眇言》、《經正民興説》、《論餘適濟編》、《報恩論》，
合刊爲《沈穀成易學》。編有《豫恕堂叢書》。

十一

訒齋先生仁弟閣下：入此月來，爲天氣所困，始若感
冒，繼發腰痺，怫鬱煩悶，略無心緒，欲作書終止數矣。即
日惟樓閣光明，順時納祜。頸後瘡瘰，昨見景興信，尚未復
元，此何以故？得非外治治標尚須略參内治治本耶？今年
長夏恐必亢燺，多有内地人來滬避暑者，曷攜一如君易地
一換空氣耶？病中新知當益邃密，鄙近偶讀時人服氣書，
忽悟所謂鍊精化炁者，止是守静；所謂鍊炁化神者，止是致
虛；而吾儒所謂“清明在躬志氣如神”者，主敬之神乃更在
致虛之上。又因知七寶池閣“樹鳥法音”四字名號，直兼有
致虛主敬之勝也。此意公謂何如？止相輓詩周詳深穩，深
入定廬之室，吾禾土產爲公得之，不能無妬，然所以妬者，
恐舉世無能知也。長日無聊，書此當面談。此請頤安。小
兄植頓首。廿日。

【案】此札今藏上海博物館。作於民國七年戊午四月二十
日(1918 年 5 月 29 日)，參觀《沈曾植年譜長編》465—466 頁。

十二

　　兩奉手教，敬承一是。王氏《易注》檢呈。齋頭尚有明刻他本，此本即以移贈。若有新得妙義，時示一二爲盼。兄於此經時有所解，瞥過即忘，或冀彼此相證，心影略留晷刻耳。南北二京、滬謠並急，幾若事在目前，昨京友來，乃謂都無其事，大奇。窮其説再奉聞。甘卿肝病復發，嚴寒未嘗非助因。稍暖熱仍望來滬一遊，寒即不敢勸駕耳。《大悲咒注》南京有刻本，可購也。訒公日安。寐上。

　　【案】此札今藏上海博物館。約作於民國七年戊午(1918)冬。

十三

　　入此歲來，似竟未詳作煙墨語者，然否？威海衛書齋，命之曰井谷山房，幽闇可想。久居谷中，日益踸踔，目宜宜其凝盲，聽蕭蕭而無聲。精神日墮，亦是類墮，亦是隨墮。病菌日滋，遂感疫氣，災及玉女，則持誦之力不足也。兄七十之年亦染疫氣，亦不得謂非懈怠之故。四月復病，六月復病，深有老不攝氣之懼。前寄呈《病起自壽詩》，粗述病中狀況，占察善惡，頗以鍼札望公，不蒙批判，良爲觖望。前途不過兩三年，空色雖融，世情未斷，西方其尚隔一塵乎？緬想安般籙中，似有五色蓮輪輻輳旋轉。陳媼言弟每日遂園著棋，大院乘涼，行住坐臥，灑落自如，大勝鄙人心爲境困耳。《俱舍》已成稿本否？持誦佳象若何？兄近於樂律頗有理解，惜不得與公談。下月可移新聞路，屋較寬敞，甚盼惠來。兄無漸勝之具，行甚難，還是弟來易耳。胸中耿耿，

時一躁熱,法不孤起,仗境方生,境不從心,還是觀念力薄
耶? 否耶? 獨學無友,書此奉質,有以教之爲荷。

【案】此札見《海日樓手簡》。原注"己未",當作於民國八
年己未六月(1919 年 7 月),參觀《沈曾植年譜長編》480—
481 頁。

十四

長庚殘月迴相望,文字觀爲般若光。作佛有期先補
處,獻花隨願到他方。秋來草木含悲氣,事去山河黯夕陽。
欲與君尋廣陵散,太音終古不銷亡。

文字觀爲般若光,理辭無礙各昭章。語心品以深禪
得,不滅神甯數劫忙。有句不須藤樹倚,無情相見月潭涼。
明朝落帽知何處,極目遥天雁陣長。

樓上闌干樓外花,野溫慣狎野人家。微明殘月如新
月,起誦悲華轉法華。散落天星成劫雪,微茫旦氣曬晴霞。
祇應絕代靈釣感,尚有山陰處士嗟。

夕秀朝華日日新,天將沆瀣灑陳人。丹霞燒後才成
佛,白骨觀餘不見身。衰柳蟬隨思女化,荒花蝶與夢周親。
蕭寥人代支離叟,朱鳥歸來笑飾巾。

四首非一時作,一時録出耳。奉發一笑,不可不和。
寐上。

尚有"處處相逢處處渠",檢稿未得,容續奉。

【案】此札今藏上海博物館。作於民國八年己未九月,參
觀《沈曾植年譜長編》483—484 頁。詩四首又見《海日樓詩
注》卷十 1249—1251 頁。

十五

前詩兩紙尚是九月寫出，欲奉寄而意中欲言，複沓無緒，握筆臨紙，旋復中輟。續聞弟有玉峰之行，私懷翹望，覦來滬一談，不意乃竟不來也。鴻文醇雅，在堯峰、憺園間，假令給諫公見之，亦當印可，或且位甘泉上未可知，兄惟有誦東坡語“六十年相知不盡”而已。解脫進境，近復如何？讀來書，胸懷殊是灑脫，兄之不能忘情過去，所謂留惑潤生者耶？慈護幾死更生，今年不知是何惡運，現初下床。

【案】此札見《海日樓手簡》。原注“己未”，當作於民國八年己未十月（1919 年 11—12 月），參觀《沈曾植年譜長編》483—484 頁。

十六

安般大弟親家如面：一病經年，諸事皆廢，重以喪痛，無復生意。彌留至今，猶存視息，意業報未盡耳。公病亦復不輕，極爲馳系。據景虞侄與兄言，固常以肝候不勻爲慮，而今復見足腫，此爲心房有病無疑。但令西醫筩聽，便可審知輕重，及早施治，尚非難事。吾輩不怕死，但怕中風。兄於丁巳冬月見此象，桂卿謂脈代，林醫謂心房。服林藥水而定，即慈護以寄公者也。舊歲腦中<中>有聲，極差異，以西醫藥鍼治，亦與林同法，但藥加重耳。今夏心房微緩弱，治法大抵同丁巳。其後乃種種別生枝節，最苦莫甚於夜中不成寐，西醫藥竟不得力，不得已以阿氣悉活絡助之，亦不全靠此器。

乃竟應手而愈。此器劇爲青島諸公所稱道,吳蔚若至全家男女人掛一具,臆其功用殆能調和榮衛,柔緩而不驟。調大便,助睡,治氣病,開胃,久用當亦能消腳腫,請於書中尋之。兄所已驗者也。與服藥不相妨,而兼助藥力,一面服藥,整理心房藥。一面用此器,似妥當法也。一句彌陀截斷一切,此即往生公據,但恐簿上飲食料尚未消盡耳。兄今日則恣意消費,有句云"道窮畢竟空人法,意盡何心更宿留",奉博一粲。即請證安。兄期楨頓首。初三日。

【案】此札今藏上海博物館。作於民國十年辛酉五月三日(1921年6月8日),參觀《沈曾植年譜長編》502頁。

十七

前書精神滿腹潮音,又是佳象,弟净域因緣突出兄前矣。兄乘急戒緩,尚不知中郎邊地如何耳。樂律書,淩仲子、陳蘭浦皆卓卓。近譯教科書,乃與朱子説相印,亦大奇。

【案】此札見《海日樓手簡》。

十八

初聞公病殊縈念,繼見答林洞省問,又催修車,矍鑠未減,度比子封所患爲輕。第調治亦不可不加意,須杜其萌蘖耳。病中有所得否?静中如何?夢中如何?平生功夫到此如何?曷以語我?鄙此數日亦在檢點中也。

【案】此札見《海日樓手簡》。

與李慈銘　十首

一

《説文辨疑》、施君詩均繳上。張書明辨堅確,幾可方駕江、鈕,其得力亦祇墨守本書,而精思既久,遂爾觸處貫通,讀其書益思其人,深恨當時未得一見也。昨聞桂卿誦和先生詩,朝來技癢,輒亦效作四首,不知爲嬰兒之學語耶?爲怪鳥之鳴春耶?不自匿其醜,録奉尊前,可發大噱也。聞痔恙復發,必已全愈。念念。此請越縵先生同年尊安。弟植頓首。舍弟津信來云,先生有三月赴津一遊之説,然歟?

【案】此札今藏上海圖書館。作於光緒十一年乙酉三月十九日(1885 年 5 月 3 日)。

二

多日未晤,正思奉詣。適奉手畢,快若侍談。尊體小有不和,此必酷暑爲虐。數日來炎熇蒸鬱,平人尚不能堪,況先生兼當幽憂無俚時乎?冀善調衛,定占不藥。樞廷考試,尚無定期,傳言當在初十、十一、十二三日,刑、工皆十二。韜甫、綬卿必然高列,植則嘗試濫竽,已出望外,素不工書,兼有忌者,恐無有副相愛雅望也。晚涼當再奉候,想可對客,不厭勞否?復請越縵先生同年尊安。小弟植頓首。

【案】此札見《海派代表書法家系列作品集·沈曾植》(2頁)。光緒十二年六月十三日(1886 年 7 月 14 日)沈曾植、王彥威（韜甫）、王頌蔚（綏卿）赴軍機章京考試，此札作於六月八日（7月9日），參觀《沈曾植年譜長編》72頁。

三

久病疲茶，嘉節不能趨賀。伻來，承手札垂詢，并荷佳惠，謹拜登。感謝感謝。今夏之熱，幾爲近數年所無。尊體木火并彊，尤易爲其所動。歸舊恙一發洩，較錯出別證爲佳，但咯血後，千萬宜少親藥餌，静攝數日，爲大願耳。弟腰膂已伸，痔恙亦什去八九，惟咽痛大略猶如故，氣力日疲，極無聊賴。聞醫不少，竟無有能斷言何術必效者，治療大抵如冥行耳，一歎。敬敏越縵先生同年節安。弟植頓首。端節。

【案】此札今藏上海圖書館。作於光緒十三年丁亥五月五日（1887年6月25日），參觀《沈曾植年譜長編》81頁。

四

枉顧失迓，昨奉手教，忽忽又尚未復，罪甚。起居仍未復常，或恐因小勞動所致，不審日來尚服藥否？麟師處明日接三，自應往拜，當於午後趨詣尊齋，相隨偕去。書事竟如願，極感費神，比日小澀，便即付之。復請越縵先生同年尊安。曾植頓首。

【案】此札見《海派代表書法家系列作品集·沈曾植》（1頁）。據“麟師處明日接三”等語，當作於光緒十三年丁亥十月十日（1887年11月24日），參觀《沈曾植年譜長編》84頁。

五

示敬悉。漱丈相約多日，度必隔宵治具，辭之既晚，事或非宜。弟明日本約爽秋同往，敬當遵示先詣尊齋，於卯正時乘早涼行，郊外風景當亦略可縱目也。不審尊意以爲何如？敬復，即請越縵先生同年尊安。弟植頓首。

【案】此札今藏上海圖書館。作於光緒十四年戊子四月四日（1888 年 5 月 14 日），參觀《沈曾植年譜長編》90 頁。

六

來教祗悉。舍間稱觴之日，定於下月初三，戲已定妥，而他事尚未全有頭緒。貴鄉祠擬今、明日先往一看，便中尚祈飭知館人。承示種種，計慮周悉，感荷無既。前日適有俗事糾纏，遂致失約，歉甚。日内再當趨候也。復請越縵先生同年尊安。沈曾植頓首。

【案】此札今藏上海圖書館。光緒十五年己丑四月三日（1889 年 5 月 2 日），韓太夫人七十大壽，沈曾植在越中先賢祠開壽筵（參觀《沈曾植年譜長編》105 頁）。此札當作於是年三月（1889 年 4 月）。

七

《石柱頌正解碑》一紙、《定國寺碑》一紙並奉到。文中斛律公下有羨字，不獨弟粗疏未之見，錄文者此處亦以空圍記之。來札當與拓本同藏，異時同付裝池，識始辨此字之由也。舍弟行期未定，約在廿二、三，脱有郵書，幸先日付下。家兄已歸,稍息兩日當趨候。復請越縵先生同年尊安。曾植頓首。

【案】此札今藏上海圖書館。光緒十五年己丑十月八日(1889 年 10 月 31 日),李慈銘借《石柱頌》拓本,十月十九日(11 月 11 日)歸還(參觀《沈曾植年譜長編》114 頁),此札當作於是日。

八

前日接津電,家兄、舍弟均以初八抵津,約計月半前後定可入城也。知念敬聞。比日齒痛當已差。壽屏界格,敬祈書示全銜。專此,敬請越縵先生同年尊安。曾植頓首。十一。

【案】此札今藏上海圖書館。光緒十五年己丑十二月二十七日爲李慈銘六十大壽,據“壽屏界格”等語,此札當作於十二月十一日(1890 年 1 月 1 日)。

九

昨奉手簡適他出,未復爲歉。《炳燭齋隨筆》疑是明人著述,然徧檢未得。顧大韶集名炳燭齋,或即所著耶?薛史有彭氏別本,向未之聞,如閣下見之,乞示悉本末也。越縵先生同年頤安。曾植頓首。

【案】此札見《海派代表書法家系列作品集·沈曾植》(1 頁)。

十

連兩日天益燠暴,未知尊恙若何,已全癒否?林君昨日見過，弟適他出，留語今晨相候，卻未至也。未晤，不知所要何項，無所施手，而爲日已迫，假展至十五擬三道，尚未知能寫畢否？承先生誑諉，不敢不勉力，然恐無以滿其意，如何？十六、七均有事，弟兩人皆不得暇。今晚即自意擬三題，<small>經、史、樂律。</small>餘二殆須另商矣。此請越縵先生同年尊安。小弟植頓首。

【案】此札見《海派代表書法家系列作品集·沈曾植》(3頁)。

與李瑞清　一首

董書作於天啓六年爲南禮請告之時，黨禍方亟，寫經殆爲諸賢祈福耶？老筆益嫩，斯爲化境，惜手無斧柯，所謂身老喚人看國色者也。謹繳上。乞賜收條。肅上梅道人法坐。植。

【案】此札手跡見2013北京匡時春拍Lot0231號拍品董其昌楷書《心經》册頁。又見民國藝苑真賞社珂羅版影印《明董思翁書多心經真蹟》。據筆跡，當作於民國三年甲寅(1914)。此册曾爲李瑞清之弟李瑞荃舊藏，瑞清借此册與沈曾植欣賞，沈歸還時覆書，後被裝裱入册，其後有民國二十八年(1939)袁勵宸跋，略云："右董文敏晚年書，剛健含於婀娜，允推神品。沈寐叟稱其老筆益嫩，形容尤爲諦當。帙尾有'李筠庵引按，原印作闇。祕篋印'，證以寐叟手札，知爲吾師梅庵夫子與其介弟晨夕欣賞之物，因從蔣氏密韻樓購歸。"可參觀。

與李詳　一首

手教誦悉。《啓事》文辭古雅，然流人之目，恐非諸老所樂聞,且永嘉有僑郡之置,有土斷之制,流人之目,因是以生,今豈有此望乎? 請更酌之。此請審言仁兄大人台安。植。

【案】此札見李稚甫《李審言交遊書札選存(續一)》,《學士》卷二。參觀《李審言文集》796—797 頁《學製齋駢文》卷一《海上流人録徵事啟》。

與李宣龔 五首

雪後山以光景奇絶,大可發吾公詩興。已令掃除閣道,祇候駕臨。惟鄙人嗽甚畏寒,不能窺園,止可作地主,仍請老伯作筵主耳。肅請拔可仁兄大人台安。尊伯同候,不另。植。二十二日。

【案】此札今藏上海圖書館。作於宣統元年己酉十二月二十二日(1910 年 2 月 1 日),參觀《沈曾植年譜長編》337—338 頁。

二

拔可大令仁兄來登禮嶽樓病不能偕短章以謝

數點新紅上野花,未消殘雪蜀都茶。時晴喜見披雲客,卜夜難留上水槎。高閣江光帶平楚,遠天遲日攬《悲華》。憑君莫更徵詩債,孽雁傷弓痛轉加。   巽齋屬草。

【案】此詩札今藏上海圖書館。作於宣統元年己酉十二月末(1910 年 2 月上旬)。此詩又見《海日樓詩注》卷三 376 頁。

三

久未見公詩,昨示兩章,馳突韓門,筆力不下廣陵矣。

濤園清出重觀,大不愜,覆加塗改,明晚奉覽。此請拔可仁
兄大人台安。植頓首。

【案】此札今藏上海圖書館。作於民國九年庚申六月
(1920 年 7 月)。

四

手教祗悉。鈔收到。待秋畫作橫卷甚佳。忠端册節
前必繳。覆請拔可先生台安。植頓首。

【案】此札今藏上海圖書館。沈氏《題黃忠端公尺牘》絕句
六首末署"宣統庚申八月嘉興沈曾植題記",此札當作於民國
九年庚申八月中秋節(1920 年 9 月 26 日)前。

五

拔可攜示辛夷詩,余樓前有此花,今年開極盛,顧未有
詩,和韻寄李,且以慰花。

花開謝連詩思遲,懶殘多負蔥瓏枝。白傘蓋前密因
在,定色未受昏明移。君家白塔復何似,萬皆一眩瑩無疵。
朝吟遂有驚坐住,夜領不避盧全窺。花光詩情兩昭朗,今
名古語無然疑。玉蘭、木蘭,古今語耳,實一木。由來一白掩衆嬅,
蕎有佛忍酬文咨。咆哮萬國壹骨觀,天花勿用霑吾衣。

比以舍六弟病,心緒甚惡,目疾又甚,勉和一章,五言
不能復和矣。董、黃三札卷並繳。此請拔可先生台安。植
頓首。

【案】此札今藏上海圖書館。作於民國十一年壬戌(1922)
春。詩又見《海日樓詩注》卷十二 1471—1472 頁。

與李逸靜　八十二首

一

　道路漸好，晚間地凍，尤可放心，未審日内可一歸否？所以言此者，恐遲數日更不得暇也。廠市爲繆、孫諸人牽率，未免破費十餘金，固是肉痛，非其本心。然已無法。欲就岳母商之，而慚於啟口，敢請吾夫人代爲一謀，得假十金，不勝心感，盼切盼切。岳母見此字，當必生嗔，雖生嗔，幸終諒之。至感。夫人粧次。培字。

【案】此札今藏上海圖書館（《海日樓家書第四十六函》）。據筆跡，當作於光緒初葉。

二

　纂泚夫人足下：得閏月書，具稔近祉康和，上侍綏吉，忻慰忻慰。此間一是如常。大兄、五弟於十五日啟程同赴津門。大兄所事如何，未得來信，尚難懸擬。五弟則月末、月初便當由彼南行，一徑赴滬矣。

　大人近體安好，惟上月末因夜中巨雷驚發肝厥，爲時幸不久，亦未抽搐。次後兩日體中覺不適，咳出微有血點，三數日便復原，近來甚清適也。

　來信秋後歸來云云，既足下真不願歸，我亦何苦强人以所不樂。惟五弟已行，事不可追。大人面前，我亦無顏再説。去年足下之行，是我專擅主張，今日種種爲難，自然亦應我受之，此是我賢夫人之惠賜也。來否悉從尊便，今後決不再發一言，徑請放心善事弟妹。

王氏婚事，聞聘臣曾往提過，回信如何，則未之知。現在旭莊已送其夫人柩南回閩中矣。我不善爲媒，慚愧慚愧。將足下扣留南中數月，以當治我罪名可也。

家中近事不多及，諒亦本非足下所關心。夏宅想常通信，取信於彼可也。即問近好。不盡。子培泐。

【案】此札今藏上海圖書館（《海日樓家書第五十一函》）。作於光緒十三年丁亥六月初（1887 年 7 月），參觀《沈曾植年譜長編》82 頁。

三

繁君如面：日來甚盼信，昨得十六手書，快慰無似。前日又得六弟信，皆客中開懷事也。日來惟闔祉多佳爲祝。鄙在此患熱癤，此兩日太陽旁一顆最大而痛，不意君亦如之，真可謂之奇絶。此間人方用苦瓜水調大黄末塗，又有以熊膽敷者。鄙已用黄瓜無數矣，醫言亦須服清熱之劑，鄙意似可多飲元參麥冬湯或金銀花、夏枯草，皆清暑良藥也。此間總無雨，然近數日早晚卻亦稍有涼氣，不似以前之酷毒，以十二元託朱樹卿在上海買一榻一椅，甚適意。本地人云尚有秋老虎，怕極怕極。

湘行約須出月，一切情形詳大兄信中，可取觀。制軍月送百金，筆墨、編書皆如原約。間三五日，輒以馬車來迎乘涼夜談，王雪岑、梁星海均大以爲苦，鄙卻不覺，惟議論往往不合，亦無如我何。

北信杳然，甚爲奇怪，日内擬發廣東、保定書，君與二小姐亦可再作一信與大姑奶奶，告以懸繫，請懷伯速寄一信爲盼。在此諸人均接眷，有公館，相形頗覺孤寂。此地恰不甚潮濕，自湘歸後，便當尋屋，此時卻不便預定也。寄去百金，内劃五十元寄禾，餘可暫存。丁叔衡信可教馮玉送去，賈、楊皆病，現添用一湖北人，_{初到。}尚機伶，遲遲再看。李貴告奮勇，極好。安慶之約恐須細酌，不妨再與一信，詳問其何處有住，如何下船，赴鄂時順道前往可也。此番惟眼鏡忘記一副。鍋焦有炸好者，未曾面告我，書供一笑。又此間有人説足下是通品，失敬失敬。此問近好。乙盦手泐。六月二十三日夜。

【案】此札今藏上海圖書館（《海日樓家書第四十八函》）。作於光緒二十四年戊戌六月二十三日（1898 年 8 月 10 日），參觀《沈曾植年譜長編》204—205 頁。

四

縈君如面：初二日親至漢口，交協成匯款百金，平色折算作估平玖拾伍兩柒錢，喫虧頗甚，不知估平與揚州通行平究如何也。即日惟履祉安和、兩姪女均好爲祝。閣下熱癪已好否？揚城近日天氣如何？據《申報》，似雨水太多，會館房屋濕氣不重否？六弟處有無信來，五弟有信否？得伯唐六月十一日信云，渠與五弟常通信，現五弟到京訪醫，即住伊處，不言何病，頗用縈念。幸續接張菊生信，言晤五弟氣色甚好。此語差可放心耳。

此間初三大雨竟日，天氣驟涼，書案對北窗，不意爲風所吹,又成感冒,大約又須疲頓三四日,真是晦氣。右額熱瘰結痂,左顴又起一顆,未知塗藥能消去否? 湘又有兩電來催,時務學堂似可辭脱,現擬俟黄公度來一晤後即行起程。公度云明後日啟程,僕南行大約在初十左右矣。琴巖有信來云,臨行有一信交大兄,望詢明寄來,大兄何不隨手寫數字寄我耶? 不必多也。前信所説粤東寄鎖事,務望速辦。信後似有致文樞堂老湯一字,不必送。我意到湘以後住過中秋,如可通融,即便返棹。八月二十日後,尚擬回揚祥祭,興言愴咽,尚不知能如願否耳。看來東西跋涉旅費不貲,館穀所入,尚未知能勇葬費否? 若果不敷,恐尚須沿江托鉢耳。伯唐書言,署中保案無名,議約事亦中止。常熟去國,事固應爾。大兄處,動身時再作信。此問近好。七月初六日。乙盦泐。

【案】此札今藏上海圖書館(《海日樓家書第七十一函》)。作於光緒二十四年戊戌七月六日(1898 年 8 月 22 日),參觀《沈曾植年譜長編》205—206 頁。

五

懷護主人清覽:不接信月餘,悶悶無似。在鄂行時發一信,並匯款四伯金,到否? 到湘於廿五即發一電,想收到矣,即日惟起居清吉爲祝。僕十九四點鐘登舟,東北順風,而小輪行駛甚遲,尚不[如]滬禾之速。廿二過湖,又得順風,甚適意。廿三晚抵長沙,船中甚熱,有一夜竟不能安睡。到後體中頗憊,廿五出門兩次,與陳又翁、徐顔甫均久談,當時覺氣竭,歸後即脱肛,記去年似有過一回,然不如

此之甚。熱水薰、鴉片提均無效，服黃芪亦尚不能得力，今
日竟服十全大補，看其效驗如何。頗疑船中五日，到此住
樓上三日，地氣不接，致有此病，故頗想即移書院住也。到
院即開課，開課即閱卷，約略忙過十日，即到中秋，過節即
回棹矣。書院山長住處甚小，不能住眷，到彼恐須用一燒
飯人，地氣潮濕，亦不願移眷，武昌自較勝此，歸時面商
可耳。

　　近體想康善，熱瘤自應全愈不必問，然鄙人右額一粒
痂至今尚未脫也，額上且有瘢，真可厭。阿四讀書寫字如
何？新生小姪，鎖寄去否？要做一件灰布夾一裏元，望即
叫裁縫做起，又想托瑞宣買杭腿兩條，已另寫信。與大兄商量
可否。京中有信否？二小姐有信否？悶時要問之話甚多，
下筆又想不起。此後不必發信，以前想有信，能如六月底
一信之詳，則大快矣。此間近好，兩姪女均好。乙菴手泐。
七月廿八日。

　　【案】此札今藏上海圖書館(《海日樓家書第三十三函》)。
作於光緒二十四年戊戌七月二十八日(1898年9月13日)，參
觀《沈曾植年譜長編》207頁。

六

　　日來盼信正切，頃自榨蒜村回，由東門送到正月廿七
手書，歡喜之至。此間亦廿七發一信，由信局寄，不知今日
能達覽否？墳上今日定向，盼大兄甚切，初二若不改期，明
日當可到，未知能如所願否？五弟在北動身，至快須初一、
二，度其到此至快須初六、七矣。禾中無日不雨，卅日北風

勁甚，天驟寒，大毛袍、皮背心、皮領統身著上，去冬所未有
也。初三開晴，今晚復雨。陰晴於做墳極有相關，上月雨
多，冀本月或可略少，又禾中有"上看初三，下看十六"之
諺，初三既晴，上半月或不致淫霖不止乎？

　　賤體如常，臂痛、腹瀉，不增不減，胃口卻似略好。連
日上墳，歸來輒靜坐，尚不覺甚勞。動工後擬租一船作住
處，而船價頗昂，約須每日一番內外，此款恐不能省，緣墳
屋下係土地，久住恐腿上出毛病也。張薪一諸事不避勞，
張左山亦好，新甫、琴巖卻退後，不甚出力。琴巖須大兄來
提調，新甫少魂失志，聽之而已。新甫新正八日與瑞宣之弟嘉大鬧，
嘉負氣出走，投水死。此事已見《申報》。大嫂靈柩現改擬即厝榨鄗
村，二姪女所言與六姑母靈柩樣式不同幾處，請更詳細開
來，以速爲妙。

　　此間開工館，用一燒飯人，又用一幫忙跟班，每日用錢
需一洋，大兄、五弟來後，章程恐尚須更改。賈升、楊升均
不得力，如足下欲調回楊升，儘可應命，但果欲往安慶，仍
須借楊玉相送乃妥。楊升目力太壞，屢誤事也。趙姑太太
能來揚，自較足下前往更妥，然亦難以懸斷，且看渠回信如
何。若渠果來，會館能住固好，不能住，不妨請許衛生代覓
一屋，供應自當由我們出，斷無仍累大嫂之理。若必須足
下去，千萬早行示知，以便代籌一切。信由上海江海關文案張老爺
屏之收存轉交最快，但恐信面寫錯遺失，仍寄東門大街爲妥。款項須匯與
否，現尚不能預計，後信再說。許宅托買諸物，得暇即購
辦。尊體諒已復元，泄瀉後胃氣未復，亦祇可喫薄荷餅。
談笑過勞，亦須勻對工夫，靜靜。此請日安。薏盦手泐。

初肆夜二鼓。

【案】此札今藏上海圖書館(《海日樓家書第六十四函》)。作於光緒二十五年己亥二月四日(1899 年 3 月 15 日),參觀《沈曾植年譜長編》213 頁。

七

蘩君如面:十四送大兄行後,歸即結算零帳,料理行裝。十六五弟赴杭,十九鄙自禾啟程,今日九點鐘到滬。本擬同大兄同住大方棧,而彼棧無屋,鄙行李又多,止可在晉陞棧另住。此間不過四五日躭閣,大兄廿二動身,擬令賈升押粗重行李,隨大兄先回揚,鄙尚須往江陰、常熟一轉。江陰無碼頭,行李多,上下不便,故不能不如此辦也。回揚之期約在月底月初,滬館大約不能就。香老有電來催,已覆以四月望邊到鄂。看來此地與吾輩無緣,祇好去看楚中江山矣。川資已不旉買物,然匯款卻不能待,祇可就熟人暫借數十金。今日爲阿四購一鋼表,十三元。花樣極新,向所未見。此問閫祉。薏翁手泐。三月廿日燈下。

【案】此札今藏上海圖書館(《海日樓家書第五十二函》)。作於光緒二十五年己亥三月二十日(1899 年 4 月 29 日),參觀《沈曾植年譜長編》215 頁。

八

夫人如面:廿四日李貴不來,頗深馳系。廿五早李貴到此,得手書乃釋然,否則今日擬請扆伯赴皖矣。李貴廿四到漢口,阻風不得過江,故遲至昨早也。此間屋頗逼窄,已將上房兩後間盡爲打通,然零碎物件攤開滿地,鄙竟無著手,非足下自來料理不可也。兹仍遣李貴奉迎,伯遠暨二妹處均希代候致謝。此問近好。乙盦手泐。四月廿六早。

【案】此札今藏上海圖書館(《海日樓家書第七十函》)。作於光緒二十五年己亥四月二十六日(1899 年 6 月 4 日),參觀《沈曾植年譜長編》215—216 頁。

九

三鐘到鎮,可謂爽極。渡江之穩,不減前日。輪船是江永,尚未到。此番應用之物,似無忘帶者。過二十四、五,作一信寄卜屏之處,信面寫"上海江海關文案處張屏之老爺收存轉交"。須寫張,不可寫卜。大兄如有上南京日期,告我。夫人近日過勞,宜善將息。培泐。二十一日五鐘。

【案】此札今藏上海圖書館(《海日樓家書第十八函》)。作於光緒二十六年庚子三月二十一日(1900 年 4 月 20 日),參觀《沈曾植年譜長編》225 頁。

十

夫人如面:昨日發一信,諒收到。今日一點鐘乃至滬,江永船既慢又嘈雜,無招呼,極可厭。晤卜屏之,云五弟信已寄鄂,未至(自)鄂中寄來,若寄來,但請夫人節其要語,寫一信與我,不必連信寄,恐又相左也。明日搭輪往禾,包房艙三元六角,下人散艙一元二,略省盤費。天氣略暖,此間無衣皮者,鄙傷風已愈。此問近好。阿四在家否? 薏龕泖上。三月廿二日於泰安棧中。

【案】此札今藏上海圖書館(《海日樓家書第三十八函》)。作於光緒二十六年庚子三月二十二日(1900年4月21日)，參觀《沈曾植年譜長編》225頁。

十一

縈君如面：廿三滬上發一信，計當收到。是日搭輪回里，包房艙三元六，兩下人一元六，船中竟無他客，與包全船不殊，甚難得。廿四早抵禾，廿五到榨薺村，船中受風，歸後頭痛，身微發熱，夜間微汗而解。廿六仍至王家浜，歸益不適，大有重感冒之勢，亟服防風、蒼朮去風濕之藥，初服即輕鬆，服二煎，諸患皆去，今日出門如常，此藥如此之靈，亦難得也。

印花綿綢價至一角八分一尺，不能多買。濮紬二角四，買月白色一匹，似勝椒地者。雲布買一匹，均貴於舊年，不敢多買。滬上見東洋紗布多樣，無不可愛，歸時擬略買一兩種作樣，我不能知其合於何樣用也。鄂中寄回京信否？大兄已奉委到局否？尊體日來想已强健復原，寒甚，非皮衣不可，深望留意。東有病赴蘇就醫，令姪媳同赴，京事作罷論。鄙大約初一啟程，到蘇約住二日，初十前後可到滬。初四、五寫一紙，卜屏之可望接到。即問近好。乙盦泐。廿七日。

【案】此札今藏上海圖書館(《海日樓家書第七十七函》)。作於光緒二十六年庚子三月二十七日(1900年4月26日)，參觀《沈曾植年譜長編》226頁。

十二

蘩君如晤：十一發一信，計應收到。本擬十六起身，因仲弢有十六到滬之信，不能不稍留，然亦不願多留，極遲不過十八必行矣。過江陰訪叔衡，尚須破兩日工夫，回揚恐過二十矣。大兄已到局否？極馳念。濮止潛款竟未到，未知何故？資用將竭，亦不能不歸矣。此番零星小玩意，竟未買著新樣者，洋布買些須，新尚新，恐不適用耳。此請闈安。乙庵手泐。四月十三日。

【案】此札今藏上海圖書館（《海日樓家書第七十八函》）。作於光緒二十六年庚子四月十三日（1900 年 5 月 11 日），參觀《沈曾植年譜長編》227 頁。

十三

蘩君如面：初七到鎮，晚六點上水即到。安慶搭客無多，船中寬展之至。次早十點到蕪湖，先下棧房，極湫隘，隨移榻關署。季卿精神清健勝在都時，僕隸多北人，見我猶稱四老爺，聽之甚入耳。志仲魯卻不在此，向季卿假得百金，匯票至漢取，途中不能無戒心耳。到鄂決計止住十日。今日搭江永去。季卿亦言，結局事必須六月初到京乃妥。船中不熱，鄙體安適。此問近祉。乙盦初十日書。

【案】此札今藏上海圖書館（《海日樓家書第六十九函》）。作於光緒二十六年庚子五月十日（1900 年 6 月 6 日），參觀《沈曾植年譜長編》227—228 頁。吳景祺，字季卿，浙江餘杭人。曾官總理衙門章京，時任蕪湖關道。

十四

縶君如晤：蕪湖信寫就，登船怱怱未寄。初十日二鐘搭江永船，十二日十鐘抵鄂，十一晚甚熱，不能睡。暫寓紗局，姚園亦可住，然人倦甚，或竟不移矣。今日尚未見香老，在此止能住七八日之説，已屬梁、黄轉致，大約歸期總不過廿二後，日内如發信尚可接到。拳匪聞旨派剛相調和，當可暫安。近有京信否？此問近祉。十三日。培泐。

【案】此札今藏上海圖書館（《海日樓家書第七十四函》）。作於光緒二十六年庚子五月十三日（1900 年 6 月 9 日），參觀《沈曾植年譜長編》228 頁。

十五

縶君如晤：別後渡江，小輪人少，極清爽。太古行大通船房艙爲洋人包去，只得搭散艙，人多，極悶熱。二樣皆出所料外，亦可笑耳。此兩日天氣卻尚不算極熱，廿九晚雨，江南無之，還是揚州便宜些。五弟有回電來否？今日午正過此，住晉升棧樓上九十七號，作此先報平安，尚未見客出門。此問闔祉。大兄處先通知一聲，明後日寫信。乙荸泐。七月初二日。

老黄何時過寓？真笨極。日内可即發一信交張屏之。

【案】此札今藏上海圖書館（《海日樓家書第四十三函》）。作於光緒二十六年庚子七月二日（1900 年 7 月 27 日），參觀《沈曾植年譜長編》230 頁。

十六

繁沚夫人如晤：得十五書甚慰。沈璞君來，云臨行時來到會館，問有信否，答以鄙將歸不帶信，然則十五後不再寫信耶？報中要差之謠，璞君當已知其不實。傅相處楊莘伯、劉學詢、洪蔭之與伯行公子終日密謀，不知所關何事？隨轅諸人花天酒地，亦與鄙不相宜。前日謁見留一，將來如果北行，鄙願隨侍虛約，時局萬變，相機再説。許、李慘禍，鑑帥所爲，思夏間覂菴之舉，爲之毛戴也。

明日擬往江陰踐丁三之約，恐須作三五日逗留。季直約我移眷通州，若五弟來揚，此亦可備一説。汴無回電，憂悶萬分，此間十三發一電，亦至今無回音，不知揚州由北來人，可有從汴梁路走者否？橘弟行止若何？深望多住數日，歸時可略傾積愫。四舅太太外症已愈，至親理應款待，但會館屋逼窄爲愧耳。繆小山已移眷通州，曾到揚否？聞張安甫遣人載金於德州，以周北來京官避難窮窘者。五弟不走山東，殊爲可惜。敬業書院闕，欲爲五弟預定，商余静山，乃謂謀者已多人矣。鄙體尚健，秋熱，足下宜善自護，歸當在月底矣。此問閫祉。乙盦手泐。七月廿一日。

【案】此札今藏上海圖書館（《海日樓家書第七十九函》）。作於光緒二十六年庚子七月二十一日（1900 年 8 月 15 日），參觀《沈曾植年譜長編》231 頁。楊莘伯即楊崇伊（1850—1909）。劉學詢（1855—1935），時爲李鴻章幕僚，參與密謀兩廣獨立。洪蔭之即洪述祖（1859—1919）。伯行公子即李鴻章長子李經方(1855—1934)。鑑帥即李秉衡(1830—1900,字鑑堂),時以巡閲長江水師大臣入衛京畿,兵敗自盡。巽菴即柯逢時(1845—1912),時任兩淮鹽運使。張安甫即張人駿(1846—1927,字安圃),時任山東布政使。

十七

下船甚熱,過揚子橋遇雨稍涼,出江後東風甚大,滿江浪花,度家中必懸心,然鄙人殊不覺險也。四鐘抵鎮江,已三日無下水船,今日應是"安慶"到埠,尚無把握。輪船夜間不敢行,故不能按期也。刻尚候船,在小船中先作此。即問閫祉。乙盦泐。廿八,五句鐘。

【案】此札今藏上海圖書館(《海日樓家書第七十五函》)。作於光緒二十七年辛丑六月二十八日(1901年8月12日)。

十八

蘩君如晤:馮有帶一字歸,想次早即入覽。初八夜四點後,始從鎮江開輪,十一晚八點鐘到漢口。同舟遇黄叔鏞,又有劉寶梁之弟,談話頗不寂寞。輪價四元八,佔兩房艙,共用二十四元。聞鴻安比此更便易,由鎮至漢不過三元,江行真方便異常矣。今早渡江仍住紗局,南皮明日往謁,史席聞尚在,未知的否?橘農請假摺,仲韜云尚無回音,容再探訪。胡公度居鄉間,無從問也。作蘇信,乞先告之,餘續佈。此問閫祉。培泐。十二日晚。

【案】此札今藏上海圖書館(《海日樓家書第六十六函》)。作於光緒二十六年庚子九月十二日(1900年11月3日),參觀

《沈曾植年譜長編》232頁。胡孚宸(1846—1910),字愚生,號公度。湖北江夏人。本年由四川道監察御史補吏科給事中,充廣西鄉試正考官,八月改山西汾州府知府。

十九

縈君如唔:十六發一信,十八日得十三手書,甚慰。此時分居兩地,心中總覺牽挂,信以勤爲貴,不在多也。即日惟起居佳勝爲頌。昨有人十六自揚來,云清江有匪亂,官兵打兩敗仗,此是否即係海州梟匪,抑潰兵爲亂,極爲馳系,望向大兄處探一確信復我。節盦諸君皆勸我移眷漢上,察看此地情形,似尚不至有他變。好在輪船價甚廉,雖五太太同來,東道亦易辦,但覓屋合式而不貴難得耳。五弟十八行準否? 作何主意,諒尚未定,橘農信望閱後即寄。此間氣象甚迫促,所願恐未易償也。劉佛青在此屢謁制軍未見,甚窘。黃叔鏞來時似有所圖,刻亦無甚就緒。仲弢病眩,至不能舉步。黃年伯母遣人問足下現在何處,五太太同住否? 追思京寓過往,真彼此不堪回首矣。

和議尚未開,行在聞洋兵西進,甚憤且懼。岑雲堦常有電來鄂,語氣甚躁擾。毓賢逃至渭南,有旨拘禁,聽候查辦。裕長,洋人有不令到任之説。長江進兵卻尚未提起,大抵洋兵西進,一入山西追拳匪,一入河南斷餉道。南省賴互保之約,或可暫時邀免耳。都中洋兵頗荼毒,旗下婦女,雖大家不免。據云南城無恙,蓋不喜纏足漢妝之故,此亦可爲天足會人告矣。早起書此,即問閫祉。乙菴手啓。廿二日。

【案】此札今藏上海圖書館(《海日樓家書第五十三函》)。作於光緒二十六年庚子九月二十二日(1900 年 11 月 13 日),參觀《沈曾植年譜長編》233 頁。

二十

縶君如面:十餘日未作信,而揚州亦無信來,甚悶甚悶。比惟履祉如宜爲頌。揚州近日情形如何?柯升西臬程代之,謡言竟如願以償。然程爲人瑣碎更甚於柯,幸其曾做揚州府,情形較熟,或差近人情耳。前數日有人言,淮北有匪亂,官兵打兩敗仗,續無所聞,當是譌言。

此間情形尚好,頗思移家,而脩金未來,又多日未見抱冰,不知其意何若,故不能定計。寓中日用已罄,止可向大兄處暫挪,坿言一紙,閱後送去。五弟已赴滬否?據信所云,禦寒之具,色色添置,用度當亦不少,粤款恐不能久支矣。大兄有所助以作滬遊資否?

和議尚無頭緒,洋人有不回鑾將不認政府之言,尚未見公事。然趙不出樞,事終不妥。端、莊處分,洋人已滿意,獨注意毓、端、董三人,而朝廷決不肯辦董。榮相還朝,又創董宜羈縻之説,此事誠不能料其究竟如何耳。

黃叔鏞昨日回滬,吳鞠農來此就抱冰決西上之計,據云抱冰力贊西行,辭嚴義正,而言外之意亦不以觀望爲非。鞠農日内亦回江陰矣。鄙近體甚好,可慰遠系,昨腹瀉一日,仍服咖啡而愈。天甚寒,已著小毛袍。報館飯菜甚合胃口,但嫌嘈雜耳。朱鏡侯革職,甚冤,亦未當,非乃郎積怨於人之故。刻硯已取回否?告蔭姪催之。橘農刻在何處？得其信否？請假摺尚未探得確音，揚城又得北信否？大小姐有確信，秦姑奶奶有確信否？此問闔祉。乙厂手啟。十月初一日。

【案】此札今藏上海圖書館（《海日樓家書第五十四函》）。作於光緒二十六年庚子十月一日（1900年11月22日），參觀《沈曾植年譜長編》234頁。"柯升西臬程代之"，指程儀洛代柯逢時繼任兩淮鹽運使，柯於九月二十七日（11月18日）遷江西按察使（參觀《清代職官年表》2201頁）。程儀洛（1841—？），原名師周，譜名慶霖，字伯衢，一字雨亭。浙江山陰人，原籍安徽休寧。光緒二年（1876）舉人，光緒三年（1877）進士，籤分吏部行走，分發江蘇試用。四年（1878）到任。七年（1881）署揚州知府，十八年（1892）任江南記名道，二十三年（1897）掌皖南茶釐局，二十六年（1900）補兩淮鹽運使。後歷官廣東按察使、安徽按察使、山西按察使、土藥統稅大臣。端、莊，即端王載漪、莊王載勛。毓、端、董，指毓賢、端王、董福祥。吳鞠農即吳敬修（1864—1935），字念慈，號菊農。河南固始人。光緒二十年（1894）進士。散館授編修。二十七年（1901），調任廣西學政。

二十一

蘩沚夫人如晤：昨接廿六書，甚快。此間初一發信，計亦可達覽矣。阿四已全愈否？鼻血何如？此利害未必盡由血熱，或肺經有病，亦未可知，亦恐於腦部有關係，宜多靜養幾日，勿鬧亦勿勞也。曹醫方平妥，一切斟酌，諒足下必有經緯，不勞遠道寄語矣。五弟滬信來，云大姪女在西山，鶴君與璞如已歸併一處。此蔡樾生處消息，來信何以未提及？近兩日又暖，計揚城亦當與此地略相同。假道長江以斷餉道，報中言之歷歷，此間卻尚未聞。洋人開談，大抵北事如順手，南可免。若北能據險堅守，曠日持久，則南危矣。果若危時，揚、鄂皆在江邊，情形正復相等。鄙意如足下來此，可免兩地懸心之慮。惟係暫局，若和局既定，聖駕回鑾，鄙自當入都起服，家眷不能同行，仍須回揚州，則未免多一往返。請足下熟思之，有定見即覆一信，此間即可覓屋也。好在輪舟價輕，所費無幾，茲先匯去百金，如與橘農偕來，即望先電告我。五弟曾有同居之約，五太太若願同來，但商大兄添籌盤費，諒亦樂爲之事。我們力量可辦供給，不能辦川貲，固早與五弟言之。然恐五弟在滬，五太太不能作主，則足下先來，五太太處留後約可也。卻須先與商量。尚有二姪女一事，此時卻恐難開口，好在五太太在揚，尚有解悶之地，亦留作後圖可耳。鄙前日傷於酒食，腹瀉兩日，服咖啡不得力，平胃散一劑而愈，足見咖啡止能助運化，不能消停滯也。劉佛青尚在此，屢謁香老未見，鮑璞臣老牆根鄰居，味莼親家。要上行在，亦在此籌盤費。此間止留五千金，待京官之赴行在者，爲數本不多。而香老近日憂悶，無復招延雅意。黃叔鏞忽忽歸去，意殊不快也。書院秋冬兩季脩已送來，賈升等要用錢，先將渠等所應得者付之，仍將揚寓下人應得之數留出，老黃到此即遣去。此問闊祉。此信交郵局，寄款另有信，同日交出。款到遣蔭姪或李貴往取。乙龕手泐。初五日。

【案】此札今藏上海圖書館（《海日樓家書第五十五函》）。作於光緒二十六年庚子十月五日（1900 年 11 月 26 日），參觀

《沈曾植年譜長編》234—235 頁。

二十二

　　繁君如面：得初四書甚慰，此間初發一信，計已達覽。匯款初擬托朱强甫會寄，繼念不若遣賈升攜歸較妥，而賈升回去，此間須另添一人，諸事展轉，遂經四五日，幸尊處已借得三十番，不然真大對不住矣。來鄂之議，悉聽尊裁，鄙意此時赴行在者紛紛在此觀望，終非久計。今冬暫住，明年恐須作他圖，揚城尚安，似再住數月亦無不可。鄙人臘月必定歸來，相去不過五旬，一切行止面商再定如何？若尊駕定來，有賈升可招呼行李；如不來，仍遣賈升歸可也。前兩日接眷之心甚濃，此兩日盤算又變此主意，然自己亦不能決，還請足下決之耳。和局絶無佳耗，合肥此間電亦罕通。香老言如此，外間官場則云諸事皆答應，可望有成。譚啟宇來電，言董有退志，果爾是大好消息，但恐不確耳。張安甫得漕台，尚其亨得東臬，此兩人或當於五弟有益。香老諸事一窘字蔽之，夜中門禁甚嚴，故近日少見。仲弢病未愈，光景亦未免支絀，惟節盦意氣踴躍耳。城外住諸多不便，擬移書院候足下信來定計。到此後已腹瀉兩次，均服平胃散而愈。食量似尚好，而胃不消化，亦由多坐少行故耳。橘農未知何時來？五弟信云，金甸臣到滬，欲赴行在，衆皆阻之，然則橘行亦必有阻之者。明春鄉試能舉行否不可知，恐橘赴行在之興未必如前踴躍矣。柯陛見諒不能遲，此間均猜渠將來是陝藩。端午橋與榮、鹿不合，岑即不合也。程有接印日期否？大小姐處近來又有消息否？此問近好。不盡。檼盦手泐。十一日。

【案】此札今藏上海圖書館（《海日樓家書第五十六函》）。作於光緒二十六庚子十月十一日（1900 年 12 月 2 日）。

二十三

縶君如面：十一遣賈升歸，寄銀百兩，渠乘鴻安船去，昨今當可到揚，信件諒已收到。來鄂之議，細思似可緩商。僕此館以今歲爲期，束脩四百金，省嗇用之，尚可稍留明年地步。若來鄂一開公館，度日百物皆貴，又非去年比。隨手用盡，明年又乾住矣。大家不願足下來，度暫住亦無不可，需款告我，即匯上也。賈升過二十後可遣歸。董福祥革留回任，行在似有轉機，京官終須回京，俟吳佩蒽覆書再議明春之計，若回鑾則大好矣。叔衡無信。此問近祉。蟠室泐。十月望日。

告蔭姪買小方圖書二十方，交賈升帶來，要多買青田石。

【案】此札今藏上海圖書館（《海日樓家書第三十九函》）。作於光緒二十六年庚子十月十五日（1900 年 12 月 6 日），參觀《沈曾植年譜長編》235 頁。

二十四

十六信今日接到，此番不能算快矣。京官赴行在者，日來接踵而至，徐泊泉、何松生均已早去。鄙人以措資爲辭，在此觀望，若竟移眷爲長久計，恐人家惹議論也。臘月必歸，賈升可遣回，需款續寄。和局未有確信，或云督署得電而甚秘之,尚未探實。陶子方昨日到此,甚衰病。金甸臣亦來,欲赴陝,頗思同往而未能也。此兩日天氣甚暖,止著絲綿袍,胃口甚强,少行動,故不消化耳,可忽不念。縈君夫人如面。植泐。十月廿二日。

【案】此札今藏上海圖書館(《海日樓家書第四十二函》)。作於光緒二十六年庚子十月二十二日(1900 年 12 月 13 日),參觀《沈曾植年譜長編》235 頁。

二十五

今日又將譯書局二百金送來,抱冰似無留客意矣。此時主意甚難打,若赴行在,即須先回揚一轉,又須與五弟一商,此萬不能免之事。由此到行在須四十日,由揚往亦不過四十日,則遲速亦相等耳。連聰肅已到行在,此則甚可畏者,且看和議條款再定見。與文富堂一字,請遣賈升送去,若賈升已行,則遣小王。縈君近祉。乙盦泐上。十月廿三日。

【案】此札今藏上海圖書館(《海日樓家書第六十三函》)。作於光緒二十六年庚子十月二十三日(1900 年 12 月 14 日),參觀《沈曾植年譜長編》235 頁。連文沖(1858—?),字聰肅。浙江錢塘人。光緒三年(1877)進士。歷官內閣中書、軍機章京、户部郎中、總理衙門章京。庚子事變中,清廷向列强宣戰詔書即由其代擬。後調任贛州知府,翌年被革職。

二十六

縈君如面:賈升廿五回,得手書並帶回各物件,均照單收到。楊宅過揚一節，我正思之，足下亦想及此，甚爲忻服。楊太太雖狼狽出都，度川資尚當不至窘絶，相見可細談，詢其回淮後生計何若，途中有所需，可照四太太例竭力爲之，但恐彼過揚未及上來耳。大兄處借款，自以歸還爲是，出月尚可匯一數，餘則自攜以歸矣。明歲謀北上，不能不留後手，吾欲留四百，過明年正月再動，足下爲細算能辦到否？除已匯之款外，此間尚餘五百，此時不爲不從容，但過年一作行計，便又非常竭蹶矣。柯信由大兄處送去，未知有回音否？柯年内豈竟不交卸乎？大兄景況，據賈升説似不甚佳，五弟滬信亦不得意，思之極爲煩悶。小公館與李弁雜居，終非善地，該班太勤尤不好。凡事須爲長久計，二小姐近來亦談此事否？<small>我思發合并之義，二小姐以爲然否？</small>五弟甚思住滬，亦空言耳。果能有著落，明年我北行，五弟回南，足下與五太太滬上同居，亦無不可。會館究非久居地，聞近日館中人甚擁擠，甚抱歉而無法也。帶來物件以足下名送黄少奶奶並黄年伯母各四色，梁處此刻不必矣。陶子方來，即在紗局作公館，長談數次，詢大兄及五、六弟情形甚悉，到粤六弟當可望得力。金匋臣亦來此，即赴行在。此兩月應酬頗勞，自笑寓屋是浙江會館，旁人又謂是兩廣官廳也。匋臣及禾人吴廣枚，<small>吏部小京官，新拔貢。</small>在此領京員津貼，又有鮑朴臣、瞿廣甫等數人，均以鄙言爲據，則又作京官出，識認結局矣。腹疾不爲害，請放心。

　　和局大約已開議，款目尚未詳。在外終非久計，吴季卿勸我入京，良亦有理。歲暮天寒，旱路非所堪，恐開正還是進京耳。冬至在即，客邊無地設祭，遠想愴然。得瑞宣書，晉臣竟不起，可哀也。此間近頗暖，尚未著大毛。此問近祉。憶盦泐上。汪聾過揚，情形如何？我爲寫一信與大兄，二小姐當知之，下信覆我。

【案】此札今藏上海圖書館（《海日樓家書第六十一函》）。作於光緒二十六年庚子十月末（1900 年 12 月 21 日前），參觀《沈曾植年譜長編》235—236 頁。

二十七

繁君如晤：頃發交郵局一信，茲匯常平銀壹百兩，乞查入。前信向大兄商挪之款，六十。如已送來，可即還清。餘以當日用川貨，不知夠否？不夠請再示知。約計如大兄先已代籌，刻數日當尚有三四十番之譜，除歸還借款外，亦尚可有七十元，可敷川貨矣，但不寬綽耳。黄、梁内眷，均須小點綴。漆器如雙連合可買兩個，刻磁喇叭口杯或小蓋碗亦好，餘請自酌。圖書刀，告蔭姪各式再買四把。此請閫祉。秋竹疏花閣泐。初五日。

【案】此札今藏上海圖書館（《海日樓家書第四十函》）。作於光緒二十六年庚子十一月五日（1900 年 12 月 26 日），參觀是年十月末《海日樓家書第六十一函》（《沈曾植年譜長編》235—236 頁）。

二十八

繁君如晤：十一日發一信，正在寒熱將作之時，草草停筆，諒閱時不免驚疑矣。日來盼信甚苦，昨有董姓下人自揚來，云曾到會館，問帶信否，據小王説，日内楊親家太太

來揚,甚忙無暇云云,聞此稍放心。今午接到初十信,細讀
爲之一笑,當我此間增寒壯熱之時,恰正夫人手忙腳亂之
日。一邊害病,一邊破財,亦正相當也。至親患難,理應相
助,卻不料夫人從井救人有如此闊手段,曰三十,曰四十,
曰六十,豈非百三十元乎? 始疑有誤筆,細揣似非誤筆,得
無楊太太情形竟是狼狽不堪乎? 茲匯百金,以濟急需。由協
成匯揚城三晉源,據云數日可到。名片一,寫收條。如信到款尚未到,可遣李
貴詣三晉源一問。五太太房中情景如何? 五弟滬信來,甚不得
意,鄙作信催令速歸,未知渠去蘇又當淹留幾日。五弟未
必有錢寄回,大兄又窘甚,思之頭痛。鄙十一日大發壯熱,
次日變喉症,又次日變痄腮,既發痄腮,壯熱即不作,喉中
亦漸清。此兩日仍服吕醫方,起居如常,二便如常,惟畏風
不能出户,又頰腫不能大口喫東西爲苦耳。涼藥喫了不
少,不知何處來此大火,看情形恐全愈須到二十邊矣。張
季直有信來,南菁事未能應手。汪伯唐從行在有信來,説
彼中情形甚詳,似尚可以立足,第病後不堪上路,恐須俟之
明春矣。陶方老有明春游粤之約,卻未敢答應,自審機緣
恐仍在北不在南,官運未盡,亦未必能坐皋比而老山林也。
款到可即將珠贖出,爲阿四做一紅帬過年。客中一錢不敢
亂用,然汪聾丁艱,唐蔚之告幫,皆不能不應酬。錢來甚難
去太易,奈何奈何。開少奶奶利錢需多少,後信告我。此
請逸静軒日祉。憶盒。冬月望日。

【案】此札今藏上海圖書館(《海日樓家書第三十二函》)。
作於光緒二十六年庚子十一月十五日(1901 年 1 月 5 日),參
觀《沈曾植年譜長編》237 頁。

二十九

十八日得十六日電,甚疑怪,翻出乃放心。夫人亦沾大兄習氣耶？電經兩日乃到,與信所差止三日。十七所發信,計明日必可到,故不復以電覆,仍以信覆,不過又累夫人盼望三日。然此事卻是夫人性太急,我病已愈,不著急也。匯款約須廿三、四乃能到,此兩日如何過度？程雨庭待大兄厚薄若何？有所聞,乞告我。日來未知有信在途否？日報復造我南洋密保謠言,此間衆口流傳,又惹抱冰喫醋,此沈藹蒼所爲,甚無謂,果有此事,又費躊躇矣。我甚思歸,然一時未能商妥。和約尚未畫,抱冰籤商數事,合肥大發閒話,然内意頗向張,請幸楚,無回信。外間有在當陽建新都,又有江鄂各建行都之議,戲法尚未變完。此問闇祉。冬月廿日。蟬室賤。

【案】此札今藏上海圖書館(《海日樓家書第三十四函》)。作於光緒二十六年庚子十一月二十日(1901年1月10日),參觀《沈曾植年譜長編》237頁。程雨庭,即程儀洛(字雨亭),參觀與李逸靜書第二十首案語。

三十

夫人如面:十六匯款寄一紙,十七由郵局發一詳信,十八得電,十九又發一信。昨又得十六信,發緘甚喜,見輕身前來之説,卻喫一驚,但願此説不果,若果行此,全局皆糟矣。今年旅費支絀,來源枯澀,足下豈不知之,而作此兒戲語？來住何處？開公館應用幾何？往來川資應用幾何？

假使僕病未愈，不能料理行李，便能搬家耶？足下何忽躁
動如此？昨夜思之，甚不放心。亦知足下住揚心中不熨
貼，今年財運如此，官運如此，亦有何法？此時只有忍耐安
靜四字可以度日，我一錢如命，百事不理，正爲此耳。還有
要語奉告，明春我必北行，北行必不能挈眷，足下尚有一年
磨難，不僅今冬而已。何嘗不知足下胸懷，我亦豈不願室
家團聚？顧到此地位，且復如何？作客愈久，人情愈薄。
今年京官賤如狗，彼紛紛赴行在者，豈有所樂而爲之，誠不
得已耳。得信後欲發電則嫌浪費，不發又不放心，總之若
足下輕來，便是流落湖北之局。以後千萬勿作此想，至要
至要。賤恙已愈，仍未出房，每日令廚房或備雞湯、或冬笋
火腿湯，以此下飯，胃口甚好。但喫麵少許便脹，因此不敢
多食。點心但喫油條，飯喫蛋炒飯半碗而已。昨日與吕醫
商酌，仍用八珍湯加減調理，自己保養不算不周到，千乞放
心。思歸是不願在湖北之意，不可錯會也。篋中止存二百
金又二百四十元，擬以元數爲歸貲，爲度歲之用；兩數爲明
春北上之用，明年家用尚無指項，一切非面談不能盡，不知
臘初能回揚否？千萬鎮定，保重身體。此間常有人望病來
談，早起乘暇作此。即問闔祉。檍葊手泐。冬月廿二日。

【案】此札今藏上海圖書館（《海日樓家書第三十一函》）。
作於光緒二十六年庚子十一月二十二日（1901 年 1 月 12 日），
參觀《沈曾植年譜長編》237—238 頁。

三十一

靜逸兩字顛倒可笑。軒主人覽：前日發一信，措語頗雜，緣

心緒不佳之故,閱後得無不快否? 然今年爲孔方兄所窘,實在思慮逼窄,幸相諒也。此間近日又有謠言,云孫文到漢口,又云有軍火十三箱,此又會匪搖惑人言伎倆,不久必傳至揚州,幸知此意,千萬勿要著急。五弟七八日無信,不知尚在滬否? 六弟有信,仍執和議成後請阿嫂到粤之説。

何梅生昨有信來,以盛杏孫意請我回揚時先到申江一轉,商議和約細目,此行恐不能不應酬。書院年底大課,去年十一月辦,今年尚未定日,總須考過乃能走。日來方與節盦商,看光景臘八前未能動身矣。病已全愈,此兩日天氣不好,因尚不敢出房。此問近祉。乙盦老人。冬月廿五日。

【案】此札今藏上海圖書館(《海日樓家書第三十函》)。作於光緒二十六年庚子十一月二十五日(1901 年 1 月 15 日),參觀《沈曾植年譜長編》238 頁。

三十二

夫人如面:日來甚盼信,得廿四書,甚忻慰。匯款殊不慢,協成總算講交情也。僕病已愈,前日試出門一次,陰雪連十日,亦不敢常出。明後日史學大課,三四日齊卷,三日看卷,看畢便行,約在月半前後。滬遊之説若何? 梅生有續信來即先到滬,否則先回邗再説。五弟無信,聞已往蘇,未知揚州得信否? 來書述楊太太情形,可爲太息,助此款原不爲多,但想前信告急之詞,足下從井捄人爲可笑耳。李新吾處幫若干,知之否? 二小姐所患,見吕醫當與商,然懸擬終屬無益。吾意補丸當可用,試斟酌之,平常如能服黃芩、當歸尤好。微瀉亦不妨外敷，用清熱之油最好，恐須歸時詳議，即我亦不能懸定也。

以上是前三日寫。此兩日人甚倦，喜眠，微覺有內熱而瘦甚多。已出門兩次，預爲上路地步。史學大課是今日，如三天可齊卷，則十一有卷看，看完須十四、五，十五、六招商船便可歸。擬先到家一看再往滬，然不能定，臨時再說。此間大雪，冰條封樹，江岸柳十折六七，年老者皆云罕見，天卻尚不如去年寒，揚城如何？襄陽、九江電線皆斷。北事無消息。此問近祉。檍盒手泐。臘八清晨。

【案】此札今藏上海圖書館（《海日樓家書第二十九函》）。作於光緒二十六年庚子十二月八日（1901 年 1 月 27 日），參觀《沈曾植年譜長編》239 頁。

三十三

夫人如面：十三寄一信，諒早接到。十四盛杏蓀招飲相晤，知傅相復有催電，然渠行期亦未能定。同行之說，杏翁爲季直言之，席上但隱約其詞，未直說，吾意躊躇，仍未能定見也。季直欲候湯蟄仙，故金陵之行遲數日。昨日蟄仙來，廿前可行矣。回鑾事，京中尚未提及，現在先議各省教案，次議賠款。賠款有一萬萬磅之說，是七萬萬兩，聽之可怕。教案恐如浙江、如湖南，地方官尚不免有須懲辦者。杏蓀但談新政，尚未談條約細目也。五弟已行否？黃叔鏞廿二可到滬，丁叔衡諒已到揚。何以五弟無一字見告？在此遇徐毓臣，詳述被難情形，令人零涕。日內即北上迎柩，許竹翁之姪亦同伴北上。昭雪諭旨，聞洋人不以爲然，尚須改正,未知朝廷何以處之。近日行在文拳氣焰仍熾,葵老不開口,亦不動筆,諭旨皆鹿筆也。橘農尚未來,恐是燈節後動身,不得確信,無從候之。五弟如未行,此信可送同看。此問日祉。蘐傳手泐。十七日。

【案】此札今藏上海圖書館(《海日樓家書第三十五函》)。作於光緒二十七年辛丑正月十七日(1901 年 3 月 7 日)。葵老即王文韶(1830—1908,字夔石),鹿即鹿傳霖(1836—1910)。

三十四

昨張屏之交來家信,閱竟甚慰。連日天氣甚寒,轉瞬復熱,春令最宜留意。愚今晚與張、湯同往金陵,北事無新聞,洋人有包辦鹽法之說。丁叔衡信可遣人送去。救濟三元已交去,寫"南于女士"。逸靜軒主人。蘐翁泐。

【案】此札今藏上海圖書館(《海日樓家書第二十四函》)。作於光緒二十七年辛丑正月二十四日(1901 年 3 月 14 日),參觀《沈曾植年譜長編》241 頁。

三十五

夫人如面:廿五到甯,前日作五弟一書,略述一是,屬送同觀,未知已達覽否? 廿六見新甯,談次及舊歲爲蘇盦所擬書辭,深致欽佩,並有屬擬覆奏新政摺意,以日已宴,未能暢談。次晨遣人來言,以病故改日,尚欲訂晤湯蟄仙,明日可到,大略到後當更一談,談後定覆奏之局,便無事可定歸期矣。新甯屬藩司招呼供應一切,又屬幼彥道意,並以季直同寓諸事,皆便辭之。此間熟人如筱珊、伯約、蒯禮

卿、陳伯嚴均來晤談,頗有誚會,外人或以新甯特招屬耳
目,甚不願多酬應,然不能免也。

前信箋語,銘記在心。張、劉告病皆不實,而孫慕韓在
西安,有奉樞命設議會之説。張冶秋主開報館、商會,即補
軍機大臣,所言如此,或可略放心耳。朱文彬今晚行,在滬
所買東西,托其帶回一包,單封去。内有古香室字一小包,
是大兄所要;香煙六捲,是五弟所要。福建香片,一品香、
寶豐樓均賣罄,只好將來再買,可告五弟。此間尚有七八
日功,可復我一信,面開文正書院刑部。此問近祉。蘧傳
上。廿九日。蔣事近若何? 不可決絶回覆。

【案】此札今藏上海圖書館(《海日樓家書第二十八函》)。
作於光緒二十七年辛丑正月二十九日(1901年3月19日),參
觀《沈曾植年譜長編》241頁。

三十六

今日至滬,行李先到晉陞棧。隨訪孝章,則于前日往
蘇州;訪愛滄,則今日上船;季直初一過滬去,未知往蘇往
通,均未得見,悶極。晤張菊生,言孝章有以梅生席相待
意,如此則是鐵路公司局面,薪水自豐,然事恐不甚易辦,
又不能兼南菁,恐此席不甚與我合宜也。船中將小皮夾子
失去,其中洋錢是否五元,一文未動,破財可恨。五弟今日
行否? 李貴換洋平色喫虧多少? 日内寄我一信,仍交張屏
之。江海關文案處。此問夫人日祉。蘧傳泐。初五燈下。

【案】此札今藏上海圖書館(《海日樓家書第十四函》)。作
於光緒二十七年辛丑三月五日(1901年4月23日),參觀《沈

曾植年譜長編》244 頁。

三十七

夫人如面:前日由卜屏之處遞來手書,即稔近祉如宜爲慰。五太太昨日到此。先一日得五弟與足下兩書,五弟但言十一、二行,足下書乃有搭招商輪説,使無此二字,何從遣人到碼頭相接耶? 然雖遣賈升往接,而下船甚快,已落長發棧。昨日本爲船過船計,豫僱一四艙無錫快在碼頭相候,使在輪安候,接者不落棧房,可省五元,不知其何以如此性急也。今日四點鐘開,明早天明可到,五太太屬寫信告四嫂勿要惦記,十五原船歸,可得信也。

孝章相見一次,北行無期,餘皆旁人言,未必有實際。在此久住,多費且無謂,日内便擬告去,但回禾、回揚,意不能決。此時回禾,可爲兩姪料理小考事,然時節正當蠶關,上墳則不便,若至四月蠶開門,則道考於四月初四取齊,補府縣考之時又過矣。此算盤尚未打好,然大概終是回禾耳。

叔衡約四月到江陰交代,然關聘未來,豈能遽定計孝章,可云沈悶。擬明告之曰由江陰兼館則可,在滬就館則不可,然無妥當傳話人,未能即達也。從菊生借八十番,姑作旅費,財運豈尚在閉塞時耶? 阿四在家否? 六弟又有信,不往粤,真似有不過意者,奈何。日來又作信否? 儘管寫寄交張屏之,無礙也。【後缺】

【案】此札今藏上海圖書館(《海日樓家書第十一函》)。作於光緒二十七年辛丑三月十二日(1901 年 4 月 30 日),參觀

《沈曾植年譜長編》245 頁。

三十八

夫人如面：望前發一書，諒已接到。僕今日回禾，往返當爲十日行，歸時當寓鐵路公司。信仍寄張屏之。盛致三月分脩金式百兩，究未言明何事，已屬楊彝卿往問，若鐵路總公司，恐不堪任，若他事，無不可相助也。

禾中初四學台取齊，此行省墓，兼爲兩姪辦補考事。南菁關聘尚未來，或寄至揚，亦未可知，最好是兩兼，卻未知辦得到否？二小姐姻事，近有消息否？橘農有信否？此問闔祉。蘐傳泐。三月十九日。

粤行之議，尊意究竟若何？六弟意不可負，館事定後，擬商此事，總以夏前去、秋後歸爲大譜，來信可示數語。袁春洲已爲六弟覓得一姬，尚未定局。有坿便同行之説。

【案】此札今藏上海圖書館（《海日樓家書第十二函》）。作於光緒二十七年辛丑三月十九日（1901 年 5 月 7 日），參觀《沈曾植年譜長編》245—246 頁。

三十九

夫人如晤：回禾時發一信，諒已接到。在禾得一手書，則尚是未接動身信前所發也。愚廿九自禾搭輪啟程，今日抵滬，暫寓鐵路總公司中。帳房未來見，看光景，一切恐反不如棧房方便，且從容再商辦法。兩姪補考事，共四十餘番。愚墊一半，其一半信告和姪，令攜三十番來，乃僅攜廿番。足下料五太太情形不謬，然其所以然，我竟想不透也。

來回皆許小弟船接送,零費亦愚出,幸借張菊生八十元,此
行用盡矣。粤行事自當俟鄙定局再議,六弟此番信但商缺
事,他卻未提。在禾遇叔恒云,費屺懷言孝章將有奏留之
舉,此殊無謂,擬辭之。季直辭文正,峴帥堅留,尚未知再
辭若何。先告回滬,餘續詳之。即問闔祉。蘐傳泐。四月
朔日。

【案】此札今藏上海圖書館(《海日樓家書第十五函》)。作
於光緒二十七年辛丑四月一日(1901 年 5 月 18 日),參觀《沈
曾植年譜長編》246 頁。

四十

　蘐君如晤:連得廿五、初四兩書,瑣屑如面話,甚愜旅
懷。比日寒暖不時,惟起居珍衛爲祝。阿四日來可在家?
二小姐來住否? 許宅喜事幫忙二日,疲倦可知,家用日來
如何? 過節敷用否? 賈升歸,當令攜去百番,我此間無多
用度,惟劃還在禾借陳選青五十番。張菊生款以局勢未
定,與商緩還,且俟下月再説。

　在滬安家一節,我意中總覺不妥,來書云云,所慮何嘗
不是,然此刻人心難測,妬口讒言,無處無之。梅生一席,
近似盛氏私人,常州人希覦者甚多,輕受之,豈得不虞後
患。我意止願與孝章爲尋常賓主,不願爲親密朋友,此意
當俟費屺懷來宛轉達之,他人瞎鬨姑聽之,然自己亦不能
不爲久遠計也。

　粤行事,自然過夏再説,賠款議定以後,恐盛終不免須
北行,我願就江陰,蓋預爲不與俱北地步,若江陰不成,則

是官運相催，天實爲之，亦祇可順天而行矣。尊見以爲如何？此番信中爲我籌畫甚明當，後信望將我所言再加評議如何？

五弟廿六書云，見李少東得津貼後，即偕叔鏞同來滬定計，俟回鑾有期，汴梁接駕，不作西行矣。屺懷信言，橘農抵行在，已有電來，錢新甫有進京之説，當是料理款項事。六弟連有信，云陶已得信，甚關切，而委缺事尚無把握。運司麻木不仁，無可如何。我端節前仍擬回揚一看，此問近好。四月初七日。蘧傳手敂。

【案】此札今藏上海圖書館(《海日樓家書第二十七函》)。作於光緒二十七年辛丑四月七日(1901 年 5 月 24 日)，參觀《沈曾植年譜長編》246—247 頁。

四十一

碙芳主人如面：得初四手書，甚慰旅懷。此間且十日未發信，家中得無記念乎？即日惟起居如宜爲祝。揚城近日市面如何？鹽務事議論定否？大兄前信言，因鹽務改章之議，匯兑幾於不通，此説他無所聞，到許宅時，便中請一打聽。此月修(脩)皆中國銀行，不知揚城能通用否也。武宅事何久無消息，思之甚焦心。若武不成，止可降而就蔣，若因循啞密，各處皆誤，不又將蹉跎一年乎？六弟信來問姻事定否，並言有佳期先告知，當定做紅皮箱各種寄揚。速者之言如彼，遲者之事如此，令人悶且笑耳。費屺懷來，各事均與孝章説明，公學、鐵路兩不涉手，僅認譯書一説，奏留一説則傳者之譌，如此尚可相處。此行卻無期，暫借

此間息歇，徐作後圖。南菁之事，則以季直辭文正不脱，叔
衡無所歸，不能不停頓。凡足下所料皆中，第料鄙人用意
尚欠些須耳。過二十擬回家過節，一切事非面商不盡，非
筆墨所能覼縷也。還有一笑話相告，瑞宣説藎臣内親吳家
有一婢，年在廿歳上下，爲其主母所不喜，身價百番上下，
有人肯出資，便可贖來。此婢喫素念經，兼能做菜，並有不
嫁之志，此等人頗合我脾胃，果不願嫁人，作一上竈，何不
可者？上請闓示，贊成此事否？在此以八元買一綢衫，尚
須買夾紗馬褂，手頭略寬，有所需希速示。五弟自廿六信
後尚無續信，海州催開館，已發電告之。六弟署缺事尚無
消息，來信云，若有佳音，發電相告。叔母聞夫人肯去，甚
喜，已擬料理住屋，若署缺事成，六月後當遣馨甫來接，未
知能如願否耳。日來天氣尚不熱，不復遣賈升回取紗衣
矣。此問闔福。蘧傳。十二日泐。

【案】此札今藏上海圖書館（《海日樓家書第二十六函》）。
作於光緒二十七年辛丑四月十二日（1901 年 5 月 29 日），參觀
《沈曾植年譜長編》247—248 頁。

四十二

方慶病眼，不能作事，止可令先回揚州。鄙須五弟來，
始能定行止。帶去薄荷餅三瓶、髮癬藥四瓶、紫草油四瓶，
乞查入。單衫買一雪青紡紬者，價八元三△，紡羅此間不
行久矣。歸時帶上，請辦差不善之罪。此問逸静軒主人日
祉。般室手泐。廿二申刻。

【案】此札今藏上海圖書館（《海日樓家書第十九函》）。作

於光緒二十七年辛丑四月二十二日（1901年6月8日），參觀
《沈曾植年譜長編》248頁。

四十三

逸靜軒主人覽：昨日方慶害眼告假，遣其回揚養病，帶
去薄荷餅三瓶、髮癬藥水三餅、紫花油四瓶，明日諒可收
到。屬買單衫，此時正需用，然此人心地不能測，不敢交其
手也。衣店人持來漳緞女襖，甚可愛，賣價廿四番太貴，不
敢代作主，取其花樣三種，將來帶回看看。我亮紗袍記似
有磨破，需重買然否？

　　近日合肥電催孝章北行，雖暫以華彰紗廠事藉口宕
延，然回鑾若由鐵路，孝章理應親往修治。慶邸又爲預備
公館，似此情狀，安能不北？極力推宕，大約亦不過兩月
耳。五弟至今未來，鄙不能即回揚，極爲焦悶。若作北行
計，應籌畫事政自多，不能不早計耳。前日感寒，體中不適
者三日，今日已愈，且出門矣。二小姐果有佳音，是極難得
事，然我總不放心，更煩留心探一確耗。此地用錢費極，六
月間五弟來此辦喜事，更不知如何繁費，思之可怕。方慶
歸，口述不詳，故復作此。奉候閫祉。乙庵上。廿三日。

　　【案】此札今藏上海圖書館（《海日樓家書第二十五函》）。
作於光緒二十七年辛丑四月二十三日（1901年6月9日），參
觀《沈曾植年譜長編》248頁。

四十四

夫人如面：本定於今日起身回揚，昨得五弟電，云廿八

行,然則渠當以初二到滬,又不能不稍待之矣。初二、初三必動身,未帶夏衣,不能不回家也。節邊諒需款,此時亦不值匯寄。端節下半日吾必到家,諒尚不致令夫人爲難。此問近履安和。乙盦手泐。廿九日。

【案】此札今藏上海圖書館(《海日樓家書第七十三函》)。作於光緒二十七年辛丑四月二十九日(1901年6月15日),參觀《沈曾植年譜長編》249頁。

四十五

十四日十二點到滬,五弟在長發棧應酬甚忙,當時約來談。尚未再談。一時許即赴南洋公學,應孝章之約,孝章言行期本擬月底,嗣以行在電詢商約事應否早議全權,覆早議不若遲議。又回鑾仍至汴梁,渡河之處尚未定,以此須略候,可遲至六月末、七月初矣。鄂行則季直頗有躊躇,亦尚須斟酌,遲數日乃能定見耳。五弟擬先往海州,日來已發信否? 橘農復得廣西,可喜。此問日祉。南于老人。十六日卯初書。丁信已寄出否?

【案】此札今藏上海圖書館(《海日樓家書第十函》)。作於光緒二十七年辛丑五月十六日(1901年7月1日),參觀《沈曾植年譜長編》249頁。

四十六

來此十日,未接家信,度三四日當有信,而明日又須赴鄂,甚悵然也。日來揚城天氣若何? 阿四諒在二姊處,姻事聞武長卿尚未歸,小公館催催之策行否? 無可奈何,不得不出此矣。到鄂後擬住五六日即歸,歸時或先回揚,亦未可定。五弟下班招商回揚,諸事可細述,亦無要緊事耳。洋布花樣一包,交五弟帶。合式者將來封寄照買,爲大小姐作衣用此可否? 已買官紗一件,價七元三。此問近好。乙盦手泐。廿二日。

【案】此札今藏上海圖書館(《海日樓家書第九函》)。作於光緒二十七年辛丑五月二十二日(1901 年 7 月 7 日),參觀《沈曾植年譜長編》249—250 頁。

四十七

昨作一信交棧房代寄,不知今日接到否? 東北風甚大,船身雖稍顛簸,船中卻不甚熱,今日三點鐘到埠。鐵路總公司已於廿六日移往斜橋,未知彼房屋如何,只可將行李暫寓晉陞棧。傍晚至杏翁處,則渠往南洋公學。到新公司一看,豫備之屋尚未修竣,一切須待明日見面再議移居耳。和姪來談,云晝在盤棧記書房,夜回垃圾橋公館。衣服均時式,面亦洗淨,新郎固自不同。云被彼親戚女眷圍看三日,此亦新事。即頌日安。乙盦手泐。六月廿九日。

【案】此札今藏上海圖書館(《海日樓家書第七十六函》)。作於光緒二十七年辛丑六月二十九日(1901 年 8 月 13 日),參觀《沈曾植年譜長編》253 頁。

四十八

連日甚盼家信,得十一信,甚快。大兄處事,終究穿破,不出鄙人所料,日來情形若何? 二小姐不至牽連受氣否？思足下住揚殊無謂，誠不若粤遊爲快，顧念二小姐子然孤立，則又可憐。武宅事不知究竟若何？無從探聽，令人悶絶。此時何不聳大太太上緊此事，樹一幫手，豈不多一評理人乎？阿四此兩日在家否？二小姐來住否？足下小恙，諒已全愈。報言揚州河水不潔，有疫氣，果有此説否？館中挑水，似是城外者，當尚無害。此兩日天氣甚躁，而風卻凉，微有秋意矣。小麟十四回崑，旅費不足，借去廿番。和尚言嘉善來信籌欵，借去十六番。來此用去百六十番，比家中用錢多幾倍矣，足下聞此，得無太息乎？顧康民勸我速回京，云歲入總有千餘金，升途雖難，資斧不憂不足，此是一打算。南洋公學辭不脱，試辦數月，如諸事順手，則房屋甚好，竟可移眷來滬，此又一打算。問足下何取何從？五弟久無信，殊懸念。此問闍祉。乙盦手泐。中元日。我左額生一痣，請爲查相書。

【案】此札今藏上海圖書館（《海日樓家書第六十七函》）。作於光緒二十七年辛丑七月十五日（1901 年 8 月 28 日），參觀《沈曾植年譜長編》254 頁。

四十九

此兩日應用之款紛至沓來，除和尚、小麟兩款外，張屏之要借，十。歐陽鈞仲須幫，廿。和見面禮尚未送出，十六。子美之子秬叔久須略點綴，六。六爺買麻醬牌，八。自己買東洋書，廿。祇此已八十番矣，豈不可怕？顧康民非但勸我進京，並勸我攜家進京，然阿護此時不接，後來更不知須幾年乃有機。昨戲問和尚、小麟：“令汝二人送上廣東如何？”

二人皆高興稱願意。小人易調遣，大人難商量也。茶葉尚
未買，一時亦無便可托。頗思添置羅衫，然以日來用錢太
多，衹可等下月再說。奏調已準矣，屺懷下月來此，然鄙意
卻將以南洋公學之順手與否決去留也。此問日祉。乙盦
泐。七月十七日。

【案】此札今藏上海圖書館（《海日樓家書第六十八函》）。
作於光緒二十七年辛丑七月十七日（1901 年 8 月 30 日），參觀
《沈曾植年譜長編》254 頁。

五十

夫人如晤：十日不作書，得無懸盼耶？得初七所發手
書，甚快。閱至武宅事，改過禮期，又令人疑且悶也。六弟
書來，催作粤行，此事甚難委決。欲去不可，過八、九月去，
則二小姐事尚未定，何能放心。諸事總無順手期，念之悶
悶無已。小麟前月由蘇來此接其母柩，寓居泰安棧中。據
云，橘農廿二由漢赴程，渠廿一由漢東下，過安慶未上岸，
一徑回蘇。得京電，劉△送其母柩南歸，故復折而來此。
小新已赴崑山相待矣。背心、皮桶已代購，隨後覓便寄來。
蔭姪間數日來一次，與小麟相見甚親熱。袁宅我尚未往
拜，故渠亦未來。姪媳未請見，見面禮亦尚未送出。袁家
自成一種風氣，禮節殆不甚知，新人云略似春洲，則當是魁
梧一路。蔭姪上下一新，新人及岳家尚嫌袖不窄、袗不緊，
習尚可知。諸舅日勸其叫局，幸渠尚不敢遽從命。聞春洲
有送渠入學堂之意，大約新人仍不願去滬耳。五弟久無
信，甚爲懸念。

　　我移居新鐵路公司，房屋殊不及原處風涼。比勞玉初以病辭館，公學事又牽及鄙人。又孝章無端於譯書摺中坿一夾片，奏調我與屺懷，畫蛇添足，殊屬無謂，近爲此等事糾纏，心神殊不甯定。前數日夜寐不安，日間殊乏精采也。六月修（脩）仍照送，文樞款已在此付其買書之夥。大小姐衣包托楊彝卿帶京，並屬彝卿爲懷白在周方伯處説項，此層於懷白信中未提，夫人作大姪女信時可告之。望即發一信，告以托楊彝卿帶信、物事。此問日祉。持卿手泐。七月廿一日。

　　【案】此札今藏上海圖書館（《海日樓家書第十三函》）。作於光緒二十七年辛丑七月二十一日（1901 年 9 月 3 日），參觀《沈曾植年譜長編》255 頁。

五十一

　　日來正盼信，得廿七書慰甚。移居良未易言，住揚究不放心，思索數日，再行定見。八月後事有變否未可知，行在詆北京爲漢奸，北京詆行在爲頑固，略無好消息。時時思入都，時時又中止，心上輾轆日不知幾轉耳。足下泄後復痢，何以屢患此，千萬當心。去濕藥不妨多服三四劑，秋燥又將至，還是補丸妥當耳。奏調是專辦譯書，公學尚未受薪水，此人吝而無味，恐未必可與久相處耳。聞揚城涼甚，已雙夾，確否？此間前兩日甚涼，而所居樓朝南獨暖，出門著衣少，感冒傷風兩日，今已瘳矣。匯款月初寄大兄，信另寫。此問夫人閫祉。乙泐。廿九日。

　　【案】此札今藏上海圖書館（《海日樓家書第四十七函》）。作於光緒二十七年辛丑七月二十九日（1901 年 9 月 11 日），參觀《沈曾植年譜長編》256 頁。

五十二

子旬_{淇泉}兄。遣人至揚，取橘農寄存之四匣，請飭小王
認明去人點付。逸静主人覽。乙盒手字。八月初二日。

【案】此札今藏上海圖書館（《海日樓家書第七十二函》）。
作於光緒二十七年辛丑八月二日（1901 年 9 月 14 日），參觀
《沈曾植年譜長編》256—257 頁。

五十三

昨得王弢甫信云，鹿、瞿欲以外務丞參相處，屬鄙往汴
迎鑾，此意未必果真，然孝章九月中必須北行，則鄙同行亦
別無他説。六弟缺事已定，來信奉覽。如此則鄙北行，夫
人南行，竟恐成一定之局矣。揚城居既無謂，日内擬請移
駕此間盤桓一月，房子即暫借南洋公學公館，甚寬敞，家具
掃數移來可也。此請日安。乙盒再泐。八月初二日。

【案】此札今藏上海圖書館（《海日樓家書第七十二函》）。
作於光緒二十七年辛丑八月二日（1901 年 9 月 14 日），參觀
《沈曾植年譜長編》257 頁。

五十四

逸静夫人如面：數日不得書，甚馳念。前去一書，有致
大兄信，諒已收到。大太太見信如何説？聞足下移滬之
説，亦有挽留話否？二小姐見粤信有何説？前日得沈璞君
信，云爲此事曾到十二圩，三子已遷避矣。五弟初一電云

即來滬,何以至今未到,豈亦往十二圩耶?吾通盤籌畫,此間一時不能脱身,爲北行計,足下適粵宜先來滬;爲不北行計,便當長住滬,亦宜來滬。孝章北行當在九月望前,新甫來接亦當在九月,然則此時除來滬別無他法。兹遣賈升攜百番相接,到後可即收拾行李,節前來此最好。書箱收拾最爲勞神,但將在外間者并裝一箱,便不至十分錯亂,木箱恐尚須添買一隻也。木器除湖北粗貨外,均可帶來,即全帶來亦無不可,將來我北行,足下南行,封置南洋公學,勝寄會館也。到此自以住南洋公學爲宜,若嫌僻遠,王旭莊云,可與沈荔虎家眷同住。定行期先三四日發電。首寫斜橋鐵路總公司沈子培。輪船趁招商過江,恐須南灣子免單,交一信與賈升,可令先一日過江,向常鎮道處請之。投信時令賈升開一行李單同送去。賈升一人招呼不便,可煩大兄處李貴,或許處李福來相幫送至上海。最好同五弟行,渠所留箱隻亦可攜以同來,若五弟不在揚,此層頗難處也。大太太上任定計否?二小姐過禮定日否?相見非遠,不復多及。此問近祉。八月初六夜丑正。乙盦作。二小姐能來否?恐未必能也。

【案】此札今藏上海圖書館《海日樓家書第四十九函》。作於光緒二十七年辛丑八月六日(1901年9月18日),參觀《沈曾植年譜長編》257頁。

五十五

逸静軒覽:前日作六弟一信,忽忽多未盡,昨復忽忽上船,交五姪發一電,諒已接到。足下北歸,五姪十七行,已赴海州,自以電告景虞、思本兩姪來接爲妥。船中當作一信寄橘農,到煙臺交郵局,當可於月底接到耳。盤費北洋自不足,蘇揚或可支,然亦難定。十二圩挑錢帳房均不發,較粵中相去幾何,不能不打入算盤矣。大嫂索貼筵甚奢,恐不免須暗幫乾宅。二小姐添箱應備若干品,均是需費事。幫費不關足下,添箱恐不免須足下費心。我意想作百金百元東道,到京籌匯再説耳。六弟派何人送,二信均未提,此亦係念者,下信詳之爲盼。鄞川資豫備四百番,已用百番,另六十金。餘須到津才能分曉。足下北歸之費,到京且先就伯唐、敘甫籌之,楊六有預備五百金之説,不令其兄知,可笑。或非誑語,則亦可騰挪。請六弟再爲於協成備三百金,諸事或可稍活動乎? 若即得缺,則諸説皆可不用。粵信大約是寄分司廳胡同,接此信速發一信,以詳爲貴,庶便布置。此問日祉百益。正月十六日。乙盦作於怡生舟中。

　　【案】此札今藏上海圖書館(《海日樓家書第十六函》)。作於光緒二十八年壬寅正月十六日(1902 年 2 月 23 日),參觀《沈曾植年譜長編》270 頁。

五十六

　　此行搭怡和船時,以爲即係頭班,及上船見無搭客,乃知尚是試行,非頭班也。初有河開復凍之慮,昨今皆東北風,而天氣仍暖,著一小毛可立艙面,計到唐沽當無凍理。大餐閒四十兩,以到津欲洋行小輪來迎,不得不略作體面。船票係楊彝卿代寫,及上船乃知船價彝卿亦代付矣。船中有暖氣管,夜間甚熱,著一小綿襖尚嫌其躁。去歲爲北行備以百元,購一舍利馬褂、一舍利脊袍,又備樹膠手爐、皮風帽,不意均成無用之物。大餐日吃麵包、餅乾,所備乾點心亦且無用,可爲一笑。

　　昨開船東北橫風,晚間船身頗搖蕩,馮有等均無立不住情形,幸不吐耳。刻已入黑水洋,亦有東北風,而波平如鏡,寫字與在岸上不殊,意所謂黑水洋中可寫小楷者不過如此。十四喉痛而瘂,極難過,飽啖青果一盤、白蘿蔔兩枚,睡一宿而愈。而十五早腰中微不適,下午增甚,勉強上船,十六甚劇,今日似有愈意。鹿角膠每日吃兩回,每回葱一大把,看來稍有外感,愈後必牽發此病,已經成例,其故則不可解也。十七午刻于黑水洋船中書。

　　十九清晨到大沽,潮已退,不能進口,停一日。廿日九點鐘至唐沽,頭班火車七點半開,已趕不及。十一點搭午班車進京,五點鐘到天壇,八點至溫州館下車,行李五十件上落,挑費三十八元,車價十八元,貴極。廿三到署,見瞿、聯二堂。今日仍須入署,伺候王中堂、慶邸,同人有擬以先署汪伯唐主稿缺候收童瑤圃郎中缺者,伯唐以頭等參贊使英國。有擬謂宜以參議候補者。此刻以結費爲要,似以候郎中缺爲妥。然堂署意不可知,且姑聽之。結局楊壽孫已管去,同人謂宜與商公管兩年,班侯已往商,尚無回信。房子均謂宜住城內,尚未看,來信祇可寄分司廳胡同兵部蔡收交。寄溫州館亦可。京中情形尚不至破壞如傳聞之甚,一切均貴則實情也。腰病尚未全復元,初坐騾車頗覺勞,連日忽忽,尤形疲憊,大約須諸事定乃可稍息。六弟可同閱此,遲日再作詳信。此問近祉,並乞代敏叔母大人壽安,六弟、弟婦、諸姪均吉。乙盦手白。廿四日。五弟有電自清江浦,十四日起旱來京。

【案】此札今藏上海圖書館(《海日樓家書第十七函》)。作於光緒二十八年壬寅正月十七、二十四日(1902年2月24日、3月3日),參觀《沈曾植年譜長編》270—271頁。

五十七

現已租定上斜街屋,上進。前後兩進均五間,左右各三廂,略與老牆根屋相仿佛,尚有零碎小房數間。五弟同居,五太太下月初可至滬,恐不能久候足下,或先來,未可定。署中月薪百五十金,結局有公管四六分之説,尚未定。車擬暫借伯唐者,伯唐下月初四出京,此時暫用趙三車。意欲買之,價在百金之譜。

每月入款約有二百金,與五弟同居需費百五十金之譜,分居則須二百,竟無餘賸。目前已假百金,又從伯唐借楊款二百金,來時假用楊六四百番,此虧空儘夠今年填補。王弢甫、朱桂卿均嗷嗷待哺,仍有墾牧公司千金,故舊年曾允五弟月助百金,此時竟辦不到矣。

大兄處音問不通,竟不知吉期究竟定否?六弟添箱交足下,鄙添箱百金,亦從汪伯唐處借交足下。伯唐下月初四出京,屬其送至張菊生處,俟足下遣人往取,到譯書院,賈升去。計其時是足下自蘇回棹日也。

京中材料極貴而不佳,所應添置之衣,只好在南添置,寄款儘可用,不必打算盤。鄙在上海未買灰鼠袍褂,到京才買,價昂而貨貴,此打算盤之喫虧也。北來川貲尚可另寄,應做衣服在蘇滬兩處做,蘇托小新,滬托朱樹卿覓查先生來與講,講定交做。自揚回即登舟,不致耽閣日期,椅凳自揚回滬再買。新甫如同來,即托新甫。

臨行時屬五姪買一電氣匣帶交大兄,已付十元,不知帶到否?到揚須一問。大兄近體若何,念之愴然。到揚請即作詳信,令李貴至鎮江或揚州寄。聞橘農初十自蘇動身,日内可到,則在滬不相遇矣。蘇關甚嚴,亦可遣人到湯蟄仙處問請一護照,仍寫外務部沈。縈沚夫人如面。乙盦泐。二月二十二日。

【案】此札今藏上海圖書館(《海日樓家書第五十九函》)。作於光緒二十八年壬寅二月二十二日(1902 年 3 月 31 日),參觀《沈曾植年譜長編》272 頁。

五十八

縈沚大(夫)人如面:十五在粤搭廣利啟程到滬,電至今未來,望眼欲穿,恐中途必以檢疫故有所阻滯。十七發一電,請湯蟄仙招呼,不知渠能爲力否?此事豈六弟竟不知耶?怪極,怪極。昨晨賈升行,帶去三百伍拾金,收到後恐即發電告我,仍隨後發詳信,至要。到蘇、到揚、回滬,均望即發電。賈升擬令住長發棧,專管遞信、收存信,請酌之。十二圩電局,不知靠得住否?鄙到京有一電致大兄,問問收到否?焦悶非常,此問行祉。大小姐做衣服尺寸單坿上。乙盦。二月廿四日。

【案】此札今藏上海圖書館(《海日樓家書第五十八函》)。作於光緒二十八年壬寅二月二十四日(1902 年 4 月 2 日),參觀《沈曾植年譜長編》272頁。

五十九

夫人如面：初六發一蘇電，未得覆電，正深馳系，十五早接到蘇初六手書，知賈升已到，甚慰甚慰。足下此行辛苦，本在意中，然十二圩吉期定三月廿二，恐在蘇不能久住，此時諒已往揚矣。惟祝善自調護，諸事勿過勞，則遠人所每飯不忘者也。賈升本擬令駐上海，行李暫時不用者，即交渠看管，以便足下上江輪可以輕車簡從，然信到時，足下諒已抵圩，諸事諒自有布置也。五弟婦已到滬，自必同幫北上。五弟已匯盤費二百，又有六弟所匯百金，彼川貲較富於我，諒可不須尊處分撥。協成匯單能不動最好，然賈升帶取之款，除買東西外，能否敷用不可知，北上時即由協成取用，我此間匯還廣東亦一樣耳。北上護照免單，遣五姪或馨甫往告湯蟄仙代辦，四十番不好繳還，祇好由我寫謝信另算。崇文門不騷擾，卻甚認真。六弟所送新家具大約須上稅，料子據云一二匹尚不妨，陸天池屬到時預先招呼，來時若洋貨一色多件，略須留意，料亦無此事。否則自用少許不妨也。動身最好在十四、五、六，到大沽趁十八、九大潮，可以一直進口，過此便費事，至屬。到揚當又有電，大兄處情形望擇要速示。漆器買些。此問近祉。三月十六日乙盦手泐。

【案】此札今藏上海圖書館（《海日樓家書第五十七函》）。作於光緒二十八年壬寅三月十六日（1902年4月23日），參觀《沈曾植年譜長編》272—273頁。

六十

逸静軒主人覽：廿二揚州吉期，計足下月半前後應到滬，二十前後應到揚，總無一電，何惜費乃爾？再到滬務必發電，到一電，上船一電。此間乃可豫備一切也。廿七日五弟婦到京，七姪言足下二十到滬，廿二赴揚，吉期已過，不知菊生處款取到否？十二玗聞係招贅，不知住幾日回門？新郎性情若何？二小姐尚適意否？將來信寄何處？足下在玗，據云有十日耽閣，諒初五、六必回滬。天津進口在十四、五或三十、初一最好，船可直抵唐沽，否則須在口外守候一二日。守候時急欲上岸，須僱漁船，漁船太低，須從輪船艙門跳下，橘農父子均跌倒，女眷自更不便，還以守候爲宜。我接滬動身電，即遣人至津到口外相迎，或自來亦未可定，千萬不可惜電費。護照自然仍托湯蟄仙，再送贐儀，卻止好璧謝，渠亦客邊，覺不好太打擾耳。木器傢伙已托招商局招呼，到津止好以船運。卻不知能得力否？江師爺如來看，或令賈升托伊照應照應，不來不必往尋，請張屏之與一商即可。我有信與馨甫，令渠月初到滬相候，渠願來不必阻，不願不必强，請足下斟酌。李貴來，馨甫不來，固無不可也。五弟婦自滬包至京一百九十元，便宜之至，長發棧恐辦不到，大約恐須二百三四十番耳。協成款可先支用，由我此地匯還。在滬爲我買黑醬色湖縐袍料一件，足下應用材料儘可買，不買到京必懊悔，城門托人照呼，無礙也。日來用度費極。大小姐因姑爺病不能出城，盼望足下速來，然不必因此語著急，橫豎到京過端陽耳。橘農京察又不記,打算考御使。此問近祉。乙盦手泐。三月廿八日。
今日新人祭祖見禮。

【案】此札今藏上海圖書館(《海日樓家書第六十函》)。作
於光緒二十八年壬寅三月二十八日(1902 年 5 月 5 日),參觀
《沈曾植年譜長編》274 頁。

六十一

逸静軒覽:月底一信,到滬想達覽。上船可訂大餐間,
不然即官艙,雖稍費,較便。到滬使李貴以名片往招商局
沈子旬藕孫弟宣,招商局文案,下午到局。處,托其打票,並可令人
至譯書院尋秬叔,子美。諸事請其相幫照料。張讓山處,亦
可令買升往問有信否。湯處請護照,我另作信與顧緝廷。
足下旁無成人子弟,不能不多托朋友也。馨甫意,如足下
不一定要伊送,伊即不來,憑尊意定。臨上船發電最要緊,
以便遣人相迎。到一電,上船一電,千萬不可惜費。

協成款取到,想可敷用,由京劃還。此皆前信所已言,
恐接不著,故重言之耳。小護淘氣,蔭哥亦如此説,並云面
貌微近伯唐,然否? 要買諸物,能買齊最好。錢不夠,傢具
可少買。皮榻床包好最妥,並可略加修整,托馨甫當能辦。
馨不來,李貴似必須來,否則人手太少。上海顧衣真便宜,
諸姪到京皆後悔少買也。泐問近好。植。四月初二日。

【案】此札今藏上海圖書館(《海日樓家書第四十一函》)。
作於光緒二十八年壬寅四月二日(1902 年 5 月 9 日),參觀《沈
曾植年譜長編》274—275 頁。

六十二

【前缺】去洋票弍拾金伍元、現洋拾元，請查入。馬車即由長發棧叫爲便。馨甫昨晚有信，今晨必到。培字。

　　【案】此札今藏上海圖書館。作於光緒二十七年辛丑（1901）。

六十三

逸静軒覽：到此月餘，終日碌碌，不知所爲何事，幸近體尚好，眠食無損耳。兩欽使端、徐。自經炸彈後，有戒心而難明言，風傳有換人之説。徐得警部已揭曉，端文部尚未揭曉。各有心事，行期遂閣起不談。鄙不出洋而留上海，本屬無味，若二公不行，亦可脱身回江矣。

在此用度極費，又不免爲廠肆糾纏。又裕源欠款頗催逼，尚有各種應酬，攜來千金已盡，須再匯，詳在琴、瑞信中。

署中每月用度究需幾何，極繫念。在京逗留如此之久，實非意料所及。鹽道已補南安，不審因何中變。瞿、鹿兩樞意甚佳，菊人謂此行不爲無補，意者失之東隅，收之桑榆，猶有簡放可望耶？財運已破，糧道所贏用盡，果應歐陽之言。徐信臣官聲如何？憲眷如何？

廿七、八可出都，在滬耽閣三日即回江，先遣吳巡長回，到埠日遣轎接。此番回江不稟到，不驚動人。此番出洋改爲駐滬，係兩欽使承慶邸之意，滬局亦扼要，將來情形發達若何，不能預定。薪水三百金。明春尚有東洋之行。

五弟局面甚大而景況非，小七吉期定十月十六，喜事所需七百金，鄙助四百金。前兩日驟寒，購皮袍、馬褂各一件，價卅四金。此殊不意，近又暖矣。相見匪遙，泐請闈祉。乙盦上。

橘農復帶記名，簡放可望，第壽州有奏留意耳。

【案】此札今藏上海圖書館（《海日樓家書第八函》）。作於光緒三十一年乙巳九月（1905 年 10 月）。壽州即孫家鼐（1827—1909），安徽壽州人。

六十四

蘩君如面：十八至滬，與繆小山、徐積畬同棧房，陳士可、江叔海在晉陞棧，終日應酬，無暇握管。廿日、廿一日赴吳淞謁欽差，海灘跋涉，艱困萬狀。廿二、三英美界罷市，洋兵巡街，華洋並有殺傷，跬步不敢出門矣。欽差在京遇炸彈，在此又適遇風潮，亦可怪也。編譯局改編譯所，不奏設，不奏派。鄙人於放洋摺坿片先令回任，仍札委編譯總辦。午雲在滬、在南昌均可自便，回任銷差仍須始終其事。現在即攜局，亦無不可，但編事可在南昌辦，仍須在滬設所，布置定後，再行奉聞。此間前兩日人心惶惶，現粗定矣。天氣驟寒，中毛衣略少，干尖、馬褂，單上有而箱中未見，當是忘記裝入。抽空寫此兩紙。此問近祉，闔家均好。乙盦手泐。廿四日。

【案】此札今藏上海圖書館（《海日樓家書第四函》）。作於光緒三十一年乙巳十一月二十四日（1905 年 12 月 20 日），參觀《沈曾植年譜長編》314 頁。

六十五

昨得楊四電，録呈左右："舍姪公坦毓琇，今冬在東畢業，可得五貢，英漢文均可觀。此子有志出洋，其意甚堅，極願充伯唐兄英使館學生，乞爲轉懇。開正擬先至南昌畢姻，即攜眷同往。統候示復。驤。元。"此電十三到，昨日始送來，當覆如後："汪處遵商。吉期回豫擬覆。植明春有東瀛之游，並聞。"此事應如何回覆，請閣下熟思之。喜事如二、三月，似不至趕不及，但即同行，太怱怱耳。鄖領款到即回豫。約在月初。辦喜事，總須在東洋行前，或回任後乃善。

此間日内大致安定，玉帥即回江，三星使須月半後乃成行。此間夫子（人）日祉，闔家如例。乙盦泐。

【案】此札今藏上海圖書館（《海日樓家書第五函》）。作於光緒三十一年乙巳十一月下旬（1905 年 12 月下旬）。

六十六

離家已旬日矣，到滬第二日即有船開，緣無頭等艙位，遂又守候一禮拜，明日乘博愛丸放洋，兩日至長崎，七日可到東京。電費太貴，行囊甚澀，止可寫信不能發電矣。賤體如常，腸紅至近兩日方止，他無所苦，惟腿略軟耳。昨日目腫，鼻又生瘡，不知何處來此大象。

署中自鄖行後，内外尚整肅否？陳伯平有交卸期否？前日又作一寒信，裏間冷度如何？高祥行否？劉媽母女留住否？二姑奶奶可常來否？孫福飭令先歸，以節經費。托購之物，歸時攜上，東行事太煩瑣，竟無閒情説及他事也。衆謂到東宜著新衣，此時置辦卻來不及，食物肉乾、辣醬最得力，船艙太狹，網籃須入大艙，此尤不便。到彼旅館費日須四五元，猶（尤）不能甚適意，作客之難也。

粵信如夫人有暇，請詳寄數紙，鄙到彼想亦終日忽忽，無有暇晷。歸時請琴、瑞二人中來滬一人相接。三蘇耳朶全好否？楊電已覆，味菀有信，云將回禾任，杭缺不如禾缺遠甚也。此問近安。繄沚夫人粧閣。乙盦手泐。初二日五更。

【案】此札今藏上海圖書館（《海日樓家書第六十二函》）。作於光緒三十二年丙午九月二日（1906 年 10 月 19 日），參觀《沈曾植年譜長編》319 頁。

六十七

繄沚夫人如面：到東廿日，終日冗碌，學生尤疲於應接。電信昂極，每字九角六分。以是故長崎明信片後竟無隻字，諒此情形，閣内亦能懸揣得之也。東洋菜鄙尚能吃，天氣與滬、贛略同，惟入室須脱履，最爲苦事。預備四伯元，在滬已用罄，詢問知東事者，僉言至少除部發經費外，自賠兩千金。編譯經費尚存七伯餘金，遂攜以行。

初七到東，寓厚生旅館，與吳蕭堂、魯，吉林。支季卿、恒榮，浙。張季端、黑龍江。陳蘇生、甘肅。杜子丹、彤，新疆。李守一翰芬，廣西。諸學使同居。房飯之昂一禮拜至二百元，凡住兩禮拜，用四伯元。勢不能支，乃自賃一所公館，押租二百，租六十元，略置傢具八十元，約計每月需用四伯元，比厚生館已省一半。馬車每月百元，東洋車五部又百元。出洋之費如此，甚悔攜負太多，_{同來者在皖三人，滬添三人，到東添繙譯二人。此語不必與二姑太太言。}揮金如土，自己一文不敢亂用也。約計經費僅夠兩月，十月底不得不速歸。朱姓相面，謂我今歲破財，確極。明年或可安居乎？

陳梟台已有行期否？本缺自以藩台兼署爲宜，省中官場有何現象？瑞宣又要回禾，未免太自在，渠行後籤押房何人住？夫人前信已接到，此間接信不過十日，接此信後尚可覆我一信也。小蘇耳朵已全好否？楊壻事已商伯唐，然伯唐又已內陞，如何？官制改後，人言何如？法部他年恐鄙人尚有不免糾葛處，但願稍遲兩三年耳。

鄙之提學，乃出學部司員公舉，以投票多數得之，_{鄙與仲弢得要（票）最多。}此亦異事，可發一噱。歸期當在十一月初，到滬當在十一月中。琴巖千萬不必來，需買物件可開單寄朱樹卿處。瑞宣如回禾，囑其亟來滬同歸可已。在滬接味蒓信，頗陳清苦，思回本任，杭缺蓋不如嘉也。

此間物件，無一不貴，零碎洋貨價且倍滬，止好一錢不用，亦實無錢。前在滬王明遠買洋貨數種，大致是二姑太太單上者，屬孫福攜歸。琴巖兩信未提及，不知孫福已回皖否？京中近有信否？

蔡懷伯病，此間有能治者，其名曰精神病，顧誰人攜之來東乎？亦重有信否？在此得汪仲和、朱芝庭信，言贛人思我，然我已到皖，駕不可回矣。套間交冬冷否？皖中天氣比贛何如？此問近祉。不盡。乙盦手泐。九月廿八日。

日日看學堂，上午一處，下午一處，忙極。

【案】此札今藏上海圖書館（《海日樓家書第五十函》）。作於光緒三十二年丙午九月二十八日（1906 年 11 月 14 日），參觀《沈曾植年譜長編》319—320 頁。張季端即張建勳（1848—1913），陳蘇生即陳曾佑（1859—1922）。

六十八

縶公如晤：初七到滬已上燈，棧房樓上甚寒，竟夜不能寐。初八晨又傷風，在車曝日得大汗乃止。到甯又上燈矣。現寓樂嘉賓，明日擬移楊五先生處。在此耽閣不過五日。泐此報告，即請闔祉。乙。初九日。

【案】此札今藏上海圖書館（《海日樓家書第六函》）。作於宣統二年庚戌九月九日（1910 年 10 月 11 日），參觀《沈曾植年譜長編》347—348 頁。

六十九

昨坐船出城，河中節節阻滯。聞火車放氣聲，祇好上岸步行，幾何（乎）趕不上也。五點十五分到杭州，比單開遲十五分。秦佐霖、林大同均在站候已久，蓋以爲午車必十點半車也。

橘弟精神甚好，班侯先在，味蒓偕朗川亦隨來，談至十二鐘乃睡。橘言二姑太太初九動身來，約計到此當在月半前後，橘意仍望足下來也。談次，橘與味蒓皆譽三蘇不容口，告三蘇益須熟讀《四書》、《左傳》，學作一二百字論，勿負老丈期望。西湖屋租大劉莊，是廣東莊。明日遣人往布置。桂花廳很乾净，瑞宣稍留一兩日。睡醒作此。表在車中跌壞,約五點鐘也。

七十

蘂君惠覽:昨在車中甚寒,抵滬甚早,晚不甚寒,而店
屋不佳,睡時戴風帽卻甚得力。食品定見專主小燒餅,帶
來冬春尚未煮也。淇泉處已將房間豫備,恐是組齋通信。
梅福里屋已退,遷居不遷,今日下午再商。景虞燈節後回
杭,朗川於前晚來此送五叔,尚未見著。據杏城説如此,諒
亦無多就閣即欲回杭也。大德恒款,昨晚琴巖去過,云今
日算結送來。菊生約今早晤談。先此奉佈。家中信來,寄
古香室朱樹卿轉交最妥。此請闈安。乙盦手泐。廿六日。

七十一

朗川即日北行,四小姐無需回杭,小懷昨已在此種痘
矣。省墓之行,何神速乃爾,豈二姑太太即欲回皖耶?五
弟覆電,初一在粵起程,到滬住晉陞棧,約我到滬,我卻不
喜晉陞棧房,仍約渠來禾耳。蘇行或偕五弟同來未可知,
天氣驟寒,昨送客在門堂多立些時,爲風吹發寒熱,半日而
愈。閣下行篋有綿無皮,又無洋緊身,昨晚住船中冷否?
雨後地亦不好走,若拜時遇雨,更爲難也。徐仙民自紹興

送一書來,是去年在滬索三百元曾還百五十元者,忽然願售,又要破財,如何? 廣東革亂,交通禁斷,五弟初一恐未能動身。此問日祉。乙泐。初三日。

【案】此札今藏上海圖書館(《海日樓家書第二十一函》)。作於宣統三年辛亥四月三日(1911 年 5 月 1 日)。

七十二

劉坤行攜上一信,連日天氣陰晴不定,車塘究已去否? 喜事聚議如何? 務望二姑太太贊成,蘇非造就閨秀地,思之懍懍。四太終須就養北京,未必能攜以同行,將來歸誰照料乎? 此最要緊計畫,所以要早辦也。吾今日到上海,住晉陞棧,五弟全眷住此。三日即歸,不敢久在外,緣胃中不和,時作瀉,飯量未復,風寒亦不能當也。蘇游或攜五弟來。此問頤安。乙泐。初七日寅刻。

【案】此札今藏上海圖書館(《海日樓家書第二十二函》)。作於宣統三年辛亥四月七日(1911 年 5 月 5 日)。

七十三

昨步至吳晉仙處小飲,初不覺勞,而今晨腰間忽覺不適,尋鹿膠無從下手,忽憶小拜匣有兩塊,取出用之,不然束手矣。天氣變動,體中亦不免變動,甚盼駕歸。茲遣王巡長同劉崑奉迎,瑞宣候電前來,若景虞能撥冗來此一談尤好。溏泄總不止,爐火不可近,此兩事極不適於養生,故時想北行。日內又有年內粵遊之想,尊意贊成否? 此問日祉。乙盦。卅日飯後。

【案】此札今藏上海圖書館(《海日樓家書第三十七函》)。作於宣統三年辛亥三月三十日(1911年4月28日)。

七十四

今日此間甚風涼,然問人從馬路來者,均言今日極熱,則禾中今日必又大熱可想而知。_{徐瑩甫天天來此乘涼,云此屋之爽}_{上海第一。}吾意夫人若能來此避暑,兼可照料鄙人,病後調理一切,似亦有益事也。來此有兩辦法,一即住此間東邊兩間,將門關斷;一租辛園房一所。可約二姑太太並橘農歡敘一兩月。房租三十兩,_{我們租一所,橘租一所。}火食一切約六十兩可勻用,所費不多,於衛生甚有益,足下又可與二姑太太聚首,亦一勝事也,試與令弟妹商之。此間早晚涼爽,不亞京城,真是難得。五弟得京電,_{即師密。}云勿續假,請開缺,措詞以滇臬緊要、不敢因病曠官爲言。當是徐菊人授意,揆度情形,調缺不易,或開缺後入都,可希内用耳。鄙今日止瀉一次,胃氣漸轉痢,因是暑無疑。_{今日不出,擬息三日}_{再出,六弟偕二、三蘇出聽戲矣。}此問闔祉。乙盦手泐。初八日晚。

【案】此札今藏上海圖書館(《海日樓家書第三函》)。作於宣統三年辛亥五月八日(1911年6月4日),參觀《沈曾植年譜長編》357—358頁。徐仁鏡(1870—1915),字瑩甫。江蘇宜興人。致靖子,仁鑄弟,仁録兄。光緒二十年(1894)進士。二十四年(1898),加入保國會,與父兄弟積極參與戊戌變法運動。

七十五

六弟本擬十五偕三蘇同歸,連有喫局,淹留兩日,明日

殆必歸也。昨晚起大東北風，有牆傾樹倒者，似是颶風挾
雨以來，禾中恐亦不免影響也。小麟明後即北行，昨來此
得橘書，甚願合租一屋避暑，度二姑太太亦當有信致閣下。
此事須鄙歸後面盡曲折，大約二十前後鄙必歸。辛園房究
嫌狹窄，不如五弟行後接租此間屋也。鄙近日胃口略好，
頗思喫葷，卻不敢多喫，應酬亦不敢過勞，食後服胃活甚有
効。一切詳情，六弟歸當可詳談也。此間晚坐爽甚，近數
年所無，惜不能全家來此耳。此問日祉。乙渧。十六日。

　　【案】此札今藏上海圖書館(《海日樓家書第一函》)。作於
　　宣統三年辛亥五月十六日(1911 年 6 月 12 日)，參觀《沈曾植
　　年譜長編》358 頁。

七十六

腰痺發，雖不重，卻尚未復元。拜匣中帶來鹿膠已盡，
擬在此買些，不知有否？本思明日歸，今尚未定，亦恐大車
上下不便也。小麟住長發棧，相去太遠，止見一面，昨遣閔
福往請，已上安平船矣。橘來滬説未必靠得住，大約欲我
們作東道耳。有人説橘有北行意，未知確否？三蘇欲來亦
可，廿三以後即不必來，但李季芝尚無準確消息也。昨日
頗有秋意，今早有霧，恐熱。此問頤祉。乙盦手渧。廿
一日。

　　【案】此札今藏上海圖書館(《海日樓家書第二函》)。作於
　　宣統三年辛亥五月二十一日(1911 年 6 月 17 日)，參觀《沈曾
　　植年譜長編》358 頁。

七十七

三蘇看家甚當心,帳亦不錯,不過悶甚想娘而已。天氣如不變,出月當可赴杭,此問闔祉。乙。廿七日。橘弟代候。病後吃黃魚肚如何?皖寄法政學堂薪千金,今日到,當日大家忘了,可笑。

【案】此札今藏上海圖書館(《海日樓家書第八十函》)。作於宣統三年辛亥六月二十七日(1911年7月22日)。

七十八

三蘇歸,一切諒已詳述。今日移寓戈登路三十三號,部置粗定。十四快車即歸,一是面談。阿四如來滬,並可接二姊暫住也。體中尚可,不敢過勞。俟我歸再定。此問闔祉。乙泐。十二日。

【案】此札今藏上海圖書館(《海日樓家書第三十六函》)。作於宣統三年辛亥閏六月十二日(1911年8月6日),參觀《沈曾植年譜長編》358頁(原書8月6日,誤作7月7日)。

七十九

杭兵將變,影響恐且及禾。聞昨日兵在車棧槍擊,隊官誤傷棧客,不知後來能不入城滋擾否?此時一日是一日,已約林同莊初四早車到禾照料,自己到禾。請夫人務於初四第一班早車來滬。大小姐、大嫂、姚姑娘能同來,亦祇可同來,並知照【後缺】

【案】此札今藏上海博物館。作於宣統三年辛亥九月初

（1911 年 10 月），參觀《沈曾植年譜長編》360 頁及本編《與沈曾樾書》第二首。

八十

三點五十分到禾，天氣極佳，不冷不熱，下車人並不乏。家中燃燭鋪設，預備夫人攜新人同來道喜也。莊法臣扶病出迎，觀其步履，病勢尚不至甚篤，挨過去再看。入城時有警察招呼，行李不查，並問家眷來否，意當法臣世兄招呼乎？今日脅痛比昨爲輕，後日上墳，此問闔祉。乙渤。十一日。

藤花盛開，薔薇亦盛，牡丹肉紅者極好，茶花殘矣，似回來比去年略遲也。蘁尚未盛，桑葉亦遲。

【案】此札今藏上海圖書館（《海日樓家書第二十三函》）。作於民國三年甲寅三月十一日（1914 年 4 月 6 日），參觀《沈曾植年譜長編》398 頁。

八十一

天氣變幻甚速，前日尚冷，六十一二度。昨晴，忽大熱，至過七十度。連換袍三次，仍熱不可耐，脫去綿襖袴，熱仍不解，直至脫去毛緊身乃已。然下午僅著一小夾襖，身猶有汗也。黃昏後起大東風，夜甚涼，亦僅雙綿耳。鄙尚有三四日耽閣。請將小夾襖、夾袴、舊衛生衣交馬德標帶回。在此終日惟檢書，脅中氣昨竟日未痛，或宜暖耶？橘農崑山之行如何？後簷接出五尺廊，天橋蓋頂安窗，營房木作估價二百元，比斜橋接廊似尚廉。鄙意如商到七八折便可以辦。此問夫人閫祉。乙渤。

【案】此札今藏上海圖書館(《海日樓家書第六十五函》)。作於民國三年甲寅三月(1914年4月),參觀《沈曾植年譜長編》398頁。

八十二

昨早欲上斜橋,天忽下雨,午後益大,看去似今朝不能上墳,擬將定菜定船回報,改明日再去,而菜已送來,不能退回。夜間雨聲淋漓不絕,天明時鄙又連瀉兩次,以爲今日決不能去。晨起喫點心後,忽思菜隔夜究不相宜,而腹瀉船中儘可帶馬桶,雨勢已止,遂決計仍以今日去。時已八鐘,計能到二處固好,不能則先到榨蔀,王家浜留待明日。誰知上船後,雨竟不作,腹亦不瀉。十二鐘到榨蔀,三鐘王家浜,歸時且是順風,到家尚未上燈。昨日決不料今日如此順遂也。此兩日氣亦不甚痛,此刻牙微痛。明後日尚擬出門一次,再定歸期。此問夫人日祉。乙渤。十三日。告劉坤,有姓鄧人來時,告以回禾三四日即歸。

【案】此札今藏上海圖書館(《海日樓家書第四十四函》)。作於民國四年乙卯三月十三日(1915年4月26日),參觀《沈曾植年譜長編》409頁。

與李翊灼　十四首

一

前賜藥甚佳,然暴暑不解,刀圭無益也。比日煩憒不能談,容遲日馳書奉訂,書亦不能檢,奈何？陳伯平許處已訂定,並聞。泐請正剛先生道安。植。十四日。

【案】此札今藏上海圖書館。陳伯平(啟泰)光緒三十一年乙巳八月至三十二年丙午八月任安徽按察使。光緒三十二年七月十三日《沈曾植與沈曾桐書》云:"此間今夏奇熱,署㞒三旬餘,病十餘日。"(參觀《沈曾植年譜長編》318頁)則此札蓋作於光緒三十二年丙午六月十四日(1906年8月3日)。

二

正剛先生閣下孝履:海外歸來,贛友相逢,驚聞公慘遭大故,震悼經時。念公素體清癯,何以堪此酷痛,輒思以陽明哀而不傷一語,請達者以禪理教觀參之,顧念非其時,未敢妄發也。旋讀訃信,稔先丈去留之際,正觀澄然,常寂光中,方當以道真相見,得不益嚴戒德以達孝思乎？昨賜希到此,復奉手書,《大藏》弟已另購,前書留尊齋,可不必見還矣。學事茫無措手,愚管欲以舊道德、新知識六字包掃一切,而以道德爲學界天職,匡濟爲政界天職,幼童不必使崇拜歐風,中學以下不必令比較中外。賜希忽忽遽去,未敢暢論爲可惜也。公若惠來,當以十日爲期。肅泐,敬候履祉。曾植頓首。二月十一日。

【案】此札今藏上海圖書館。作於光緒三十三年丁未二月十一日(1907年3月24日),參觀《沈曾植年譜長編》322頁。

三

正剛先生閣下:前日泐一牋,方交郵寄,昨乃復拜三君

手書，快慰快慰。揚州天甯寺僧欲皖立分會，未悉其人，方
咨甯查案，未批准也。三公雅志可欽，然魔難亦不可不戒，
聞章炳麟至伯華會所聽講，此君是"鬼車見，即有畖"，孫少
侯可鑑也。大法中興，望在三君，法門不厭廣大，對下根。宗
風不嫌高峻，對上根。願審慮熟圖之。揚事伯華必知其底
蘊，望示崖略。覆上鏡湖、伯華、正剛三師侍者。植。二月
十四日。林學使未嘗談及此事。

　　【案】此札今藏上海圖書館。作於光緒三十三年丁未二月
　　十四日（1907 年 3 月 27 日），參觀《沈曾植年譜長編》322 頁。
　　鏡湖即歐陽竟無漸，伯華即桂伯華念祖。

四

　　事障日多，撥除無術，讀公及黎君見贈之作，未嘗不滋
顏汗。節後深望來皖一談，佇聆玄義，盼盼。正剛仁兄大
人侍者。植和南。十四日。

　　【案】此札今藏上海圖書館。約作於宣統元年己酉八月十
　　四日（1909 年 9 月 27 日），"節後"蓋指八月十五中秋節後。

五

　　證剛仁兄大人閣下：熊亦園行，奉一箋并書一冊，屬其
面交，諒已入照。頃滬上人來，述張弢盦意，欲鄙人主持刻
經事，即猶太商事。並求校經人。此亦流通一大機緣，意欲請
公一觀乃能定見。不識日内能即偕端士同來一談否？盼
甚，即示覆。肅請侍安。植。十八日。

　　【案】此札今藏上海圖書館。《海日樓日記》宣統元年己酉

十二月二十五日（1910 年 2 月 4 日）云："寫扇頭以贈正剛，正剛歎詠不已，以爲山谷也。"宣統二年庚戌正月四日（1910 年 2 月 13 日）云："熊也圖自金陵歸。"（參觀《沈曾植年譜長編》338—339 頁）則此札當作於宣統元年己酉十二月十八日（1910 年 1 月 28 日）。

六

總則僭有參議，期與政治集會分途，幸高明更賜審核，_{與楚商定。}始事不厭詳慮也。楹半樓屋，慮太逼窄，請更詳之，必靜處乃能講習，亦不可不謀諸始者。外用利他，內功修己，世出世間，兩期方便，海上尤以避囂爲第一義也。有托購之件，目列左方。肅請證剛仁兄先生道安。植。十四日。

《江左三大家詩畫合璧》、丁福保新醫書、_{目見《天鐸報》。}吳趼人《上海齷齪歷史》，發舉希交下。

【案】此札今藏上海圖書館。作於宣統二年庚戌十月十四日（1910 年 11 月 15 日），參觀《沈曾植年譜長編》349 頁。

七

梅福里屋價尚相宜，請即定租，價由鄙任。鄙到滬，即可寄硯與公實行研究事也。大會藉資鼓舞，鄙能到必到，近頗畏寒，衰象也。證剛先生辰安。植。十月十七日。杭游恐須下月矣。

【案】此札今藏上海圖書館。作於宣統二年庚戌十月十七日（1910 年 11 月 18 日），參觀《沈曾植年譜長編》349 頁。

八

十九晨在滬肅一緘,並銀幣肆拾元,屬朱稷臣至甯面交閣下,訂來禾之約,意公病未能遽離甯也。頃奉手書,知已至滬,甚慰甚慰。請即臨禾,面商一切。愚憊甚,日內不能出門,楚公、石公均希代候。證剛仁兄大人。乙渤。廿一日。

【案】此札今藏上海圖書館。作於宣統二年庚戌十月二十一日(1910 年 11 月 22 日),參觀《沈曾植年譜長編》349 頁。

九

兩日未得書,想研究必有新得。弟擬月初遊西湖,並商北上事,切望惠來同往。江西打回寄歐陽仲弢一信,暫存敝處。楚卿歸否?醫學研究會會章甚好,惜當時未見。需購丁氏書,單寄去,請代購攜以來,以此消冬夜,需用甚切也。繆信錄,可示楚,安其心。此請證剛大德道安。植。廿八日。

頃得繆太史書,照錄如下:燉煌六千卷十八箱已到。李證剛君,堂官面允延訂,請兄即墊四十金作盤費,速來爲禱。館內可住,月脩百金,辦完即可回南,並不敢久覊駿足,均乞轉達。叔藴言,唐末密宗在隴右,所存此種經典,須李君發明耳。

【案】此札今藏上海圖書館。作於宣統二年庚戌十月二十八日(1910 年 11 月 29 日),參觀《沈曾植年譜長編》350 頁。

十

久未得書,極爲係念。前日朵雲飛降,忻悉法緣順適,安隱吉祥,甚慰甚慰。研究會既在北京開辦,將來即以首善爲總會根基。王舍城中,諸天瞻敬,不必沾沾於勝國舊都,滬上更無論矣。出會條項,向來有此例否?或自我作古,請酌之。專門惟重法相,鄙意亦有狹隘之疑,比與端士研尋三論宗意,知此宗大可提倡也。

禮卿永逝,鄙亦衰憊。新研究會,賤名暫勿列入,副會長恐須另推,將來或貢獻一兩文字於雜誌可耳。都中魚龍萬變,摩醯(醯)首羅第三隻眼受用何如?滬上薄遊七日,不見一真人,不聞一真語。紛紛以開會請者,亦以龍華例相待耳,安得閑氣力酬酢蕆戾車乎?公與滬亦未必有緣,毋庸顧墮甑也。率泐,即請道安。植。四月初二日。

滬是夷場,豈聖域耶?一笑。

【案】此札今藏上海圖書館。作於宣統三年辛亥四月二日(1911 年 4 月 30 日),參觀《沈曾植年譜長編》356 頁。

十一

尊恙總恐尚有伏暑未净,腸炎之本未清,曷試以六一散代茶,驗其効力如何。鄙昨日極不適,而不能自名病在何處,夜中大下三次,極疲憊,仍不能決爲何處受病也。地水火風皆是夙生業果,貞疾恒不死,是何祥也,吉凶安在?請兩公各舉一話頭,以發楚太子之沈疴,亦絕好鉗錘時節也。善知識必有以教之。肅請證剛仁兄痊安。乙。端兄同覽。

【案】此札今藏上海圖書館。端兄，即黎端士養正。

十二

聞公下利，日來已見痊可否？弟十四晚感冒，不能出又不能行，甚悶損也。公與鏡湖行止若何？公去此能至禾相訪，至盼。此請證剛仁兄大人台安。植。十六日。

【案】此札今藏上海圖書館。

十三

倪氏痢疾三方，最爲江南經驗之有效者，檢出奉呈。其用地榆、紅花尤有意，亦與西人發炎之説彼此證明。此上證、端二公。乙。

【案】此札今藏上海圖書館。

十四

摯友熱誠，鼓宮宮動，固如愚測，亦見交道自有真也。得微澀字，近人必不解，可無慮。要之，公不寄我密碼本，終欠事耳。

【案】此札今藏上海圖書館。

與李景虞　二首

一

前晚令姑母忽發大寒熱、泄瀉，昨服林醫藥，寒熱退而瀉未止。請午前過我一談，斟酌方劑。景虞老賢阮侍祉。乙。

【案】此札今藏上海博物館。

二

頃有明午期。急需六伯元，懇費神於熟處代挪一用，十日內歸還，即盼示覆。鏡漁賢阮晚佳。植。

【案】此札今藏上海博物館。

與梁鼎芬　十三首

一

昨飯後爲暑暍所中，目眩氣逆，瞢不能支，亟歸飲藥數器，暝後始漸清醒。今日仍頭重心忡，惙惙無力，此由前數日病愈未復元，故不能奈昨之酷熱。畫圖、體操未得觀，失約悵歉，然益知公及抱冰精力非恒流所及也。報有異語，憂慘不復能言，憤矣痛乎！即上茗華室。明日申酉間奉候。制植稽顙。初二日。

【案】此札見《明清書法叢刊》第十卷（66頁）。又爲2018西泠秋拍 Lot2228 號拍品。作於光緒二十四年戊戌（1898）。

二

【前缺】委蛇澹永，主客同軌，爲鄙人微旨已達乎？抑偶然闇合乎？請公論之。畏寒懶出，雪後虛庭闃無人跡，乃頗有靜趣也。此請晚安。節盦同年左右。弟制植稽顙。

廿日。

【案】此札今藏上海博物馆。作於光緒二十五年己亥十二月二十日（1900 年 1 月 20 日），參觀《沈曾植年譜長編》220—221 頁。

三

董譴似有轉機，前議或俟約條出再商。晤太夷請告之。報有明春鄉試暫緩之説，確否？精衛菴。植頓首。十五日。

廷雍事，聞此間有電詰聯軍，此舉甚偉。

【案】此札見《二十世紀書法經典·沈曾植卷》（37 頁）。董即董福祥。光緒二十六年庚子九月十五日（1900 年 11 月 6 日）直隸布政使、護理總督廷雍被八國聯軍殺於保定，此札當即作於是日。

四

徐案事，前弟輩竟形同聾瞀，非不疑其人也，而無有來言其形跡者，所以前信有鄂生之請。江鄂艦隊梭巡上下，此今日極要事，微獨皖人蒙福。京兆勉就範，賢者不可測。若淡泊相遭，則固黃老家常德也。節盦先生同年。植。廿一日。

【案】此札爲 2008 中國書店秋拍 Lot124 號拍品，又爲 2017 保利春拍 Lot1301 號拍品。"徐案"即徐錫麟案，故當作於光緒三十三年丁未六月二十一日（1907 年 7 月 30 日）。

五

竟日昏昏欲睡，白頭老子乃作牡丹亭女郎乎？昨復大下，憊甚。旭書來，鴻民寓處，尚未尋著。驥子數行，見志趣，有骨氣，甚可愛，公之雅性可以傳後矣。原函謹繳，朔風尚勁，起居慎攝。葵霜先生。遜叩。廿六日。

【案】此札見 2020 北京永樂春拍 Lot0732 號拍品。《函綿尺素》217 頁載王仁東（旭莊）與沈曾植札略云："午後回寓，適節庵、子修兩同年先後來訪，談至傍晚，雪夜驟寒，未能走談。虹口覓鴻民寓所未得，今早作字，約於明晚五六鐘至高樓一談，已告節庵矣。"可與"旭書來，鴻民寓處，尚未尋著"參觀。據字體與札語，此札當作於辛亥冬。《藝風老人日記》載辛亥十一月二十五日雪，則作於十一月二十六日（1912 年 1 月 14 日）。

六

病體獨行，間關千里。欽公神勇，無以爲喻。倏忽之間，人隨書至，彌爲奇絕也。不敢遽擾靜思，先泐奉候。葵霜先生頤安。植。

【案】此札爲臺灣謝鴻軒舊藏。梁鼎芬民國元年正月病咯血，九月北上京師，十月還滬（參觀吳天任《梁節庵先生年譜》297—299 頁）。此札當作於民國元年壬子十月（1912 年 11 月）。

七

衣邊河朔風塵色，身自清微帝所來。片石冤禽心耿耿，五陵佳氣望焞焞。孤臣下拜鵑啼苦，率土精誠馬角催。我愧杜門薇蕨飽，行縢無分共崔嵬。葵霜貽陵上石蜜賦謝。植。

【案】此札爲臺灣謝鴻軒舊藏。作於民國元年壬子十月（1912 年 11 月）。此詩亦題作《葵霜謁陵歸貽余片石》，參觀《海日樓詩注》卷四 503—504 頁。

八

朱陽館裏論書舊，爾雅樓中列册新。古人逝矣不傳在，病客重見同光春。葵霜閣藏師友扇書。宣統癸丑正月。曾植題。

【案】此札爲臺灣謝鴻軒舊藏。作於民國二年癸丑正月（1913 年 2—3 月）。

九

京不如滬，極是。同人亟望公歸也。貽上望前後來滬。頭眩是春時通病，弟亦然。静養五日，必有效。徐圖暢敍，刻不相擾。復上藏翁先生師席。植。世兄愈後須善養。

【案】此札今藏上海圖書館。作於民國二年癸丑（1913）春。

十

息函繳。印伯佳人，得公此祭，九泉鬱結，可以一舒。即作祭文看，何必韻也。復上藏翁侍史。乙。

【案】此札見《梁節庵先生年譜》（306 頁）。顧印愚（字印伯）卒於民國二年癸丑六月，當月二十七日梁鼎芬爲位哭之，并作祭文。此札當作於六月二十七日（1913 年 7 月 30 日）之後。

十一

盛暑書碑,得無世南臂痛耶? 帶書人已行,陳貽重來,見否? 嘉州言以復辟要黃,告潘。其語不知可信否? 公有何術再激厲之。電文豫擬一稿如何? 非大筆不可。此請葵叟仁兄道安。植。

【案】此札爲臺灣謝鴻軒舊藏。民國二年八月二十日梁鼎芬與盛季瑩札略云:"崇陵碑字,鼎芬恭書三閱月,今已書成,親齎北行。"(《梁節庵先生年譜》306 頁)"盛暑書碑"即書崇陵碑,又據此札字體,當作於民國二年癸丑六月(1913 年 7 月)。

《梁節庵先生年譜》誤繫此札於民國六年丁巳條下(335—336 頁),然其墨跡與沈氏丁巳字體迥異,且"得無"、"陳貽重"、"豫擬"、"葵叟"譌作"得毋"、"陳貽書"、"預擬"、"葵霜",又漏録"告潘"、"不知"等字,當改正。

十二

孔教會章程,諒經達覽。此事情形,竟有抱殘之感。務懇公大力提倡,公吸力高於鄙人萬萬也。望日能過我,同往一看,以慰重遠。即上葵霜先生。植。十三日。

【案】此札見《梁節庵先生年譜》(315 頁)。作於民國二年癸丑(1913)。

十三

節庵同年師傅閣下:病後頹唐,百凡懶廢。仁先行,欲作書,手戰竟不能握管也。即日惟頤養如宜、起居日勝爲祝。賤辰遂得比於東坡、漁洋之例，雅譾高齋，聯語紛綸，思如泉湧，摯懷雅興，何以堪承。顧於此徵公龍鶴神姿，已經圓滿，喜生望外，益復諷味不窮。温客云，書是世兄之筆，小坡似老坡，尤爲慶喜也已。仁先述是日歡暢情形，彌令神往，惜封弟病不克到，不能代老兄陪客爲歉耳。

　　此間至好親友知而枉過者，略不過四五十人，略倍尊齋。而生日戒殺，蔬肴進客，公得無笑我禪和習氣耶？病不能避客，獨與堯衢、病山、子勤、静盦樓上清談相對。西門無車馬客，風味似尚不俗。俚言五章奉教覽，病中情形，皆描寫實語，重字特多，精神不完可見也。石礱説“二年大好婆娑河清”，或成語讖。莊君稱頌〇〇聖明，領事密相告語，而外若與莊無關涉者，此甚有味。敬聞左右。

　　英爲帝國，可借力，季高論亦爾。米則難矣。鄙今著意此點，不可爲外人道也。泐致謝忱，敬請頤安。不盡不盡。弟植頓首。

　　延恩拓大照出，秘不示人，雖仁先亦未語之。

　　【案】此札見《二十世紀中國文化名人墨蹟》（7—8頁）。作於民國七年戊午（1918）三月，參觀《沈曾植年譜長編》463—464頁。

與廖平　一首

　　惠示新箸，四通六闢。公之自得偉矣，而哲學字猶襲用東瀛名詞，何也？病不能趨訪，今晚五六點鐘能惠教一談否？極盼。敝同鄉張孟劬博辨奇士，公如能來，當約張相見,希示。泖上季平先生台安。植。

【案】此札見《二十世紀書法經典‧沈曾植卷》(31頁)。
廖平《孔經哲學發微》初版於民國二年癸丑(1913),札中"哲
學字"云云,即指此書名。故此札當作於是年,參觀沈曾植與
張爾田札。

與林大同　一首

桐莊仁弟閣下:見與慈護書,具稔一是。貴局添一會
辦,諒亦不妨,第事權不可不專歸足下,以此商之議會何
如? 地圖先繪浙省諸大川,從源逮委,兩岸地名在十里內
者均注入,入海、入湖若水。處尤宜詳。大略如此,餘俟寄件
到後再議。汪伯唐在此,曾爲弟吹噓,渠在京與劍秋亦熟
人也。此問近祉。寐叟手肅。

【案】此札爲臺灣謝鴻軒舊藏。約作於民國五年丙辰
(1916)。林大同(1880—1936),字同莊。浙江瑞安人。光緒
二十七年(1901)入南洋公學,爲沈曾植弟子。後留學日本,入
北海道帝國大學土木工程科。回國任浙江鐵路公司工程師。
民國後,長期主持浙江水利工程。趙椿年(1869—1942),字劍
秋。江蘇武進人。官至袁世凱政府財政部次長。

與劉承幹　十七首

一

前日雅招,縱談甚樂,歸寓亦尚未逾亥也。《玉函》本
屬益菴代購,不謂足下乃以見贈,拜領何以爲報。淞社多

耆英,詩句正難出手耳。此請翰怡仁兄大人台安。植。

【案】此札今藏上海圖書館(《求恕齋友朋書札》沈曾植第
一函)。作於民國二年癸丑十二月二十日(1914 年 1 月 15 日)
之後,參觀《沈曾植年譜長編》391 頁。

二

前日奉教爲快。《山谷外集》一册繳上,此本與敝齋所
藏同,自乾隆以來稱爲宋刊,不始莫氏也。鄴架有《廣東西
通志》,乞借一閲。此請翰怡仁兄大人台安。植。

【案】此札今藏上海圖書館(《求恕齋友朋書札》沈曾植第
二函)。作於民國四年乙卯九月十八日(1915 年 10 月 26 日),
參觀《沈曾植年譜長編》413 頁。

三

來件收到,四史樣本,亦希先示數册爲盼。復上翰怡
仁兄大人。植。

【案】此札今藏上海圖書館(《求恕齋友朋書札》沈曾植第
三函)。作於民國五年丙辰四月三十日(1916 年 5 月 31 日)之
後,參觀《沈曾植年譜長編》422 頁。

四

前日奉擾,謝謝。歸時北風甚涼,次日又微覺感冒也。
三書謂是寄售,不意又承惠贈。《鳳台》頗難覓,愧謝愧謝。
《史記》樣本四册奉上,希詧入。此請翰怡仁兄大人台安。
植頓首。

【案】此札今藏上海圖書館(《求恕齋友朋書札》沈曾植第四函)。作於民國五年丙辰五月二十一日(1916 年 6 月 21 日)之後,參觀《沈曾植年譜長編》423 頁。

五

久未晤教,惟侍祺百福。惠書各種領到,謝謝。聞有《草窗韻語》,已購得否? 泐請翰怡仁兄大人台安。植。

【案】此札今藏上海圖書館(《求恕齋友朋書札》沈曾植第五函)。作於民國五年丙辰十二月二十二日(1917 年 1 月 15 日)之後,參觀《沈曾植年譜長編》438 頁。

六

惠書十六種,敬領祗謝。《蒙古源流》昔嘗謬爲籤注,老嬾卒未寫成清本,汗青有日,當呈政以副雅意。丁君耆儒,意望不奢,極知尊處才多,他知好處有可吹噓者,仍望代爲留意,至荷。覆請翰怡仁兄大人台安。弟植頓首。

【案】此札今藏上海圖書館(《求恕齋友朋書札》沈曾植第十五函)。作於民國六年丁巳二月二十八日(1917 年 3 月 21 日),參觀《沈曾植年譜長編》445 頁。

七

昨談爲快,晨起忽洞下數行,眩暈差減,而體力疲甚矣。嘉約竟不能踐諾,當是眼福未至耳。專謝,即請翰怡仁兄大人台安。植。

【案】此札今藏上海圖書館(《求恕齋友朋書札》沈曾植第

六函)。作於民國六年丁巳四月六日(1917 年 5 月 26 日),參觀《沈曾植年譜長編》447 頁。

八

昨談爲快。《續燈》爲元明間緇徒所著,板心字號又與明藏目録合,定爲明《南藏》本不疑。羅叔韞亦謂非五山本也。復請翰怡仁兄大人台安。植。

【案】此札今藏上海圖書館(《求恕齋友朋書札》沈曾植第七函)。作於民國六年丁巳四月十四日(1917 年 6 月 3 日),參觀《沈曾植年譜長編》448 頁。

九

《荔牆叢書》奉到,謝謝,蔣君處並希代爲致意。《落驪文稿》鄙擬作一文字,故思快睹耳。覆請翰怡仁兄大人台安。植。

【案】此札今藏上海圖書館(《求恕齋友朋書札》沈曾植第十六函)。作於民國六年丁巳九月十日(1917 年 10 月 25 日)之後,參觀《沈曾植年譜長編》457 頁。

十

久未晤爲念。昨得一山書,節厂病仍未愈。一山走别,再三屬致意閣下。來信奉覽,閲後仍希擲下。擬與閣下公電問病如何,電文如下:"北京後門福祥寺胡同梁大人。聞病小差,眠食如何? 馳念。"翰怡仁兄大人台安。植頓首。

【案】此札今藏上海圖書館(《求恕齋友朋書札》沈曾植第八函)。作於民國七年戊午(1918)八月後,參觀《沈曾植年譜長編》469頁。

十一

許月未晤,馳企。《越縵日記》得閣下慨任編刊,海内同人聞之皆爲欽佩。手跡仍付家藏,高誼尤足風百世也。頃已馳書林君,屬其轉致李府,得覆再奉達。即請翰怡仁兄大人台安。植頓首。

【案】此札今藏上海圖書館(《求恕齋友朋書札》沈曾植第九函)。作於民國八年己未(1919)。

十二

久未晤爲念。節厂賜諡文忠,特恩曠典也。夏佶持《説文古本考》、《竹書義證》來,皆稿本,《説文》或未刻前抄本。可收,特爲紹介左右。廿四公祭,請早到。此請翰怡仁兄大人台安。植頓首。

【案】此札今藏上海圖書館(《求恕齋友朋書札》沈曾植第十函)。作於民國八年己未(1919)十一月,參觀《沈曾植年譜長編》484頁。

十三

久闊,極深馳企。日前聞有清恙,晤重遠知已占勿藥,甚慰甚慰。尊刻《四史》,懸計竣工應將及半。比聞校勘虛席,襄陽吳寬仲觀察邃學清操,彊邨、雪塍諸公僉相推挹,

現方閒居多暇,試以此事屬之何如？閣下如有意,弟當相
爲勸駕也。又尊刻諸經單疏,望檢賜一部爲盻。此請翰怡
仁兄大人台安。植頓首。初一日。

　　【案】此札今藏上海圖書館藏(《求恕齋友朋書札》沈曾植
　　第十一函)。作於民國九年庚申六月一日(1920 年 7 月 16
　　日),參觀《沈曾植年譜長編》491 頁。

十四

敝齋《百川學海》有缺頁,欲補抄,聞尊齋有藏本,懇賜
借一抄,十日奉繳。此請翰怡仁兄大人台安。植頓首。

　　【案】此札今藏上海圖書館(《求恕齋友朋書札》沈曾植第
　　十二函)。作於民國九年庚申(1920)九月。

十五

前日暢談爲快。《刑統》校勘,昨與病山方伯言之,荷
其慨允,樂襄盛舉,請檢新刻一部、岱南閣《唐律疏議》一
部,專札送往,或交古微轉致亦可。此札記成,甚有益也。
泐請翰怡仁兄大人台安。弟植頓首。

　　【案】此札見《晚清名人墨蹟精華》(174 頁),又見《可居室
　　藏清代民國名人信札》(201 頁)。作於民國十年辛酉(1921)。

十六

手教祗悉。松山給諫直聲滿世,身後蕭條,公此義助,
儒林均感。即匯叔韞,先此代謝。書收到,聯語擬就,有數
字未定,容稍遲繳上。《刑統》尚欲一觀原書。此謝翰怡仁

兄大人台安。植頓首。

【案】此札今藏上海圖書館(《求恕齋友朋書札》沈曾植第
十四函)。作於民國十一年壬戌二月十八日(1922 年 3 月 16
日),參觀《沈曾植年譜長編》510 頁。

十七

聞定明日榮行,三接龍光,鄉邦增耀。有致汪甘卿信
一緘,敬求面致。肅請翰怡仁兄大人台安。期植頓首。

【案】此札今藏上海圖書館(《求恕齋友朋書札》沈曾植第
十三函)。作於民國十一年壬戌(1922)。

與劉世珩　二首

一

封印後即封筆,殘年蛇尾,如何復能屬文? 公殆與我
戲耳。有此雅興,亦殊可喜。《國山》或得此波瀾,早日交
卷耳。碩甫先花後果,聞大小平安,彼此同喜。覆請葱石
棣臺親家大人年安。閤內親家並賀。期植頓首。

【案】此札見 2019 中貿聖佳夏拍 Lot815 號拍品。作於民
國十一年壬戌(1922)正月。

二

唐畫夷雅入古,行筆微澀,當是紙墨不合耶? 改摹秀絕,
不敢作没骨山,可謂知量。包五言第一,七言次之,八言又次,並
列懸觀,可盡此老變態。狂草微是僞跡,款太凡率也。《國

山》先繳，掔留空幅一紙。包五言借留三五日。出門之便，或再過我一談。覆上，即請葱石仁弟親家大人晨安。期植頓首。南海信去三日，尚未得覆。

【案】此札見2019中貿聖佳夏拍Lot815號拍品。作於民國十一年壬戌（1921）。

與劉廷琛　一首

潛公足下：憒來備悉近情，題已暗點，距躍三百，既已如此，則明點益不可緩。蓋此事黨人已認爲必有，而在疾雷不及掩耳之時，倉卒無從措手抗拒，稍緩則異説異計紛紛并起矣。起於點題後應之易，起於前則應之難，此不可不切陳於桓侯者也。津門之帥，即其見端，聞諸自彼來者云，實進步黨即報所謂陰謀家者主之。此輩以研究會故，似與倪、張諸人已有瓜葛，與袁系諸人有不可斷之關係正同。然袁系志在富貴可駕馭，此輩志得政柄，難駕馭也。東海醉心此輩。桓侯自任軍事，或恐以政事委東海，此輩得手，則公等爲所制矣。其弊：易駕馭者去，而難駕馭者留，交鬨而内蝕，敵黨乘之，亂事起矣。頗聞湯、梁曾至彭城，此時或是謡傳，異日必爲實事，竊爲桓侯憂之。在此時固無一概拒絶之理，然禮貌牢籠，萬不可令參帷幄，此界限不可露，卻不可不清，郁、仲必許我此意也。事定後，須得一舊章京練習故事者置諸左右，杭人許某，仁先所稱，願公留意。汪甘卿通敏曉事，且瘁心此事多年，似亦宜電召之也。勞玉老來否？不可亟延請。外交自以梁松生爲最妥，而辜鴻民佐之。侍丞皆可。萬一外交團有以復古爲疑者,非此君不能與之講解也。此間諸梟,束手乏策,惟日翹望於西南。西南固未必如所望,就如所望,而兵力單弱,諭降戡亂亦易易耳。孫文揚言不反對,唐、岑皆觀望不前,李烈鈞入粵之謀,爲東人干涉而止。聞寺内意,惟復辟不干涉,他必干涉。即美人暗助民黨,亦將暗與干涉。南方情形萎縮以此,報紙猶吠虛聲,所當明辨者也。函内附底稿三件。

復位奏稿

　　爲瀝陳國情敏請復位以拯萬姓事。竊惟國於天地,必有與立。所以立者非他,則君臣大義、尊卑上下定位而已矣。有史以來,吾中華國民以五倫五常建邦保□也,而父子、夫婦、兄弟、朋友之達道,要必借君臣道立,而後四者得有所依而不紊,五常得有所統而可推(維)。民彝自天,歐亞殊性,猶目睛膚色之不同,不能削趾以適屨者也。廿載以來,學者醉心歐化,奸民結集潢池,兩者相資,遂成辛亥之變。我孝定皇后,大公博愛,徇中外之請,讓政權於袁氏,冀以惠安黎庶,止息干戈,至仁如天,萬邦傾仰。而袁氏云云,繼之者復云云,五載於茲,海内沸騰,迄無寧歲。生民凋瘵,逃死無門,在國者思舊而不敢言,在野者徯蘇而無由達。臣等蒿目時艱,病心天禍,外察各國旁觀之論,内察國民真實之情,靡不謂共和政體不適吾民,實不能復以四百兆人民敲骨吸髓之餘生,供數十政客毀瓦畫墁之兒戲。非后胡戴,窮則呼天,臣勳等請代表二十二省軍民真意,與臣元宏(洪)公同監誓,環敏宮門,恭請我皇上升太和殿,收還政權,復位宸極,爲五族子民之主,定統一宇内之基。臣等内外軍民,誓共盡命竭忠,保乂皇家,以安黎民,以存黄種。惟我皇上,大慈至德,俯允所請,則天下幸甚,群臣幸甚。臣勳等誠惶誠恐,昧死上奏。<small>右擬請復位奏,曲折如此,請公潤色。</small>

行政大略

草創時,暫時不設内閣,置議政大臣<small>四至六人不拘。</small>於外朝,置軍機大臣於内庭,<small>二三人,宜少不宜多。</small>隨時詔授,不必定額。<small>特詔。</small>各部長均改爲尚侍,督軍、省長改稱督撫、藩司,<small>其下庶僚,</small>由所習逐漸規復。以改易海内視聽。桓侯統環衛之任,定武軍選數營爲侍衛軍,桓侯仍爲議政大臣、軍機大臣之首席。徵召遺老,以電令行之,可分數次,每次數十人。復翰林院、兩書房,修史館爲實錄國史館。<small>本紀隸實錄,志傳隸國史。</small>議院封閉,<small>恐其猶未散也。</small>其諸會不散者,軍警監視,不必下明詔。凡諸措置,皆可以簡單諭旨行之,不必事事詳言其所以。凡今日秘書之職,實爲政治樞機,不可諉之他人。諸公不可不置身其間,握其關轄。尚侍皆虚車耳,以尊有功,以待耆舊。<small>右第一月行政大略,燈下書此,目眵神疲,不及詳委。公是解人,聞一知十可也。</small>

【案】此札見王益知注釋《沈曾植函稿》(《近代史資料》總35號,88—90頁)。作於民國六年丁巳四月下旬(1917年6月中旬),參觀《沈曾植年譜長編》449—450頁。底稿三件,尚有《第一詔書》,原文略去。

與陸樹藩　四首

一

　　曾植畞候菼伯仁兄大人春福。書事若何？有單貨，即交去員攜歸一觀。至盼。此雅事易諧洽也。植頓首。正月廿日。

　　【案】此札今藏上海圖書館。作於宣統元年己酉正月二十日（1909 年 2 月 10 月）。

二

　　頃奉教言爲快，《纂圖周易》希付去价持回，他有佳本得並快覯尤幸。此請毅軒仁兄大人台安。弟植頓首。廿九日。

　　【案】此札今藏上海圖書館。作於宣統元年己酉正月二十九日（1909 年 2 月 19 月）。陸樹藩號毅軒。

三

　　昨奉手教，袛悉一是。即晚奉迓台從過敝齋一談，並乞攜畫卷來以廣眼福，勿卻爲荷。此請菼伯仁兄大人台安。弟植頓首。

　　《周易》擬酬價百元，范卷繳還。前途事，公能作主最佳。畫軸如能送觀，當可議購。

　　【案】此札今藏上海圖書館。《函綿尺素》108—109 頁《陸樹藩致沈曾植札》云：“另有托售宋板王弼注《周易》六册、范文正墨跡手卷一个,送呈法鑒。"即此札之《周易》、范卷。據第四札"昨晚輖簡爲愧"等語,此札當作於宣統元年己酉二月三日(1909 年 2 月 22 日)。

四

昨晚輖簡爲愧。謹繳上范卷一、吳軸一、戴册一,伏乞如數檢入,賜給收條爲荷。另龍洋百番,爲《周易》代價,並希詧入轉交。此請純伯仁兄大人台安。弟植頓首。

公昔年所刻印稅章程,尚有存本否? 初四日。

【案】此札今藏上海圖書館。作於宣統元年己酉二月四日(1909 年 2 月 23 日)。

與羅振常　二首

一

龍生書有骨力,其性質可望有成。鄙甚愛之,束脩之敬不可廢,要不可苦人所難。渠昨持來明仿宋畫二幅,即以是爲贄,豈不雅乎? 奉上洋拾元,乞將《高昌壁畫》及《殷虚待問編》、《殷虚貞卜文字記》、《殷虚古器物》各檢一本交下。此請子靜仁兄大人台安。弟植頓首。

【案】此札今藏上海圖書館。作於民國十年辛酉(1921)。

二

舍弟子林處有友人託銷舊書數種,不知尊齋能代銷否? 茲特奉詣面談,幸希指教。《玉簡》二集,請即檢交舍弟爲眄。此請子静先生仁兄台安。寐叟泐上。

【案】此札今藏上海圖書館。作於民國十年辛酉(1921)。
《玉簡》二集,即羅振玉所編《玉簡齋叢書》二集。

與羅振玉　二十七首

一

東文學堂止百伍十元,不知岡本君肯俯就否？此不能
與小田商,請公作一札探其意可否？約何時可得回信？若
岡能以傳學爲懷,不斬斬於薪水,則大善矣。公明日准行
否？甚望與孝章一談。叔允仁兄大人箸安。植。

納洋三元,乞《教育世界》、《鐵鞭》各一部,並繳《東語
正規》價。

【案】此札見《二十世紀書法經典·沈曾植卷》(14頁),又
見《學土》卷三羅繼祖輯錄《沈曾植致羅振玉書札》插頁4圖
版、羅繼祖《庭聞憶略》(26—27頁)錄文。作於光緒二十七年
辛丑九月十八日(1901年10月29日),參觀《沈曾植年譜長
編》260頁。

二

昨晚始歸寓,得手教,已不及向公學撥款,頃從譯書院
暫挪兩百元。奉訪不遇,交劉季纓兄手轉呈,一切容再晤
談。開學期專候公定,前單照辦,款於日內籌撥。叔韞仁
兄大人台安。植。初六日。

【案】此據羅繼祖《庭聞憶略》第26頁錄文。作於光緒二

十七年辛丑十月六日（1901 年 11 月 16），參觀《沈曾植年譜長編》261 頁。

三

叔韞仁兄大人左右：別後兩奉手書，並代購書籍均收到。歲琯更新，敬維旅祉如宜、起居集吉爲頌。公足疾諒已大愈，學校調查情形若何，有所籍記，他日幸惠示，以開顓昧。弟於冬月下旬，頗有追步後塵之意，以奉檄而止。此後不知何時償此願矣。

東文學堂公專主，譯書院菊生專主，孝章、芝房，並與言明。孝章以江鄂故，尤甚傾注於公。東文基礎已成，發達未已，度公所以對孝章，自有活法，不煩鄙人覼縷也。丁叔衡化南菁書院爲學堂，移步換形，極有斟酌，若（苦）無可商訂之人，屬弟達意於公，他日當奉書請教，幸不鄙教之，如有新著，並望南菁寄一分，至感。

弟此間辭館，自應刻日北行，草草束裝，一切頗多疏略，公歸期不遠，而不能待，殊悵悵也。公學剔除腐敗，初試刀鍼，後來者當易奏功，但恐有新舊之見存，則病將益甚矣。所欲與公言者甚多，無緣傾吐，如何如何。唐筆幸勿忘。此請箸安。不一。弟植頓首。正月初七日。

歸時務即賜數行，寄順治門外溫州會館戶部徐班侯代收交。

【案】此據《同聲月刊》第四卷第二號 91 頁《海日樓遺札》。作於光緒二十八年壬寅正月七日（1902 年 2 月 14 日），參觀《沈曾植年譜長編》270 頁。

四

叔韞先生左右：頃得手書，快讀暢甚。猶以去江鄂時日未詳爲恨，南皮、新甯皆傾心，多口何畏，公遽結舌，所不解矣。李亦園前日來，言長沙尚書思與公一談，弟允代致，而告以叔韞不能留，大學堂亦不可强留，亦園敬諾而去。趙仲宣來，詢之，語意亦相同，第不知沈小宜回滬，曾相見否？大學堂曾發電相邀否？其意若誠，可來一遊也。近日貴人益驕，近貴者益吝，晦若以《儒林外史》《紅樓夢》，掉鞅於
【後缺】

【案】此據《同聲月刊》第四卷第二號 90 頁《海日樓遺札》。作於光緒二十八年壬寅（1902）春夏間，參觀《沈曾植年譜長編》274 頁。

五

叔韞仁兄大人左右：月初得手書，快如面對，沈侍郎保特科七人，以大名冠首，沅颿、士可、王星垣暨讓三均列其中，此非雅意所存，而侍郎慕向之意，在今時亦難得也。丁叔衡作古，鍾憲鬯尚在江陰否？蟄仙、季直，近時均在滬，計規時立論，又當有略異舊年者，方針目的，可得聞乎？內藤虎昨相訪，言與公舊識。筆談一日，誠雅士也。泐請著安。十月十八日，植泐上。

【案】此據《同聲月刊》第四卷第二號 89 頁《海日樓遺札》。作於光緒二十八年壬寅十月十八日（1902 年 11 月 17 日），參觀《沈曾植年譜長編》277—278 頁。鍾觀光（1868—

1940)，字憲愷。浙江鎮海人。光緒二十七年（1901），任江陰南菁書院理化教習，時書院山長爲丁立鈞（叔衡）。二十八年（1902），赴日本考察教育與實業。後從事植物研究，爲中國近代第一位植物分類學家。

六

叔韞先生仁兄閣下：別後寄兩書於《教育世界》館中，不知刻已達覽否？此間事，著手至難，高學風潮，又費若干日力，學生教習，同一無意之運動，可太息也。高等決不能不辦，不能以學生程度之不及，而遂組織不完全之學校以應之，顧中國□□，決無公認之高等教習，則亦不得不借才異國，以爲借□（賓）定主之謀。刻擬先定學章，學章定而後請監督。監督薪水，減少爲二百番，仍用皖紳。第以爲行政之司，不與以判法之權，庶幾舊來敝習，一監督一辦法之害，至今可免。

至於教課之任，則擬就東瀛，請文科理科各一人，最好曾爲高等教員者，否則大學畢業，有學士資格而曾任教員，或有著述者，月脩自二百元至三百元，皖財力止於此，無可如何，然計東瀛高等，在國內固人浮於事，則此數未必無人願就也。定用高等教習，其利有三：

一、如此而後有高等之實際，將來教成者，乃確爲高等學生。

一、確定高等學生之標準。

一、吾邦文學之士，儘有已達高等程度者，雖皖學亦頗有之，顧社會不敢公認耳。經此審定以後，教習有以自信，

社會亦可令其共信,學界之信用益堅,而後士習人心可徐
圖其挽救,於舊教育世界,曰因文見道;文未工則道不明。於新
教育世界,庶幾因學見道乎?學不高則道不信。

　　拙見如此,敢希達者爲我審思而決定之,即日先復,五
日詳復,叩頭叩頭,盼切盼切。

　　前所言熊谷其人,能勝此任,可代致否? 他有所知,並
希示及,英文高等總教習,能代物色一人否?要新從海外畢業
者。電請張君來定學程事可行乎?

　　至於陶汰學生之法,則凡在堂有五年以上資格者,一
皆增備學科,限兩學期,以中學先行畢業。其新考者,概作
預科,以中學課程教之,三年畢業以後,即實施高等教育。
其各種中學課本,暫行指定,無論中外何等教員,均不得變
更課本,講義則與課本相輔而行,此事頗不易行,然苟大部
認可,則非不可行之事也。所欲言者尚多,在此未得盡罄,
止可以筆墨代語言。日內擬上榮尚書一箋,當先呈教而後
發。另件並希指示,勿客氣。即請著安。不具。弟植頓
首。五月廿一日。

　　【案】此據《同聲月刊》第四卷第二號89—90頁《海日樓遺
札》。作於光緒三十三年丁未五月二十一日(1907 年 7 月 1
日),參觀《沈曾植年譜長編》325 頁。

七

　　叔韞仁兄大人閣下:一別將經歲,音敬闊疏,但有馳
仰,即日惟履祉吉羊、箸述益富爲頌。學界日益枝蔓,非有
森有禮者加之鞭策,殆無實用之望。今日學生科學之荒

落，與科舉時經學之荒落，蓋異其名，不異者實也。尸素年餘，終日疚心，雖幸得奉身以退，對於知友，畢世汗顔。惟公知此語之衷誠，惟公當亦哀我所遭之不幸也。皖非善地，非與國，可以路礦徵之，亦決非戔戔者一知半解所能文致開明。鄙於理財尤非所習，強自敦勉，終亦解冠落佩而逝耳。

舍弟言公處有惠兆壬論帖書，亟思一讀，不審可録副見示否？簿書迷悶，借此或當解醒，聞其書亥豕極多，彌輊思誤之適。近日收藏有何新得？思公清尚，乃似羲皇上人。士可七日札又不踐言，奈何！此請箸安。三月十六日。植上。

【案】此札今藏上海博物館。作於光緒三十四年戊申三月十六日（1908 年 4 月 16 日），參觀《沈曾植年譜長編》330 頁。森有禮（1847—1889），日本外交官、教育家。光緒元年十二月十日至二年三月二十一日（1876 年 1 月 6 日至 4 月 15 日）任駐華公使（《清季中外使領年表》67 頁）。後任文部大臣，頒布法令，改革教育制度。惠兆壬，原名潤，字秋韶。浙江仁和人。道光二十年（1840）舉人。工書，精鑑别。著有《楓樹山房詩》、《集帖目》。羅振玉舊藏章鈺抄本惠氏《集帖目》三册爲 2007 上海嘉泰春拍 Lot1505 號拍品，當即“惠兆壬論帖書”。

八

叔韞先生仁兄閣下：頻年塵冗，音問闊疏。昨奉惠箋，悵然增罄欬平生之感。大筆三編，盡一日夜之力竟讀之。地學精確，石史甄覈，固已軼駕前賢，而殷篆一編，絶學創通，遂令吾國小學家言忽騰異彩。公自今在環球學界偉人中高踞一席矣，可賀可賀。故嘗謂今日九州文獻聚在京華，外聞學界則日益疲苶。至於士君子之知識智襟，皆奴隸於外界粗淺之浮言、簡單之俗論，甘放棄其神志之自由，而猶沾沾以教育政治文其愚蔽，亡國士夫，可爲寒心。敝友李證剛，佛學淵博，抗然有與東方學者競爭意氣，此今來所罕見，當屬令謁公請教。如公所箸，正恐如司馬《通鑑》，求一卒讀者不可得，懸之國門，不若懸之東洲大學。而轉望得之於東西洋之學者也。

《國學叢刊》鄙人極表同情，要當以世界眼光，擴張我至美、至深、至完善、至圓明之國粹，不獨保存而已，而亦不僅僅發抒懷古思舊之情抱，且不可與《國粹學報》複重。公果且有意於斯，鄙固願隸編摩之末也，大例若何，幸望詳示。

安陽貝拓本，亟願得之，多多益善，公所藏能應我求否？若文字有出公所藏外，亦願購之，不求多也。舊所得亦有四五十枚，甲、骨皆有之，無人能拓，遂多年未啓視，此事遂讓公先鞭。讀公書，欽且妒也。賞析之歡，京外殆無第二處。九衢廣廣，無人不忙，國力殫於豫備二字，學力亡於普通二字，惝忽爲因，粗屑得果，奈之何哉！奈之何哉！公寓館在何街？迄未得知，故頻年不能通信，此信由筱珊處轉寄，後次賜音，請告我地名。此請箸安，不盡縷縷。植。臘後一日。

【案】此札今藏上海圖書館。作於宣統二年庚戌十二月九日（1911年1月9日），參觀《沈曾植年譜長編》352—353頁。錄文又見《同聲月刊》第四卷第二號91—92頁《海日樓遺札》，然脫"敝友李證剛，佛學淵博，抗然有與東方學者競爭意氣，此今來所罕見,當屬令謁公請教"、"懸之國門,不若懸之東洲大學"、"若文字有出公所藏外,亦願購之,不求多也"、第二句"奈之何哉"至"請告我地名"四段文字。

九

叔韞先生仁兄大人閣下:兩奉手箋,如承謦咳。金君爲述高齋風景、結構經營,邈然令我生蓬萊藏室之思、我生之觀,亦且彌增感喟爾。《宸翰》四種,拜領祗謝。石印各種,已從藝風處得之,惟《劉賓客》力不能致,臨淵徒羨。

鄙在皖曾屬藝風刻書三,《韓饒詩集》皆江西詩派本,《至元嘉禾志》則輾轉傳抄本,刻字多譌,校勘記無人代寫,不堪問也,故未多印。外間或傳鄙嘗刻書,又疑珍惜不肯贈人,無事得謗,大都如此。今檢西江二集寄呈,《至元志》亦呈一部,然恐不堪廁諸鄴架也。

近日萬念灰冷,病餘睡醒,惟以梵筴遮眼,雲門時以詩挑戰,十應一二,寒郊瘦島,不足與元白齊驅,錄奉短篇,聊當囈語。《書契後編》,於吾國文明史上發一殊采,亟思快覩,不知出書時能見示一部否? 此書信受奉行,決不在現在吾國之儒流,而在他日異邦之學者,可斷言之。鄙雖未窺一斑,然固懸知公之疏通知遠,足以質鬼神而俟後聖也。

書庫榜既承尊囑,敢不勉爲,然書拙公所素知,且從未作大字,大膽試筆,已敗兩紙,未知能否交卷,然意在必交也。英法敦煌古物,此亦吾國文明資料,必不可不設法者,然必非私人事力資格所能勝,已作書告汪伯唐。如何辦法? 需款若干? 公能行否? 或遣何人往? 請詳細規畫,作一文見告爲昐。餘年無幾，即如願，亦未必能觀成，姑作此百年調，亦妄心之未退者也。肅泐，敬請箸安。弟植頓首。

聞授經言，《和名類聚抄注本》西京有之，敢希代購一部。又《興教書院書目》中尚是十年前物。有欲購之書，開列如後，請公調查，能代購否？聞近有《彙刻各書坊書目》，已出否？

《真言金壺集》一册十八錢　《密嚴諸秘釋》十册一元五十錢　《秘藏記》二册七十錢　《真言名目》一[册]十二[錢]　《大日經品目》五册叁拾錢　《俱舍論頌疏冠注》十册三元五十錢　《阿毘達磨雜集述記》八册二元　《達磨論顯宗記》二册三十五錢　《阿毘達磨法蘊足論》三册七十錢　《唯識義章》六册一元五十[錢]　《唯識權衡抄》五册一元五十錢　《内典塵露章》一册二十錢

彼名僧大德，尚有博通漢文如南條者否？頗思訪問一二與通信研究，公能爲我物色介紹否？

　　奉懷一章，録希政和

二酉山深是首陽，千秋孤索炯心光。十緜鄭説文能補，六太殷官府有藏。夢裏儻逢師摯告，書成不借廣微商。殘年識字心猶在，海水天風跂一望。

　　秋懷三首簡太夷

秋葉脱且摇，秋蟲吟復暗。秋宵無旦氣，秋嘯無還音。寸寸死月魄，分分析星心。天人目共眴，海客珠方沉。惇史執簡槀，日車還瀟深。寄聲寂寞濱，乞我膏肓鍼。

貴己不如賤，鬼應殊勝人。攬蓬對莊叟，乘豹招靈均。蕩蕩廣莫風，悠悠野馬塵。獨行靡掔曳，長往無緇磷。鬼語詩必佳，鬼道符乃神。道逢鍾葵妹，窈窕千花春。絶倒吳道玄,貌彼抉目嗔。

君爲四靈詩,堅齒漱寒石。我轉西江水,不能濡涸轍。
道窮詩亦盡,願在世無絶。湛湛長江流,照我十年客。昔
夢滄浪清,今情天水碧。徹际入沉冥,忘懷閱潮汐。
乙盦録寄。

【案】此札今藏上海圖書館。作於民國二年癸丑十月
(1913 年 11 月),參觀《沈曾植年譜長編》387—389 頁。《同聲
月刊》第四卷第二號 93—94 頁《海日樓遺札》未録書目及詩四
首。《奉懷》、《秋懷三首簡太夷》,即《海日樓詩注》卷五《寄叔
言》(707—709 頁)、《簡蘇盦》(702—704 頁)。

十

叔韞仁兄大人閣下:金頌清歸,欣奉手簡,並代購各
書,遠費清神,至深感謝。代墊之款,應付頌清,或徑寄尊
處,敬候指示。子敬兄昨來,復奉大教,遠道誠言,曷勝感
喟。鄙昔年浮沉政海,人倫新舊,皆有葛藤,所以滄桑變
换、稱疾杜門,蓋古人露車土室之遺,達人諒能懸解。至於
近時糾葛,彼乃別有用心,人即至愚,孰肯自投羅網,此中
別有事在,不欲察察言,公不久自知之耳。

圖書館事,藝風曾有斯議,既聞事已無及,遂作罷議。
漢竹簡書,近似唐人,鄙向日論南北書派,早有此疑,今得
確證,助我張目。前屬子敬代達攝影之議,不知需價若干,
能先照示數種否? 此爲書法計,但得其大小肥瘦,楷草數
種足矣,亦不在多也。

東京大學有延漢語京話兼漢文教習之説,或爲楊子勤

太守伯羲祭酒表弟，同撰《八旗文徵(經)》者。作緣。茲事不審有所
聞否？有可訪問否？子勤在滬極窘，頗望茲事之有眉目
也。授經過滬，借我弘治本《剪燈新話》不還，乃以新刻不
全《劉賓客》相抵，殆际我爲無知識者，不能無世道之慨。
歲暮齒痛，百懷無俚。泐此敬請道安，不盡。弟植頓首。

【案】此據《同聲月刊》第四卷第二號 94 頁《海日樓遺
札》。作於民國二年癸丑十二月(1914 年 1 月)，參觀《沈曾植
年譜長編》392 頁。上海圖書館藏殘札一葉存"語京話。兼漢
文教習之說"以下內容，惟"不盡"作"不具"，"弟植頓首"作
"植頓首"。又上海博物館藏殘札一紙與此札第一節內容多有
異同，蓋爲初稿，茲録於下，以便參考：

叔韞仁兄大人閣下：全頌清歸，奉手教，尚未肅復。子敬
兄來，復奉教示，遠道至言，曷深感喟。鄙不幸昔日浮沉政海，
人倫新舊，皆有葛藤，滄桑變換，世或不忘君平，所以稱病杜
門，蓋亦漢晉舊規，達者良能懸解。至於婉詞卻避，不露圭棱，
此則別有機宜，中大有事在。來者本非善意，答應者應付之應，不
可誤作應命解也。別具苦心。此時公或未知，他日諒無不知者。
捧土填河，以送桑榆暮景，公其獨無此願乎？

十一

前書作而未發，瞬已逾歲，懶惰無任，歲月如流，如何
如何。臘底乃聞脩史之說，都人網羅吾黨，亦有爲所動者，
其實未必有特秀才董，自相推舉耳。乃知公前信所云鄭昭宋聾，爲
之噱然一笑。世豈有出世於未亂之先者，乃入世於大亂之
後耶？輕薄朝官，斷不容天地間有獨醒獨清之士，公固超
然物外者，或當信此非奇特不情事也。

　　有友人欲購小字藏經，不知書坊尚有售者其價若干，懇公一問。臘底年初，略有吟事，録奉教政，懷抱可想，閲後或即以貽東友亦可。滄海茫茫，閻浮樹槁。安期、徐福良不可期，王仁、道融亦何可望。日以經卷遣懷，即此益證無生三昧爲無味之味也。

　　前數行作於年初，忽忽又二月二日矣，中間已得三書，合前購書書爲四，猶未成答，罪負曷言。近有句自狀墮廢，曰“神行官已止，緣在識全忘”，此境此心，當尚是寒山、拾［得］所未有經履，遠道相呈，以博一笑。今日得正月廿七書并《流沙墜簡》樣張，展視焕然，乃與平生據石刻金文懸擬夢想儀型不異，用此知古今不隔，神理常存，省覽徘徊，頓復使滅定枯禪復反數旬生意。

　　來教謂歐人東方學業尚在幼稚時代，此正鄙人所持論旨，乃謂聞之目爲怪論，何相待之淺耶？ 雖然，後生可畏，我輩不可不豫夙夜待問之資，如公歷載所爲及王君之哲理樂學，皆足爲歐人先導之資，所謂質鬼神、俟百世。東人方墮落不足言，吾國淪於餓鬼道中，更無望其能讀吾書通吾意也。鄙於道家、釋家，頻歲波蕩，頗於古人有羹牆之接，亦頗得一二士可與商榷，惜皆貧士，無術養之，又性畏作字，胸中所蘊，無由宣抒，自顧已矣，所望於吾公者，豈僅一洲之伏勝、杜林已耶？

　　《墜簡》中不知有章草否？ 有今隸否？ 續有印出，仍望再示數紙。餘年無幾，先覩之願又非尋常比也。筱珊言，朝鮮又出東漢碑，其文公曾釋出否？ 相與歎宇宙之無窮，而吾人退化之程比之尤速也。

　　弟入今歲頗多昏睡，目力亦遽損，家世罕屆古稀，或者遠行將息。新春與樊山爲詩鐘之戲，白首童心，不殊博弈，可笑閔也。肅泐，敬請叔韞先生仁兄大人箸安。弟植頓首。二月三日。

　　　　東坡生日同人小集樊園題蘇齋所摹朱完者本幅巾真像_{次樊山韻}

　　八百年來傳綺語，東坡還是可憐人。重脩象設齋中供，等現婆和夢後春。作記南都無二本，祢年亥首起雙輪。卯時丑月儃溪録，未許嘉平臘改秦。

　　白水山前有限年，攝衣還愧仲翔弦。夢中羅漢數相見，晚景淵明私自憐。散髮桃榔林下月，分甘荔子海南天。燈前頰影知何似，十二時中相宛然。

　　三士圖懷絕世塵，百坡水戲樂天真。始豐所見定何本，完者添毫如有神。半臂小冠同病行，白須紅頰是天身。本來面目摳衣淚，我亦三生失念人。

　　閩南紗蹟並歐蘇，_{像爲閩楊氏所藏，旭莊假得之，影拓數十紙以貽知友。}節厂言，閩林氏藏宋畫歐公象，今燬於火。六一豐頤惜未摹。施注六丁唏剩葉，_{施注宋本亦燬於火。}蘇齋雙軸偶傳圖。_{閩梁氏亦藏翁摹李伯時本，同在滬上，子修常（嘗）見之。}林家橘準寒泉薦，_{詒卡攜新到福橘以薦。}樊氏山爲舊主無。眉目雲開巾服拜，更從倒壑識吞湖。_{山谷晚年，常懸坡像於室，每晨巾服致敬。"眉目雲開月朗"，谷像讚；"倒壑吞湖"，谷詩語。}

　　　　小除夕次樊山韻

　　如此江山日乍長，椒盤守歲阿戎忙。衣冠閶闔三生夢，瓶鉢禪關一炷香。天上星辰還歷歷，_{余童時，除夕仰見三星，}

輒愴然欲涕。六十年來，此景不忘，悲亦未瀰也。畫中人物自堂堂。坡象未撤。月明雲散須臾事，遲我同遊建德鄉。　　乙弇唫囈稿。

【案】此札今藏上海圖書館。作於民國三年甲寅二月三日（1914 年 2 月 27 日），參觀《沈曾植年譜長編》395—396 頁。《同聲月刊》第四卷第二號 95—96 頁未錄"乙弇唫囈稿"五首。詩作二題，分別見《海日樓讀注》卷五 742—745 頁、751—752 頁。

十二

意園詩文集，子勤檢送八册，弟留兩册，其六册並來札均奉覽，含思隱約，可念也。明晚至舍間一飯，約拙存暢談如何？希示覆。此請叔韞先生有道午安。植頓首。

【案】此札今藏上海圖書館。作於民國三年甲寅三月上旬（1914 年 3—4 月），參觀《沈曾植年譜長編》397—398 頁。錄文又見《同聲月刊》第四卷第二號 97 頁。

十三

叔韞先生三兄大人閣下：別後久未奉書，耄惰尠狀，諒尚爲高明鑒恕。第觸境益非，衙碑無語，尤有文字所不能宣達者，相見未期，望遠益增悵悒耳。前書繼續《古學叢刊》之議，未知已實行否？

鄙人昔所研習，自以地學爲多，創之在歐士以前，出之乃遠在歐士以後，在昔新發明，在今或已爲通行説，以茲棄置，不樂重觀。若使天假之緣，彙歐學之精英羅諸几席，囊底之智固尚冀鉛刀之割。大宙寥寥，静庵固尚有意乎？若郅支後裔之西遷，若帖木爾後王之世系，若月支西域之分布，若案達羅、俱蘭、中印、南印之興衰，但得歐籍參證吾國史書，固尚有未經發揮之佳義可以貢諸世界也。

政界略無佳耗，東海殆於全無心肝者，仍黨人之傀儡而已。吾國人近日罪惡，殆與希臘、羅馬、印度亡年無異。其崇拜歐風、談説歐學者，亦與希臘、羅馬、印度之崇拜神話無異。以酒爲漿，以妄爲常，此程度之暴漲，乃與近日寒暑表無異。識病而後能醫病，雖有舊學，固無能識，安自得醫？此團體之變態心理，益演進而爲無數箇人之變態心理，疫蟲毒菌，生化日滋，公能與静庵以哲學、心理、宗教、教育發揮，鄙人固亦尚[有]一知半解，願貢諸兩公之前也。

天一閣事，支離可笑，子敬已頗不自得，來書弟輒付之洪喬。蓋敬性非闊達者，宜獎進，不宜督責也，公謂何如？滬上天氣至不佳，屢軀益劣，或有解脱希望乎？泐請箸安。弟植頓首。

【案】此札今藏上海圖書館。作於民國三年甲寅閏五月（1914年7月），參觀《沈曾植年譜長編》401頁。《同聲月刊》第四卷第二號96—97頁《海日樓遺札》録文刪去"天一閣事"至"公謂何如"一節。

十四

叔韞先生仁兄閣下：故人書札，懷袖三年，逾久而作答逾難。子晉兄來，不意仍荷賜書，凡諸責望之詞，適如其自責之辭，無可解免。不過望七病翁，神明衰竭，筆墨益枯澀，意思益複重，此情形，似前人尚未有表出者，鄙能自道，然不敢求諒也。

來書固含有無窮之意，子晉兄略陳尊指，言之心痛，殆非文字所能達。綜要言之，鄙人精魄已亡，而世運非無可挽，守先待後，終屬吾公。凡所欲舉揚者，苟以簡短之語相示，或尚可以簡短之語相酬，洋洋千言，則力不從心矣。所懷萬端，非面不罄，而久病動止須人，東遊徒託夢想。公能一來，收其囊底，死且不朽。

著述久已絕念，舊稿發端，在東西學者之前，問世已落東西學者之後，天運實爾，夫復何言，今亦不願再觀。生死書叢，蟫枯蠹化，或留少許根因，他生乘願復來，冀公證我於三生石上耳。亦作詩，止於和韻；亦對客，止於自言；亦讀書，掩卷即忘；亦構思，虛空無盡。公試一揆此情，得無已入鬼趣耶？涸泉呴沫，翦紙招魂，則今日一紙書，幾似陰山薜荔，偶覿日光。子晉去後，心脈動搖，燈下顤縷作此，仍望公有以教我。肅泐，袛請箸安，不盡悽悽。植頓首。花朝後二日。

【案】此札今藏上海圖書館。作於民國四年乙卯二月十四日（1915 年 3 月 29 日），參觀《沈曾植年譜長編》408 頁。錄文又見《同聲月刊》第四卷第二號 92—93 頁，脱“悽悽”二字。

十五

叔韞仁兄大人閣下：兩奉手書，並惠頒大箸新刻各種，擥味摩挲，病夫得藉是以消長夏，爲惠多矣。王、董兩卷，李道士見之，爲之流涎盈尺，幾欲攫去。曹君直有疑於王，

鄙人祖李而紬曹，又因是悟明世張泰階《寶繪錄》所以見讒
於《提要》也。《南宗題跋》殆明人所謂千百年眼者。滬盲
域而海內從之，一盲引眾盲，成此黑闇世界。不惟無可談
之人，亦並無一文字不令人見之氣塞者，安得公化身千百，
一一爲之金鎞刮目哉！

孫退谷所藏《大觀帖》，道光末在嘉興張小華家，已有
闕佚，粵匪亂後，無可踪跡矣。弟去歲得明王文恪所藏一
本，似在李道士本上，與春湖本不相上下，惜不得法眼定
之。平生所見，題跋林立者不必真，真者乃往往無題。表
章別擇，吾輩之責已。

莽誅而赤眉大熾，對山謂滬之偽造民意更甚於北京。
大樹婆娑，自覺尚有生意。建封跳踉，不知所向。錢先生
不名一錢。鄙與唐氏一角，三日而敗，然天下事非無可爲，
恨書生無手段耳。

伏日小詩奉懷，另紙錄上。此請道安。不具。弟植頓
首。七月三日。

伏日雜詩

伏伏今年雨，湫湫後夜涼。浮生三有業，缺月一分光。
象意籀重識，蟲生動未央。微風萍末起，平旦得商量。

天河秋案戶，星氣爛如銀。巧拙時難定，嬋媛降有神。
福緣歸上將，幻想紀詞人。中夜危樓影，徘徊望北辰。

寂寞王居士，江鄉寄考槃。論能堅聖證，道不變貞觀。
漚鳥忘機處，鷦枝適性安。善來尋蔣徑，何處覓田盤。贈
靜庵

遠書兼舊事，理盡獨情悲。蓍蔡言終驗，篤心貫不移。

藥爐觀病行,講樹立枯枝。萬里羅含宅,彌襟太息時。奉懷。
王聘三讀至第四句,擊節曰:"卓句,惟叔韞足當之。"　　　寐叟唫囈稿。

【案】此札今藏上海圖書館。作於民國五年丙辰七月三日
(1916 年 8 月 1 日),參觀《沈曾植年譜長編》426—427 頁。
《同聲月刊》第四卷第二號 97 頁《海日樓遺札》未録"莽誅而
赤眉大熾"至"恨書生無手段耳"一節及《伏日雜詩》四首。

　　莽誅,指本年五月六日(6 月 6 日)袁世凱之死。對山(明
康海號)、大樹(漢將馮異別號)、建封(唐徐泗節度使張建
封),分别代指康有爲、馮國璋、張勳。唐氏蓋指唐紹儀
(1862—1938),時在上海,被任命爲段祺瑞内閣外交總長,未
就任。

　　本年七月十二日(8 月 10 日)《羅振玉致王國維札》:"乙
老書來,頗及近事,並言渠與唐角三日而敗。公能知其詳否?"
七月十七日(8 月 15 日)《王國維致羅振玉札》云:"渠所言與
唐角者,不知其事,抑指漸臺<事>數日事耶?"(録文據《國家
圖書館藏王國維往還書信集》第二册 792 頁羅札、第一册 238
頁王札墨跡圖版。《羅振玉王國維往來書信》133 頁羅札、136
頁王札"唐"字皆誤作"康",133 頁注"'渠與康角':指沈曾植
與康有爲辯論",亦誤)可參觀。

十六

【前缺】公司有期,喜而不寐,夙願得償,固不以屏諸門外
爲憾也。第此事成自武人,仍當讓武人執政,乃可當過激
潮流。太平當在甲子,激濁揚清,不患無其機會也。執中
無方,不洩不忘,近益有會於此數語。將來儆戒諸賢,仍當
望之公耳。陳、胡皆未見,他方所聞,固可與公語互證。新

歲維起居百福。植上。新正初三日。

【案】此據《同聲月刊》第四卷第二號 101—102 頁《海日樓遺札》。作於民國六年丁巳正月三日(1917 年 1 月 25 日)，參觀《沈曾植年譜長編》439 頁。

十七

靜安歸，奉手書，並口述近狀，略慰遠懷。尊恙諒鬱結所致，伏案過勤，亦是助因，此弟以昔年所經歷喻之。伏案之證，丹參劇效。鬱結之症，則關於心理，理恕情遣，非取材內典，無以釋此結也。魏晉人寄情莊老，及今乃知其身世之感，不得不然。願(顧)彼時莊老書多，足以供學人求取，今僅郭氏一家，師說又已久絕，玄文妙理，超世之旨，大都入於釋門，吾輩蕩滯釋界，不取於是，復焉取之？此亦以所經歷者言之。野芹之獻，公豈無意耶？

新年甚有興象，比數日心境乃又甚闇劣。惠贈佳刻，聊可摩挲遣日，天下事，果非腐儒所能干預耶？肅清著安，并賀春禧。曾植頓首。十六日。

【案】此據《同聲月刊》第四卷第二號 97—98 頁《海日樓遺札》。作於民國六年丁巳正月十六日(1917 年 2 月 7 日)，參觀《沈曾植年譜長編》441 頁。

十八

蜀士昨有報告，其情甚急，與來信大同。重在內能自動，此與吾輩素策正符。無如當局習婾阿而無感激，專以尋消問息爲事業也。一山編修入都祝嘏，作數語屬其面致東海,至今寂然,則京中情形可想。豈獨仰鄰鼻息,乃至視大樹爲大敵,不知樹未嘗不仰彼鼻息也。總之,以齊王猶反掌,而若輩慣失事機,雖桃潭亦然,如蜀士者不多見也。

【案】此札今藏上海圖書館。作於民國六年丁巳(1917)正月,參觀《沈曾植年譜長編》442頁。東海、大樹、桃潭,分別代指徐世昌、馮國璋、汪大燮。劉仁航《樂天卻病詩》載《篋中檢得蔣彥騫由日本寄詩》云“彥騫蜀奇士,卓犖尚氣俠”,本編《與康有爲書》第二十二首云“彥騫談甚暢”,蜀士疑爲蔣彥騫。

十九

垂翅歸來,親友畏避,廉公門館,不異曲池。成敗論苟,綱常義絶,知復何言,飾巾待盡而已。三荷賜書,拳拳如昔,歲寒柯葉,感極以悲。羅網結鉗,複壁廣柳,情所不堪。萬一差池,則南雷、鮚埼,將惟公是望。仲翔交南,別無吊客也。尊恙日見輕可,聞之欣慰,天其以公爲箕子!東坡詩固雪【後缺】

【案】此札見《學士》卷三91—92頁,惟“巾”、“結”、“壁”譌作“中”、“吉”、“襞”。作於民國六年丁巳八月(1917年10月),參觀《沈曾植年譜長編》454—455頁。

二十

雪堂先生左右:別日惘惘,歸後得小詩一首,久欲寫寄,苦無好懷,握管中止屢矣。氣候不齊,精明日耗,獨持佛號遣懷,雖書卷亦稍疏闊矣。昨得手書,敬稔視履沖和,潭祺佳吉,至慰遠系。

四卷得賜佳評，所謂元常老骨，更蒙榮造者。小行超超，當使玄宰撫心，正三失色，什襲藏之，寒齋生色。郭卷不敢瀆請，然自珍此畫，謂遠出蔡氏《幽谷圖》上，不審法眼肯此語否？原奉六卷，尚有黃鶴山樵一卷，籤字是周筱棠京兆題者，恐從包中漏出，懇再一檢爲望。

近事模糊，尚難臆斷。德與皇室邦交甚摯，協党則自危甚，亂葉交柯，時至乃可言耳。泐請箸安，渴思良晤。弟植頓首。正月二十六日。

【案】此據《同聲月刊》第四卷第二號100—101頁《海日樓遺札》。作於民國七年戊午正月二十六日（1918年3月8日），參觀《沈曾植年譜長編》462頁。周家楣（1835—1887），字雲生，號小棠，一作筱棠、筱塘。江蘇宜興人。咸豐九年（1859）進士。歷任四川鄉試主考官、順天府尹兼總理各國事務大臣、禮兵戶吏部左右侍郎。

二十一

雪堂先生左右：別後惘然，忡忡累日，老人多異感，得非明歲巾車西渡，賤子已不在滬之預兆耶。冬雨爲霖，平生所未見。新居如在墢谷之中，坐井觀天，名之曰井谷，不復得稱海日樓矣。公有暇，試爲吾作《井谷記》以遣悶何如？第二書稱終日伴病人，病者誰耶？世兄病已全愈否？極念。

《密宗發達志》，乃適如鄙腹中所欲言，顧鄙人非密宗，而不敢言。大村君曾受灌頂，乃磊磊言之，彼土乃竟無反對者乎？若無反對，却非佳象。在我土則禪净皆歡迎，特終不曉大村君箸書精意耳。《訪書餘録》，田中信已接到數日，書尚未來，未知何故。新聞無可報，節庵病漸有起色，目已開，且有詩寄太夷矣。肅復，上請節安。不盡。植頓首。長至前一日。

【案】此據《同聲月刊》第四卷第二號99—100頁《海日樓遺札》。作於民國七年戊午十一月二十日（1918年12月22日），參觀《沈曾植年譜長編》473—474頁。

二十二

再奉手書，快如晤接。大箸兩種拜讀，《訪書餘録》亦已寄到。靜安謂田中寄來獎語，仍由田中覆信中報之。然其書價值既高，不可無以答其意，仍乞公代致謝忱，以敝刻二種答之，自慚簡陋已。

寫定舊稿，非無此意，第所恨草創時，精力方強，顧僅引其端，不肯羅列書據，共申己意。及兹衰耄，記憶力亡，考索之心，亦不復如從前活潑，又復困於羈旅，書籍不完，舊所讀書，大都亡本，正使拮据掎摭，自己觀之，已嫌闕略，況質之當世賢達乎？寫出劄記數册，舊文數十篇，聊以備家乘而已。明歲公歸，當以就正。

慶應教習田中萃一郎所譯《多桑蒙古史》，舍間有第一編，不知第二編以下有可購否？内藤刻《滿蒙叢書》，聞已出第一册，亟思快睹，希公代索一册。又内藤處蒙文《蒙古源流》，曾許鈔贈，此非旦夕間事，不審能假一閲否？三月爲期歸趙，景迫桑榆，終思一得，以了餘願耳。

【案】此據《同聲月刊》第四卷第二號100頁《海日樓遺

札》。作於民國七年戊午十一月下旬（1918 年 12 月），參觀
《沈曾植年譜長編》474 頁。

二十三

雪堂先生仁兄閣下：新歲羸劣無賴，奉手書，懶久未
答。正月之末，遂如黑風吹墮羅刹鬼國，寓樓上下十七人，
_{親丁十，婢媼七。}除二老外，無不爲時行病中應聲而倒。鄙畏
風不能出室，獨老婦一人，晝夜奔走其間。小兒、長媳、姪
女三人最重，小兒、姪女，幸而獲濟，而長媳體弱，竟爲鬼伯
攫去矣。直至二月底，始脫此重圍，而弟亦略霑殘瀋。經
身親驗，乃知此病情狀，殆與春溫相反，而其中實挾一種異
性，似有毒者。吾國無相當治法，西洋竟亦無之，此醫家一
大問題也。靜庵家病者亦多，幸其不重。聞尊寓亦略有
之，近已肅清，甚慰甚慰。

聞四月中來辦喜事，鄙人回禾之計，忽有動搖，相見或
可必乎？拙詩五章，寄呈一粲，此略可見近狀。蓋一月以
來，几席生塵，（華）［筆］墨皆乾，如遠行多日者，重展案頭
書，竟如隔世矣。衰年不堪憂急，而昨日接京信，又云封弟
抱病，語言謇澀，有風象，無以釋憂，禱佛而已。徐、萬譜
序，得書時，思得數語，今忘之矣。有一紙與公書稿，似尚
是舊臘，並以奉覽。肅泐，敬請著安，不盡一一。弟植頓
首。上巳日。

【案】此據《同聲月刊》第四卷第二號 98 頁《海日樓遺
札》。作於民國八年己未三月三日（1919 年 4 月 3 日），參觀
《沈曾植年譜長編》479 頁。

二十四

雪堂先生左右：三奉手教，緣心緒叢雜，未獲即覆，甚歉甚歉。今歲家宅不安，春夏之間，既有事故，秋間久患泄瀉，幸得脫體。而十月中，小兒邁腸窒扶斯病，初候甚險，中候猶多有頓挫，迄今五十餘日，僅能起坐，復元尚需時日。窮冬日與病魔相持，屢卻屢前，平生經過，未有如此之勞且久也。

節庵遽逝，接電心膽墮地。二十四日，於清涼下院，通知同志十餘人，設位公祭，聞而來拜，亦有卅餘人。一山出公手書，遍示坐客，群服公之高誼，而集賻之舉，未能集也。聞陳仁先說，聞之馮少竹，言鄂粵兩省，已有眉目，可得兩萬，如此大妙。此間若翰怡，若甘翰臣，皆有激越氣象，第不多耳。以上前月寫。

續得兩書，敬承壹是。疏首賤名不敢辭，無乃太僭。弟奠敬摒擋百元，日內始得寄□[奉]，歉歉之忱，亦祇可補於後盾，第津滬情狀，相去恐亦無多，必得如叔魯、少竹輩奔走之人，事乃有濟，吾輩十不抵一也。

去年舍間多故，債負纍纍。今年擬仿藝風例，斥賣圖書，齒牙餘論，不能不望公之助我，一笑一歎。此信遂互兩年，頹唐乃爾，又一歎也。此請箸安。并賀年禧。弟植頓首。

【案】此札墨跡載《二十世紀書法經典·沈曾植卷》15—17頁、《學士》卷三插頁 1—3，錄文見《同聲月刊》第四卷第二號 101 頁《海日樓遺札》，惟釋文"叔魯"誤作"叔龜"、"一笑一

歎”誤作“一嘆一歎”。前半函作於民國八年己未十一月末
（1920年1月），後半函作於民國九年庚申正月上旬（1920年2
月），參觀《沈曾植年譜長編》485、488頁。民國八年十二月八
日（1920年1月28日）《羅振玉致王國維札》略云：“梁文忠身
後，粵人顧、梁輩雖有鳩資二萬之說，然其辦法乃欲以此二萬
購國債票，可得四萬，以其息金付梁日用。……翰怡賻四百
元。其好義顧可敬。弟意我輩仍別爲一局，以爲後盾，多少盡吾
儕之力可也。此事但須乙老爲疏首乃妙，如小石制軍等，非渠
說項不可，請便中代陳此意如何？”可參觀。

二十五

近有庚子賠款以興舊學教育之議，始商南海，南海謝
之，轉而商鄙，鄙不拒亦不迎。此機會於東亞學術前途，大
有文字，顧鄙孤老無能爲，若公與鴻民，能擔此事，鄙固可
執鞭聽命也。諸公不免爲報潮所搖，可樂成且不必與謀
始，此間亦尚未令第二人知。喫飯是大家事，燒飯是吾輩
事，使佩（被）之祁祁者，佐老婦炊飯，飯不熟矣。請即示一
覆，盼盼。

事有姑妄言之，姑妄聽之，忽然有成，如近日募刻全藏
是也。竟已得數萬款，竟亦有眉目，佛家言願成世界，其信
然耶？鄙願先刻藏外經，藏外經在海外者，十倍於圖書館，
公曾言伯希和可擔任代照代鈔之事，似可於此發軔，第不
知照費若干，不可不預計也。新年腹疾久不愈，氣息奄奄，
此兩紙，殆餘願也。亦盼即覆，雪堂先生道安。植上。

【案】此據《同聲月刊》第四卷第二號99頁《海日樓遺

札》。民國九年庚申正月十六日(1920 年 3 月 6 日)《羅振玉
致王國維札》云:"東人果有聘乙老任學堂事,乃以庚子賠款立
學,乙老邀鴻民相助,鴻民來商,故知之。此事乙不函告,弟諉
爲不知,渠如不言,公亦不必問爲宜。"與此札"近有庚子賠款
以興舊學教育之議……若公與鴻民,能擔此事,鄙固可執鞭聽
命也"等語相符,則當作於庚申正月中旬以後。

二十六

秀水北境所出鏃三斧三,與紹境所出不異,則皆古越
物也。行期定否? 孫氏《閣帖》一分送上,此請雪堂先生仁
兄箸安,弟植頓首。蘇卷再觀一日。陳册務乞撥冗一題。

【案】此據《同聲月刊》第四卷第二號98—99 頁《海日樓遺
札》。

二十七

尊論不刊,天壤之大,德必有鄰,鄙人將傳布公旨,冀
以殘年得觀盛事。

【案】此殘札據羅振玉《史料叢刊序》(《羅振玉學術論著
集》十集上,14 頁)。作於民國十一年壬戌五月下旬至閏五月
間(1922 年 6—7 月)。

與麥孟華、潘之博　一首

凉雨忽至,熱惱頓蘇。頗思一奉教言,午前能偕臨一
談否? 至盼。泐請孺博、若海先生晨安。植。

【案】此札見《二十世紀書法經典·沈曾植卷》(9 頁)。作

於民國二年癸丑(1913)。

與冒廣生　三首

一

昨與吳興書,以開辦之初宜先人材而後資格立論,未得覆書,不知能動聽否? 古微處,曷請其再一推轂。此請鶴亭仁兄大人台安。植。重陽日。

【案】此札今藏上海博物館,見《冒廣生友朋書札》(卷前圖版,釋文 35 頁)。作於光緒二十八年壬寅九月九日(1902 年10 月 10 日)。

二

頃奉一牋,諒已入照。明日務請於巳初光臨,恕不親速,坤宅在頌老處行禮。此請鶴亭仁兄大人升安。植頓首。廿七日。

【案】此札今藏上海博物館,見《冒廣生友朋書札》(卷前圖版,釋文 35 頁)。作於光緒二十八年壬寅(1902)。

三

示敬悉。□書一檢呈上,似太長也。授經託件收到,明春及相見,遠道不敢當。復上鶴亭仁兄媚大人。植。

【案】此札今藏上海博物館,見《冒廣生友朋書札》(釋文35 頁)。

與繆荃孫　五十八首

一

連日碌碌，手教未復爲歉。《容齋五筆》殘本八册送奉，乞檢入。消寒一局，得公惠來，極妙，弟亦不習葉子格也。泐請筱珊仁兄年大人簡安。弟植頓首。廿八日。

【案】此札見《藝風堂友朋書札·沈曾植第一函》。作於光緒十九年癸巳十一月二十八日（1893 年 12 月 25 日），參觀《沈曾植年譜長編》165 頁。

二

筱珊仁兄年姻大人閣下：久未奉書，良深瞻企。閏枝來，頗述白下情形，敬詢箸祉多宜，潭祺迪吉。書局宏開，實總司江左人文消息。聞叔藴專主譯述，編纂、決擇均出淵裁。兹事體大，計必有起例發凡之作。緒論可得時示一二乎？弟羈縻於此，一齊衆楚，無可置談。刻已遣眷入粤，開春自當北上。朱穫臣司馬，京洛舊人，測繪江浙地圖，於近海土名頗多詳密，其書下可備學堂之用，上可供外務之需，方接辦閩省而歸，跋涉艱窘，呼號無所。此舉雖發端譯署，成之實自新寧，若稍助經費，俾得終成其事，未始非盛舉。現所待以出圖者，僅二三千金耳。此書此時似不必刻。比於沅騷尚易爲力，望閣下略垂盼睞，假齒牙俾得達苦衷於宮太保前。此君亦禮卿所識拔，窮途爲可憫也。泐請箸安。不盡。弟植頓首。十一月十七日。

《莊氏史案》一册,新由舍弟處寄來,倉卒無寫官,謹以原本奉覽,抄後請還舍弟。

【案】此札今藏上海圖書館。作於光緒二十七年辛丑十一月十七日(1901 年 12 月 27 日),參觀《沈曾植年譜長編》264 頁。

三

筱珊仁兄姻年大人閣下:臺城八日,一是总总(怱怱),病魔糾纏,殆非自主,登舟閱日即霍然,益信賓館於衛生不利也。新歲惟履祺百福爲頌。蕭敬老世兄,臘底來此,攜敬老書數十種,絕無舊刻,以叄伯番賙其急,書固可有可無耳。刻資敬助百番,遲由號匯。黃景昉《國史唯疑》,談掌故是葉文忠一派,書十二卷,公曾見之否,可刻否? 向似未見刻本也。孫鈴(銓)伯書,公處談判若何,可成否,能許我附股否? 苕生署贛學,或謂如願以償,或謂所願不遂,要之匋公一電,影響不淺。樂庵意謂如何? 王君信來,人尚未到。此間局面太小,不足爲衢尊之酌,晤後再思所以報命,寒傖不免可笑耳。善餘近日在何處? 陳季同可惜。泐復,敬請箸安,并賀年禧。弟植頓首。正月初三日。

【案】此札見《藝風堂友朋書札·沈曾植第四函》。作於光緒三十三年丁未正月三日(1907 年 2 月 15 日),參觀《沈曾植年譜長編》322 頁。

四

藝風先生姻年大人閣下:屢得手書,遲遲未復,精神之不振可知也。五月之變，自今心悸，積薪厝火，念欲去之，而薾薾靡向，露車之歎乃及吾輩乎！聞公新自鄂歸，不知冰相於今尚有指揮白羽氣象否？報言公與壬老、惺吾共教存古，此中乃不爲區區留一席乎？思之時復西笑。世界如嫫母，愈抹愈怪醜，效顰無已，何爲乎？恐《文明小史》尚不如《儒林外史》風趣也。蕭幼孚無可位置熨貼之處，敬老文集刻資，寄五十番，乞察入。皖藩夏間賠缺，大怪事也。董授經寄來東人得皕宋書紀事一篇，閱之數日作惡，聞鐵琴銅劍行且繼往，江左有人，得不豫爲作計乎？閏枝在鄞，風味當尚不惡。橘農乃坐擁厚資，令人妒且羨之。弟盛夏病喝，促促鮮歡。皖無書籍，無字畫，無可遣興者。南都有飛鳧人，可指蹤一二乎？泐請箸安。弟植頓首。八月初六日。

【案】此札見《藝風堂友朋書札·沈曾植第十一函》。作於光緒三十三年丁未八月六日（1907 年 9 月 13 日），參觀《沈曾植年譜長編》327 頁。

五

筱珊仁兄姻年大人閣下：去月接奉手書，敬承一是。馬君供職局所，勤慎寡尤，積其資歷，應得調劑，重以鼎言，自當隨時留意。第今日仕或爲貧，而貧有時因仕而益甚，宦途況味，愈趨愈下，仍各視其命運如何耳。老韓同傳，匪夷所偶。憶童時所讀七家詩，有"仙忽落風聞"之句，似是《忽聞海上有三山》題。爲公誦之，當亦莞爾一笑。年來頗思刻書，而所蓄苦無秘本，公所欲刻之書，倘可寫示目錄，願擇而任

剞劂資焉,即煩公部下匠人爲之何如? 弟羸病日增,歸心
如醉,前曾陳請於安帥,乞代奏開缺就醫,未荷批准,刻尚
未敢遽爲再瀆。然病軀供職,殞越滋虞,終當再申前請。
公若能於燕見時,曲暢下情,得賦遂初,則故人之厚賜矣。
伯嚴吏部念我者,并望代致此意。肅請箸安。弟植頓首。
四月初一日。

【案】此札見《藝風堂友朋書札·沈曾植第十函》。作於宣
統二年庚戌四月一日(1910 年 5 月 9 日),參觀《沈曾植年譜長
編》342 頁。

六

筱珊先生姻年大人閣下:日前肅奉寸書,諒經青及。
久病而不能解組,鬱鬱山城,頗思爲一二雅事以遣羈抱。
《吳師道集》近代似無刻本,擬就金陵仿宋小字刻之,千字
價若干,乞公指示。又此間開辦存古學堂,鄙人用意微與
部章略存通變,與鄂章亦不盡同,大旨謂科學宜用西國相
沿教法,古學宜用我國相沿教法,書院日程,源流有自。此
意發表,將爲時流大鬨,公必助我張目。倘能紆駕陋邦,作
十日談,爲鑒決此事耶? 延頸望之。善餘不知其住址,欲
寄書而無從,請公轉致拳拳,或即以此箋送閱。倘肯來遊,
亦足爲灊廬生色,兩公其有意不鄙教之乎? 頭岑岑,不能
多及。專泐,即請道安。不盡一一。弟植頓首。四月十
四日。

【案】此札見《藝風堂友朋書札·沈曾植第五函》。作於宣
統二年庚戌四月十四日(1910 年 5 月 22 日),參觀《沈曾植年

譜長編》343 頁。

七

筱珊、善餘兩兄大人閣下：得書，不我遐棄，忻躍不任。弟貧病交乘，苦兄（況）較樊山所際，尤當在三界之上。勞者當歌，溺人必笑，私自憐兮何極，冀故人猶或憐我耳。借抄書一單，敬呈筱公。企晤電來，數齒以待。植。四月十八日。乞假將兩月矣。

【案】此札見《藝風堂友朋書札·沈曾植第六函》。作於宣統二年庚戌四月十八日（1910 年 5 月 26 日），參觀《沈曾植年譜長編》343 頁。

八

禮卿高論填胸，曷亦聯騎偕來，爲鰌生宣示一二，付諸裴氏《語林》，不差勝顧家《贅語》乎？昔在館中，嘗語同人，鄙能識馮公字，解蒯公語，今雖眊瞶，故意難忘，書寄博三公一笑。

【案】此札見《藝風堂友朋書札·沈曾植第七函》。作於宣統二年庚戌（1910）四月，參觀《沈曾植年譜長編》343 頁。

九

筱珊先生姻年大人閣下：來遊七日，快領教言，故心重見，非獨鄙吝可除，抑且心神一爽也。續奉手告，敬悉起居安吉，至慰企仰。《嘉禾》、《澉水》兩志，得春明善本以傳顏色，故書繡梓有期，良自忻慰。已由裕甯訂匯四百元，待公撥用。皖紙能藉公力廣銷，尤深感泐。已飭趕造加寬三尺之幅，每刀百張，上號一元三角，次號一元有零，需用若干，乞先期明示知，以便趕造。又寄呈格樣三種，一請飭寫韓饒詩，其二請代抄宋劉雲龍、元劉申齋文集，皆前年所得舊刻抄殘本，補之可存，聽之則歸於廢紙而已。酷暑不可當，岑岑若大病，作復稽遲爲罪。李君書亦未能屬草也。蕭泐，敬請箸安。弟植頓首。十八日。南皮身後厄於瑞公，無因之果，奇矣。

【案】此札見《藝風堂友朋書札·沈曾植第八函》，作於宣統二年庚戌五月十八日（1910 年 6 月 24 日），參觀《沈曾植年譜長編》344 頁。

請代抄《秘殿珠林》、《石渠寶笈》、《榕村語錄》、《圭美堂集》論書及題跋、《敬鄉錄》。借刻書:《韓陵陽集》、《倚松老人集》、《至元嘉禾志》。

【案】此札見《藝風堂友朋書札·沈曾植第九函》。據《藝風老人日記》及第八、第十二函，此札當爲第八函之附頁。參觀《沈曾植年譜長編》344—345 頁。

十

筱珊先生姻年大人閣下:臥病數日，手教未得即報，至爲歉歉。《圭美堂集》奉到，異聞亦自無多，第未經寓目，總覺耿耿難忘耳。筆記錄竟奉繳。保險寄附回條。兩志甯刻，兩集鄂刻，一惟吾公指揮。印書紙奉去，古色者二萬九千張，白色者三萬張。諸家仿宋書，務懇飭坊賈代爲搭印，朱子韓所刻各種，尤盼。不敷示知，續即寄上，至盼至禱。李審言信，

懇費神代投,并希代致拳拳,勸駕一臨爲荷。弟行止懸懸,
絶無佳興,但望見一雅士,聞一雅言,如渴思飲,躄者之思
履也。雨多,皖南圩堤頗有破潰,幸晴透陽驕,稻尚有向榮
之意。長江千里同劇,兹之晴雨所關匪細也。積餘欲入
都,必印書,搭印事當易商,亦有書懇之矣。文樞有補過
信,亦當得公訓飭力。汪太尊苦無相當差缺,止可招其世
兄,於官錢局中兼兩席,與府班薪水相等,知念並聞。肅請
箸安。弟植頓首。六月初四日。

【案】此札見《藝風堂友朋書札·沈曾植第十二函》。作於
宣統二年庚戌六月四日(1910 年 7 月 10 日),參觀《沈曾植年
譜長編》344—345 頁。

十一

筱珊先生姻年大人閣下:奉十四惠書,敬承一切。林
詒翁十六登舟,計今晨當到皖,遣迓未見,未知何故。黃紙
印仿宋本,白紙印方體字本,雲自在庵書能先試印否? 板
當在甯,不在他處乎? 鳳林元版,異時似亦在可刻之列,略
仿《絶妙》屬箋,附刻考證於後,即與秦本不嫌重復矣。病
困,百事皆廢,而偏多遊思。與仲我談,仲弢昔年欲爲金文
年表而未成,今日若爲金文釋詞,或金文族地考,或轉有可
成之望。釋詞可證《尚書》、《逸周書》,族地可證《春秋》、
《世本》。此二種成,年表在其中矣。仲我慨然有著筆意,
公或亦贊成此意乎? 仲我不能移眷,恐尚須以甯爲老營。
李審言自可秋涼再行速駕耳。吕集闕目,另紙録呈,敬懇
飭爲鈔補,能影寫最佳。其中學規、昏祭諸儀,不知通行本

有之否？如其無有，刻而傳之，於近代風教，亦不無裨補也。存古事，中丞、學使均欲公以名譽遥爲領袖，有大事可以主持，意出至誠，諒先生必鑒而允可。其保存微意，必須婉致春卿尚書，弟有一書，尚未寫畢，遲日當録稿奉呈請教也。蕭渢，敬請道安。不一一。弟植頓首。十八日。

【案】此札見《藝風堂友朋書札·沈曾植第十三函》。作於宣統二年庚戌六月十八日（1910 年 7 月 24 日），參觀《沈曾植年譜長編》345 頁。

十二

筱珊先生姻年大人閣下：去月廿八，自皖啟程，驪駒在門，而審言駕到，傾蓋之喜出望外，而杼軸之懷，忽忽不及罄也。攜至各書，及滬始能檢視。此行事事躬親，卒乃事事皆有舛錯，左右無人，益自歎精力之衰茶矣。小極濡滯滬上，冗費殆不可支，刻擬以廿九全眷回禾，有書札請寄嘉興府城姚家塒沈爲感。《至元志》未審已墨板否？《倚松》詩訛字，苦無他本可校，惟《宋百家詩》似同出一源者，略相參讎，將來再乞公審定之。樊川（山）處重陽之約，意在踐言，第歸里又是一番勞勞，未知屝屨能自振否耳。皖存古指定之款，聞有異議，又云中丞力任維持，不知敦請吾公之書到否？由中丞發。審言在彼情狀若何？歐、日政策，不隨人改，我則政以人移，長此紛紛，其何能淑？王祭酒聞在甯，亟思一晤，乞先致意。蕭請箸安。曾植渢上。八月廿七日。

【案】此札見《藝風堂友朋書札·沈曾植第十四函》。作於宣統二年庚戌八月二十七日（1910 年 9 月 30 日），參觀《沈曾植年譜長編》347 頁。

十三

頃乘火車至此，疲憊已極，明晨趨詣臺端，請略候。此請筱珊仁兄姻年大人箸安。植。初八日。在禾寄一緘，到否？

【案】此札見《藝風堂友朋書札·沈曾植第五十八函》。作於宣統二年庚戌九月八日（1910 年 10 月 10 日），參觀《沈曾植年譜長編》347 頁。

十四

《蘇集》乞檢付，四部書目暨諸印書，均望交去手帶回爲荷。午後擬與古微至藏書樓，並望預告樓中委員，知照丁孟餘一聲尤好。庶相接洽。此請藝風先生姻年大人台安。植。十二日。

【案】此札見《藝風堂友朋書札·沈曾植第三十六函》。據《藝風老人日記》，此札當作於宣統二年庚戌九月十二日（1910 年 10 月 14 日），參觀《沈曾植年譜長編》348 頁。

十五

《黃集》闕諱至眘字，稱今上御名，而補板稱太上御名，則刻在南宋，補板亦南宋也。懸字原本缺筆，記《禮部韻略》有玄字。補本不闕筆，未解其故，請考示。《豫章遺文》，乞借一閱。明晨趨觀清秘，可否？此請藝風先生仁兄大人晨安。植。十三日。

【案】此札見《藝風堂友朋書札・沈曾植第三十五函》。據
《藝風老人日記》，此札當作於宣統二年庚戌九月十三日（1910
年 10 月 15 日），參觀《沈曾植年譜長編》348 頁。

十六

筱珊先生姻年大人足下：奉廿二日手教，敬承一是。
李君處已催令北上，川資遵命墊付。敦煌經典，必當有出
中、東、麗《藏》外者，區區盼望編目，亦甚切也。其他有關
乎四部者，珍秘新異，諸君當已有發明，曷不出一圖書校勘
錄，公諸海內，此當爲東西學者歡迎。不襲雜誌之名，而有
其實，公有意乎？鄙人執鞭欣慕焉。《珠林》、《花庵》當由
滬轉寄，或交李君帶上。《白石集》當寄十部，請由公代致諸
君。另單《蘇集》，恐仍須由公函致丁君，乃接頭耳。《黄
集》校明刻一，近刻二，編次絕殊，異字亦猥多。明刻出蜀
本，近刻皆祖明。此爲豫章本，源流本不同，但聊城楊氏有五
十卷建本，不知如何耳。都中學者所聚，炳燭餘明，頗思束
緼，公爲我籌一名譽館員如何？鄉居見聞都絕，有得有失。此請
箸安。弟植頓首。廿七日。

【案】此札見《藝風堂友朋書札・沈曾植第十七函》。作於
宣統二年庚戌十月二十七日（1910 年 11 月 28 日），參觀《沈曾
植年譜長編》350 頁。

十七

筱珊先生姻年大人閣下：奉手教，敬承起居佳勝，賞析
多歡，令人聞之神往。鄙以冗集，不遂北遊，殊悶悶也。明

刻《山谷集》，亟思一校，惜價太昂，歲底倘有可圖，願以百番代價，請兄爲我酌之。此間有成化《東坡七集》，索價百元，以與他書連帶，未能拆取，甚爲可惜。《秘殿珠林》鈔未畢，止可隨後寄，臘月有人行也。《絶妙詞》屬證剛帶上，傳本日鮮，付諸石印如何？禾市自汽車通後，過而不留，肆中遂無儲存之物，書肆久絶文房，細瑣亦非求諸杭、滬不可，以此知交通之利，行者多，居者少也。證剛川資，遵墊四十金。丁書尚未到。肅請箸安，并賀新參之喜。植上。十一月廿六日。

【案】此札見《藝風堂友朋書札·沈曾植第十五函》。作於宣統二年庚戌十一月二十六日（1910年12月27日），參觀《沈曾植年譜長編》352頁。

十八

筱珊先生仁兄大人閣下：去月得手教，即覆一書，言李君行期，暨《山谷集》皖紙所印書各事，計日應當達覽。頃奉來教，似尚未達，何耶？李證翁熱心校《藏》，年内必可抵京，《倚松集》即託渠帶去。《秘殿珠林》抄未竟，開正有人北上，知必可繳呈。二百元遵命匯寧，惟此間鄉氣太重，呼應不靈，又信面只能寫寄我公，年内不知能趕到否耳。滬上又以房租罷市，風潮四起，而内地猶日曉曉男頭女足，一切無關痛癢之事，閭閻真象，將爲士大夫所諱言，奈何！巡警、學生遍地生事，恐將來繼而起者，審判之見習，法醫之速成，縱虎豹於山林，人肉餛飩更不知當如何大嚼矣。涉筆及之，可憂可噱。肅請臘安。不具。植。臘後一日。

十九

昨奉手教，敬承一是。書由陳君攜來，昨詢以八折如
何，渠謂似可通融，惟尚須確問前途，已作快信告舍姪，全
書至後定議可也。圖書館倘有重開之意，公能爲李證剛一
吹噓否？借此可傳《藏》外諸經，亦可于中華文學史增一光
采。此請藝風先生年安。植。

二十

筱珊仁兄姻年大人閣下：去月接奉手書，敬承一是，覆
書未知應寄何所，比日想已歸甯寓矣。即日惟履祉多宜，
潭祺集福。明板《山谷集》，公所不取，鄙則仍願得之，第未
知南北圖書館有此本否？如有之，則可借校，無須自置矣。
《嘉禾志》何時可竣？兩宋人集，得公精校，將來可稱善本。
尚有《晁叔用集》，亦明翻江西詩派本，倘能再湊兩三種，傳
詩派面目於後世，亦趣事也。匋齋督辦鐵路，諒當駐節楚
中，又可刻數種書。封弟歸來度夏，舍六弟亦自粵歸，北行
避暑之謀，止可俟諸來歲。公日紀近當益多，以後可陸續
鈔示否？弼德院取材館閣，是正辦，闌入新學，則非驢非馬
矣。本朝漢學，講家法至嚴，舊學家亦絕無門户之見，亦可

異也。<small>日人界限甚清。</small>近來絕無所得，看書一票，爲直隸圖書館委員襲而取之，大半禾中文獻，在禾有用，在直無用。近各省圖書館委權書客，都無統緒，大都如此。故鄙嘗謂收聚舊抄舊刻，當專讓南北兩京，餘當以各收各省文獻爲是。務廣而荒，終仍歸於湮沒，此亦學部圖書館所應飭行也。李證剛館能延至幾時？其人學行，於教育極相宜，望不惜齒牙餘論。舊學後生，日益難得，奈何。肅泐，祗請箸安。弟植頓首。五月初二日。

【案】此札見《藝風堂友朋書札·沈曾植第十八函》。作於宣統三年辛亥五月二日（1911 年 5 月 29 日），參觀《沈曾植年譜長編》357 頁。

二十一

筱珊仁兄姻世大人：前奉手書，暑病淹纏，久未作答，至深歉仄。即日惟箸祉多宜，起居百福。《嘉禾》、《澂水》兩志，業經刻就，請飭各印三百部，連板寄滬，交古香室箋扇店收爲盼。如再需款，示知即寄。封弟在粤，刻數書皆未成，弟得成此兩書，兄之惠我多矣。舊歲所得《山谷集》，反覆堪校，決爲宋本不疑，顧無他舊本證校異同，終覺見聞單隘。聊城楊氏之書，不知現竟如何圖畫？乃設法否？意園書竟散出，聞之心痛，索值太昂，佳品恐將流異域，非佳象也。李證剛歸贛未見，比得其書，知已北上。敦煌寫經，聞有流在廠肆者，公能爲我購置數卷，書迹不佳，存以識江西文物耳。張菊生示我《嬴金》，固尚不及《稽瑞》也。公所寓太僕街屋，避暑既佳，不知能容人同住否？南中水災，議

者多危論而鮮實濟。依然考書院習氣，人人想以偏鋒博膏火，所謂語不
驚人不休者，以此辦事同否？鄉鎮氣張，子弟多暴，杜門猶不免
囂，頗思北行暫避，重陽或當圖天甯登高耳。秘閣觀書，得
從公後，良所深願，乞與春卿商之，接手則未敢承諾也。秋
色西來，頗深遐想。肅泐，即請箸安。弟植頓首。七月二
十五日。

【案】此札見《藝風堂友朋書札・沈曾植第十九函》。作於
宣統三年辛亥七月二十五日（1911 年 9 月 17 日），參觀《沈曾
植年譜長編》359—360 頁。

二十二

《經目》二本，後訂體例甚佳，前交則草本耳。板片兩
箱，均收到。《韓饒集》，容措繳。朱卷預備五十番，再承諄
屬，酌加四番，公估或謂已溢於滬上行價，過而存之耳。肅
復，即請炎風先生仁兄台安。弟植頓首。

【案】此札見《藝風堂友朋書札・沈曾植第二十九函》。作
於宣統三年辛亥十二月二十四日（1912 年 2 月 11 日），參觀
《沈曾植年譜長編》361 頁。

二十三

《内閣書目》乞假一本，録副奉上。柳客書呪思一觀，
煩轉告爲荷。朱卷可存，惜值此經濟恐慌時代，勉酬五十
番，如何？《藏經目》便希付下。即請筱珊仁兄姻年大人台
安。植。

【案】此札見《藝風堂友朋書札・沈曾植第三十函》。作於

宣統三年辛亥十二月（1912 年 1—2 月）。

二十四

手教祗悉。《吳禮部集》暨錢氏三集兩卷，均收到。巨卷非棉薄所能勝，友人有欲收者，當轉示之。聞人謂非李元陽，即陳鳳梧，記憶力衰，無書可檢，貢此影響，公更詳之。《藏書記》有明九十七卷本《山谷集》，欲假一讀，可否？此請藝風先生箸安。植。

【案】此札見《藝風堂友朋書札・沈曾植第二十二函》。作於民國元年壬子二月十四日（1912 年 4 月 1 日），參觀《沈曾植年譜長編》363 頁。

二十五

《經目》自當以八月本爲定，昨晚始檢得，正擬奉上，茲藉使付去。高、馬二刻，未知在行篋否？容細檢。惺吾印石刻，是否在《國學叢刊》中？此復，即請藝風先生台安。植。

【案】此札見《藝風堂友朋書札・沈曾植第二十三函》。作於民國元年壬子四月四日（1912 年 5 月 20 日），參觀《沈曾植年譜長編》367 頁。

二十六

開化紙一索即得，公真博識，今世張賈矣。《高植》一軸，《諸蕃志》二册送覽。《一切經音義》爲流通計，煩瀆清秘，至抱不安。尊捐當切屬霞卿（師），必不損動也。題襟

地在城内,出入編髮,便否? 疕未退,懊悶。復請藝風先生
箸安,并賀節喜。植頓首。

【案】此札見《藝風堂友朋書札·沈曾植第三十九函》。作
於民國元年壬子五月四日(1912 年 6 月 18 日),參觀《沈曾植
年譜長編》368 頁。

二十七

前聞起居違和,極思趨視,而困於酷暑,隨即移居,勞
劬不堪,百事皆廢,可憫歎也。鬱華書,爲菊生所得者,種
種精美,值乃昂極,吾輩獨有作道旁麴車歎耳。《元名臣事
略》,弟竟擲百五十元取之,平生無此侈汰事,乃發狂於流
離瑣尾之秋。昨作《移居》詩云"百尺高樓彈指現,五車書
在啟行先",又云"向去立錐甯卜度,適來華屋且生存",病
夫豪語,書奉先生一笑。惟春間所見之明刻《丁鶴年詩》、
《藏春集》,近皆購成,又百三十卷抄本《誠齋全集》,有顧千
里動(墨)筆,總八十元,尚非過昂,他無可言者。《王文公
詩》,昨詢菊生,云尚未印。奉祝筱珊先生勿藥之喜。植。

【案】此札見《藝風堂友朋書札·沈曾植第二十七函》。作
於民國元年壬子七月(1912 年 8 月),參觀《沈曾植年譜長編》
370 頁。

二十八

極思趨候,以途中小感風寒,畏風殊甚,不敢出門,客
中不能不加慎重耳。夏炳泉行,似可屬物色丁氏所藏宋元
孤本。弟力勸其重來,渠是古董,亦未必能與新少年長處

也。尊處復重退出之書，頗有鄙所未備者，將來能先示一信否？《蘐編》久未晤菊，尚未談及。元板《事略》五册、《國史唯疑》四册、《島夷志略》一册，俱藉夏生奉上。意園書似聞尚未入館，不知確否？吳君所刻詞，有購處否？此請藝風先生頤安。植頓首。

今日風甚大，氣候變動，公欲出遊，宜俟晴霽。《志略》係從弟所校本録出，亦尚未重校，錯落必多，蠡管愚見，并希賜之教正。

【案】此札見《藝風堂友朋書札·沈曾植第二十四函》。作於民國元年壬子八月七日（1912 年 9 月 17 日），參觀《沈曾植年譜長編》371 頁。

二十九

奉手教，歡如面對。瞿氏已鈔未繳之書，弟方與蘐庵議，設法商購，公能直接與商，《宋文粹》固所欲也。張從申《季子廟記》石似尚存，而近見舊拓桂未谷跋，稱爲海內孤本。手頭無書，敢乞教示。藝風先生老兄頤安。植叩。初六日。

【案】此札見《藝風堂友朋書札·沈曾植第二十八函》。作於民國元年壬子十月六日（1912 年 11 月 14 日），參觀《沈曾植年譜長編》372 頁。

三十

《嘉禾志》又隨手校得數十條，尊本校語亦尚有可采者，擬將其確系誤字者改刻，存疑及校語作校勘記，如此便可分作兩次,開春便可改刻也。鈔三十五元奉上,乞查入。此請筱珊先生台安。植。廿九日。

【案】此札見《藝風堂友朋書札·沈曾植第四十函》。作於民國元年壬子十一月二十九日(1913年1月6日)。

三十一

久未通問,極深馳企,即日起居頤適,亦時出近遊否?書林有新見否?弟患喉症、便血,入此月來,未嘗一日去藥也。岣庵中丞曾相訪否?渠欲刊其先德韻學書,意在仿宋,聞陶子林在此,公與一商如何?又柯巽老所刻書,陶能代覓全分否?《倚松》宋本竟不能得,刻事已動工否?近頗有弇州緣盡之慨,料理故篋,逐加印記,爲異代雞林賈作紀念乎?噫!夏炳泉歸,希餚至敝處一轉。此請筱珊先生頤安。弟植頓首。廿一日。

【案】此札見《藝風堂友朋書札·沈曾植第二十六函》。作於民國元年壬子(1912)。

三十二

《史記》一册送乞鑒定,仍發還,前途居奇已甚,不肯久擱,書真難買矣。菊疑元刻,舍弟謂宋刻元補,弟則以爲彭寅翁本,纍疑莫決,請法眼決之。此請珊先生姻年大人台安。植頓首。

【案】此札見《藝風堂友朋書札·沈曾植第四十五函》。作於民國二年癸丑二月二十三日(1913年3月30日),參觀《沈曾植年譜長編》378頁。

三十三

《黄集》祠堂本，紊雜無緒，愈校愈亂，鄙所以有重刻之志，今則已矣，只好望諸健者耳。弟體氣尚孱，約三五日後最佳。《五代平話》真可愛。菊裳來，相見否？近所校惟《法書要録》，《元和志》僅子勤校兩卷耳。渤覆，即請箸安。弟植頓首。

《嘉禾志》墨印不佳，前言此有人可承印，示知爲感。此書，公不可無題記也。

【案】此札見《藝風堂友朋書札·沈曾植第二十一函》。《藝風老人日記》民國二年癸丑正月十七日（1913 年 2 月 22 日）記"新刻《嘉禾志》"，正月二十六日（3 月 3 日）記"葉鞠裳來，贈以《昭陵碑考》"，二月二十日（3 月 27 日）記"陶子林寄《五代史平話》及《放翁詞》來"，則此札蓋作於二月下旬。

三十四

黎筆記能刻甚好，刻後原本希擲還。子祋《詩話》第二册奉閲，子祋本屬爲之訂正，公能增補大佳。此書亦可刻傳，第須商子祋耳。復請藝風先生午安。弟植頓首。

吴氏《漢泥封考》，可謂大備。馮柳東實先爲之，書不過十餘葉，刻傳之，爲吴書先河，何如？

【案】此札見《藝風堂友朋書札·沈曾植第四十八函》。作於民國二年癸丑三月二十三日（1913 年 4 月 29 日），參觀《沈曾植年譜長編》380 頁。

三十五

《雪橋詩話》首册奉覽，萬玉與郝梁非一本，甚確。宣德《蘇集》，究竟刻成印行否，竟是一疑難問題。菊生書成否？尚無消息。復上炎之先生道履。植。

【案】此札見《藝風堂友朋書札·沈曾植第二十函》。《藝風老人日記》民國二年癸丑四月五日（1913 年 5 月 10 日）云："還《雪橋詩話》與子培，又借首冊回。"此札當作於是日。

三十六

十五同人集於濤園沈家灣寓館，聞公還澄江未回。詩題爲題陳弢庵《聽水齋圖》，不限韻。次日，同人又公請健老於樊園，集期太密，各有疲意。下次第六期，尚未定日也。持靜兩書均未見。書收到。復上藝風先生台安。植。

【案】此札見《藝風堂友朋書札·沈曾植第四十七函》。作於民國二年癸丑四月（1913 年 5 月），參觀《沈曾植年譜長編》381 頁。

三十七

前夜開戶取涼，遂成感冒。尊局若定十六至佳，十一恐不能應教也。《韓饒集》序一首，錄呈大教，有訛謬務望賜之斧削，點定後即可付刻也。簽題二紙，一并送上。此請藝風先生箸安。植。

【案】此札見《藝風堂友朋書札·沈曾植第四十六函》，作於民國二年癸丑五月上旬（1913 年 6 月），參觀《沈曾植年譜長編》382 頁。

三十八

董授經自東歸，攜書甚夥，有何珍秘，其單可得一觀否？奉上蚨鈔五十六元，其三十六付陶賬，其廿元以佐印刷。《雲自在龕》舍間已有兩部，一從前寄，一舊歲新購。重復可惜，謹繳還一部，更換他種若何？羅書價容續繳，單不在手頭也。泐請筱珊先生仁兄台安。植。

劉翰怡所刻書，能代乞一部否？

【案】此札見《藝風堂友朋書札·沈曾植第五十四函》。《藝風老人日記》民國二年癸丑九月二十四日（1913 年 10 月 23 日）："董授經送書來……看授經書。"九月二十五日（10 月 24 日）："開授經第二箱，看書。……詣子培談，借《山谷年譜》三冊。拜董授經長談。"此札當作於是年九月下旬。

三十九

手教並書樣均奉到，封面試書，不如意，毀去再試，看如何。印擬百部。皖局紙尊處如尚有存者，搭印十部如何？昨劉翰怡過訪，極溫雅，真後來之秀，攜宋刻《五經》，白文精絕，惟以紙色爲疑，屬令就公決之，弟不敢遽決也。復請藝風先生台安。植。

【案】此札見《藝風堂友朋書札·沈曾植第三十三函》。《藝風老人日記》民國二年癸丑十月十九日（1913 年 11 月 16 日）："致沈子培、劉翰怡各一束。"此札蓋作於是年十月下旬。

四十

昨有友自北京歸，舍姪屬攜宋本《四書》，送呈尊鑒。此書刻印皆精，第索值千番，非吾輩力所能取。張、劉兩大，公能爲作緣否？其全書尚在都中，有價當可續寄。此請藝風仁兄姻年大人台安。植。

　　聞閨枝有推挽鄙人之意，衰朽餘生，豈堪纏繞，切望致書阻其雅意，叩叩。

　　　【案】此札見《藝風堂友朋書札‧沈曾植第三十二函》。作於民國二年癸丑十二月二十五日（1914 年 1 月 20 日），參觀《沈曾植年譜長編》391 頁。

四十一

　　手教並書，均奉到。正欲送宋本《論語》呈鑒，僕人尚未出門，即藉尊紀奉上，書價十七元四角並繳。大字《清容集》，佳本也，前單似未之見。授經東行否？詩債自應年清年款。弟日來齒痛與咳嗽循環，疲憊至甚，今日始逐漸涉事也。復上藝風先生道席。植。

　　　【案】此札見《藝風堂友朋書札‧沈曾植第四十二函》。作於民國二年癸丑（1913）。

四十二

　　前日奉教甚暢，歸後乃不覺其疲。授經今日來辭行，亦暢談而去。樊山之局，晚詢之，尚未定也。於節庵見大著文集，亟思快讀，望賜一部。此請藝風先生道兄台安。植頓首。

　　　【案】此札見《藝風堂友朋書札‧沈曾植第四十三函》。作於民國二年癸丑（1913）。

四十三

　　前日所談《五（三）禮義宗》，刻本何所，可設法一觀否？

《山谷年譜》諒已寫竟，頃有所檢，希即擲還。此請藝風先
生箸安。弟植頓首。

【案】此札見《藝風堂友朋書札·沈曾植第四十九函》。《藝
風老人日記》民國二年癸丑九月二十五日（1913 年 10 月 24
日）：“詣子培談，借《山谷年譜》三册。”民國三年甲寅八月七
日（1914 年 9 月 26 日）：“還子培《山谷年譜》，詣子培談。”此
札當作於甲寅八月六日（1914 年 9 月 25 日）。

四十四

大箸三册奉到。家信收到。風塵滿目，聲聞響接，無非經
世之談，展閲巨篇，便如置身羲皇上矣。明日尚擬就禮卿
一談，而倦於絲竹，恐亦不克往耳。復請筱珊仁兄姻年大
人箸安。弟植頓首。初一日。

【案】此札見《藝風堂友朋書札·沈曾植第二函》。

四十五

《西域同文志》，昔在書肆見之，歲月浸久，體例記不能
真。舍間舊有抄本《西域山水地名譯》數册，此書與《同文志》例
頗相似。屢經轉徙，亦亡失之，嘗思念不置也。《圖志》遇必
收之。祁氏書自以《要略》爲偉觀，補刊非難事，曷糾同志
謀之乎？張集價銀附繳東和合平之，如不足，可示知也。
明日想早到，再晤罄。此請筱珊仁兄大人箸安。弟植
頓首。

【案】此札見《藝風堂友朋書札·沈曾植第三函》。

四十六

昨奉手教,適有客,未及肅復。黃、張兩跋,擬抄一份,而後繳還。手披遲緩,俟來謹即奉繳。尊處有寫官,或他日抄一份見賜,則感甚矣。黃汝嘉刻江西詩派,可考者不止一家,晁具茨亦其一種,《陵陽集》恐亦是,故卷數與《宋志》多少懸絶也。《法書要録》,菊生珍秘異常,借校約法甚苛,公欲與借,仍以直接爲宜。弟碌碌匝月,僅校得《要録》與《簡齋詩》二種,擬託丁秉翁抄瞿藏《簡齋詩注》,苦不知其常熟住處,公知之否? 沅叔得元本《李翰林集》,致佳,書福不可及也。此請藝風先生箸安。植。

【案】此札見《藝風堂友朋書札・沈曾植第二十五函》。

四十七

昨示辦法致佳,必如此,乃可略成紀述。近日又見佳本否? 行情日漲,殆難措手。此請藝風先生箸安。植。

【案】此札見《藝風堂友朋書札・沈曾植第三十一函》。

四十八

僕僕天街,終日不知何事,徙居西北,益遠高齋,思仰雅言,如渴思飲也。鄴架《書史會要》希借一讀。又《女直都統郎君碑》,從來未見拓本,惟尊處或當有之,倘可爲一檢否? 此請筱珊仁兄姻年大人輢安。弟植頓首。

【案】此札見《藝風堂友朋書札・沈曾植第三十四函》。

四十九

《書目》八册、手卷一匣,均奉趙。昨云云乃漁山畫,西堂題者,誤記爲《巾箱圖》,一笑。病尚畏風,少間至愚園,與諸公話別,一是面罄。此請筱珊先生仁兄大人晨安。植。十六日。

【案】此札見《藝風堂友朋書札·沈曾植第三十七函》。

五十

奉去英蚨七十二番三角,合存六十元,當百金之數,七五兑。乞查入付收條爲荷。抄書筆資,已由丁君清結矣。丁氏北宋《史記》,系單集解本,真秘笈,惜已入田中手。菊生勇鋭,欲得或能如願,未可知。活字板宋人詩集,何人所刻,公必知之,屢見皆佳本,似從四庫出者,其全共若干種,乞教示。此請筱珊仁兄年姻大人年安。植頓首。廿七日。

【案】此札見《藝風堂友朋書札·沈曾植第三十八函》。

五十一

手教祗悉。書收到,樊山處即轉送,價須繳否? 希示遵。書板由弟處往取,書檢出後,即送上。蔭臣、式之,不知其住處,恐仍須由尊處寄耳。復請藝風先生道安。植。

【案】此札見《藝風堂友朋書札·沈曾植第四十一函》。

五十二

大集奉到,謝謝。書從尊處取去,仍由尊處取回爲便。

《或問》恐未必有，翰怡意出若干，如不甚懸絕，諒可略商減折。容書詢，再行布達。此頌藝風老兄先生歲安。植。

【案】此札見《藝風堂友朋書札·沈曾植第四十四函》。

五十三

前日歸來，居然不覺夜寒，自亦忻慶，或尚可略陪諸公遊從乎？《嘉禾志》一部、《諸夏錄》一冊，藉使奉呈。徐履歷檢明，續奉小片，是嘉道舊式，雅甚。覆請藝風先生台安。植。

【案】此札見《藝風堂友朋書札·沈曾植第五十函》。

五十四

大箸造端宏偉，閱之已足振起人心，各條包羅尤爲淵密，必傳之作，能照辦固吾華之光也。不經新說，適足貽笑外人。擬錄一份，稍遲數日奉繳。抄《嘉禾志》，先呈校本，檢出續奉。舍弟以事羈，明日始能歸，失約歉甚。復請藝風先生仁兄台安。植。

【案】此札見《藝風堂友朋書札·沈曾植第五十二函》。

五十五

手教袛悉。書如數收到，陰陽書已有，藉使繳還。近數日少食畏風，似病非病，極無聊賴。公書能來，我書不能來，彌增悵觸。書款容遲日措呈。此覆，即請藝風先生道安。植。

【案】此札見《藝風堂友朋書札·沈曾植第五十三函》。

五十六

惠賜拜領，謝謝。并代室人祗謝。閤內今日小病，不能行，并不能出，華林古松尚未知能瞻禮否？明日愚園亦不能定也。肅泐，祗請藝風先生箸安。植。十五日。

【案】此札見《藝風堂友朋書札‧沈曾植第五十五函》。

五十七

書價繳上，乞付收條。《巾幀圖》有人以四百金請之，可讓與否？希覆示。即請大安。植上。

【案】此札見《藝風堂友朋書札‧沈曾植第五十六函》。

五十八

手教開示甚荷，昨亦于《福建通志‧名勝》檢得《石林紀略》，但未得許鈞名字耳。弟詩亦今日交。覆頌藝風仁兄大人台安。弟植頓首。

【案】此札見《藝風堂友朋書札‧沈曾植第五十七函》。

與瞿鴻禨　四十四首

一

客居儉慤，親友概不通知，不意椽筆賜聯，重以雅什，增輝蓬蓽，何幸如之。俗冗坌集，容過明日奉和。樊山、散原並有鐘興，三旬後當可從容考擊也。西巖相公鈞席。植敏。

【案】此札爲 2002 年上海崇源秋季首拍 Lot0403 號拍品，

又收入《海派代表書法家系列作品集·沈曾植》(114 頁)。作
於民國二年癸丑二月二十八日(1913 年 4 月 4 日)。明日爲沈
曾植六十四歲生日。

二

昨歸已亥正,途中寒凜,居然雪後氣象也。五言一章,
録呈誨政,閱後請轉交樊山,或先送泊園。專泐,敬請相國
大人箸安。曾植敬上。

【案】此札爲 2002 年上海崇源秋季首拍 Lot0403 號拍品,
又收入《海派代表書法家系列作品集·沈曾植》(107 頁)。作
於民國二年癸丑十二月中旬(1914 年 1 月)。

三

昨見祭竈詞,憂世摯懷,聲溢言外。植亦有一詞,小己
得失,不堪舉示也。伯嚴文一篇、詩一紙,由陳仁先處交
來,謹奉呈覽,抄存後,仍擲下爲盼。《東坡生日詩》,諒已
脱稿,亟思快睹。樊山作想已見,植和其韻,塞白而已。金
甸臣信及詩並呈。肅請相國大人箸安。植敏。

【案】此札爲 2002 年上海崇源秋季首拍 Lot0403 號拍品,
又收入《海派代表書法家系列作品集·沈曾植》(105 頁)。作
於民國二年癸丑十二月末(1914 年 1 月)。

四

大作捧讀再過,黃鐘大呂,終非么弦側韻所能仿佛也。
祀竈詞及詩,均在樊山處,日晚不及另録,請從渠處索觀何

如？復請相國大人頤安。曾植敏上。

【案】此札爲 2002 年上海崇源秋季首拍 Lot0403 號拍品，又收入《海派代表書法家系列作品集·沈曾植》（106 頁）。作於民國二年癸丑十二月末（1914 年 1 月）。

五

昨日匆匆遽去，得非玉體復少違和，乞示數字，以慰馳廑。再和樊山詩呈覽，瑕纇指摘，望之匠門。閱後希轉送樊山爲荷，或擲還亦可。前詩容另録奉上。肅請中堂師席道安。植敏。

【案】此札爲 2002 年上海崇源秋季首拍 Lot0403 號拍品，又收入《海派代表書法家系列作品集·沈曾植》（104 頁）。作於民國三年甲寅（1914）正月。“再和樊山詩”即《聞樊山病再用前韻》，參觀《海日樓詩注》卷六 757 頁。

六

手教祇悉，跌傷逐漸就痊，藉可仰慰垂廑。伯嚴鐘局，節厂、詒叔議令改期十八九，恭迓鈞坐。至期，植傷處亦可全愈，追陪杖履矣。樊山昨日復發齒痛，花朝社作，聞公先成，尚未得讀也。肅請止龕相國大人鈞席。曾植敏上。

【案】此札爲 2002 年上海崇源秋季首拍 Lot0403 號拍品，又收入《海派代表書法家系列作品集·沈曾植》（103 頁）。作於民國三年甲寅二月（1914 年 3 月），參觀《沈曾植年譜長編》396 頁。

七

樊山、泊園鐘興方濃,而曾植十四將回禾一轉。十三日作一局,恭迓鈞從早臨,各奏所長,以呈藻鑒。專泐,敬請中堂大人道安。曾植敏上。

【案】此札爲 2002 年上海崇源秋季首拍 Lot0403 號拍品。作於民國三年甲寅六月(1914 年 8 月),參觀《沈曾植年譜長編》401 頁。

八

前日樊山傳示鈞座所製經義,玉節金和,詞嚴義正。白傅動静之賦,才叔靖獻之章,《文粹》、《文鑑》,録以傳也。茲篇有關世道,固不當以戲筆論也。伏讀欽歎,私録一本,原槀遵繳。肅請西巖相國大人崇安。曾植敏上。

【案】此札今藏上海圖書館。作於民國三年甲寅(1914)。

九

逸禮不臺記,逸書不師傳。逸品畫不聖,逸調琴無絃。天壤廓無際,逸者象其先。古今邈無朕,逸者遊其元。坐作鯤溟運,立當鼇極掀。神依少廣母,居在崐崘巔。焉知麼蟲聚,中有雷闐闐。焉知須羅孔,日與刀輪旋。埋照不忘照,鏡空群動前。吾方耽逸病,放意懷與安。鑿齒人且半,壺邱鯤有潘。新陽感極悴,哀樂環無端。庶以長者言,將持日車還。酒闌積絳年,儚吽我生觀。

霜雪照江邑,不能濡海湑。餘寒獨滲骨,襲我羊裘人。

秀樹迴含緑，鳴禽亦懷新。天光延午景，草色睎遥咖。花
事可蠟屐，雨行隨墊巾。適來秦楚月，憶此荆蠻民。夕照
散歸轍，長煙淩塞氛。還將洛生詠，後與臨川論。

　　録奉止庵相國、蒿庵中丞教覽，即希轉呈同社諸公晒
政。曾植呈草。二月初九日。

　　【案】此札爲 2002 年上海崇源秋季首拍 Lot0403 號拍品，
又收入《海派代表書法家系列作品集·沈曾植》(121 頁)。作
於民國四年乙卯二月九日(1915 年 3 月 24 日)。參觀《海日樓
詩注》卷七 865—867 頁。《沈曾植年譜長編》(396 頁)繫於民
國三年甲寅二月九日(1914 年 3 月 9 日)，不確。

十

　　昨奉手教，未得即復爲罪。釀用十元已足，謹繳餘數
五元。上巳詩依韻和呈，大有甓蕫塵土氣象。誦鈞製，真
群鴻戲海、舞鶴遊天也。肅請頤安。植敏。西巖相國
台席。

　　【案】此札爲 2002 年上海崇源秋季首拍 Lot0403 號拍品，
又收入《海派代表書法家系列作品集·沈曾植》(108 頁)。作
於民國五年丙辰三月上旬(1916 年 4 月)，參觀《沈曾植年譜
長編》418 頁。

十一

　　堨户誰甘故步封，春遊隨分豁心胷。饋貧糧偶慳單
字，覓句圖宜倚瘦筇。三月辛夷簪白筆，五聲牛鐸應黄鐘。
邯鄲圍外紛紜甚，珍重尊前魯酒濃。

渌水碧天頼仰佳，年年禊飲一興懷。祓除儻有神相
應，敦復終知顧不乖。間氣待衰高氏集，留題爲寫報恩牌。
神州政要王丞相，收涙新亭衆客皆。

恭和上巳小集相國鈞製。曾植呈藁。

【案】此札今藏上海圖書館。作於民國五年丙辰三月上旬
（1916 年 4 月）。參觀《海日樓詩注》卷七 963—964 頁。

十二

暑痢遂經七日，逸社第四集本擬就綠野新居，藉申燕
賀，不意病阻，遂致愆期。前日奉手教，正在瞑眩中也。遠
詹廿九，或可侍談。蕭渺，敬請相國鈞安。曾植頓首。

【案】此札今藏上海博物馆。作於民國五年丙辰六月
（1916 年 7 月）。

十三

奉手教，敬稔一是。議發自公，僉望初十台從一臨爲
幸。大篇閎雅，群賢繼之，亦足稍慰强邨寂寞情也。覆頌
中堂崇安。曾植頓首。

【案】此札爲 2002 年上海崇源秋季首拍 Lot0403 號拍品，
又收入《海派代表書法家系列作品集·沈曾植》（109 頁）。民
國五年丙辰七月十日（1916 年 8 月 8 日），同人爲朱祖謀祝六
十大壽。此札當作於七月上旬，參觀《沈曾植年譜長編》
427 頁。

十四

畏暑未得趨候起居，昨子脩傳語，公局宜在十二日，前

謹詹初十,不嫌迫促否? 詩用箋書,不作屏而作卷,壽翁意也。貽書任節盦差。肅上。敬請中堂道履百福。曾植敏上。

【案】此札爲 2002 年上海崇源秋季首拍 Lot0403 號拍品,又收入《海派代表書法家系列作品集·沈曾植》(111 頁)。作於民國五年丙辰七月上旬(1916 年 8 月上旬),壽翁即朱祖謀。

十五

漚尹壽,有人約填詞以祝者,漫應之,亦尚未涉筆。晝熱夜涼,困極,諸事皆廢。出月稍涼,徐園雅集,當與詒書商之。單一紙呈覽。肅上,即請中堂道安。植敏。

【案】此札爲 2002 年上海崇源秋季首拍 Lot0403 號拍品,又收入《海派代表書法家系列作品集·沈曾植》(114 頁)。作於民國五年丙辰七月(1916 年 8 月)。漚尹即朱祖謀。

十六

昨晚檢閱時,窺公神觀似有倦意,連日酬酢,固應静息存養也。來書畫十六軸並鑰匙,均收到。雪、病來,敬當轉尊意。肅請中堂道安。植敏。

【案】此札爲 2002 年上海崇源秋季首拍 Lot0403 號拍品、2017 年北京海王村秋拍 Lot1294 號拍品。作於民國五年丙辰七月(1916 年 8 月)。

十七

來櫃及鑰匙均收到。覆上中堂鈞安。曾植肅敏。

【案】此札爲 2002 年上海崇源秋季首拍 Lot0403 號拍品。作於民國五年丙辰七月（1916 年 8 月）。

十八

委閱書畫，昨與雪、病二君商定，分爲外莊、本莊二類。外莊以東西字記之，本莊不記字。請閱定飭紀分爲二單，眉目清晰，各隨來者所好示之較便，於尊意若何？内扇面中有覃溪一件，昨錢沖甫見之，謂於錢氏掌故有關，亟思得之。沖甫爲密老子。而碑帖中《廣濟大師行録》一册，於植有渭陽之感。兩皆小件，不審繳價先提出可否？又石濤《道德經》一册，此册雪擬臨石濤相。石庵家書一册，此册沖甫願照單繳價。暫更借留數日。其王文成像及巨然鉅幅，則已歸卷子櫃中矣。今日極熱，道體諒已如常。植躁憒特甚，稍涼再趨前面罄一是。肅請中堂道安。植敏。

册帖同一櫃計四十三件。卷子一櫃計三十七件。軸一包計十六件。又一包計十七件。

【案】此札爲 2002 年上海崇源秋季首拍 Lot0403 號拍品，又收入《海派代表書法家系列作品集·沈曾植》（131 頁）。作於民國五年丙辰七月（1916 年 8 月）。

十九

展覽書畫，定明日下午二鐘。泊允必到，屬先轉達左右。陪客庸庵、病山、子勤、夷俶、濤園，補松似未歸也。六鐘便飯。電燈下仍可看畫。繳上諸卷，能與諸軸同來最好。專泐，敬請中堂道安。植敏。

【案】此札爲 2002 年上海崇源秋季首拍 Lot0403 號拍品，又收入《海派代表書法家系列作品集·沈曾植》(112 頁)。作於民國五年丙辰七月二十六日(1916 年 8 月 24 日)。

二十

奉教祗悉，遵照辦理，三十六件點清。恐拙目鑒別不審耳。餞局未知，少樸到，姑以尊指告之。復請中堂鈞安。曾植敬敏。

【案】此札爲 2002 年上海崇源秋季首拍 Lot0403 號拍品，又收入趙胥編《樸廬藏珍》(22 頁)。作於民國五年丙辰七月末(1916 年 8 月下旬)。

二十一

畫卷三十六，遵示閱定。佳品記"〇"，利器記"、"，估價大略如是。再得鑑家覆核，乃益善耳。三十六件中，有一件與目不符，已記出，以後似宜先對目檢一過。請查入。巨然與王文成，留觀數日。文成像頗思借一摹也。泐請中堂大人鈞安。曾植敏上。

約少樸，即以觀畫爲題如何？

【案】此札爲 2002 年上海崇源秋季首拍 Lot0403 號拍品。作於民國五年丙辰七月末(1916 年 8 月下旬)。

二十二

秋暑酷於夏暑，病者甚多，植藥不去口，僅支持不致遽成瘧痢耳。旭莊今晨往視之，恐是腦病，有似熱病人譫語。現爲心疾，調治不易，然非有他也。楓林書畫，問者甚多，鄙意不主零拆，亦不必一定全出，容稍涼趨前面罄一切。此數日天氣，與鈞體不宜，未敢干瀆。公局一總十二元，來鈔祇領六元，繳七元。覆上，敬請中堂崇安。曾植敏上。

【案】此札爲 2002 年上海崇源秋季首拍 Lot0403 號拍品，又收入《海派代表書法家系列作品集·沈曾植》（113 頁）。作於民國五年丙辰八月九日（1916 年 9 月 6 日），參觀《沈曾植年譜長編》428 頁。

二十三

秋暑未闌，不審道體已復常否？石濤《道德經》一册，東武家書一册，《廣濟行録》一册，又王文成卷套一箇，均繳呈，希查入。庸庵到杭後有信否？肅請中堂頤安。曾植敏上。

【案】此札爲 2002 年上海崇源秋季首拍 Lot0403 號拍品、2017 年北京海王村春拍 Lot78 號拍品。作於民國五年丙辰八月（1916 年 9 月）。

二十四

大稿正在諷味步趨之際，似無誤字。第二首三韻"編"字，鈔胥誤作"偏"，得非有疑於此乎？庸庵畫卷，藉使并繳，亦擬寄一輓聯，不知其地址。畫則爲留王文成像，及他黃氏有題識者。公謂若何？覆請中堂道安。曾植敏上。

【案】此札爲 2002 年上海崇源秋季首拍 Lot0403 號拍品，又收入《海派代表書法家系列作品集·沈曾植》（120 頁）。陳夔龍夫人卒於民國五年丙辰八月十八日(1916 年 9 月 15 日)，此札當作於是年八月下旬，參觀《沈曾植年譜長編》429 頁。

二十五

手教祗悉。陳圖收到，信繳。庸庵暫不來滬。楓林字畫不知可遥商否？南海當以尊意商之，渠尚未來商。植爲新寒感冒，病五日矣。復請中堂道安。曾植頓首。

【案】此札爲 2002 年上海崇源秋季首拍 Lot0403 號拍品，又收入《海派代表書法家系列作品集·沈曾植》(127 頁)。作於民國五年丙辰八月(1916 年 9 月)。

二十六

寒疾反覆，屢愈復發，久未瞻覲，至深馳企。節厂得侍經筵，積誠之感，國家之福，有重陽回滬之説，日内當可到也。楓林字畫，有人擬集股統購者，先索全單一觀，不知有清出者否？乞示覆。長素往曲阜，前意尚未達到也。肅請中堂道安。曾植敬上。

【案】此札爲 2002 年上海崇源秋季首拍 Lot0403 號拍品，又收入《海派代表書法家系列作品集·沈曾植》(126 頁)。康有爲民國五年丙辰八月(1916 年 9 月)至曲阜，此札当作於此时。

二十七

畫目奉到。敝廬乃不稱登高之目，而完巢述尊意，且謂新愈足弱，不便升梯，只可遷就。其意或移樽張園何如？

仍候尊示。畫目仍繳上,能注價其下最佳,此前途之意。將來黃宅設一陳列室,俾得縱觀,事當易集。肅覆,敬請中堂鈞安。曾植頓首。

【案】此札爲 2002 年上海崇源秋季首拍 Lot0403 號拍品,又收入《海派代表書法家系列作品集·沈曾植》(129 頁)。作於民國五年丙辰九月重陽前(1916 年 10 月初),參觀《沈曾植年譜長編》429 頁。

二十八

合局每份九元,前日之局,尚須候舍弟,核計每一元略不足,而二元則太有餘矣。來件謹留十元一紙,繳五元一紙。舍姪完姻,係下月十九。王君定飯後往看畫。復上,即請中堂道安。植敏上。

【案】此札爲 2002 年上海崇源秋季首拍 Lot0403 號拍品,又收入《海派代表書法家系列作品集·沈曾植》(116 頁)。札云"王君定飯後往看畫",當作於民國五年丙辰十月十一日(1916 年 11 月 6 日)上午,參觀《沈曾植年譜長編》432 頁。

二十九

承示聯語,蓬蓽生輝,謹先敏謝,然吉期實在下月也。舍姪字幼林。王君昨晚來談,據云增價須候羅信,或元單稍有增損,未可知。黃夫人竟日照呼,不太勞乎?兩元約餘六角,謹存續銷。復上中堂道安。植敏上。

【案】此札爲 2002 年上海崇源秋季首拍 Lot0403 號拍品,又收入《海派代表書法家系列作品集·沈曾植》(130 頁)。作於民國五年丙辰十月（1916 年 11 月）。

三十

昨奉鈞示，敬悉一是。植與羅書作兩層説法。一請其
還價，諸件加二三成，合成整數。一請其不還價，諸件價用
中幣。大意與昨示同，而王謂前説恐不諧也。再一星期當
有回信，事久變生，_{南海近亦闌珊}。至爲愧歉。此請中堂午安。
植敏。

【案】此札爲 2002 年上海崇源秋季首拍 Lot0403 號拍品，
又收入《海派代表書法家系列作品集·沈曾植》（128 頁）。作
於民國五年丙辰十月（1916 年 11 月）。

三十一

近數日連得羅君兩書，前書係匯款取畫者，後書則覆
植增價書也。並呈台覽，希與黃太君酌定。羅君非長袖，
詢王君，云亦實情，再商當亦無效，或將照價各件先與成
交，_{此款已到}。何如？此例可風示他人，表價之不貴也。王君
言，蔡硯生書畫不宜令人縱觀，黃氏物不怕人縱觀，此論極
當。仲昭歸，仍以陳列爲宜耳。肅請鈞安。植敏。外信
二，單一。

【案】此札爲 2002 年上海崇源秋季首拍 Lot0403 號拍品，
又收入《海派代表書法家系列作品集·沈曾植》（124 頁）。作
於民國五年丙辰十月（1916 年 10—11 月）。

三十二

示聯精妙至此，殆古人所謂離絶筆墨蹊逕者，亦所謂

佛地思維,雖菩薩不能意想者耶？羅君事極有曲折,頃從王處索得往復相商之信,<small>此昨晨磋磨之結束</small>。謹呈察覽。植信雖發,慮無大効力,日幣價且日減,奈何。李户部詩,几上遍尋不見,或病攜去乎？中堂鈞坐。植敏。

【案】此札爲 2002 年上海崇源秋季首拍 Lot0403 號拍品,又收入《海派代表書法家系列作品集・沈曾植》(122 頁)。作於民國五年丙辰十一月(1916 年 11—12 月),參觀《沈曾植年譜長編》433 頁。李壽蓉(1825—1894),字篁仙。湖南長沙人。官户部主事。著有《天影盦詩存》,"李户部詩"即此集。

三十三

李篁仙詩,前日爲留坨攜去,座中皆不知也。昨始送還,云已采數章入詩話。茲送呈,乞查入。羅事切詢王君,謂日幣信到或可商,第幣增與價增,恐有阻礙。蓋彼處有唐宋佳跡,羅款無多,須先儘彼耳。羅又商照價各件先寄束,已辭之。此請中堂頤安。植敏。

【案】此札爲 2002 年上海崇源秋季首拍 Lot0403 號拍品,又收入《海派代表書法家系列作品集・沈曾植》(123 頁)。作於民國五年丙辰十一月(1916 年 11—12 月)。

三十四

前商羅君,請其增價,未有覆書。昨王君送一單來,乃與前單另有增減,此非意料所及。然十二件照單酬價,卻可開一善例,請公酌奪,示復爲荷。巨然尚有南海在,無妨也。此請中堂頤安。植敏。

【案】此札爲 2002 年上海崇源秋季首拍 Lot0403 號拍品，又收入《海派代表書法家系列作品集·沈曾植》(125 頁)。作於民國五年丙辰十一月(1916 年 11—12 月)。

三十五

昨晚困睡不醒，致尊札竟不能作答，惶愧無似。夜半始得起讀，當馳告王君，將款送上。先此肅復，劉潛庵册並繳上。此請中堂鈞安。曾植敏上。

【案】此札爲 2002 年上海崇源秋季首拍 Lot0403 號拍品，又收入《海派代表書法家系列作品集·沈曾植》(118 頁)。作於民國五年丙辰十一月(1916 年 11—12 月)。

三十六

昨散原來述尊指，並言胡晴初歸，可邀入局云云。謹遵來教，即出知單，賤仍附驥如例。肅請中堂午安。植敏。

【案】此札爲 2002 年上海崇源秋季首拍 Lot0403 號拍品，又收入《海派代表書法家系列作品集·沈曾植》(119 頁)。作於民國五年丙辰(1916)。

三十七

斗室霜晨，心緒悁悼，積衰成惰，社作近始録出。大篇出入蘇黄，此則張李之靡耳。閱後請轉致完巢爲禱。葛君公司尚無決議，張、周皆淞社，或恐須藝風助力。肅上，敬請中堂鈞坐道安。曾植敬敏。節厂近有信否？

【案】此札爲 2002 年上海崇源秋季首拍 Lot0403 號拍品，

又收入《海派代表書法家系列作品集·沈曾植》(132 頁)。作
於民國五年丙辰(1916)。

三十八

單三紙呈上，菊生、絅齋均已添請矣。覆請晚安。
植敏。

【案】此札爲 2002 年上海崇源秋季首拍 Lot0403 號拍品。
作於民國五年丙辰(1916)。

三十九

庸庵詩興甚豪，宜其亟思聯句。植近心如廢井，殊不
能追蹤驊騮也。承詢塔燈，行篋竟無書以應，容就子勤訪
之。庸詩鐘册仍繳上。肅請中堂道安。曾植敬上。

【案】此札今藏上海博物館。作於民國五年丙辰(1916)。

四十

昨晤洵，云今日偕一山謁鈞座，畏隱甚多，其實亦可不
必耳。前途之望，仍在大彭，然尚不及泊之真確。復上即
請中堂道安。植敏。子脩在杭可念，公如通信，曷一招之。

【案】此札爲 2002 年上海崇源秋季首拍 Lot0403 號拍品。
作於民國五年丙辰(1916)。大彭謂徐州，代指張勳。

四十一

一山青島信，屬呈鈞覽。度遼計定，而行期未定，毅志
可敬也。信閱後，仍希發還。肅請中堂道安。曾植敏上。

甸臣近詩兩章,並呈教覽。

【案】此札爲 2002 年上海崇源秋季首拍 Lot0403 號拍品,
又收入《海派代表書法家系列作品集·沈曾植》(117 頁)。作
於民國五年丙辰(1916)。

四十二

泊園昨晚來談,頗得委折。書來時,適清風制軍在坐,
故未蕭答。清風擬明晨偕章一山上謁,屬先稟達,渠甚畏
人也。此請中堂鈞安。曾植敬上。

【案】此札爲 2002 年上海崇源秋季首拍 Lot0403 號拍品。
作於民國五年丙辰十二月(1917 年 1 月)。清風制軍即升允
(吉甫),參觀《鄭孝胥日記》。

四十三

羅叔韞振玉參事歸自夷洲,甘督屬候起居。公能接見
否? 希示覆。景盧録碑甚廣,鄙文已收入。台從簡出爲
宜。蕭請鈞安。植敬。

【案】此札爲 2002 年上海崇源秋季首拍 Lot0403 號拍品,
又收入《海派代表書法家系列作品集·沈曾植》(115 頁)。作
於民國六年丁巳四月(1917 年 5—6 月)。

四十四

拜讀鉅制,興象自殊。皇甫持正刻意奇古,終在裴晉
公度中,是此例已。墨莊昨復遣來言,欲乞重言,以鼓星
實。尊意謂何如? 三五日後當趨前承教。蕭復,敬請中堂

崇安。曾植敬上。

【案】此札爲 2002 年上海崇源秋季首拍 Lot0403 號拍品,
又收入《海派代表書法家系列作品集·沈曾植》(110 頁)。作
於民國六年丁巳(1917)。墨莊劉氏,此代指劉廷琛;馮應榴
號星實,此代指馮國璋。

與沈家本　一首

子敦侍郎尊兄大人閣下:去歲接奉手教,並示新著各
種。俗冗忽[怱],久未祇覆,至爲歉仄。物情學理,頻年經
驗,頗思一二陳諸大雅之前,冀以決疑去滯。此固非赤躄
所能罄,累牘之書,則晝困酬答,上候起居。刻書未成,敬
呈皖省二藝數具,惟哂存爲荷。肅泐,祇請箸安。不莊。
曾植拜上。三月十二日。

【案】此札見《晚清名人墨蹟精華》(175—176 頁)。作於
宣統元年己酉三月十二日(1909 年 5 月 1 日)。

與沈瑜慶　四首

一

今日家忌,不能出席此二字是唐世和尚語,東人沿用之。公局。
請除弟份,遲日再作一局,何如? 或即請諸公公定一日,除
廿二日外均可遵辦也。請商覆。此請濤園仁兄大人台
安。植。

【案】此札見《二十世紀書法經典·沈曾植卷》(27 頁)。
作於民國三年甲寅(1914)。

二

逸社第九集重陽日濤園招飲於哈園賦九言體

去年重陽密雨如散絲，今年重陽秋光熙旭旦。病夫墐戶畏雨復畏風，豈知詩老一言天所贊。排雲出日捷於黿落符，登山臨水還共牢愁畔。破除前例睑此一日晴，駼宕無窮行乘六氣辨。剪絨枝頭菊花開未開，落帽賓來龍山見所見。吾儕名在永嘉流人簿，誰問金微燕然崦嵫館。淞南無山但有廣平原，其外襟帶澄江淨如練。繚房洞戶居然吳都風，竹塢槿籬聊寄江鄉盼。英梅千樹豫想雪候花，珞柏幾株不受殘陽絢。楓丹栗黃秋色茲勿論，且看常綠高蔭木蘭薦。酒闌散步諸公腰腳健，我無濟勝之具妒彌羨。卻入茅亭中閒竹影篩，海鶴一鳴太息藩籠玩。頻年羈懷偪側還偪側，出亦復愁入亦復愁遍。黔陽尚書詩心百態新，九日九言欲鬭朱查變。我思玉山佳處茜溪西，老鐵阿瑛賓主讌遊歡。梧桐鄉里亦有樂閒人，叢桂秋香社同月泉選。元末士大夫多去其鄉，玉山雅集、叢桂社皆寓賢詩。當時江南池館富民多，而今劫後山河幻人眩。何況田禾生耳粟生牙，其雨淫淫重爲水深歎。臨高臺兮江水深且寒，黃鵠一去千里何由攀。九張機絲歷亂往復還，九頭紀世荒眇尋無端。蕭蕭髟髟短髮鼓儒冠，陶陶兀兀醉眼成空觀。明年此歡更向何方盡，廣福東塔已讓前賢嘯詠專。元周致堯、高巽志、徐大章諸君甲辰九日東塔登高詩，載《金蘭集》中。曾植。

【案】此札爲 2011 嘉德秋拍 Lot995 號拍品、2014 北京誠軒秋拍 Lot249 號拍品。作於民國四年乙卯九月九日（1915 年

10 月 17 日）。

三

即日起居當益增勝，以公意致伯嚴，十九日至高齋爲鐘集，請公作壁上觀。午集酉散，不繼燭，請飭郇廚酉初入坐。勿過煩勞，公謂若何？第亦須得看護者同意耳。單呈覽，此請濤園四兄大人健安。弟植頓首。

【案】此札爲 2011 嘉德秋拍 Lot995 號拍品、2014 北京誠軒秋拍 Lot249 號拍品。陳三立民國七年戊午四月五日（1918 年 5 月 14 日）左右到滬，六月初旬患病臥床彌月（參觀《陳三立年譜長編》1187—1190 頁）。此札蓋作於四月中旬。時沈瑜慶已病，故札云“請公作壁上觀”、“須得看護者同意”。

四

前日鐘集，公交卷特多，不覺勞歈乎？鹿茸當有效，日來胃納如何？能臨池作書否？弟爲時行所困，厭厭無氣者一星期矣。公局每份若干？乞飭紀開示。此請濤園四兄大人節安。弟植頓首。

【案】此札爲 2011 嘉德秋拍 Lot995 號拍品、2014 北京誠軒秋拍 Lot249 號拍品。據前札，鐘集在民國七年戊午四月十九日（1918 年 5 月 28 日），則此札當作於四月下旬。同年九月二日（10 月 6 日），沈瑜慶卒。陳三立《挽濤園》四首之一云：“首夏翔海壖，屢問維摩詰。樓廊安藤牀，絮語久未出。臨分召羣倚，截句睌把筆。亦復哦七字，落紙猶無匹。”可參觀。

與沈曾棨 三首

一

此間之意,總欲弟明春偕老啟同行。

【案】此殘札爲錢仲聯《海日樓詩注》卷一《武昌客舍春感》所引"八月初八日《與子承大兄書》",作於同治十一年壬申八月八日(1872 年 9 月 10 日)(《學海月刊》第一卷第三册110 頁,中華書局本《海日樓詩注》無)。

二

大兄大人如握:十六日匆匆登車,出彰儀門,冰雪載塗,寒風刺骨,體中頗覺不適。一路惟以火酒解寒,終日閉置車中,瑟縮而已。十八日午後到保,次日謁見當道諸公。此番情景,大不及吾兄去歲,原本再三之瀆,亦不得責他人之薄待也。張羅所及,不及八十金,中堂廿、方伯廿、葉十六、范四、李、陳各六。寓中待用孔殷,兹先託恕軒會(匯)去,望將房師板價留出,所餘之數,些須點補,杯水輿薪,深自愧也。明日即赴定州,聞犖翁光景亦實在不佳,然亦只好前去,所謂得尺則尺,且看運氣如何耳。

近惟大人慈體康强、閤家均好爲頌。恕軒廿四開吊,艮翁靈柩擬仍寄厝此地,渠家鄉無親支,祗好如此辦法,又艮翁治命也。

中堂年内不復出省,明歲二月初即入都。此間現已修治易州石路,以備鑾輿西幸。弛廢已久,事同草創,亦頗不易耳。

親供已投去否？如未投，務望留意。此頌闔家均好。弟曾植手叩。廿二日晚。定州恐不足恃，鄙意只望大衍之數，不審能如願否？

【案】此札見《二十世紀書法經典·沈曾植卷》（12—13頁）。作於同治十二年癸酉十一月二十二日（1874 年 1 月 10日）。中堂即李鴻章，時任直隸總督。同治十二年十月二十九日，李鴻章離天津回省城保定。十三年二月初六日，爲同治帝暨兩宮太后晉謁西陵事，自保定赴易州勘察路況（《李鴻章年譜長編》，159、164—165 頁）。可與此札"中堂年内不復出省，明歲二月初即入都"等語參觀。

三

弟媳信來，意欲起岸進京，恐行李繁重，而五弟媳攜幼不便，或當有舡行之議，則弟媳先由陸行，亦無不可。弟自來接，或當與與三同行。請兄酌定，發電告知爲感。

京中一是如常，大人近體安好。弟近隨麟師勘工，初六以前不能脱身，過初六當可得暇也。此請大兄尊安、五弟近祉。弟、兄植頓首。十月初三。

【案】此札見《二十世紀書法經典·沈曾植卷》（42 頁）。參觀本編《與沈曾桐書》第三首。

與沈曾桐 七首

一

兄在此情形，弟於大兄信中當悉之，無一日不説走，而蹉跎延閣已至歲暮。

【案】此殘札爲錢仲聯《海日樓詩注》卷一《武昌客舍春感》所引"十一月初九日《與子封五弟書》",作於同治十一年壬申十一月九日(1872 年 12 月 9 日)(《學海月刊》第一卷第三冊 110 頁,中華書局本《海日樓詩注》無)。

二

五弟如握:上月廿一接冬月七日信,展誦甚慰遐系。亟欲作信,而以弟歸計縈懷,倉卒未有籌畫,故遲之又久,直至今日,意吾弟盼信殷殷,不免又有憚於握筦之憾。然上月曾寄一函,約六七紙之數,月底月初,總可接著,或尚不至青黃不接耶? 即辰惟祝儷祉增綏,百凡稱意爲慰。

來書有年內不成歸計之説,自系揣時度勢之論,然六弟即有遠行,望眼懸懸,此情可念。大人此時翹盼尤切,計吾弟所躊躇,了不過孔方兄耳。如行李有照,想成行亦必不難,故茲特籌措十餘金,由文茂寄上,據云年內必可寄到,吾弟接到之後,務望熟爲斟酌,能即定計歸來爲妙。大人云,六弟行期極遲不過正月底,務必趕到一面也。吾弟在彼年餘,自不免外間亦有虧空,此間所寄,爲數不多,又不過盡夠車馬之費。凡事仍乞熟商至親懿戚,想無不可,暫時一擔,到京後再行設法歸趙。即使自己衣服有在質庫者,除必須應用之物,弟婦在東,放下似亦無礙也。車價想只在十金左右,在途十日,五金足供敷衍。兄去歲往山西,十四日路,亦不過如此。故意原欲多籌些微,然諸兄廣大神通,吾弟亦所洞鑒,且過年在即,亦不能不稍分後顧之憂。此時雖竭澤而漁,不過再得十金之數，想弟事不過爾爾，而大局則糜爛不可問矣。此中苦況，實亦難言，所望一尺水中生大波濤，想吳下阿蒙近時用兵，必能以寡敵眾也。車價徑須自講，萬不可委耳目與他人，如自己識路，欲往車行，并不必使下人預謀，此等處固近不肖待人，似亦不可不防，想弟自有定見，不煩旁人曉曉也。下人有妥當者否？最好搭一妥幫，兩人公用一僕，既省川資，且省將來遣回之費。然此必熟人而後可，設非熟人，即有許多不便之處。且專候搭幫，不免又躭閣時日，此事只可湊巧。至隻身上路，則利害參半，須弟審己行之，不敢參議也。

六弟行期，大人故意欲遲之二月半以後，即二叔來信，亦謂與汪子養説過。子養行期，總在來春，六弟同行，即多住個半月，亦無不可，而子養昨日來説，餉事已完，開年久住甚屬無謂，目下擬于新年初六七動身，如欲同行，或可再遲五六日。此諸所言，原不必盡真，而繁絃促節，聞之者已未免驚心。二月之説，恐渠必不能待得。大人連日匆匆已爲六弟料理行李，二叔囑養雲代墊數十金，頃已交來，頗有新娘出嫁定禮已過之況。癸酉歲二叔欲攜六弟同行，彼時吾弟即慮及大人別離之戚，此時亦冀吾弟歸來，稍爲排遣，庶幾失羊得牛，不失所望乎？此事徑須獨斷，不可爲物議所搖，時難得而易失，一刻千金，幸乞垂念。下午即欲寄信，適看張叔夏《詞原（源）》，卻又不忍釋手，未免又犯荊公匆匆之誚，好在歸期在即，留當面談也。此頌新年大禧，姪女乖好。兄植頓首。

小姪女名犯母名，大人云即用一東字亦可。如無伴獨行,或在路跟一大幫亦妥,兄去歲即如此,車夫亦無不願也。正月十五六能到方好,接到此信,快快起身。家中自中秋節後羅掘一空,再日易衣,無所不至,此十五金爲數雖微,已是孤注,過此以往,未知或知也。此事兄思之爛熟,不得不出下策,幸吾弟十思,智者所見,想亦必略同也。

　　五弟如晤:正欲發信,適接到文茂局寄來十二月初六日信,知弟有正月底動身之意。如少翁果得臨清,即稍遲數月,得以行舒徐,亦無不可。然臨清是著名大缺,少翁聽鼓年餘,債累滿身,不聞上游以優差調劑,一旦驟畀美缺,豈另有把握耶?捷足先登,娥眉見妬,天下好事多磨,但願冥冥之中財神呵護,否則意中之事,失之意外,微特少翁宦運不佳,即吾弟恐亦不免受浮言之累也。非有他意,亦所謂近鄉情更怯耳。歸時如光景少寬,魏碑務乞留意。如都不能帶,《金石三例》兩本書,如費不多,想必可見惠也。寄去之項,吾弟仍須把穩用之。年事雖忙,賢者務其大者,倘隨手散去,而少翁得缺之事中變,彼時恐未免又成涸轍。即使少翁得缺,到任之時,需用甚多,岷源濫觴,挹注幾何,自己終須有些把握,即旁人亦易爲力也。鄙意似不必盡然,仍乞酌之。植又白。

　　【案】此札見《海派代表書法家系列作品集·沈曾植》(7—9頁)。原書編排失次,誤爲三函,茲重加釐定。作於光緒元年乙亥十二月(1876年1月),參觀《沈曾植年譜長編》28—29頁。

<h2 style="text-align:center">三</h2>

　　十二尚未能定,兄爲此事羈絆,初願不克成,又必無住

客棧候至十五六之理,然則前言止可作罷論矣。到津後如
何計議,除電信外,更冀作一信相聞,即日相見,踴躍以俟。
此問近好,付請大兄尊安。不另。兄植手泐。初五。

　　茲遣李福、陳升相接,如内人欲先來者,可令渠兩人護
送。大人要天津淡蝦米、有核桃皮糖。蝦米要如往常帶者。如
到津稍有耽閣,大人之意欲望嫂氏偕弟媳、諸小先由陸路
進京。行李笨重者,自可稍遲,或由水路、或用小車推載,
吾弟親身押來。大人極望嫂氏與弟媳速來,尤急欲小七
也。又及。

　　【案】此札見《二十世紀書法經典・沈曾植卷》(39 頁)。
參觀本編《與沈曾榮書》第三首。

四

　　五弟如晤:函電均疏,不知近狀興致何若? 無任馳念。
即日惟履祉如宜,闔家大小均吉。蘇州遺缺,失之甚可惜。
前接問贛州電,固以爲是佳消息也。愛蒼極言道之難得,
然則吾儕非府,殆無出路矣乎? 愛又言與弟有密電本,今
猶在乎? 立憲之議究竟若何? 項城固主專制立憲政體者,
固能達此目的乎? 陶齋到京,當已讌談數次,尚作去歲忽
忽狀否? 或云澤、尚甚銳,而陶有滿志躊躇之態,茲言當近
真,弟亦嘗聞其緒論否? 或云商部勢絀,丹葵外簡,蔚之亦
受擠,然乎? 愛論慶、醇之間似有關紐,弟評此説如何? 兄
前覆陶電,自任五十日出一書,大致雖具,顧此時卻不敢輕
出,懼人以仲魯、少樸相猜也。此層萬萬不能不避,晤陶時
幸以微言達之。書或當令宋芸子出名,不知與陶意不

觸否?

　　兄初二交卸鹽、臬二篆,若釋重負。此邦自教案以來,紀綱墮地,萬一復有風潮,官吏依然束手。不得已出手干涉,易一首縣,驅逐警察頑抗者一人,拔李守<small>士儁</small>爲提調,饒州、撫州、吉安、瑞昌地方官得力者助之,不得力則調員代辦。今歲鬧米爲由,奸民煽惑,<small>有革命黨人在内。</small>亂者四起。江右滋事先於江南,而禍不若江南之甚,此中消息頗費斟酌。<small>大旨嚴辦而不輕殺。</small>撫軍幸可盡言,而諸事相商,剛柔應手,則得汪頡荀觀察<small>瑞闓、君木胞弟。</small>之力爲多。<small>此君才氣殊絕,吏事、兵事均有風力,異時方面偉才也。</small>錫宸臣署藩。確守老周掣肘舊法,事事壓閣,真無奈何伊也。中丞初意兄署藩,兄堅讓。錫後來所欲整頓者皆不如意,楊彝卿、汪頡荀頗咎前此之讓,兄亦無以解也。中丞曾有電密商政府,請以兄與汪頌年對調,弟知此事否? 此邦學界亦多願兄留者,兄咸謝其美意,而阻其成事。生熟各有所取,江右厝火積薪,亦恐非長治久安地也。<small>如行地方自治制,以不解事者臨之,必大窘不可收拾。</small>前洪電商喬、李,彼意若何? 以爲然否? 即日愛滄來此,旌旗一變,秦子治亦健吏,贛前途大可望,則又懊留事之不成也。<small>汪觀察初視兄去留爲去留,刻則留無去志矣,愛滄吸力也。</small>

　　現定廿三、四啟程赴皖,謁見恩新帥後,不接印即出洋。抱冰見招,到彼一談,八月初十前定準放洋,遲恐趕不及研究會也。今年自春徂夏,終日如在夢中。江令一案,思之心痛,堯衢之去,尤切撫膺。<small>此人有關大局。</small>嘗電南皮請以兄代膺嚴譴,南皮謝力不能,此事京中有所聞否? 無所聞,幸秘之,至要至要。幸脫身於驚濤駭浪之中,祖德天

恩，良深慶幸。惟財運不佳，又虧累三千餘，此則無可如何
者矣。

此間今夏奇熱，署臬三旬餘，病十餘日。楊壻到京來
見否？弟品此子何如？于海帆聞留政務處，弟得無將撞著
南昌遺缺乎？泐問近祉，閤家如例。七月十三日。乙盦
手泐。

【案】此札今藏上海圖書館。作於光緒三十二年丙午七月
十三日（1906 年 9 月 1 日），參觀《沈曾植年譜長編》317—
318 頁。

五

頃芸子寄片紙來，云“龍門之桐高百尺而無枝，其根半
死半生”云云，“君其念之”。以上原文。不知其意云何？弟
能釋此文否？或其警告兄耶？弟測之當否？芸子在吳仲伊處，電
招來此一談，未果也。五弟如面。乙。四月初一日。

【案】此札見《二十世紀書法經典·沈曾植卷》（11 頁）。
箋紙印有“尚武精神 戊申壽州學校聯合運動會紀念品”字樣。
此札當作於宣統元年己酉四月一日（1909 年 5 月）。吳仲伊即
吳重熹，戊申八月由郵傳部左侍郎遷河南巡撫。

六

唐卷非三竿不稱，極讓至九折止，過是無可議，請亟索
還，寄南可也。已銷去他件數種，約千二三元，再籌得數百
元，則此卷可不必銷矣。前告沅，機不可失，是真話也。鶴
銘、稷臣北上，攜去《通鑑紀事本末》，請稍留，卷事若諧，當

以二百爲其代價,爲八姪稍紓胸悶。仲遠攜去一緘,當已
入覽。十四日。

【案】此札見周法高編《近代學人手跡》。作於民國六年丁
巳十月十四日(1917 年 11 月 28 日),參觀《沈曾植年譜長編》
458 頁。

七

君勉南歸,述言具悉。兄自五月初感時行,病數日,愈
後乃久不復原。肝極腎逆,不能受補,終日惘惘,如在夢
中。不能觀書,亦不能握管,夜眠驚悸,强以佛號自持。洋
醫謂爲心房衰弱,服其藥頗見効,然藥性不過三四鐘而盡,
病仍如舊,幾有料理行裝之想。最後或投天王補心丹,改丸
爲劑。涼藥居然有效,出於望外。近循此路進行,乃稍稍有
生機矣。

龍王廟市,百戲具陳,竊意古物商家,宜以力勸朝元爲
主,通明鵠立,天澤情通,近局既極從容,遠勢彌形穩密。
桓侯驅策以天符,衆星環拱於垣外,此著一下,全局通靈,
請弟與弢、鳳密切商之。聞弢主緩,然藉此正可表天人退讓之言。惡
龍者多謂決不能行,政客多持此論。兄不謂然,且即彼不能行,
我言之,亦可對於天下萬世。强聒不舍,一人言之,三五人
言之,不有得於此時,亦有得於來日也。外情複雜,今年未
敢望如願,稍緩至明歲亦佳。彼美嬌妒,似須預作疏通。
南已化於里甯,此固天下公惡也。忽忽不能反覆,弟可就
一山詳談之。南海學説頗爲江左歡迎,鼎臣周旋通州,不
若周旋萬木也。《秘閣蘭亭》及舊歲交七姪零件,交六弟帶

回爲盻。五弟近祉。東軒老人泐。八月廿一日。

【案】此札見《中國書法》1999 年第 2 期。作於民國七年
丁巳八月二十一日（1918 年 9 月 25 日），參觀《沈曾植年譜長
編》469 頁。

與沈曾樾 四首

一

六弟如晤：得十月書，久未作復，實緣齒痛、頭眩、便血
各症循環迭發。冬月一月，消磨病中，諸事皆閣置也。禾
屋費至七千番，尚未完工。今年官囊罄於一擲，悔之無可
挽回矣。傅家女子，貌皆端好，阿嫂曾見之。弟意究若何？
兄欲以二蘇往，傅苦［生］人亦溫厚，前途亦儘有可望也。

吳亦曾籌議一差，爲蕪湖官場所屬目，院受蜚語，形於
聲色，近又憾局用一分，亦曾來省辭差，因委丁弟代之。也
（亦）曾自當別委一差，此時卻未能發表。院黨皆下流人
物，造作蜚語，不能不防。此中爲難，望弟諒之。也（亦）曾
在兄宇下，乃轉不若在夢老宇［下］之得意，事勢使然，徒增
愧汗。

大姪女明春擬作粵遊，屆時望兩叔遣人至香港相接。
衙中暨公館能兩住最佳。八姪喜事有吉期否？兄假呈尚
未准代奏，在此則甚無味。歸心一動，處處不對，夢與兩弟
晤談，醒來彌覺悵悵。此問儷祉，諸姪均吉。乙盦手泐。
冬月晦日。試造紙廠新造美濃紙。

【案】此札爲無錫廣源拍賣有限公司 2006 春季藝術品聯

合拍賣會 Lot0348 號拍品。作於宣統元年己酉十一月二十九日（1910 年 1 月 10 日），參觀《沈曾植年譜長編》337 頁。

二

林桐莊恐是杭班早車來，須絶早遣人在火車棧探聽。_{保綫科林老爺。}若渠今晚來，便可搭嘉第一班；渠杭早班來，則止可搭嘉第二班矣。

《雙桂書屋卷》在書房雙開門黑書櫃中，《紅衣美人》上手。喜容在外間，_{三蘇曉得。}均請攜出。

字畫手卷兩書櫃，_{多格者，四嫂曉得。}可攜出。_{長者橫放，不能放者另包。}

杭有變，嘉必當日得信，亂兵決不能當日到嘉，但慮嘉防響應耳。

初四請琴岩送出。_{即日可歸。}瑞宣留送大小姐、大嫂。兄臥室書桌並旁邊畫櫃、桌櫃上面東西，均請嫂氏收拾帶出。金甸臣見否？ 六弟如面，嫂氏同閲。乙泐。初三日。

傢具第三層樓尚不敷用，_{兄現居第二層。}大嫂船來，可再儘帶。

【案】此札今藏上海圖書館（《海日樓家書第二十函》）。作於宣統三年辛亥九月三日（1911 年 10 月 24 日）。

三

六弟如晤：近得汪甘卿書，屬兄暫勿回南，云季申亦主此説，曾與弟談及否？ 此間知好勸移住天津，兄此時殊難定主意。病山極力勸我北來，今渠南歸，竟無一字通知我，

患難之際，絕不相顧，可爲一慨。我不願得尚書，亦病與陳
仁先力阻我辭，留此話欐，今渠等歸，竟棄我老人不顧矣。
兄近體勉可支持，北方盛夏究勝南中，然老病龍鍾，是其常
態，人或笑之，或憐之，或謂如此高年，何苦來此，乾笑
而已。

　　浙局事止可請子修接手，未了之件，兄歸後自行清理。
此行挪用局款，將來兄自有辦法，現在不必提也。病山、仁
先到壇，諒必相見。二君各有隱情，所言不盡可信，須善聽
之。兄信中語，亦不必盡情相告也。此問日祉。寐白。十
六日。

　　【案】此札見張錦貴整理《退盧箋牘》（《近代史資料》總35
　　號，108頁）。作於民國六年丁巳六月十六日（1917年8月3
　　日），參觀《沈曾植年譜長編》453頁。

四

　　稷臣信太稀，未免負同人之望。仁先竟將斯克視作重
人，節盦代奏，可謂冒昧已極。此事祇可算一笑話，再三戒
之，胡晴初亦不贊成，而李道士趣之，相戒不令兄聞。而稷
有所聞，他方面復有報告，爰切戒仁，仁意戀戀，乃令到京
先商梁、松。辠，不意渠仍如此闇劣，似此後將不可救藥矣。
吾弟已詳告弢，則兄干係已清，不致爲渠假冒。渠睎奇功，當不
至假稱及兄。節厂受愚，事涉中禁，弟切不可加以聲色，恐生
意外波瀾也。

　　鼎臣處處周旋，近又得數消息，仁先處亦有之，懸測其
情，似將委重黃樓，不得不聯絡黃樓伴侶也。弟若與一見，

以米湯灌之，當有殊効。兄在前年，固嘗有兩信致信仰
意矣。

　　得書詳透之至，惺、仁同觀，仁適以信到日來。均欽毅力。
既見面，便可算一結束，此後撇開作他事，不必再求進步，
免與專利家似有爭利嫌也。商、惲見面，極需周旋，免其疑
忌，造謠生事。程度低者優爲之。有時亦須貌作深沈，示以別有所恃，不
可測者。總之，定派知識是天津奴隸，定從前爲所誤，將來亦
必爲所誤，無可逃避，惜哉！

　　日來想當作津遊，牲與杏見面否？貽自命不凡，與談
不可不恭維，卻亦不妨自負，讓與誇並行，亦自成一風趣，
毘陵先輩家法也。楚金須詳考款識，似有停刊之意否？南
北之分在軍界，若政客則止有南派，無北派。北洋派與進
步攜手，能化進步爲官僚，庶可用耳。月底可南歸，小費提
出，勿浪費，至囑至囑。兩略。冬月初六日。

　　【案】此札今藏上海博物館。作於民國七年戊午十一月六
　　日（1918 年 12 月 8 日），參觀《沈曾植年譜長編》473 頁。梁，
　　即梁敦彦（字崧生）。辜，即辜鴻銘。牲，即康有爲（號更牲）。
　　杏，即楊士琦（字杏城）。鼎臣（徐鉉字，鉉世稱"大徐"），代指
　　徐世昌。楚金（徐鉉弟徐鍇之字，鍇世稱"小徐"），代指徐樹錚
　　（人稱"小徐"）。

與升允　六首

一

夏初寄奉短章，未奉還雲，至深馳繫。君直、抑菴歸自

青島,知視履如常,遊行自在。此病脫體如此乾凈,頗非易
覯。大局非無機會,利用督軍團亦可不折一矢,惜夫縱横
説客遍天下,獨漢陽左右無之也。遼帥亦有孤立之恐,吳
挾國民以鼓煽,《鐵冠圖》所謂"一天一口是冤仇"者乎?
"一個鬍子大將軍",公宜有撫之。滬上兩大辮:一楊子勤,
一孫抑菴。孫未出山而不降志,尤難能也。

【案】此札見王益知注釋《沈曾植函稿》(《近代史資料》總
35號,85頁)。作於民國五年丙辰四月七日(1916年5月8
日)升允至青島之後。

二

前日歡迎,敬奉短箋,諒經達覽。近事頗似出人意外,
然雨集溝盈,涸可立而待,不足介意也。鄙之所懼,乃在龍
旗未舉,威斗先亡。干木諸人,孫、岑尤可畏。竄入其間,承其
虚位,則此後極難措手矣。吾公有何良圖,切望早日預爲
佈置。此間一切,具覺春面述。覺老深謀敏腕,遥知握手,
必啟嘉猷,傾耳好音,數日以待。

【案】此札見王益知注釋《沈曾植函稿》(《近代史資料》總
35號,86頁)。當作於民國五年丙辰十二月八日(1917年1月
1日)升允到上海、宗社黨人集會之後,十二月十一日(1月4
日)沈曾植與升允見面前,蓋即十二月十日(1月3日)。參觀
《宗方小太郎日記》、《沈曾植年譜長編》437頁。

三

聞公內渡,歡喜踴躍。異軍蒼頭,爲天下先,嚮(響)應

可預卜也。覺春先行,甘繼之,詒重必可到,老病獨誦經祝聖而已。入手之始,注全力於南北兩張,卻不必强以所難,至要。

【案】此札見王益知注釋《沈曾植函稿》(《近代史資料》總35號,86—87頁),但未注時日。按民國六年丁巳正月二十六日(1917年2月17日)升允自日本到上海(參觀《沈曾植年譜長編》441—442頁、《宗方小太郎日記》、《鄭孝胥日記》),此札云"聞公内渡",當作於此之前數日。

四

聞大彭已有建議之意,不可無文字助之。擬電底,請兩公詳酌。覺商東反,得其贊同,清唱班成矣。素、蘇兩公同鑒。

【案】此札見王益知注釋《沈曾植函稿》(《近代史資料》總35號,86頁)。蘇,即鄭孝胥(蘇堪)。作於民國六年丁巳四月一日(1917年5月21日)升允自青島到滬之後,時升寓鄭宅。王注附録沈曾植致徐世昌、李經義、王士珍電稿:"九州丕變,民國已空。聞黎有辭避之心,曷若即以還政爲退位,即國會在重圍之中,亦宜贊成此義以自全,策之上者也。三公協力,一舉手化爭競爲和平,且借是得國家之統一云。"

五

潛信屢促台從速駕,行期定否耶? 即晚能枉過一談至盼。太夷盼同來。

【案】此札見王益知注釋《沈曾植函稿》(《近代史資料》總35號,86頁)。作於民國六年丁巳四月十九日(1917年6月8

日），參觀《沈曾植年譜長編》448 頁。

六

　　忽忽不及偕行，至深愧對。到津寓處開示，或當與叔蘊同來。

　　【案】此札見王益知注釋《沈曾植函稿》（《近代史資料》總 35 號，87 頁），但未注時日。按沈曾植民國六年丁巳四月十九日（1917 年 6 月 8 日）欲與升允、鄭孝胥同赴天津參預復辟之議，翌日作罷，二十一日（6 月 10 日）早，升允與鄭孝胥子鄭垂同赴天津（參觀《鄭孝胥日記》、《宗方小太郎日記》）。札云"忽忽不及偕行……到津寓處開示"，蓋即作於四月二十日。

與盛宣懷　五十九首

一

　　杏翁宗卿大人左右：月初在鄂肅佈一函，諒登籤記。南皮慮周藻密，談興甚濃。植以家大兄初六日六旬攬揆，身在南中，不能不回揚躬祝，陳情婉告，乃得成行。而回揚後，暑濕蒸濡，家人多病，植亦感濕暴下數日，以此遷延，竟逾廿日之約，此初意所不料也。

　　江鄂覆奏，日內諒有咨行。督辦處有條議十事，未知曾奉文否？新政未必不實行，第恐條理不清，奉行者無從措手，以汰吏胥、改外部二事例之，來事可知。善創者亦必有所因，善變者亦必有所擬，無規矩不能議方圓，無繩準不能議平直,此植所以亟以《法規大全》譯事望諸我公者也。
書雖多,分門分譯,限以兩月,計可集事,此海內經濟家所
願望而不可得者。羅叔韞言【後缺】

【案】此札見《近代名人手札真蹟》2582—2583 頁沈曾植
第一函。作於光緒二十七年辛丑六月下旬(1901 年 8 月),參
觀《沈曾植年譜長編》253 頁。

二

玉初述病有精神,談事即擎促,病誠不淺,非善調心氣
不爲功,不能乞靈金石草木矣。植請其稍安數日,先定特
班功課,而後徐及其他,瑣屑繁重,當約菊生相助。渠亦首
肯,顧屢言病甚,將不能自主,語意開合仍與告公言無異
也。公夜間公餘有暇,示知可趨談。泐上杏翁宗卿先
生。植。

【案】此札見《近代名人手札真蹟》2588 頁沈曾植第四函。
作於光緒二十七年辛丑七月上旬(1901 年 8 月)。

三

擬電奉呈,自寫己意,恐未必當於事情也。原電兩件
並繳。此上杏翁仁兄大人。植頓首。十一日。

【案】此札見《近代名人手札真蹟》2587 頁沈曾植第三函。
作於光緒二十七年辛丑七月十一日(1901 年 8 月 24 日)。

四

玉初昨發痔疾,未能至公學交收。昭裔亦未到,清談

竟日而返。愚意菊生苟未能遽轉,此時莫若寄重昭裔提調
之權。提調與總理,指臂相需,諸事可期得力,目前瑣冗,
亦有端緒,但得公一語招呼,度昭裔無不踴躍從事也。屺
懷察課之説,鄙亦恰有同心,或稱察課教習,或稱察課提
調,以稱提調爲宜。均無不可。日本大學堂有助教,有評議員,
以聯上下之情,助學長之教授,亦是此意。菊生、仲宣皆相
宜,雖蔡鶴卿亦可任也。公昨招菊生來談,若何? 屺信繳
上。此請藎安。愚齋大卿左右。植頓首。十四日。

　　【案】此札見《近代名人手札真蹟》2589—2590 頁沈曾植
　　第五函。作於光緒二十七年辛丑七月十四日(1901 年 8 月 27
　　日),參觀《沈曾植年譜長編》254 頁。

五

　信稿擬呈岡本事,不必入信,晤時不妨告之已函商,應
候回信,彼亦不能見恔也。

　今早昭裔來商訂一特班不屬監院稿,或札或信請酌
定,昭裔謂信勝於札。菊生信言蔡、趙稱教習,不若稱監
督。昭裔謂教習之名人多不樂受者,此亦奇事,不敢不以
告。蔡、趙皆須任事,薪水終宜稍豐,他時總教習恐亦不能
守定菊生例也。

　查特班學生爲豫備經濟特科而設,所重在中學、中文,
其洋文功課,亦宜酌量變通。合由總教習體察情形,妥定
課程規則。監院事務不繁,應即無庸兼顧,以專責成。

　　【案】此札見《近代名人手札真蹟》2585—2586 頁沈曾植
　　第二函第二、三葉。作於光緒二十七年辛丑七月(1901 年 8—

9月)。

六

薛監院以洋文信來,不能不代呈。如有枝節,南洋公學任其難,公徐持其後可也。信譯出後似可一示觀。植啟。

【案】此札見《近代名人手札真蹟》2584 頁沈曾植第二函第一葉。約作於光緒二十七年辛丑七月(1901 年 8—9 月)。

七

昨談辦法至佳,既而思之,更張有漸施行,似尚宜略緩。昭裔任事方銳,在此時提調之名,亦自得力。菊生辭讓,終所不免,費辭説或妨閣事體。不若稍遲爲得也。惟特班蔡、趙宜先發。督辦大卿。植。廿日。

【案】此札見《近代名人手札真蹟》2591 頁沈曾植第六函。作於光緒二十七年辛丑七月二十日(1901 年 9 月 2 日),參觀《沈曾植年譜長編》254 頁。

八

今日到公學,諸務叢積,短才殊苦竭蹶,應達知於公者二事如左。

玉初有“病愈即來”之言,而六月分脩金未收,體公禮賢雅意,仍令與七月分一同致送。

上院暫停公事,請速批行。薛來西有疑意,速定,庶免生枝節。敬上愚齋大卿。植。廿日。

【案】此札見《近代名人手札真蹟》2592 頁沈曾植第七函。
作於光緒二十七年辛丑七月二十日（1901 年 9 月 2 日），參觀
《沈曾植年譜長編》254 頁。

九

大考榜及獎賞數目，遵命擬呈，如無更改，請即標發爲
荷。敬請台安。督辦大人台鑒。植頓首。七月廿三日。

【案】此札見《近代名人手札真蹟》2594 頁沈曾植第九函。
作於光緒二十七年辛丑七月二十三日（1901 年 9 月 5 日），參
觀《沈曾植年譜長編》255 頁。

十

體操教習方倫泰，法人。未立合同，約期已滿，即於此月
停支薪水，或恐至公處糾纏，請以細事由公學作主覆之。

伍昭裔開呈第一班大考單，請公點定遊歷員名，此自
依照名次爲妥，並言停開上院稟行，請速批行，以定諸生心
志。植上。廿三日。

【案】此札見《近代名人手札真蹟》2593 頁沈曾植第八函。
作於光緒二十七年辛丑七月二十三日（1901 年 9 月 5 日），參
觀《沈曾植年譜長編》255 頁。

十一

鶴頎書鋭敏可喜，陝中政務、鄂中學務議論定後，當取
一二試行之。要之，此君於東文學堂最相宜，特班教習猶
（尤）爲借徑耳。

傅蘭雅分清中西肆業權限之説，用之得法，未嘗不可斷盡葛藤。公學病正在此，相争則多事，相忍則害事。要之，教習之職分、中西管理之權在當道，則一定而不可易者，此愚所以欲重提調之任也。

屺懷編目之議極扼要，滬院不可無此舉，聯絡提唱，能如願誠大佳，然亦未易言耳。愚齋大卿左右。植。廿四日。

【案】此札見《近代名人手札真蹟》2597—2598 頁沈曾植第十一函。作於光緒二十七年辛丑七月二十四日（1901 年 9 月 6 日），參觀《沈曾植年譜長編》256 頁。

十二

昨到公學，薛來西不在，詢帳房，則開學無請帖，細問與薛親近之學生，謂發請帖未之聞，開學前，方倫泰卻曾有信來問，樞紐似當在此間。然昭裔未來，尚不能窮其曲折也。植無成見，顧竊謂從容應之爲宜。今日擬往蔡、趙處，與之面訂。公學近例無關書，舊或有之，亦由總理出名，與洋教習一例。二君此時不能遽有軒輊，薪脩均告以百番。今歲屢經交卸，後來尚未可知，他事皆易言，惟款項所關特重，他日收支一席，亦不可不爲長久之計。植白。廿六日。

【案】此札見《近代名人手札真蹟》2595—2596 頁沈曾植第十函。作於光緒二十七年辛丑七月二十六日（1901 年 9 月 8 日），參觀《沈曾植年譜長編》256 頁。

十三

劉峨山以經義潤色時務，文章淵雅，纂輯尤其所長。

公欲編《中庸衍義》，若付此君，必可速成鉅製，月致脩四五十金足矣。爲公籌所以位置者如此，請裁示，免令在此久候。

玉初書如未發，脩脯一節請著數語，或再令使者齎往，公學應付不周，亦可周旋數語。植白。七月晦日。

【案】此札見《近代名人手札真蹟》2599 頁沈曾植第十二函。作於光緒二十七年辛丑七月三十日（1901 年 9 月 12 日），參觀《沈曾植年譜長編》256 頁。

十四

方倫泰商之昭裔，謂菊生當時與福開生限期六月，不得謂預先並未通知。公學例監院與總理言定而後行，下半年仍請教體操之說，僅福與薛知，而張不知，不得謂聘定。公學教習不止一人，若事事皆以領事挾制，流弊伊於何底？詞氣激昂，斷然謂事不可以中止。既而尋繹袁信，謂袁以滬上撤兵相提並論，或恐別有爲難，莫若即薦諸袁，仍由公學認薪水兩三月，稍慰其意，所言如此。

植今日晤薛，詢知方倫泰亦實有其事，菊生與福齟齬，茲事是一大端，衆論所非，植固不能獨爲見好。擬草答袁書如後。其轉圜辦法，則辭退而仍送兩月脩金，此以有合同而辭退者爲比，方係無合同者，待之抑不可爲不優異矣。昭裔亦以此爲可行，更請指示。瑣事非筆墨能竟，明日能一談否？特班開學禮節呈覽。亦須面商。

海觀仁兄大人閣下：承示法領事所談公學教習一事，此人初爲體操教習，出履蹣跚，頗形竭蹶。後不得已，改令編法文課本。公學無法文學生，課本實無所用之。此不得已之應酬，勢不能久。故前總理聲明薪水以爲六月爲止，福監院知之，方教習不應不知也。不先關白云云，措詞未免牽強。開館向無請帖，渠所持之函，乃監院私信，未經商明總理，亦未便以作定憑。西人辦事斷斷權限之分，弟創此學堂依西法，一切委權於總理人，此事應由本人申監院與總理商。弟未便侵權，諒法領事於此細事，亦可無煩筆舌也。晤時希轉達爲荷。

【案】此札見《近代名人手札真蹟》2675—2677 頁沈曾植第六十函。作於光緒二十七年辛丑七月（1901 年 8—9 月）。

十五

新班教習缺一人，請即知照范君，屬其移硯公學。廉君昨來，未相值。毛藹孫文筆甚條暢，能以一文案差位置否？久旅殊悵悵也。植。

【案】此札見《近代名人手札真蹟》2606 頁沈曾植第十七函。光緒二十七辛丑十二月二十日沈曾植致盛宣懷札（第五十五首）云"毛藹孫聽候善遣巳將半載"，此札當作於七月。《鄭孝胥日記》光緒二十五年八月二十四日（1899 年 9 月 28 日）："毛愛孫來送沈子培、子封登吉和船。夜，同至一品香飯，送至船乃返。"則沈曾植在武昌時即與毛相識，參觀《沈曾植年譜長編》217 頁。

十六

毛藹孫送來舊作，送呈鈞覽。聞屺懷言已有位置，亦恰如題分也。聞賀璧理有稅務說帖,可得賜一觀否? 此事與鄂宜豫商,似當招蘇盒一來,江再得一人彌善。植。初一日。

【案】此札見《近代名人手札真蹟》2611 頁沈曾植第二十二函。作於光緒二十七年辛丑八月一日(1901 年 9 月 13 日)。

十七

購地議,財房繪一圖來,此事約計一切恐當及二萬圓。但爲執事人營住屋,爲洋教習建洋房,似非急務,愚意且可緩行。

招考東文學生,擬節後十七、十八日,請酌定。學堂詔下,公學似當以省學爲比,此節甚有應商事,欲面談者此也。公北行計在何時? 植。八月五日。

【案】此札見《近代名人手札真蹟》2601 頁沈曾植第十四函。作於光緒二十七年辛丑八月五日(1901 年 9 月 17 日),參觀《沈曾植年譜長編》256 頁。

十八

鄂刻會奏三册,竹君送來,屬轉呈,請查入。東文招考似可定期登報,請覆。陳昌緒、張彬文稟,擬批呈上。一與菊生商,一與昭裔商。植。十六日。

【案】此札見《近代名人手札真蹟》2609 頁沈曾植第二十函。作於光緒二十七年辛丑八月十六日(1901 年 9 月 28 日),參觀《沈曾植年譜長編》258 頁。

十九

昭裔擬電底一紙，又寄信地址一紙呈覽。福此時在瑞西，約尚有半月住，電係寄瑞西者，寄信住址則其在美住址也。詢薛來西得之。

裁總理事，便須知照，玉初改訂爲漢總教習，明當擬書稿呈上。

東文招考額數、日期請示定。植。

【案】此札見《近代名人手札真蹟》2608 頁沈曾植第十九函。光緒二十七年辛丑八月十六日沈札云"東文招考似可定期登報，請覆"，又八月二十一日札云"昨洋文電如未發，且願少遲"，據此札"昭裔擬電底一紙"、"東文招考額數、日期請示定"等語，當作於辛丑八月二十日（1901 年 10 月 2 日）。

二十

商務顧問事權無限，愚見不無顧慮。昨洋文電如未發，且願少遲。要之，學堂欲速著成效，非以華人精歐文者爲洋文總教習不可。昭裔未肯任此職，則不如仍舊貫之爲愈矣。植。廿一日。

【案】此札見《近代名人手札真蹟》2607 頁沈曾植第十八函。作於光緒二十七年辛丑八月二十一日（1901 年 10 月 3 日）。

二十一

自備資斧附便出洋者，現在已有一人，既非官派，似亦不必再加考驗,到彼後入尋常小學、入專門,聽之不問可也。昭裔説亦如此。愛滄電可行,但須於九月初一前到滬耳。

梅老手寫章程一册奉覽。植。

【案】此札見《近代名人手札真蹟》2600 頁沈曾植第十三函。作於光緒二十七年辛丑八月(1901 年 9—10 月)。

二十二

出洋學生今蚤開航,請電香港招商局,於過港時照例招呼。李逸琴來電如此,請公於今日即發一電。敬候晨安。植。初一日。

【案】此札見《近代名人手札真蹟》2612 頁沈曾植第二十三函。作於光緒二十七年辛丑九月一日(1901 年 10 月 12 日),參觀《沈曾植年譜長編》258 頁。

二十三

聞鈞從今晚啟程,忽患腰疾,不克躬送爲歉。意鐵路似宜仍用蹉磨,不可自我輕許,將來中外皆不免浮言,顧必不發於事前而發於事後,此不得不顧慮者也。裁監院公文擬呈,止可如此立言。肅請藎安。植。初三日。

奉旨建學堂另有新章,總理、監院恐須裁去,合同難續訂,擬改請足下爲商務顧問官。

覆擬電簡短如右,然似不甚周匝,或令昭裔擬一詳文電如何?此事宜密速,在公學未敢稍形詞色也。

奉上諭各省普設大中小三等學堂,一切章程由政務處議定，一體遵照辦理。此後南洋公學章程、職事均須變動，依政務處所擬而行。總理、監院名目皆在應裁之列。足下合同十月屆滿，現在未能續訂，自應前期告知。惟鄙人與足下共事有年，深資臂助，將來開建商務學堂，擬即請足下爲工程顧問官，薪水照舊數奏準以後，再訂合同。特此佈達，順請日安。督辦銜。

【案】此札見《近代名人手札真蹟》2613沈曾植第二十四函、2603—2605頁第十六函。後三頁當即札末所言"裁監院公文"，故予以綴合。作於光緒二十七年辛丑九月三日（1901年10月14日），參觀《沈曾植年譜長編》259頁。

二十四

昨晚趨候，聞鈞從初歸，尚未晏食，因遂引退。羅叔韞一書，論東文學堂事，宜謹先奉覽。午後如有公暇，再當趨前面罄一切也。植。十四日晨。羅書閱後，仍希擲下。

【案】此札見《近代名人手札真蹟》2614頁沈曾植第二十五函。作於光緒二十七年辛丑九月十四日（1901年10月25日），參觀《沈曾植年譜長編》259頁。

二十五

峴帥覆書太速，不無徐議我後之虞。鄙意仍欲懇其另派一人，於事有益。

辜鴻民識議堅正，能留之助辦商約否？恐亦須商諸鄂耳。

東文報考者，昨已將及三百人，考日應照特班例，請公親臨。九月二十之期定否？叔韞所論，於鈞意若何？植。
十四日晚。

【案】此札見《近代名人手札真蹟》2617 頁沈曾植第二十
七函。作於光緒二十七年辛丑九月十四日（1901 年 10 月 25
日），參觀《沈曾植年譜長編》259 頁。

二十六

擬請南洋公學會銜奏梅生事實書槀呈覽，請裁削。公
學二十發薪水，撥款呈前日送上，望即批發，此改用公事之
始，以速捷爲得宜也。植。

【案】此札見《近代名人手札真蹟》2602 頁沈曾植第十五
函。光緒二十七年辛丑九月十八日（1901 年 10 月 29 日）札
云：“請梅老事，前信發否？”則此札當作於此前數日。

二十七

東文學堂考取以後，應即定期開學。岡本恐有事不能
來。所謂署領事者，粗暴不學，彼國人羣鄙厭之，恐不堪
用。小田切非文學出身，教育事非所習也。藤田與叔韞共
事有年，性行、學問、辦事均可信，且成效已覩。植意擬即
定請此人，合同仍由公學出名，如以前延訂兵書譯員例。

東文開辦能請叔韞最佳，屺懷言公有此意，請即示知，
今晚即可與訂定。東文附上院地既逼窄，界限亦不能清，
愚意頗思以總理公館作學堂，雖賤眷暫寓其中，不難移出
也。辜鴻民語意似可就洋文總教習，曷試與談？乍浦事務
望斟酌，將來路綫所經，杭必有異議，此應入。植。十

七日。

【案】此札見《近代名人手札真蹟》2618—2619 頁沈曾植第二十八函。作於光緒二十七年辛丑九月十七日（1901 年 10 月 28 日），參觀《沈曾植年譜長編》259—260 頁。

二十八

代理兩月，約期已屆，出月公亦將議北行，請即函促玉初，植已與書促之矣。若玉初不來，當謀代者，筱珊似可商。請梅老事，前信發否？屬季直到甯謀之，昨得其書，謹奉覽。植。十八日。

昨奉手教時，叔韞當函達尊意，訂藤田，即一氣貫串之説也。

【案】此札見《近代名人手札真蹟》2620 頁沈曾植第二十九函。作於光緒二十七年辛丑九月十八日（1901 年 10 月 29 日），參觀《沈曾植年譜長編》260 頁。

二十九

飯廳與閲報房同廣，報房較軒朗，飯廳則得上院中院之中，此二處尚宜略酌。預備既齊，候公來觀，臨時調動亦易易耳。花約用六七十盆，據云公學所有足敷用。明日遣人至製造局詢問，凡結綵、清道諸事，一應與彼一律；護衛、隨從應否用中席，及他費有無，一應亦視製造局。此等事恐公學不嫻，請公派妥人照呼。一品香人，明日可即飭令到公學相度。操衣齊備，學生迎見時，即著操衣可否？惟戴洋帽不雅觀，秋帽一時三百餘頂，恐市中不給耳。著操衣，戴秋帽,最合式。此層乞酌示。植上。廿四日。

【案】此札見《近代名人手札真蹟》2622—2623 頁沈曾植第三十一函。光緒二十七年辛丑九月二十七日(1901 年 11 月 7 日)醇親王視察南洋公學,此札當作於九月二十四日(11 月 4 日)。《沈曾植年譜長編》258 頁誤繫於八月二十四日(10 月 6 日)。

三十

東文擬取三十卷,備取三十卷,呈請閱定。內擬取之根、業二卷,由京師東文學堂來考,慕向甚殷。又東文已皆有眉目,不取之俸字一卷,係羅叔韞鄉人,據云是不囿其鄉風氣者,文雖清淺,似尚可取。

總理公館改學堂,可容四五十人。賤眷不日適粵,亦儘可先時移出。若定設學堂於此處,則此時正取可取四十人。宗卿大人左右。植。廿四晚。子淵信奉覽。

【案】此札見《近代名人手札真蹟》2621 頁沈曾植第三十函。作於光緒二十七年辛丑九月二十四日(1901 年 11 月 4 日),參觀《沈曾植年譜長編》260 頁。

三十一

示敬悉,諸事遵辦已熨貼。桌圍如用繡花者,恐需從尊處攜來。洋檯另張,略高半分,似尚不妨,但恐王位不能正當柱耳。天明即往演試。麵包席請告一品香人。復上宗卿大人。植。廿七丑刻。

【案】此札見《近代名人手札真蹟》2624 頁沈曾植第三十

二函。作於光緒二十七年辛丑九月二十七日（1901 年 11 月 7
日），參觀《沈曾植年譜長編》260 頁。

三十二

馬車延閣，到此已過十一鐘。聞台從將由楊樹浦轉
回，不克追隨，歉甚。擬請醇邸書至聖先師禮堂橫匾，懸諸
公學。又擬請留一照像。植當就王小雨太守商之，尤望鼎
言與張燕翁一説。宗卿大人左右。植上。廿八日。

【案】此札見《近代名人手札真蹟》2625 頁沈曾植第三十
三函。作於光緒二十七年辛丑九月二十八日（1901 年 11 月 8
日），參觀《沈曾植年譜長編》261 頁。

三十三

比日清恙若何？竊計已占不藥。賢勞況瘁，重以感
傷，自宜加意調攝、節適起居爲要。近來應辦事頗多，不敢
以酬對煩公，謹以書達。公行期聞在初十內外，同行之約
如何，務乞明示，以便料理一切。

奏調事，外間指摘日多，且疑其出本人筆，置之不問，
將生葛藤，於彼於此均乏味，自以銷去爲宜。擬稿二件呈
閱，此躊躇累日而出者，望如所請爲感。植輩行留，固不繫
此也。

東文事，已以尊意達叔韞，叔韞甚感雅意。第鄂中維
縶甚殷，叔韞難辭，植亦不便贊其辭，幸其在滬時，多訂以
開辦學，往來滬鄂，於南皮處當不至有痕跡。名爲監督，薪
水百金，叔韞肯受薪水與否未可定，然在我不可無此節文

也。學堂在上院，太隘且不便，擬商借總理公館爲之，將來再議購地造屋，賤眷即日適粵，不相妨耳。

洋教習止可訂請藤田，以收一氣相生之效，已以尊意達叔韞，並請其代擬合同。宗卿大人左右。植上。初一日。

再臣於推廣譯書奏內片請調在籍翰林院編修費念慈、刑部郎中沈曾植商同辦理繙譯事宜，奉硃批著照所請，欽此欽遵在案。該二員遵旨來滬，往來籌商妥定辦法。現在譯規已定，次第繙書，延聘各員均能紬繹編摩，各勤其事。冬春之際，開印可期。據費念慈、沈曾植呈請銷差給咨，回署前來。查該二員並無經年未完事件，自應給與咨文，令其回署供職，理合坿片陳明。伏希聖鑒。謹奏。

【案】此札見《近代名人手札真蹟》2626—2629 頁沈曾植第三十四函。作於光緒二十七年辛丑十月一日（1901 年 11 月 11 日），參觀《沈曾植年譜長編》261 頁。

三十四

今日尊候若何？喘恙已全平否？要以平治静攝爲宜，三五日內勿輕出也。合行奉聞之事如左。

近日東文西學，頗有情睽視異之勢，同處不相安，往年已有成事。東教習薪水供待均薄於西教習，亦不宜使之雜處，相形生效仿之心。總理公館尚嫌其近，叔韞謂可另租屋於虹口等處，房租極貴不過三十金，而暗中所省實多，擬即照此説開辦。

蘇龕意欲望稍加稚辛薪水，原三十金，酌加十金不爲

過,第由植輩定,恐援例以請,論議滋多,須以公一言行之
乃妥耳。前擬兩稿,懇乞照行。如此而後,植與屺可輸力助公,不然
將瓦解矣。杏翁宗卿大人頤安。植。初三日。

【案】此札見《近代名人手札真蹟》2630—2631 頁沈曾植
第三十五函。作於光緒二十七年辛丑十月三日(1901 年 11 月
13 日),參觀《沈曾植年譜長編》261 頁。

三十五

昨回禾晤新甫編脩,云密老病勢近日甚危,懇公讓陳
廉翁至禾一診,未知可否? 竊計公日來起居已復元,廉舫
暫去一二日,固無妨也。密老經亂蕩然,需真參而不得,不
審尊處有舊藏佳者,可分濟否? 此請宮保大人鈞安。植。
初九日。

福君聞明正始能來,克君事容與昭裔詢之。

【案】此札見《近代名人手札真蹟》2636 頁沈曾植第三十
七函。作於光緒二十七年辛丑十月九日(1901 年 11 月 19
日),參觀《沈曾植年譜長編》261 頁。

三十六

手教敬悉。聞屺懷言,公喘亦略平,惟嗽獨甚,此不可
急治,要在和平調理,十日內必可復常也。植代庖此席,不
敢存三日京兆之思,默察病源,實教習之誤弟子,第枝連葉
坿,非倉卒所將肅清,當次第圖之,庶以達公育才雅意耳。
復請宗卿大人頤安。植頓首。十一日。

【案】此札見《近代名人手札真蹟》2637 頁沈曾植第三十

八函。作於光緒二十七年辛丑十月十一日（1901 年 11 月 21
日），參觀《沈曾植年譜長編》262 頁。

三十七

昨晤蓮舫，知公喘嗽漸平，近已漸閱公事，慶慰良深，
然猶宜頤養節宣，不可過勞心力也。頗思一瞻顏色，不知
再數日能接對否？奉聞之事如左。

東文學堂十七開學，學生當日到者廿人，屋舍甚寬敞，
尚可容坿學十許人。坿學每人月取膳金三元，公學遲日亦
擬照辦膳金，則定十元或七元之譜，將來正額有缺，即由坿
額選補。學章一分呈覽。

叔韞明日適江甯，梅老事新甯已允會銜，似可即將摺
稿發出，照來書酌改數字，即由此間繕發。

譯院擬稿亦乞繕發，東文學堂曾奏明開辦，亦宜坿片。
東撫處處爭先著，極有見，不如此必生枝節。

可倫比亞學堂所需書籍，公學可爲開示目錄，亦可略
爲備送數十種，工藝精製則未易購備。此款應由何處出，
乞先指定。

家兄處屢有信見召，月底擬回揚一轉，不過六七日即
來。杏翁宗卿大人侍史。植。廿日。

玉初已就求是，公學決宜屬蟄仙。學堂近年癥結，鄙
人略與疏通，以後來者，儘可徐奏功能，不必相視束手矣。

【案】此札見《近代名人手札真蹟》2639—2641 頁沈曾植
第四十函。作於光緒二十七年辛丑十月二十日（1901 年 11 月
30 日），參觀《沈曾植年譜長編》262 頁。

三十八

蓮舫言，公病大愈，起坐治事。譯書奏可閱發否？望賜示。賠款減成，聞已奉俞旨。鄂信云不知確否？梅老靈櫬廿六日回常，公學備公祭、路祭，似尚應致賻敬四數或二數，請公酌示。督辦大人頤安。植。廿三日。

【案】此札見《近代名人手札真蹟》2638 頁沈曾植第三十九函。作於光緒二十七年辛丑十月二十三日（1901 年 12 月 3 日），參觀《沈曾植年譜長編》262 頁。

三十九

廉舫告去，尊候諒已大和。何日得一晤談？願言非一二也。植近得友人書牘，大都催歸速駕之詞，留滯此間，無益於公，而徒取時流之嘲訕，反覆思之，亦良無謂。屺懷棲棲來往，蓋亦爲衆口所搖。前擬片稟，深望舉行，招之自我，遣之自我，權自己操，不猶得用人之體耶？半載相從，固不能不兼爲公計也。他日優遊郎署，所以報公者，亦自有期，願鑒此懷，俯如所請。公學事略加釐正，後來接手不難。屬目此席者甚多，凡此時能議者，皆將來能代者也。公默識此意，而加之禮貌，則一時人才入我彀中矣。泐請杏翁宗卿大人台安。植。廿九日。

【案】此札見《近代名人手札真蹟》2642—2643 頁沈曾植第四十一函。作於光緒二十七年辛丑十月二十九日（1901 年 12 月 9 日），參觀《沈曾植年譜長編》263 頁。

四十

此謝恩摺,似不能不用駢文,略參散行體爲之,顧非當行,款式合否,尚希酌改爲望。此請頤安,並賀宮保大人大喜。植敏。初四日。

【案】此札見《近代名人手札真蹟》2644 頁沈曾植第四十二函。作於光緒二十七年辛丑十一月四日(1901 年 12 月 14 日),參觀《沈曾植年譜長編》263 頁。

四十一

劉峨山農部昨自江甯來恭賀宮保之喜。其書已纂成二卷,純正該博,真得進呈體裁。此君長經學,又長文牘,羅致左右,勝植十倍,公亦有意乎? 此真駿足,非駿骨矣。

譯書奏屢加删節,總不愜意念,不若仍用原稿,此奏硃批不過交政務處或知道了,而詳閱者在政務處,不在樞庭,對樞宜簡要,對政務宜詳明,此意若何,請公裁之。

前日奉教,彼此忽忽,均未盡意,比聞起居復小有違和,方以頤養之説進,益不欲以區區瑣事上塵藎慮。顧事有不可不豫言者,議約事關重大,植之愚陋豈能仰贊嘉謨,第公既雅意殷拳,則即瞢無所知,亦何敢不竭心慮以酬知顧。然植之所處有甚難者,策名京署,豈宜長作幕僚,兼總數事,亦且有妨賢路,重以所居近公左右,凡諸文牘,不無捉刀視草之疑,以公之明,諒無不鑒及此者。此所以不能不長慮卻顧者也。上策莫若准其前請片奏銷差,植固無決去之志,但得踪迹稍安,儘可諾公周旋半載。第味公前語,似尚有層累而上之思,萬一復有剗章,千萬先示指意,俾得竭其肺腑。厚意不敢辭,私計亦不能不顧。凡用人必安其身心,而後可使盡其才力。大君洞燭物情,方將恢大廈以攬衆材,必不以馬骨阻市駿之路也。肅泐,上請宮保大人鈞安。植。初八日。

【案】此札見《近代名人手札真蹟》2632—2635 頁沈曾植第三十六函。作於光緒二十七年辛丑十一月八日(1901 年 12 月 18 日),參觀《沈曾植年譜長編》263—264 頁。

四十二

公學自由主義二班生,竟以揭貼公布於教習之前,此事頗有關係,不敢不以上告。原揭奉閱,仍請交下存案。應如何斟酌處置,不可不深思熟慮之。

學生私會,蟠結甚牢,教習爲之魁。前所辭退之白運霖,則執牛耳者也。自去秋以來,與蘇中西、杭求是,頗與東洋學徒通聲氣,《國民》、《清議》二報爲其枕秘,思之殊可危。求是固已具有湖南時務學堂風氣,此間殆不可不豫計也。仰惟鈞座育才盛意,追思梅老興學苦心,憤惋何已,獨有潔身以去耳。前以二班不入操場,出諭戒諭。隨得一稟,力請操鎗,依然吳稚暉之故智也。

事已至此,不可養癰,擬於臘月甄別一番,明出數題,觀諸生志趣,以便去取。愚見惟此辦法,固未敢擅專,希公密示。日內聞起居漸如意,可得一面談否? 宮保大人左右。植。十九日。

【案】此札見《近代名人手札真蹟》2645—2646 頁沈曾植

第四十三函。作於光緒二十七年辛丑十一月十九日（1901 年
12 月 29 日），參觀《沈曾植年譜長編》264 頁。

四十三

譯書奏稿，覆視再三，似仍以詳暢爲是。公荷天眷之
隆，倚畀益崇，當有崇論閎議以發抒志事，姑以此爲乘韋之
先，何如？外症似未可輕視，要當俟合口堅實，乃可見客，
須俟廉舫有言乃可耳。公既堅不許行，植益彷徨無措。奈
何奈何。宮保大人左右。植。廿日。

【案】此札見《近代名人手札真蹟》2647 頁沈曾植第四十
四函。作於光緒二十七年辛丑十一月二十日（1901 年 12 月
30 日），參觀《沈曾植年譜長編》264 頁。

四十四

聞公有請恤五忠之奏，此舉關係全局，海內莫敢言，而
公昌言之，病中得此，精神誠足照映一世矣。前日杭紳寄
來一呈稿，謹呈鈞覽，閱竟望擲還，將以示蟄仙也。此請宮
保大人鈞安。植。廿二晚。

【案】此札見《近代名人手札真蹟》2648 頁沈曾植第四十
五函。作於光緒二十七年辛丑十一月二十二日（1902 年 1 月
1 日），參觀《沈曾植年譜長編》265 頁。

四十五

譯書奏日內似宜拜發。聞圯言，公頗注意學生平等自
由之病，顧愚見乃不欲明言，此等事可重可輕，先辦而後

奏,與先奏而後辦,大小難易,相去遠矣。奏稿中飲水著鹽,未嘗不略爲張本,朗鑒必能察之。

福開森明日可到,菊、昭皆慮其糾纏。以愚意度之,彼方奔走權門,未必遂爲無賴不情之舉,若柔道相摩,則未可知耳。萬一干求難拒,仍祇可以商務或鐵路顧問官處之,薪脩出自公學,即由植請爲總理顧問員,亦無不可。第公學中無不厭畏者,此時不便議及。監院是書院舊名稱,其職分僅同學長,彼若饒舌,可告以無庸戀此雞肋也。

散學有大考,今歲擬即改爲官課,出月初十前後舉行。植擬題請公發出,台從屆時能到最好,不則請子淵、讓山諸君監試。廿七、八植擬回揚一轉,臘日前後歸來。

張硯雲大令,祖廉,秀水人。詞章翰墨有朱古微、吳炯齋風,四六箋啟尤所長。聞招商局有吳漢濤一席,乾脩五十金,若以此處之,而令佐張、呂,共司書記,陳、阮聯翩,亦佳話也。公勳問日隆,幕下固不可無佳士,此君聲華未著,宜及此時羅致之。

公學漢文課,明歲不能不整頓。總教習既由總理兼之,擬即將總教薪脩分爲二份。每份百元。另訂副總教習二人,學科訂請姚子讓,文棟（栴）。文科訂請周彥昇。家禄。兩君皆名宿,品學俱優,有此二人相助爲理,雖總理來去如傳舍,大局亦有人坐鎮矣。伍昭裔擬派充洋文總教習,日内上公事。宮保大人鈞席。植。廿五日。

　　【案】此札見《近代名人手札真蹟》2649—2651頁沈曾植第四十六函。作於光緒二十七年辛丑十一月二十五日（1902年1月4日）,參觀《沈曾植年譜長編》265頁。

四十六

昨緘繕就，躊躇未上，而都中復有信促歸，中有"速到有缺可收，遲恐前資盡失"之語。植一官雞肋，食棄兩難，顧既已策名郎署，迴鑾後自應入都供職，敢希鈞座鑒此微忱，他日旌從移長六曹，簪筆相從，所以上達知顧者，良亦不憂無地也。晼生北洋熟手，刻方在此，公學事宜亟訂之。譯書事，則身雖北上，仍可往返函商，昔人三宿桑間，去尚不能無戀，況鄙事事經手者乎？苟有益此間者，雖在遠不敢恝置也。日來起居諒已復常，公暇不審可得一見否？候公一語，以便清結諸事，料理回揚。五忠事，報中所云確否？此請宮保大人台安。植。廿八日。

葛振卿司空連兩信來，屬詢其姪孫戀廉館事，所望非奢，公既有諾於前，似不可不略爲點綴。商約事，峨山極願從事。王子展機敏長才，亦可招致也。

【案】此札見《近代名人手札真蹟》2653—2654頁沈曾植第四十八函。作於光緒二十七年辛丑十一月二十八日（1902年1月7日），參觀《沈曾植年譜長編》265—266頁。

四十七

昨奉手示，適在感冒眩悶之時，晨起始得展讀。外務電語若何？希賜示爲荷。泐請鈞安。宮保大人台座。植。

【案】此札見《近代名人手札真蹟》2652頁沈曾植第四十七函。作於光緒二十七年辛丑十一月末。

四十八

植濫竽公學，已經四月，無能裨益，抱愧良多。顧既診察多時，亦粗識病源之所在，治標不如治本，請爲左右陳之。

各處學堂流弊大多出自西文，惟公學流弊出自中文，此爲特殊症候，然遂恐爲他日學堂普通證候矣。學生近硃近墨，變化何常，教習學淺而氣乖，以殘缺不全東洋之議論自文，其不知西學，不通經史，於是乎雜亂無章之課本行，而自由革命之怪論沸矣。欲捄其弊，仍在整頓中文。漢文總教習一席久虛，故諸分教人自爲說，此受病之本。全才誠難得其人，現分總教脩薪爲二份，延訂二人，一爲學課總教習，延姚子讓孝廉，子櫟胞弟。一爲文課總教習，延周彥昇孝廉。通州人，刻在鄂。子讓已商允，彥昇初有來意，比聞袁慰帥招之甚力，未得覆書，不知能不爲所奪否？既置學、文二總教習，則分教諸人可以略從裁併，以其所薪脩另請漢文普通學教習一二人，專教後數班，課實學而不尚虛論，風氣自然淳靜矣。凡政治、法律諸學，自二班以上乃得學之，比照西文之階級，以爲中文階級，有條不紊，庶可日起有功。

今日允賜接晤，祈示何時公學替人。聞約芝房，未知有覆音否？植擬畢歲終大考而後治行，揚州之行亦俟散學後矣。葛世兄現在武進縣署。植啟。初二日。

【案】此札見《近代名人手札真蹟》2655—2657 頁沈曾植第四十九函。作於光緒二十七年辛丑十二月二日（1902 年 1 月 11 日），參觀《沈曾植年譜長編》266 頁。

四十九

商約關繫全局，植迫於事會，不能竭其愚管，仰贊蓋猷，反諸初心，實深歉愧。然既粗見綱條，苟有小知，亦不敢不隨時奉達。總稅司要端雜件之言，分畫實爲明晰，僭陳按語二紙，亦約略標其要端而已。商務衙門一節，入都儻有機會，當爲解事者言之，初設宜在海上，三四年規模粗定，而後移設都中。商法則以日本爲藍本，而以英、德、美商法核定之，先規定此事局面於胸中，而後議約之心慮開通，約成可久而少弊。赫議不歸爲管轄一條，預設收回治外法權之想，辦事者固當如此耳。祝公勳望日隆，他日王路驅馳，安知無請從旌節之日乎？

大考題擬呈，請閱定發下。考期擬初五、六、七三日，請子淵、讓山來會考，以重其事。芝房來否？覆電希示。渤請宮保大人勛安。植啟。初三日。覆外部電，請告以年內行。

【案】此札見《近代名人手札真蹟》2658—2659 頁沈曾植第五十函。作於光緒二十七年辛丑十二月三日（1902 年 1 月 12 日），參觀《沈曾植年譜長編》267 頁。

五十

前晚奉一箋，諒經垂覽。擬題希發下。玉初昨來，有三五日小住，公能一見否？此請宮保大人台安。植。初五日。

【案】此札見《近代名人手札真蹟》2660 頁沈曾植第五十一函。作於光緒二十七年辛丑十二月五日（1902 年 1 月 14

日），參觀《沈曾植年譜長編》267 頁。

五十一

公學二班生爲吳、白二教習煽惑，私自去者三四人，在者亦擾擾不安，生事相繼，監起居與帳房皆爲所困。_粵□[不]受，則送之東洋。據聞，二人謀敗公學，以立私黨也。舊例禁施櫝楚，開除乃適隳（墮）其術中，計惟嚴追學費，庶幾可示薄懲。明後日具申呈請，出重語行文江浙督撫，其原籍州縣並行。於事或可有裨，不然一班動，諸班隨而効尤矣。此上宮保大人。植。初九日。

沈硯傳屬代達保案情事，植未諳曲折，謹以原信奉呈。

【案】此札見《近代名人手札真蹟》2661 頁沈曾植第五十二函。作於光緒二十七年辛丑十二月九日（1902 年 1 月 18 日），參觀《沈曾植年譜長編》267—268 頁。

五十二

周彥昇卻汝南宮保之聘，惠來此間，昨得其書，喜出望外。第植將北去，莫爲之主，仍恐初來蹤迹不安，深望公加意縶維。玉初關書由督辦出名，周、姚仿其例可乎？

公已准植於年內北行，代人宜早定，芝房回電若何？或聞冶秋尚書留以辦大學堂，未知確否？諸事有須交代者，昭裔自洋文外，一切謙不肯當，衹可以屬仲宣。仲宣和平，諸教習皆浹洽，若總理一時不能定，明歲開館恐亦須請仲宣代理。此論自昭裔發之。明晚擬適揚，望後歸，再請見面談一切。宮保大人執事。植。初十日。

【案】此札見《近代名人手札真蹟》2665—2666 頁沈曾植第五十三函。作於光緒二十七年辛丑十二月十日（1902 年 1月 19 日），參觀《沈曾植年譜長編》268 頁。

五十三

抄件繳還，外間探聽者甚多，惟蟄仙略告以大致，然鷺賓所秘，仍不敢宣也。公學諸生滋事，植止以鎮静處之，願公亦以鎮静處之，一著言詮，適授彼黨口實，過歲後必無事，若隨人言轉，爲寬爲嚴，必皆生枝節也。昭裔信送閲，亦禮辭耳，公自有以鼓舞之。聞芝房許來，不知年内能到否？刻即登舟，歸時再上謁。敬請宫保大人台安。植。十一日。

【案】此札見《近代名人手札真蹟》2667 頁沈曾植第五十四函。作於光緒二十七年辛丑十二月十一日（1902 年 1 月 20日），參觀《沈曾植年譜長編》268 頁。鷺賓，又譯作赫鷺賓，即海關總税務司赫德（Robert Hart，1835—1911）。

五十四

公學學生出身，章程未定，人情不免懷疑，擬奏一通，送請閲定。此事必應速辦，與以出路，乃可範以章程也。植今日自揚歸，廿日内外，礦局有船開，既期於年内到京，則此班不可錯過。謹以上告，伏候示下，以便治裝。公學譯院諸事，尚有須面陳者，商約亦欲略知藎畫端倪，明日可定期賜見否？銷差應否賜一文？前奏如可用，望開年即發。此請宫保大人鈞安。植。十七日。

【案】此札見《近代名人手札真蹟》2670 頁沈曾植第五十六函第二葉。作於光緒二十七年辛丑十二月十七日（1902 年 1 月 26 日），參觀《沈曾植年譜長編》268 頁。

五十五

龍門百尺，多士嚮風，思攀垪以展力，用屬植介紹者頗多。鄙性畏煩，大都謝絶，有不得不以上告者，薦士二人，代陳二事，具如左。

譯院出書，後當日夥，其前途殆將復成一製造局。公左右宜有一博綜今古，長於校勘之人。陶心雲孝廉，昔佐王長沙、張南皮刊書頗多，近捐建東湖學堂，章程亦皆周密，公能以千金網羅之否？此君文筆宏雅，通知時事，亦可備作奏之選。

張祖廉，雖未試於奏牘，苟陶鑄於大匠之門，異日所成，不在晦若、季直之下，以吳漢濤遺席處之，不啻乞漿得酒已也。此士難得，冀公勿失。

毛薆孫聽候善遣已將半載，未經批給薪水，不無向隅之感。其人文筆明暢，亦頗用心商務，年力方富，望公量能録用。

舍親沈大令，維驄。昔嘗受公知遇，失官落拓，擬游學東瀛，請賜一咨文，稟詞代陳。

請獎奏稿措辭極爲得體，既以在滬爲斷，固可無庸會江鄂也。委員入垪片諸君，斟酌似有苦心，鄙意可照用，不須改易也。植行篋書籍太多，秦島不能盡帶，擬存招商棧中，明歲開河，請局員代運至京，未知可否？瑣事上瀆鈞裁,惶恐惶恐。此請宮保大人勳安。植。廿日。

　　承平船廿一始到,開期廿三、廿五尚不可知,極爲焦悶。

　　【案】此札見《近代名人手札真蹟》2671＋2669＋2672 頁
(沈曾植第五十七函第一葉＋第五十六函第一葉＋第五十七函
第二葉),原書編次有誤。作於光緒二十七年辛丑十二月二十
日(1902 年 1 月 29 日),參觀《沈曾植年譜長編》268—269 頁。

五十六

　　公學一二班生,堪勝英文教習者不乏其人;若聲光化
電諸學,則漢文普通既闕,此植所以欲於漢文增普通也。西文專門
未開,此時實無可應命者。公若欲應鄧中丞之求,祇可取
英文於學中,取專門於學外。候示擬電。植。廿五日。

　　【案】此札見《近代名人手札真蹟》2668 頁沈曾植第五十
五函。作於光緒二十七年辛丑十二月二十五日(1902 年 2 月
3 日),參觀《沈曾植年譜長編》269 頁。

五十七

　　惠賜《經世文續編》,拜登祇謝。年內不北行,明日擬
回揚度歲。商約諸君條議暨江鄂電文,不識今日可賜一讀
否?明日繳還,辱承厚遇,竊於暇日願竭區區,明歲來滬,
恐忽忽不能伏案矣。敬上宮保大人。植。廿五日。路礦
章程二册奉繳。

　　【案】此札見《近代名人手札真蹟》2673 頁沈曾植第五十
八函。作於光緒二十七年辛丑十二月二十五日(1902 年 2 月

3 日），參觀《沈曾植年譜長編》269 頁。

五十八

杏翁宮保侍郎閣下：奉別以來，三更蕡莢，迴瞻鈴閣，莫慰馳思。昔人三宿桑下，不無係戀，況近依猺幾、時接塵譚者乎？暮春三月，草緑江南，棗華塵土中，彌結想斜橋花樹也。即辰敬維鼎祉延穌，勛祺集茀，興居棷勝，慰洽頌忱。鈞座清尊，綿歷冬春，刻雖眠念復常，酬酢不倦，然以養生之道言之，仍宜順時消息，加意攝護。王事賢勞無可避，要之心力、身力兩者不可交瘁，常存用一緩二之思，庶可以保養精神、撐拄艱難耳。滬上海風疏爽，起居之室，亦宜略師西法，俾其呼吸清馨。公一身當商戰二權，所籌畫皆所關十年百世利害，愛國者殆無不愛公，近日物情固較曩年漸進矣。入覲之意有定見否？瞻溯惠風，日月以望。泐請崇安。瑣語詳別紙。曾植頓［首］。三月廿八日。

商約事署中無成見，但慮加稅不能辦到耳。但得江鄂一心，中朝必無異議，定興撐拄，保釐殘局，亦惟鄂能駁之。前日運米電上，○○○慈訓"商約總無頭緒，究竟若何？祇議小事"云云，詞氣卻和緩。善化屬不必遽電公，轉令外間震動。以意測之，未必有他指。偶爲江邦電文詞氣所動耳。此數次商議，馬使當不足略應酬不加稅黨，然加稅黨之說，未必從此遂紬。約計三四旬內未必無小波折。望公將病愈後復議情形曲折次第出一佳文字。柯鴻年來言，美、德不願加稅，邸堂略有震動。新政火候，所差尚遠，政務諸公亦游談度日耳。……最駿發，惜其幕中筆不足以達之。都臺駥馬，近復生

風,江夏鋒炬,最爲人畏。磨勵以須者,尚復不少。上意頗
獎敢言,然彈劾爲舊風,條陳爲新議,兩派較然不同,惜無
人納牖陳之。大學堂火候視公學尚隔一兩層,賴公經畫苦
心,尤隔膜。沈小□[沂]到滬,曾來謁見否? 竊意此時不
必遽以全局與之合説。京都物議頗多,長沙鋭氣近亦消
減。善化於學章頗有糾改,棄張小圃而用沈少游(小沂?),
而沈亦非真愜意也。昭裔來晤,談今歲公學情狀,似可保
一歲無事者,而聞蘇人言學生有宗旨、芝房頗以爲慮語,恐
亦非無因。將來挑送大學堂,宜先儘能謹無過者。當道動
言心術,心術豈易知,但可察其性情耳。如趙仲宣,何嘗不
新,但性情平粹,辦事少齟齬,少阻力。東文學堂頗有美
譽,譯書院卻有忌者,羅叔韞内外公推,聞長沙有電邀來一
談,未知叔韞肯行否? 羅無去滬意,公儘可披誠相待,譯院
必以與京鄂合局爲上策。聯格(络)策應,仍屬之洮(屺)
懷,必可得力。

【案】此札見《盛宣懷實業朋僚函稿》(1393—1395 頁)。
作於光緒二十八年壬寅三月二十八日(1902 年 5 月 5 日),參
觀《沈曾植年譜長編》273 頁。柯鴻年(1867—1929),字貞賢。
長樂人。盧漢鐵路公司法文參贊。沈兆祉,字小宜,一作小
沂。南昌人。皮錫瑞、張百熙門生,壬寅學制各章程多出其
手。張鶴齡(1867—1908),字誦棻,號小圃。武進人。光緒十
八年(1892)進士。二十七年(1901),任京師大學堂副總教習。

五十九

手諭祇悉,到京當就美術會員商之。公昔所見,即會

員内藤等所爲,價格恐視尋常略昂耳。今日登舟,不及敏辭。泐頌侍郎大人頤安。曾植敏上。初三日。

【案】此札見《近代名人手札真蹟》2674 頁沈曾植第五十九函。作於光緒三十二年丙午九月三日(1906 年 10 月 20 日),是日沈曾植自上海登日本郵船赴日本考察(參觀《沈曾植年譜長編》319 頁)。

與孫德謙 二十首

一

几案如炙,筆墨都廢。前晚手教,未得即復爲罪。大文兩篇奉繳,夷雅沖和,自多勝味,必欲詢及蒭蕘,則或者淡處益加頓挫,濃處益加古澤乎? 史説發念於廣文,孟劬乃詢及鄙人,未免腦筋過敏矣。益葊道兄晡安。植。

【案】此札今藏上海博物館。作於民國三年甲寅(1914)。

二

酷暑終日,如在甕中,呻喘而已。文債卒無以償,稍涼當謹踐諾。復請抑安先生台安。植。

【案】此札今藏上海博物館。作於民國五年丙辰(1916)夏。

三

公是老斲輪,胡謙雅乃爾。昨失迓,歉甚。感冒聞已愈,課暇得一惠談否? 比爲勞玉老略酬酢,甚疲勮也。復請抑安先生箸安。植。闋卷少遲奉上。

【案】此札今藏上海博物館。約作於民國五年丙辰(1916)。

四

富岡君,叔韞之友,曾到翰怡處觀書,公當已與晤面。明日一鐘擬約小酌,奉請作陪,早臨爲盼。頃爲老友丁君事商之翰怡,倘談及,幸借嘘籍。此請抑庵仁兄大人台安。家集一部奉呈。植。

【案】此札今藏上海博物館。作於民國六年丁巳閏二月五日(1917 年 3 月 27 日)。

五

寒暑交困,憒憒匝月。《石室後敘》,今晨始得拜讀,淵雅如晉文,第六、七行稍加隱約,則詞彌文、意彌雋矣。憶公前札語,輒貢所疑,有暇能枉賁一談否?此請隘庵吾兄先生箸安。植頓首。

【案】此札今藏上海博物館。作於民國六年丁巳四月(1917 年 5—6 月)。

六

近苦肝風,眩冒怔忡,執卷輒不終而廢。大箸循覽得半,尚未竟讀。然此當參立鄭、章二人之間,爲箸錄家別開通軌,袪疑破執,有益來世,無疑也。少閒當遵命具一小文,未知能少闡宏旨否耳。泐請抑庵先生箸安。植頓首。

【案】此札見《海派代表書法家系列作品集·沈曾植》(223 頁)。作於民國六年丁巳(1917)。

七

手教敬悉。《舉例序》粗有大致,落筆乃有格格不吐處。機神不湊,止可稍遲奉教。嵩公似在此,尊屬不忘,但晤面亦難定,重言仍賴彊邨耳。行期想不遠,鄙近復苦頭眩,腦中時若搖搖,觀書數頁即廢,但以瞢瞪遣日耳。復上抑公箸安。植頓首。

【案】此札今藏上海博物館。沈曾植《孫抑安〈漢書藝文志舉例〉序》末署"歲在丁巳十月",則此札蓋作於民國六年丁巳九月(1917年10—11月)。

八

前日手教,感冒未得即覆爲歉。次日愈後,草成一文,輒奉教覽,可用否?似於"例"字發揮尚諦審也。抑安先生晨安。植。

【案】此札見《海派代表書法家系列作品集·沈曾植》(222頁)。作於民國六年丁巳十月(1917年11—12月)。

九

法書體古而韻和,又能敏速,技何神也。欽佩不可名。今日即付郵。肅謝,即請抑菴先生箸安。植。

【案】此札見《海派代表書法家系列作品集·沈曾植》(220頁)。作於民國六年丁巳(1917)。

十

枉過失迓爲歉。弟以前日歸,手教敬悉,格紙奉上。

《讕語》殊不足示人，請爲魏公暫藏其拙，如何？最好略爲
選定擲還，感乃無既。此請抑安先生仁兄箸安。植頓首。

【案】此札見《海派代表書法家系列作品集·沈曾植》
（221頁）。作於民國六年丁巳（1917）。

十一

來教祗悉。《章氏遺書》三十三册、另王氏抄本二册檢
上，乞查入。蕭敬甫編校目録一册，檢尋未得，容續奉上。
章氏文一鱗片甲皆足啟迪後人，翰怡刻此全書，功德無量
也。抑安先生仁兄箸安。植。

【案】此札今藏上海博物館。作於民國七年戊午（1918）。

十二

前日奉一教，簡褻爲愧。書題式樣極是，魚尾下擬刻
"章外"二字，凡出王氏目外者均爲外集，爲翰怡所增編。
公可作一序，具述編次之意，鄙亦可著數語，相助發明也。
"臣震榮"等，似仍舊文，後加按語，説明周敍例即章敍例、
編入章書之故。管見如此，更希尊定。此請抑安仁兄大
安。弟植頓首。

【案】此札爲私人藏品。作於民國七年戊午（1918）。

十三

來書奉到。比日秋暑仍熾，賤體眩躁彌甚。節過白露
猶餘熱，不可謂非天時不正矣。復請抑安先生箸安。

【案】此札見《海派代表書法家系列作品集·沈曾植》

（222 頁）。作於民國七年戊午白露（1918 年 9 月 8 日）之後。

十四

多日未晤，馳念。石印《山谷集》一包、信國真跡一册，蔚老屬由尊處彙寄，輒奉上，希詧入。此請抑庵仁兄先生著安。植頓首。

【案】此札今藏上海博物館。約作於民國七年戊午（1918）。

十五

孟公厚誼，固非今世之人。衰老餘年，將何爲報？公更爲我思之。敝處因舍姪女出閣，連日有事，請於初二後候駕。此請抑安仁兄大人台安。弟植頓首。

【案】此札今藏上海圖書館。沈曾植姪女於民國八年己未十月二日出嫁（1919 年 11 月 23 日，參觀《沈曾植年譜長編》483 頁），故此札當作於此前數日。

十六

昨李拔可招觀書畫，歸後乃見手書。披讀大文，駸駸入中郎之室，稍餘縟采耳。發明《選》例，精確無疑，前人似未有言及者。愚意《毛傳》九能，蓋蕭所本，“升高能賦”屬遊覽，“山川能説”屬行旅也。假定於此，徐之必有多證。覆請抑安先生箸安。植頓首。

【案】此札今藏上海博物館。約作於民國九年庚申（1920）。

十七

近日疲茶依然，一切飲食起居，悉委權於藥。始以心動發病,今雖心不動,病不可去矣。《要略》分中學爲十四大類,實爲治此學者之大王路。鄙意始擬以《學記》之"九年知類"及荀卿所言類者,敷《易》義發揮爲跋。心緒耗敗,卒未能成。息老欲觀,謹先奉上。來件容續繳。此請抑安先生仁兄箸安。植頓首。

【案】此札今藏上海博物館。約作於民國十年辛酉(1921)。

十八

尊論似奇闢(崛),乃極自然,第用以觀古爲得其會通,以之繩今,或恐猶有諍論耳。壬癸詩不足存,必欲充秩,當別求他代。公何日回蘇,行前更得一談爲盻。抑菴先生箸安。植。

【案】此札見《海派代表書法家系列作品集·沈曾植》(220頁)。

十九

今日有暇,希過我一談。午前尤得從容,企盻企盻。抑庵先生尊兄。植。

【案】此札見《海派代表書法家系列作品集·沈曾植》(221頁)。

二十

示悉。出月約可交卷,請先以此覆之。鄙近苦胃疾,劇昏困也。覆請抑菴仁兄先生箸安。植。

【案】此札見《海派代表書法家系列作品集·沈曾植》

（223 頁）。

與湯壽潛　一首

昨相逢，未得縱談，甚悵。閱章程，食指頗動，第區區
意在課農，藉以研究學理，不知股東有此權利否耳。重陽
約恐未能踐。泐請蟄仙道兄先生日安。植。十七日。

【案】此札見《海派代表書法家系列作品集·沈曾植》（17
頁），又收入《函綿尺素》（34 頁）。作于宣統元年己酉八月十
七日（1909 年 9 月 30 日）。

與陶模　一首

鵠磯邂逅，暢領教言。違侍積年，示從容（按：上下似有脫
誤）而後謝公山澤之儀，晏子衣冠之節，清修雅思，目擊道
存。私幸獲益良多，而迂鄙陳言，雷門布鼓，略無厭棄，俾
盡厥辭，尤此世所難期，山海宏襟，所以爲蒼生託命者，宜
在此矣。

獻歲以來，敬維道履延和，崇祺集福爲頌。粵東地大
物博，以各省情形較次，古嘗有北府兵可用酒可飲之言，然
其物產人情、開化程度，比之西北，頗復不同。昔之名臣如
孔、李，今之善政如南皮，學術不同，同歸於治。乃若當盤
根錯節之時，運攬轡澄清之略，理財於竭澤之餘，靖亂於伏
戎之隱，懸思模略，慮亦賢勞。側想嘉猷，良深馳企。南中
濕熱，道體起居。

新政復奏，必有鴻文，爲與江鄂合奏乎？抑單銜奏乎？

政府至於今不能無作新之舉，而決無擇善之長。孝章建聯軍之策，固是洞達世情者，設議政大臣一節，尤爲扼要。戊戌議政之權在小臣，故事雜而言厖，利未行而害已先至。苟議政之權在大臣，則同治以來兵政財政製造商局諸事，創行變格之舉多，曷嘗有讒言繁興、物情駭異者乎？今之從政，誠無足當此艱鉅者，然當立法以待人，不可因人而廢法。苟主茲事者，休休有容，一切商各省督撫而行，略如同治朝政體，亦可以徐爲布置，七年病蓄三年艾矣。聞行在已設一督催所，以孫慕韓輩任之，屬於軍機，此則評議仍在小臣，督催之名尤無謂，不得不思所以廣大其規模也。

某自送別後，患冬溫者月餘，臘初始愈，遂還揚州。新春孝章約作滬游，新寧又約至金陵相見，爲擬一覆奏底，其目凡十，曰設議政，開書館，興學堂，廣課吏，設外部，講武學，删則例，重州縣，設警察，整科舉。稿凡八九千字，不能盡錄，謹錄首尾，呈教左右。世之言學堂者必廢科舉，某獨以爲學堂科舉，不相雜而後可相安。新政者將以求政道之開明，非以快人心之悁忿也。先布新而後除舊者人情安，先除舊而後布新者人心危。既有革故鼎新之事者，不可復快我憤時嫉俗之言。無好人三字，非有德者之言也；無人材三字，非政治家之言也。今者國家形勢，譬之元氣，尪竭之久，復重以發背石疽之病，刀鍼固所不免也，然使徐氏黃氏治之，必先以陽和大劑，託裏建中，氣血和通，而後徐施其刺割化腐禁蝕藥，止痛有良方，癰疽去而元氣亦和，固有病後强健勝未病時者。拙工之言曰：求去病，當忍痛苦。一切不問，概以刀鍼從事。病不愈而命先盡者，抑亦多矣。

西人醫病以剖割,然不肯令病者受痛。其行政主制裁,然不欲令民衆不安。彼其道乃有合於吾華老莊之言,蓋閱歷而得之。東海西海,推之皆準。若一往爽辣之言,則東西皆無此事也。世知剛、康之行事爲反對,而不知剛、康之立志爲同原,剛之末流入於拳,康之末流入於票。無惑也,彼二人議論,嘗與官吏爲仇。凡匪皆仇官,則固有水流濕火就燥之相會者矣。海上談風,大都此輩,近且倒灌京師。切齒之談,不平之氣,託於忠憤,滋啟殺機,某竊殟然憂之。新政固平生延頸而望者,顧一誤豈可再誤。江上所逢,論多不合,永思長慮,類於見卵而求時夜者,未知其爲愚癡乎?智覺乎?中夜不眠,輒書以就教於鈞坐,望達者有以誨之,幸甚。

【案】此札見《沈曾植未刊遺文(續)·與陶制軍書》(《學術集林》卷三,111—113 頁),又見《海日樓文集》(27—28 頁)。作於光緒二十七年辛丑二月二十二日(1901 年 4 月 10 日)之後,參觀《沈曾植年譜長編》242—244 頁。

與汪康年　十七首

一

伯唐、穰卿、仲虞仁弟姻大人閣下:揖別以來,瞬將半載。初因行役,繼困病魔,久未奉書,良深歉仄。歲暮姚檉甫處送到賜書,展讀一過,如親晤語,何快如之。獻歲發春,伏想侍奉康娱,文祺清燕,一切諒符鄙祝。

兄自入都後,壹是碌碌,無善可陳,暇時仍以書卷自娛,然奔走之餘,心氣浮動,非復向時精果。又自南中歸後,病肝咳者兩月,體中疲苶,意興尤不能佳,計非靜處經年,前所銷鑠,殆難遽復也。

三君近日工夫,想更蒸蒸日上,秋闈轉瞬,佇聽鹿鳴。回杭想在春間,抑或遲至夏日。愚意臨場宜愛惜氣力,早到似較清閒也。穰卿近日作文,想更精心果力,不知從師閱文,抑專作會課?來書評議古籍,所見甚超,恨未分肌析理言之,不知暇時更肎詳示一紙,齗縷告我否?

委購諸書,此數月中竟無便人可帶,倘有熟人進京,幸告我一字,以便托帶。此事甚難,非吾輩中人,竟不敢冒昧付之也。《玉函山房》尚未購得,緣都中舊有者已盡,新印者尚未來也。《雅雨堂》舊者尚未遇,先購一新者。惟《文選》欲配頗難,緣明刻本有四五種,版樣不同,不知伯唐所藏究是何本,不能懸擬耳。穰卿之書,頗費周折,現在所換之書,尚未與書坊議定,衹可緩商,或尚不至喫虧也。

茲乘家叔處舊僕王升之便,寄上《説文引經考證》兩部,此書用意迥出陳氏之上。伏希詧入。又潮煙一包,信一封,并懇轉寄。是家叔所要,懇費清神,代爲一寄。匆匆,不盡欲言,容再續佈。肅此,即請日安。不盡。姻小兄沈曾植頓首。正月十二日。

姻叔均希叱名請安。

【案】此札今藏上海圖書館。汪伯唐長汪穰卿一歲,原札上款三人並排書寫,長者居中,《汪康年師友書札·沈曾植第一函》"伯唐、穰卿"誤作"穰卿、伯唐",又"壹是"、"更肎"誤作"一是"、"更有"。作於光緒八年壬午正月十二日(1882年3

月1日），參觀《沈曾植年譜長編》43頁。姚禮泰（1851—？），字樨甫。番禺人。同治十三年（1874）進士。

二

穰卿仁表弟大人閣下：去冬以來，動息相聞，雖翰牘稀疏，而心光相照印，天壤寂寥，癡人相惜，鄙懷如此，諒亦同之。即辰敬惟侍奉康娛，起居叶吉爲頌。北報已成官樣，南報度亦未有新機。強毅力堅行，亦須觀瓜熟蒂落之機，徐徐著子，使長素舊歲知此意，則不至走且僵矣。兄非畏事，乃好事者，灼知今事少寬即變，爭之急則拒之極急。善爲兵者，後人發先人至，諒閣下或不河漢斯言也。

閣下身計，自應以鄂爲根本，滬局公度提唱，卓如奉行，年内但望其綿綿不絕，過是乃當著墨耳。卓怨兄不主持京局，此非解人。辭之且赴鄂，略與相接必悦之，漸與相稔自知之。書生動渺視人，茲取困之道也。彼其騰天躍淵，芸閣且爲寒心，豈諸公所能制哉？政恐南皮亦且爲所掣曳耳。筱村軒豁，朋輩罕偶，出宰必有可觀。嘗語鄭蘇盦，君極言變法，不願君得道府，願君得一邑而試之。京房考課，試之一郡，古有斯例，若修路、若設捕、若印花、若商會、若紳議，皆一縣中可變化設施者也。蘇盦遠志，無意於斯，筱村心許此意，計將來必有足慰吾黨者也。

兄近況無俚已極，譯署日日過年，要皆瑣事，去緊要關目甚遠，顧瑣事中亦間有緊要關目在焉。當食而歎，當哀而樂，高曾規矩，誠不知始自何人，言無聽而唱無和，則鄙人日錄矣。入新歲惟家慈氣體尚健，此足告慰。肅泐，敬請箸安。小兄植頓首。四月十四日。

洪書未成者兄爲補纂，已成者已由鳳石繕寫矣。

【案】此札今藏上海圖書館。《汪康年師友書札·沈曾植
第九函》"稀疏"誤作"稍疏"，"毅力"前脱"强"字，"辭之"誤作
"舜之"，"當哀"誤作"當衣"。作於光緒二十二年丙申四月十
四日（1896年5月26日），參觀《沈曾植年譜長編》183頁。

三

穰卿大弟大人左右：連奉手書，備承一是。風期千里，甘苦不殊，所懷萬端，抒寫無緒。比日敬惟侍福康娛，箸祉吉祥，慰如遐祝。閣下往來吳楚，意且不復北遊，惓惓之思，終當何寄。

香帥經營江左，規模具舉，爲時雖暫，而大體已張。交卸前一月奏牘勒爲一編，何減王樸十策，合樞謀、廷論、士議、民望。海內之公心，不能當劉麒祥輩三數小人之私計，此則天之扼我，如不我克，符驗炳如，知不可讓者矣。乾坤將毀，知覺先亡，人頭畜鳴，彼何足論。就諸略有警動者言之，亦且如弱女避人于道左，老婦障面於醫前，奉上則絕粒以細腰，律己則行纏以窄步。積習生常，父教師諭，其有出入，僇之名言，授柄奸人，資之類口。故今歲署中有衣冠之會，弟竊顧而太息，語叔衡、芸閣，謂朝士跂行喙動，大臣鵠面鳩形。事變之來，未知所向，補救之策必不行，憂患之言無不中。此又四五年來歷驗炳如、百試不爽者也。

書局之議，長素始之，推鋒而出，先登者隕，接踵者功。瑕叔蛩弧，古今通例。故將欲成師以出，不能不資驍果之

材。必竟其跳蕩之功,乃可濟以堂堂之陣;亦必先自抑無窮之慮,乃能竟彼跳盪之功。而謬徵史事,逆自憂危,遂使間諜得行,困糧於我。豎儒敗事,從古有然。乃若兄之所持,則孟施舍之能無懼而已。蹈隙乘機,幸而得復。而憂疑之論,堅守以衡;排軋之風,横行於巽。潔身遠引,非其本懷。

以上皆正月間書,謹以不全本奉閲。

【案】此札今藏上海圖書館。《汪康年師友書札·沈曾植第十函》"退祝"、"具舉"誤作"遥祝"、"具異"。作於光緒二十二年丙申正月(1896 年 2—3 月),參觀《沈曾植年譜長編》187 頁。

四

穰卿仁表弟台閣下:滬上雖朝夕見面,忽忽殊不盡意。別後在京口阻雨一日,十八抵邗。家兄堅留過節,初六擬起身赴鄂。在此概不詣人,人亦無見訪者。雖聞見寂寥,然頗閒靜,於將息當有益耳。

熟思世事,自非壺帥入都,殆於更無他法。顧朝命中變,何以臺評輿議,乃竟寂無一言。魏闕情形,真不可思議,如何如何。滬上見聞較速,近又有所得否? 廿三大學堂之詔,自當係力闢新機,第詳其文體,疑出司農臺省,党議方滋,難必不遭齮齕。和調新舊,泯絶異同,慮終非秀才學究所能爲,天竟如何,情兼喜懼。覈實言之,在上者苟無日月雙懸之臨照,寒暑迭代之機權,發憲求善,亦未必遽能如志。在下者苟氣懾於文字語言之末節,此與漢學家言小學而不通大義者何異? 智窮於揚清激濁之虚言,得位乘時,要終不免乎覆餗。世宙日卑，目光如豆，安所得大風吹垢，一洗宇中猥瑣乎！

芸閣何時去滬，弟諒知之，長素、卓如歸未？劍霞南來確否？均希示覆。季直散館，名次甚低，恐或亦有意抑之，渠書跡人固不容不識也。

東洋活字小板藏經，價不昂，而書甚富，老饕饞眼，頗復朵頤。煩公屬大同書局，代爲一詢實價若干見示爲荷。《西游錄》纂稿已交吳誦芬。社者寓鄂何處？餘書尚未檢出，到鄂踐諾，諒不遲耳。報館事近日有無頭緒？三星出使，似無其事。燈下草此，佈請撰安。媌伯母大人叱名請安。小兄制曾植稽首。四月廿八日。

新甫已去，以後有人寄兄信件，拜懇留意，至禱至禱。

【案】此札今藏上海圖書館。《汪康年師友書札·沈曾植第十三函》“叢實”誤作“竅實”。作於光緒二十四年戊戌四月二十八日（1898 年 6 月 16 日），參觀《沈曾植年譜長編》201 頁。

五

穰卿仁弟大人左右：十九早曉宜來談，知足下即將來棧，而兄以行資在古香室，詣朱樹卿商酌，歸寓知足下未來，坐候至十二鐘。棧表一點矣。行李發訖，念旭莊處尚有晤談之事，不若先詣彼，還至公處與梅生處一轉，再行登舟。比自旭莊處出，輿人謂已三鐘，而小輪四點必開，遂至公司訪梅生，而公處不及往，到舟中見手札，甚悵。此番雖再相見，所欲談固未盡，菊生與有午約，亦不克候，尤歉然也。

全史千頃太昂,高處能一問否? 日内擬寄四十番,請
公代購,交家兄或舍弟帶來,未知能辦否? 書不能不購,而
雅根不足致,可笑也。尚欲請代詢東瀛《藏經》,百番抑百
金? 是否先交價? 購到須若干? 希覆我,以便籌劃。舍弟
到滬必相見,告令速來,至盼。此請箸安,餘容續佈。小兄
制植稽顙。廿一日。託頌閣代查之信,有著落否?

【案】此札今藏上海圖書館。又見《汪康年師友書札·沈
曾植第十四函》。作於光緒二十五年己亥正月二十一日(1899
年3月2日),參觀《沈曾植年譜長編》213頁。

六

得惠告并雅詞數闋,燈昏人静之餘,展誦再三,如聞嫠
泣,憂能傷人,何怪弟近體之羸劣乎? 頗聞南城人士有京
黨、謂京朝官。康黨之目。京之扼康,學堂、報館二事其犖犖
大者,康黨以爲深讎,聞雜報語猶及之。康敗而京轉被猜,
豈非人間大怪事,弟詞於此猶未抒寫盡致也。意船窺浙事
殆不虚,膠灣之事復見,北海鷥旗,陰風慘澹,英之不競彌
甚,侈言商務得志,胡顔之厚乎?

滬上諒必有見聞,願常常垂示,至荷。致季直一書,乞
轉交。弟(兄)近日在鄉,時多寒濕,筋骨常不舒,脾泄如
故。舍弟未知何日到,延望勞心。史事祇可緩商,菊譯書
薪水,諒尚敷用,晤乞致候。此請箸安。小兄制植稽顙。
二月初七夜。

【案】此札今藏上海圖書館。《汪康年師友書札·沈曾植
第十五函》"有京黨"誤作"即京黨"。作於光緒二十五年己亥

二月七日（1899 年 3 月 18 日），參觀《沈曾植年譜長編》
213 頁。

七

穰卿仁弟左右：一別又經三月，鄂輪承代招呼，未及佈
謝，續又連得手書，惓惓深懷，曷勝銘泐。溽暑惟上侍多
宜。起居集吉爲頌。兄自夏初到鄂，困於炎熇，百事咸廢。
所居湫隘，院中又不便而多費，攜眷至此，頗以爲悔，冬令
更復不知若何。此間屋宇營構之陋而無法，蓋十八行省中
第一也。

閣下近況有新機否？抱冰、節盫談次，均拳拳在意，而
思路苦於枯窘。北遊想作罷論，相識中有意致稍佳者否？
劉、慶近復如何？海上新聞，報所不詳者，便中尚希隨意示
一二。道希蹤迹如何？季直在滬近況奚似？前數日復新
諸説，自京來乎？自津來乎？此間略無聞見，兄病懣如故，
泐請箸安。小兄制植稽顙。六月二十五日。

社者行何太匆匆，與頌閣並致候。兄寓處在文昌門内
發羊巷，門貼刑部沈。

【案】此札今藏上海圖書館。又見《汪康年師友書札·沈
曾植第十六函》。作於光緒二十五年己亥六月二十五日（1899
年 8 月 1 日），參觀《沈曾植年譜長編》216 頁。

八

穰卿仁弟大人閣下：連奉惠書，敬承一切。去月曾泐
一緘，約計已登記室。即辰惟侍奉多宜，閤潭佳勝爲祝。

近日體候若何？涼燠不和,所望善自節適。兄久病,頗知此中甘苦,長生非所期,貞疾亦無味也。伯唐近有信否？官況如何？仲虞粵中情形何似？滬上外情近復奚似？劉、慶二星,或云已回滬,然乎否乎？此事東政府用筆似甚輕,而海上視之頗重,未喻其故。小田調駐英,未知確否？此卻有意,恐論者未能識也。萍道近狀如何？社耆來,懇代購少許雜物如別紙。敬請箸安,企望惠覆。小兄制植稽顙。七月十九日。

【案】此札今藏上海圖書館。又見《汪康年師友書札‧沈曾植第十七函》。作於光緒二十五年己亥七月十九日(1899年8月24日),參觀《沈曾植年譜長編》216頁。

九

頃自揚來,寓泰安棧三十七號,明日即擬回禾。公如無事,能來此一談否？何時在家,並望示之。穰卿仁弟大人箸安。弟(兄)植頓首。廿二日。

【案】此札今藏上海圖書館。又見《汪康年師友書札‧沈曾植第十九函》。作於光緒二十六年庚子三月二十二日(1900年4月21日),參觀《沈曾植年譜長編》225頁。

十

穰卿、社耆仁弟至孝:接奉赴函,不勝哀怛。遠道不獲執事筵前,敬奉微儀,伏望祇薦。天寒,諸希節哀自重。此請禮安。曾植頓首。臘月初十日。

【案】此札今藏上海圖書館。又見《汪康年師友書札‧沈

曾植第十二函》。作於光緒二十六年庚子十二月十日（1901 年
1 月 29 日），參觀《沈曾植年譜長編》239 頁。

十一

大卷拜登，容從容雒誦，示中有《越轎采風》四册，詢來
价，謂無之，尚希檢惠爲盼。需件俟舍弟歸檢呈。令弟八
字收到，前所言人，尚未遇也。盛暑少出爲宜，容再趨談。
復頌穰卿仁弟大人元安。小兄植頓首。

【案】此札今藏上海圖書館。《汪康年師友書札·沈曾植
第五函》"來价"誤作"來價"。价，傳送信息或物品之人。

十二

惠賜多珍，敬拜領，謝謝。杭集、羊豪，尤爲切用，感泐
之至。書單率記數字其上，近與廠肆生疏，時價不能確知
矣。《越轎采風》，尚未閱遍，稍留數日如何？舍間制藝，絕
少奉行，邀集七本，聊以應命，歸、陳、金、章稿皆有之，熊、
劉則無有也。復頌元安。小兄植頓首。

【案】此札今藏上海圖書館。《汪康年師友書札·沈曾植
第四函》"熊"下脱"劉"字。

十三

順陽談者甚詳，而左笏卿所評尤爲矜慎。其言云，金
水内景，深沉有智。兄意相契，閣下與伯高兄謂此語確否？
冰人爲鄒子東禮部，月之初五，舍弟已將兄意告之，日來是
前途無回音，非舍間也。此請穰卿仁弟大人早安。小兄期

功植頓首。

吳君書閱一過，其人嘗見之，一讕浪少年也，殊不稱弟所許可。

【案】此札今藏上海圖書館。《汪康年師友書札·沈曾植第二函》"鄒子東"誤作"鄒子漸"。

十四

示悉。懇件費神，前此道謝。敘文稿繳上。《新疆識略》事已札詢，尚無回音，非書肆也。問書，舍弟不在家，歸時問之。此復穰卿仁弟大人元安。小兄植頓首。

【案】此札今藏上海圖書館。《汪康年師友書札·沈曾植第三函》"非書肆也。問書"誤作"非書肆問書也"。

十五

《西招圖略》一册、《新西藏圖》一紙，藉使奉閱，千萬勿假外人。此請穰卿仁弟早安。小兄植頓首。

【案】此札今藏上海圖書館。《汪康年師友書札·沈曾植第六函》"仁弟"誤作"仁兄"。

十六

來書十一册收到，示均悉。鄙苦腹疾，日來甚無俚也。《花月痕》檢尋未得，地圖一册奉上。換書事姑問之，恐不能速。李、繆書，此間恐難換也。奉懇代擬論疏，務望撥冗一揮，題問李太史，可省往復也。此請穰卿仁弟大人元安。兄植頓首。

【案】此札今藏上海圖書館。《汪康年師友書札·沈曾植
第七函》"李、繆書"誤作"李傑書"。

十七

別後懸懸,時以驢背爲念。前日得船中手書,知安抵
津門,甚慰甚慰。計小住數日,即應南下,比當可抵申浦
矣。代擬疏文甚妥密,感謝感謝。

來書以兄日前妄論利病,舉古文《史記》,駢文《石笥》、
《儀鄭》,時文石臺,令其盡言。愚見所謂補偏救弊者,非鄧
將軍捐其故技之謂也。就固有之物加之節制,如臨淮王入
汾陽軍,一指麾而壁壘旌旗變色,斯乃爲善救弊者。閣下
文體懿雅,所患觀縷而不窮,平正而無激昂之氣,於文心爲
無節文,於文格爲無音節。弱之爲患,平實基之。兄嘗誦
昔人文章易作、遒峭難爲之語,而以閣下爲文家樸學者此
也。戰藝之場不能不略呈頭角,能爲石臺固妙,抑吾弟反
而思之,奧抑而明揚之,廉而節之,則自家筐篋中固有石臺
在,何用外求也? 散文法《史記》,此何易言,《儀鄭》、《石
笥》亦正有毗陰毗陽之別,此當俟高捷後入都面論之。發
揚踔厲不嫌早,幺弦孤韻識人少。時者難得,幸十思之。
專復,敬上請姻伯母大人壽安。即頌棣萼元祉。穰卿仁弟
姻大人。小兄曾植頓首。十一。

【案】此札今藏上海圖書館。《汪康年師友書札·沈曾植
第八函》"抑吾弟反而思之,奧抑而明揚之,廉而節之。則……"
誤作"抑吾弟反而思之奧,抑而明揚之,則廉而節之。"《石笥》,
即胡天游《石笥山房集》;《儀鄭》,即孔廣森《儀鄭堂駢體文》。

石臺,清初時文名家李來泰之號。

與汪洛年　一首

印章收到,費神謝謝。所事商之彦復,前途意指似不甚諧,渠願他處執柯,穰兄未有成言,弟亦不復細問矣。社耆仁弟足下。制植頓首。初九日。

【案】此札今藏上海圖書館。又見《汪康年師友書札·沈曾植第十八函》,然此非致汪康年者,原書混淆。作於光緒二十五年己亥(1899)。

與王秉恩　四首

一

奉上《子略》三册、《文章緣起》二册,揚城書坊所得,未知誰氏所刻。弟今日住紗局,明當奉候一談。欲寄鄒沅颿書,未知渠尚在礦局否？公處能轉寄否？希示覆。即請息岑仁兄同年大人台安。弟制植稽顙。廿五日。

【案】此札見徐海東《沈曾植致王秉恩札》(《中國書法》2016年9期)。作於光緒二十四年戊戌五月廿五日(1898年7月13日)。

二

前晚盛擾,謝謝。歸復霍亂大作,三日始愈,近來體力猶未復也。韓瓶一,印譜一,禾中所出;《唐百家詩選》、《葛

府君碑》,廣陵所得。奉呈清賞,稍健再當趨侯起居。息岑
仁兄同年左右。弟植稽顙。初八日。

【案】此札見徐海東《沈曾植致王秉恩札》(《中國書法》
2016 年 9 期)。原録文"霍亂"誤作"零亂",茲據圖版訂正。
作於光緒二十四年戊戌六月八日(1898 年 7 月 26 日)。

三

公度來住姚園,想無多日。渠到後,希見示《勸學編》,
尊處甚多,欲乞十餘部,寄舍間可否? 明後日尚擬奉詣一
談。此請息存仁兄同年簡安。弟制植頓首。初十日。

弟今日移住節署,行李不能遷,大約明日仍須回局
寓耳。

【案】此札見徐海東《沈曾植致王秉恩札》(《中國書法》
2016 年 9 期)。光緒二十四年戊戌七月十五日(1898 年 8 月
31 日)黄遵憲至武昌(參觀《沈曾植年譜長編》206 頁),此札
當作於七月十日(8 月 26 日)。

四

《十七史商榷》、《廿二史考異》、《欽定續通志·七音
略》、《元史紀事本末》、《渭南文集》、《金[史]紀事本末》。
如有荆川《左編》、東萊《十七史詳節》,檢示數册尤好,不必
全書。

左方諸書,兩湖書院諒必有之,希費清神,飭假一閲。
不過十日,即行繳還。日來起居如何? 眠食略勝否? 薄晚
當趨侯,敬請燮翁仁兄同年頤安。弟制植頓首。十四日。

【案】此札見徐海東《沈曾植致王秉恩札》(《中國書法》2016 年 9 期)。作於光緒二十四年戊戌(1898)下半年。

與王國維　四十六首

一

　　静菴先生坐右:一別遂經半載,邈想高蹤,輒有安期羡門之思。比日惟起居安吉爲頌。《浙志》得公相助,且爲湖山生色。舊志星野一門,頗爲俗人誹笑,然十二宮邦國災祥,希臘、埃及皆有之。公能爲一考否?《山海經》會稽以下諸山,亦思略加疏證。公謂如何? 此請箸安。弟植頓首。

　　【案】此札見《國家圖書館藏王國維往還書信集》530 頁沈曾植第三十三通。王國維於民國四年乙卯(1915)春回國訪沈曾植。此札云"一別遂經半載",則當作於 1915 年秋。

二

　　静安先生大鑒:啟者,結束通志,事賴衆擎,責實課功,須有斷限,庶不致仍蹈遷延。致(至)來昨議會,擬自本年九月起,排勻功課,分主分任,按目纂述,務存體要。每月須有成績若干卷,多少隨事實詳略定之,雖難刻求,亦當覈實。憑卷發薪,無卷者,即將應得薪資扣留主處,俟成卷補發。每半年由主任彙齊各卷,公同閱看,以示區別。滬杭兩處,臨時擇一適宜之處,或住宅,或公所,總期於便。現在照單分配各事,即請吳、金二公主持,就杭滬兩處分辦。

再杭委事,已屬林君同莊就近接洽,小事則周君左季任之。專此布達,順請撰安。愚弟沈曾植頓首。九月一日。

【案】此札原爲抄件,圖版見《國家圖書館藏王國維往還書信集》540—541 頁沈曾植第四十三通。沈曾植主持續修《浙江通志》在民國四年乙卯春(參觀王蘧常《沈寐叟年譜》乙卯條),此札當作於乙卯九月一日(1915 年 10 月 9 日)。

三

静安先生尊兄左右:接奉手書,瞬經再月,屢思作覆,畏難中止,病夫心理不完,大哲學家必能懸照也。晨起神思略清,覆讀來書一過,粗略作答,幸希教示。舊志於前朝事實誠多疏略,然如地理人物,補遺則易,經政各門,補遺則難。先事圖惟,苦無善法,不知公意若何? 姑舉一事言之。如《南齊・陸慧曉傳》中有論西陵牛埭稅一事,此於六朝賦稅、東州彫敝具有關係,然其沿革頗不易言,其等比又不能具述,僅録舊文而無所闡發,亦不足饜閲者之心,諒公部署必有精思,儻可先示數紙否? 若山川諸門,宋元舊志自可據所見者儘量補之,有徵則詳,無徵蓋闕,著之簡端,標爲義例,無不可也。如慮卷帙太繁,則去其與明志同者,更張太甚,似無此慮。列舉六事,所謂讀一省之志不可不知一省之事者,此固讀書之士心所同然。常氏《華陽》,早開茲例,粵西前事,見許通人,第猶病其兵事偏詳,他端未稱。今擬仿史表例爲大事表,以舉其綱;仿紀事本末爲大事録,以詳其目。此間分撰國朝大事表,前事表尚無擔任者。近代事如浙東義兵、湖州史案之類,前人記載,事蹟綦詳,非有專篇，不能委備。以古準今，則裘甫、方臘之騷亂，建炎、德祐之播遷，皆以紀事本末體敘之，亦《國語》、《越紐》之遺意也。以上月初書。

學術源流，非一篇所能該舉，儒林、文苑、理學諸傳，或敘於前，或論於後，皆足以闡宗述緒，索隱表微。其顯學鉅儒，寔有關於一代風氣者，仍集其同氣同聲、門人弟子彙爲專傳，其傳體仿竹汀先生所爲學傳例。鋪陳學術，不厭加詳，如竹垞、黎洲，相如、子雲例。雖專卷不妨。至如紹興古器、復齋收藏、書板書柵，儘可於雜識中分類收之。越窰、剡紙、湖筆、紹酒，則敘諸土物産考敘之中。其畸零無歸者，仍可歸諸雜識。竊意如此等比。吾公心得最多，現在儘可著手爲雜識，將來物産考敘，仍煩大筆，稍加增損，即可入書，公意以爲何如？風俗別四禮、節物爲兩事，前後書之。影響於釋道附後類，火葬其一也。其特別情形，古事如吃菜事魔，近事金錢會匪之類，別以專篇，在古爲考，在今爲記。不可以少數奸民遽誣全邑。海鹽戲劇，似亦入雜識，始得發揮盡致。吾意此雜識成，他日仍可單行，程度或與《夢溪筆談》相當，不僅《中吳紀聞》而已。大雅君子，亦有樂於此乎？昨復奉後書，稽慢罪甚。努力書此，殊不盡意。惟盼覆教，幸甚。肅請箸安。曾植頓首。十一月廿七日。

【案】此札圖版見《國家圖書館藏王國維往還書信集》545—550頁沈曾植第四十五通，錄文見《沈曾植未刊遺文（續）·答王靜安徵君書》（《學術集林》卷三114—116頁）、《海日樓文集》（31—33頁）。札中討論修志體例，又據其字體，當作於民國四年乙卯十一月二十七日（1916年1月2日）。

趙萬里《王静安先生年譜》繫於己未 1919 年（原載《國學論叢》第一卷第三號 1928 年 4 月，參觀《趙萬里文集》第一卷 40—42頁），王蘧常《沈寐叟年譜》乙卯條注、錢仲聯整理《答王静安徵君書》按語、拙著《沈曾植年譜長編》（485—486 頁）皆從之，實不確。

四

志稿紬讀一過，明辨精磎，即此已增輝《越紐》，再加充拓，益復詳博，欽佩何已。雜識分類，雲南阮志似已有之，可知吾輩思念所及果當於理，古今自然暗合也。公有目疾，細書過勞，或能傭一書人，由局貼一書記生費，月十二元。如何？肅泐，再請箸安。植頓首。臘前三日。

【案】此札見《國家圖書館藏王國維往還書信集》540—541頁沈曾植第四十二通。作於民國四年乙卯十二月五日（1916年 1 月 9 日）。

五

承詢字母古學，自唐以後，陳氏《切韻考》已得會通。第六朝與随（隋）唐似不能絶無異同，兩漢與随（隋）唐則顯有異同。凡在後世爲類隔者，在前世皆音和也。《釋名》純是雙聲，且爲音和之雙聲。昔嘗以此證漢與随（隋）唐同異，過此以往，未易可言，然循此以往，亦非必無可言者。公神志濬發，善能創通條理。茲説若何，請教之。

【案】此札見《國家圖書館藏王國維往還書信集》537 頁沈曾植第三十九通。作於民國五年丙辰（1916）春，參觀《沈曾植年譜長編》419頁。

六

紈扇塗壞奉繳，愧愧。昨枉過，適有遠客，未得祇迓，甚思一談，兩管不能並下地爲之也。小詩有拋磚之望。此請靜盦先生箸安。弟植頓首。

【案】此札見《國家圖書館藏王國維往還書信集》499頁沈曾植第二通。作於民國五年丙辰七月上旬（1916年8月）。

七

公詩境清澂沈摯，兼而有之，愈改愈佳，此非淺學所能喻。趙卷荷題，存此節目，亦異時畫史故實。覆上靜盦先生道安。植。

【案】此札見《國家圖書館藏王國維往還書信集》538頁沈曾植第四十通。作於民國五年丙辰八月（1916年9月）。

八

購件秘不出名，或恐別生枝節，故仍實告善化。回信奉覽，仍請發還。訂十一往觀何如？希覆。靜安先生箸安。植。

【案】此札見《國家圖書館藏王國維往還書信集》509頁沈曾植第十二通。作於民國五年丙辰十月八日（1916年11月3日），參觀《沈曾植年譜長編》432頁，又本編《與瞿鴻禨書》第二十八首。

九

明晚五鐘奉約過敝齋小酌,爲孟劬作餞,務懇早臨,已商強邨。都一之局移至敝齋矣。泐請静安仁兄先生箸安。植。

【案】此札見《國家圖書館藏王國維往還書信集》506 頁沈曾植第九通。作於民國五年丙辰(1916)。

十

昨羅世兄來,見有車在門,遽去。不知渠寓何處?甚盼其早或晚來談也。云公有微恙,尤深馳系。專此,奉候静盦先生台安。植。

【案】此札見《國家圖書館藏王國維往還書信集》507 頁沈曾植第十通。作於民國五年丙辰(1916)。羅世兄,即羅振玉之子羅福葆。

十一

有畫數件,待公審訂,有暇請過我一談。静庵先生。寐上。

【案】此札見《國家圖書館藏王國維往還書信集》508 頁沈曾植第十一通。作於民國五年丙辰(1916)。

十二

瞿信奉覽,請過我同檢點。静庵先生。植。

【案】此札見《國家圖書館藏王國維往還書信集》510 頁沈

曾植第十三通。作於民國五年丙辰(1916)。

十三

昨奉示,因來客不斷,至晚才得拆讀。叔韞分照價爲二,似有用意,鄙見仍分列爲宜,但去照前單一語可耳。請酌易之。靜庵先生。植。

【案】此札見《國家圖書館藏王國維往還書信集》536頁沈曾植第三十八通。作於民國五年丙辰(1916)。

十四

昨奉懇書件,詩或過長,請即代刪數語。後款"庶三先生方伯屬題嘉興△",合否?並希代爲酌定。一山言,前途即晚欲行,告以隨後寄去矣。此請靜盦先生大安。植頓首。

【案】此札見《國家圖書館藏王國維往還書信集》520頁沈曾植第二十三通。作於民國五年丙辰(1916)。喻兆蕃(1862—1920),字庶三,號艮麓。光緒三十三年(1907),授浙江布政使,旋丁母憂歸里。

十五

頭眩數數,日昨始略愈。今日往訪雪堂何如?公來同行最佳。候示。此請靜盦先生台安。植。

【案】此札見《國家圖書館藏王國維往還書信集》521頁沈曾植第二十四通。作於民國五年丙辰(1916)。

十六

有要語，即刻請過我一談。静庵先生。植。

【案】此札見《國家圖書館藏王國維往還書信集》535 頁沈
曾植第三十七通。作於民國五年丙辰（1916）。

十七

昨晨忽發寒熱，眩不能起，至晚十鐘乃定。台從偕富
岡君來時，正在呻吟時，失迓爲罪，千萬代致不安。奉去書
四種，茶、腶二色，希費清風，飭紀轉送。書件容體力復元，
稍遲繳上。此請静安先生道兄箸安。植頓首。

【案】此札見《國家圖書館藏王國維往還書信集》531 頁沈
曾植第三十四通。作於民國六年丁巳二月下旬（1917 年 3 月
中旬），參觀《沈曾植年譜長編》444 頁。

十八

雪堂來滬，喜出望外。弟今午甫歸，連日頭眩足弱，頗
疑與飲料不浄有關也。明日台從能枉過，偕往一訪如何？
復請静盦先生仁兄台安。弟植頓首。書收到。

【案】此札見《國家圖書館藏王國維往還書信集》522 頁沈
曾植第二十五通。民國六年丁巳四月初羅振玉到上海（參觀
《鄭孝胥日記》），此札當作於丁巳四月上旬（1917 年 5 月下旬）。

十九

先集印成，奉承一部，另一包寄奉叔言。詩箋明晨送

上，登舟想當在明晚也。示覆爲盼。肅請靜菴先生箸安。植。

【案】此札見《國家圖書館藏王國維往還書信集》504 頁沈曾植第七通。羅振玉於民國六年丁巳五月三日（1917 年 6 月 21 日）離上海赴日本，參觀五月四日（6 月 22 日）《羅振玉致王國維札》及五月六日（6 月 24 日）《王國維致羅振玉札》。此札當作於五月二日（6 月 20 日）。沈曾植是年春曾贈沈維鐈《補讀書齋遺稿》與孫德謙、劉承幹等人（參觀《沈曾植年譜長編》445 頁），"先集"即此書。

二十

手教並各件均奉。雪堂處希於信中先道謝，另紙繳還。夢後不堪再説矣。靜盦先生午安。植。

【案】此札見《國家圖書館藏王國維往還書信集》500 頁沈曾植第三通。據"夢後不堪再説"一語，蓋作於民國六年丁巳（1917）復辟回滬之後。

二十一

昨與宗演談教義綱常忠孝。頗暢。夢殷來信，諄屬擊發内藤，渠自杭歸，能再談否？鄙意請公先以左語密敂之，另紙。若微有意，即可以鄙意約一密談，似亦一法。請酌。兩恕。

【案】此札見《國家圖書館藏王國維往還書信集》503 頁沈曾植第六通。作於民國六年丁巳九月二十八日（1917 年 11 月 12 日），參觀釋宗演《支那巡錫記》（《釋宗演全集》第九卷，284—285、292—293 頁）、《沈曾植年譜長編》458 頁。

二十二

石刻二種,藉公轉致湖南。扇詩頗有微旨,不知渠能尋繹否? 試以意略示之何如? 北語云有動機,桑山一紙,並希代致。静盫先生。名心叩。沅叔北京住址不能知,故作舍弟信。

【案】此札見《國家圖書館藏王國維往還書信集》532 頁沈曾植第三十五通。内藤湖南民國六年丁巳九月下旬(1917 年11 月上旬)至上海,"扇詩"即《海日樓詩注》卷八《題内藤湖南扇上艦槎破浪圖》(參觀《沈曾植年譜長編》457—458 頁),此札當作於丁巳九月末(1917 年11 月中旬)。

二十三

午前有禾客以王江涇所出璧來,請枉駕一觀,或爲郢作緣如何? 尚有石器數品,殆巫臣未至吴前物耶?《七經考文》,奉歸郱架。俚句並寫呈索和。即請静盫先生道兄箸安。寐敬。

新愁來與舊愁居,今月誰言古月如。亂後束身歸净土,精亡倩友讀奇書。三年淹尚覬朝集,九死心真費懺除。落木無[邊]天不盡,曉乘陽燄覽扶輿。

【案】此札見《國家圖書館藏王國維往還書信集》544 頁沈曾植第四十四通。七律一首,即《海日樓詩注》卷八丁巳年所作《簡静盫》(1112 頁),此札當作於民國六年丁巳(1917)。

二十四

示敬悉。改詹何日,請公面訂,示知可也。此請静菴先生晚安。植。

【案】此札見《國家圖書館藏王國維往還書信集》505 頁沈曾植第八通。約作於民國六年丁巳(1917)。

二十五

昨復泄瀉，困臥一日，駕臨失迓爲悵。《新元史》目録及《西域諸王傳》，乞檢付一讀。此請静安先生仁兄箸安。植頓首。

【案】此札見《國家圖書館藏王國維往還書信集》519 頁沈曾植第二十二通。作於民國七年戊午(1918)。

二十六

《新元史》二百二十卷以下，請檢借一讀。此請静盦先生台安。植頓首。

【案】此札見《國家圖書館藏王國維往還書信集》523 頁沈曾植第二十六通。此札與前札皆云借《新元史》，且同用徐三庚書"致遠"箋紙，亦當作於民國七年戊午(1918)。

二十七

薄晚歸來，聞雪堂已返，何其速也。航期恐亦必速，乞示知爲盼。亟思一面。此請静翁仁兄大人箸安。弟植頓首。廿五日。

【案】此札見《國家圖書館藏王國維往還書信集》528 頁沈曾植第三十一通。羅振玉民國七年戊午(1918)春"力疾攜福成返國，與滬上紅十字會員散放保定清苑、淶水兩縣春賑，遂

重入都門"(《永豐鄉人行年録》)。是年三月二十五日(1918
年5月5日),沈曾植自嘉興返回上海(《沈曾植年譜長編》
464—465頁)。此札蓋作於是日。

二十八

感冒數日,一汗而愈,甚疲劇也。清詞容細讀。吳卷
繳上,上比文、仇,下程丁、陳,亦畫人一大關鍵,達者論之。
此請静翁仁兄大人午安。植。

【案】此札見《國家圖書館藏王國維往還書信集》501頁沈
曾植第四通。民國七年戊午五月上旬《王國維致沈曾植札》略
云:"雪堂之世兄日内反東,其吳文中卷須攜歸,請飭交來力爲
感……病中録得舊詞廿四闋……呈請教正。"(《國家圖書館藏
王國維往還書信集》124頁致沈曾植第九通)此札即復函,當
作於1918年6月。

二十九

清詞拜讀,公真重光再世,向來總覺飲水未是。千年來無此
作矣。止此已足獨步一代,不必再多,亦不能再多。卷尾
識語尤爲悽絶,幼時授詩,至此數章,輒覺窗前風悲日慘,
吾儕淪鋪有前定耶? 尊恙未痊,殊爲繫念。報載四方,弟
服第一方而愈,似避風、稍服涼散輕劑爲宜。去年歲杪,檢
得舊詞二十餘首,録出呈教,不知有可存者否? 與公有仙
凡之隔,然惟真仙或能度凡人耳。此請静菴先生晚安。植
頓首。

【案】此札見《國家圖書館藏王國維往還書信集》532—533

頁沈曾植第三十六通。民國七年戊午五月上旬《王國維致沈曾植札》略云："小疾仍未全愈，咳嗽、骨痛，亦天氣使然。病中録得舊詞廿四闋……呈請教正。"（《國家圖書館藏王國維往還書信集》124 頁致沈曾植第九通）此札即復函，當作於 1918 年 6 月。

三十

長井江先生以《説文》談漢《易》，今日真絶學也。謹介紹與公一談，病暑不能同謁爲歉。此請静菴仁兄大人台安。弟植頓首。

【案】此札見《國家圖書館藏王國維往還書信集》525 頁沈曾植第二十八通。民國七年戊午七月十七日（1918 年 8 月 23 日）《王國維致羅振玉札》云："昨有日人長井江洐者來訪，此君甚狂，歷詆林浩卿輩。聞其以《説文》説孟氏《易》，又言石鼓爲秦文公十七年七月七日丙申所作。公聞此説，可以得其大凡。乃發庵師傅介紹至寐叟處，寐叟復介紹至敝處者。前此卻未聞其名也。"則此札當作於戊午七月中旬（1918 年 8 月）。

三十一

寒雨兼旬，霖而不霮，甚奇事也。久未晤教，近箸復得幾何？覆雪堂書，請便中坿寄。此請静翁仁兄大人箸安。弟植頓首。抑庵大慶如知之，希見告。

【案】此札見《國家圖書館藏王國維往還書信集》524 頁沈曾植第二十七通。據札中"抑庵大慶"即孫德謙五十大壽，當作於民國七年戊午（1918）冬，參觀《海日樓詩注》卷九 1198—1199 頁。

三十二

叔言寓所乞開示。北風不敢出,晤時希先代候。唐人樂書,不知有可借否? 比者思考所得,大都陳氏已得之,從前讀此書,殆如未讀也。此請靜盦仁兄大人台安。植頓首。

【案】此札見《國家圖書館藏王國維往還書信集》512 頁沈曾植第十五通。作於民國七年戊午(1918)冬。

三十三

春寒湮鬱,懷抱不堪。賤辰乃不樂人知,不意無端洩漏。大篇度不敢當,然名理雅意,固所忻迂。名畫則借光蓬蓽,事過仍當奉歸清閟耳。手泐鳴謝。覆請靜庵仁兄大人台安。弟植頓首。

【案】此札見《國家圖書館藏王國維往還書信集》516 頁沈曾植第十九通。作於民國八年己未二月二十九日(1919 年 3 月 30 日)沈曾植七十生日前(參觀《沈曾植年譜長編》477 頁),即 1919 年 3 月下旬。

三十四

《和林三碑跋》抄出奉覽,此稿可留尊齋,不必見還。又元碑有《三靈侯碑》,極荒誕,鄙亦曾費考索,不知伯尼君有說否? 靜盦道兄先生。植頓首。

【案】此札見《國家圖書館藏王國維往還書信集》551 頁沈曾植第四十六通。民國八年己未七月一日(1919 年 7 月 27 日)《王國維致羅振玉札》略云:"伯希和君所撰《摩尼教考》所蒐集中土書籍材料略備,因録出之。中引和林所出《回鶻愛登里囉可汗碑》,詢之乙老,乙老出一録文本相示……乙老所録亦有《苾伽可汗碑》……《闕特勤碑》所記罕出《唐書》外者,而《回鶻可汗碑》所記則多爲史册所未及。乙老曾作一跋,許鈔以見畀,前日艸艸一讀,似頗有未盡者。"則此札當作於己未六月二十八日(1919 年 7 月 25 日)。

三十五

不晤近一星期,正思馳詢起居,札來果抱微痾,心靈誠不隔乎? 弟昨亦草一《穆天子傳書後》,録奉教正,不知有可存者否? 閲後請教示一二,大作留細讀,或亦繼作。電氣腳墊有用否? 此請静盦仁兄大人台安。植頓首。

【案】此札見《國家圖書館藏王國維往還書信集》526 頁沈曾植第二十九通。作於民國八年己未八月十六日(1919 年 10月 9 日)前。參觀八月十六日《王國維致沈曾植札》。

三十六

手教誦悉。小别悵然,鄙近感冒纏綿,涉歷旬餘未解,所謂無藥可醫老者也。

火車勞頓心神,亦當善自節養。回鶻碑稿,暫留數日,録副繳還。此請静菴仁兄大人台安。植頓首。叔韞希代候,沽上新齋何名?

【案】此札見《國家圖書館藏王國維往還書信集》527 頁沈曾植第三十通。民國八年己未八月十六日(1919 年 10 月 9日)晚《王國維致沈曾植札》略云:"維腳氣近二十日服藥,未見大效,故決作轉地之計。定於十八早赴津……前所呈《回鶻碑跋》，冀以寸筵仰叩洪鍾（鐘）"（《國家圖書館藏王國維往還書信集》128 頁致沈曾植第十三通，參觀《沈曾植年譜長編》482頁），則此札当作於八月十七日（10 月 10 日）。

三十七

静安先生閣下：敬啟者，《浙省續志》經一再展限，現距截止之期約九個月，同人從事多年，自應如期結束。尊處所纂補遺、考異各門，務希先期整理，屆時彙交敝處，以便勒成全志。其有稿本繁多，需人鈔録之處，乞發人清繕，由局給資。專此奉布，敬請台安。沈曾植頓首。

【案】此札見《國家圖書館藏王國維往還書信集》539 頁沈曾植第四十一通。此札原爲抄件，僅"補遺考異"四字爲沈曾植所書，蓋爲通稿，分門寄與續修《浙江通志》諸撰稿人。作於民國八年己未（1919）。

三十八

允假鈔件，專价走領，乞檢付爲荷。此請静庵先生箸安。植頓首。

【案】此札見《國家圖書館藏王國維往還書信集》515 頁沈曾植第十八通。約作於民國八年己未（1919）。

三十九

病暍二日，今晨頭目略清。《訪書餘録》送覽。君楚住處，希告僕人。此請静安先生晨安。植頓首。

【案】此札見《國家圖書館藏王國維往還書信集》517 頁沈

曾植第二十通。作於民國九年庚申(1920)。

四十

磁器五件送上,請轉呈法家一鑒。爲郎窰<爲郎窰>價
值若干? 能消洋莊否? 種費清神,統容晤謝。此請静盦仁
兄大人台安。植頓首。

【案】此札見《國家圖書館藏王國維往還書信集》513頁沈
曾植第十六通。約作於民國九年庚申(1920)。

四十一

手教並甓五件均收到。覆請静盦先生晨安。植頓首。

【案】此札見《國家圖書館藏王國維往還書信集》514頁沈
曾植第十七通。約作於民國九年庚申(1920)。

四十二

蔣卷尚未題,兹先送閱。實録保存,事誠不易,願則同
具,以《四庫》、二藏例之。孟劬之言,鄙直贊同,第册數不
知若干耳。蕭覆静庵先生台安。植頓首。

【案】此札見《國家圖書館藏王國維往還書信集》518頁沈
曾植第二十一通。約作於民國九年庚申(1920)。

四十三

致叔韞書請坿寄。扇面一包,尊處能代寄否? 乞示。
此請静盦先生午安。植頓首。抑安病想全愈矣。

【案】此札見《國家圖書館藏王國維往還書信集》529頁沈

曾植第三十二通。約作於民國九年庚申(1920)。

四十四

快雪時晴,南風送暖,晨起心神頗爽。書一册收到,
《三傳同異》與李鶚相類,頗可思繹。經疏蜀本,殆可定論。
此請靜盦先生刻安。植頓首。

【案】此札見《國家圖書館藏王國維往還書信集》498頁沈
曾植第一通。據筆跡,當作於民國十年辛酉(1921)。

四十五

叔韞信一緘,敬求垟寄,忽忽未能盡意也。靜菴先生
午安。植頓首。

【案】此札見《國家圖書館藏王國維往還書信集》502頁沈
曾植第五通。據筆跡,當作於民國十年辛酉(1921)。

四十六

客去而時已晏,看帖甚疲,不及趨陪矣。泖上靜庵先
生。植頓首。

【案】此札見《國家圖書館藏王國維往還書信集》511頁沈
曾植第十四通。札末原注:"王老爺。送都益處。"乃示信差之
文字。約作於民國十年辛酉(1921)。

與王甲榮 五首

一

前日來,昨日病,今晚夜車回滬。請台從約起庭午間

同來一談,恰有數肉可共飯也。步雲仁兄大人。寱上。

【案】此札見《海派代表書法家系列作品集·沈曾植》(14頁)。作於民國八年己未四月(1919年5月)。

二

六絕遽(劇)有國初諸老風味,特近漁洋,惟末二語白頭宮女似比儗略差,若宣政蔡奴、板橋脱十,或相近耳。第一句"巡"字出韻,第五首"又賦哀","又"字略頓,不若徑作"庚"字。僭作雌黃,惟鑒恕。步雲仁兄婣大人。寱上。

【案】此札見《海派代表書法家系列作品集·沈曾植》(11頁)。作於民國九年庚申(1920)。

三

手示祗悉。張君事,此間亦有公信,不能不列名。愚屬其就事論事,勿牽舊案,諸君不能盡從也。急流勇退,望之賢者。公事易鬧,我輩仍以遠跡爲是。甸以減賦北行,昨日去矣。步雲仁兄大人台安。寱頓首。

【案】此札見《海派代表書法家系列作品集·沈曾植》(12頁)。作於民國九年庚申(1920)。

四

昨奉手書,並《吳君別傳》,拜讀極有精神,略有數字斟酌,另達。敝友王叔用君,係禾電話公司股東,而兼發起人者。近因查帳,與辦事周姓轇轕事,恐須經縣署或商會解決,敢請公大發慈悲,與助一臂,感同身受也。肅請大安。

寐上。

【案】此札見《海派代表書法家系列作品集·沈曾植》（13頁）。作於民國九年庚申（1920）。

五

昨示祇悉。公呈弟向不列名，公函則無不可者。此事汪君盛意，吾輩不能不助之也。曝書亭啟，尊藁甚妥。余楄江君擬一辦法，請代呈縣尊。此請步雲仁兄大人台安。植頓首。

【案】此札見《海派代表書法家系列作品集·沈曾植》（15頁）。作於民國十年辛酉（1921）。

與王龍文　一首

大稿捧讀再三，南宋之學，北宋之文，氣和而骨勁，傳世不疑。手稿珍藏，另呈舊宣三幅，請法書以備裝冊。明日望早臨爲幸。

【案】此札見王龍文《平養文待》卷首。王集刻於民國九年庚申（1920），此札蓋即作於是年或稍前。

與王仁東　一首

壽詩老到，殊徵日課進功。弟自去臘以來，久不握管。晨起殞泄，耳聹目眊，生趣索然。日惟昏昏思睡，寐叟之寐，將無醒日乎？聞令嬡言公意興頗佳，極爲欣慰。覆請完巢四兄大人頤安。植。

【案】此札見國家圖書館善本部編《趙鳳昌藏札》第一册
（國家圖書館出版社 2009 年，374 頁）。約作於民國四年乙卯
二月（1915 年 3—4 月）。

與王式　一首

叔用仁弟：起居安善，屬事方與商量妥法。足下宜善
自將護，飽食安居，勿作無益思想。恕呼。

【案】此札見《二十世紀書法經典·沈曾植卷》（1 頁）。約
作於民國二年癸丑（1913）。

與王彦威　一首

弢甫仁兄大人閣下：拜别以來，倏將旬月，追憶去冬，
倍承矜撫，寸衷銜結，没齒難忘。秋初接奉惠書，奔走忽
忽，未遑泐答。頃晤張君立，詢知道履安和，閫潭均吉，至
以爲慰。兩署賢勞，至爲辛苦，腹疾想已除根，御史幾時傳
到？ 聞今歲北方甚寒，夜直尚可支持否？ 仲弢、班侯想仍
常聚，手談興致如何？ 穆竟無一字下及，悶悶無可喻也。

承侯到此，壺帥極爲拳拳，已派文案差，招住署中。渠
現在請假歸里辦[事]，年内恐未必能來。壺公以子弟視
之，方弟東歸之日，頗以承侯年少、楚中無人照料爲憂。公
言儘可放心，所有慎擇交遊、學習公事兩端，我均可隨時指
點。署中人多謹飭，諒亦不致沾染習氣。此意真摯可感，
若承侯善自修飭，他日諒不無機會。渠當亦有信致閣
下也。

弟七月底到湘中，校經開課，以祥祭期近，八月初即北
歸。八月底回至揚州，跋涉江湖，積受伏暑，始患瘡瘍不
寐，繼而咯血，繼而痔漏腸紅，至於咳嗽氣喘，則自去冬已
然，習以為常，不復數及矣。到揚後臥病匝月，十月中復回
禾，預備辦葬一切事宜。久客還鄉，親懿稀少，事無鉅細，
節節費心。十一月初回揚，其中旬復住鄂，長江千里，視若
戶庭，積瘁銜哀，奔波若此，公其謂我奈何矣。

恭讀十一月十六日○○詔書，○○○慈恩浩蕩，海內
人士，同聲感泣。康逆平生伎倆，專藉名流名字，上欺顯
宦，下罔生徒。如朱蓉生、文仲躬，皆其徒所稱，為康逆講
學至交者。文幸身為臺官，得以上書自白；蓉生身後著述
大行，彼黨不得以一手掩天下人之目。自此以外，有辨奸
之志之言而闍汶不彰者，固屈指難數矣。聞有人物表一
册，多載海內名流，賤名亦遭竄入其中，加以詆諆之語，未
知確否？有所聞，幸望示知。天禍人國，生此妖物。苟翁常目
為耗子精。當春間出都之時，曾告諸公此人未可輕視，能令出
洋最好，無如人之不信何也。彼不得君，固不能肆其猖獗，出洋而少
給經費，困之有餘矣。

近來印結如何？米價聞極貴，如尊府每月需用若干？
歲暮灰（炭）敬旺否？暇希詳示。回信寄上海江海新關文
案處張屛之，轉寄不誤。弟年底回禾，明年春間辦葬，不出
門矣。此頌升安。闔潭均吉。臘月初一日。弟制植稽顙。

【案】此札今藏上海博物館。作於光緒二十四年戊戌十二
月一日（1899 年 1 月 12 日），參觀《沈曾植年譜長編》209—
210 頁。

與翁曾桂 一首

今早擬乘尊使之便，坿發一鄂電，遣詢知絕早已行。計鄂輪來此當亦須後日矣。天氣向霽，風力亦柔，今日似有可行之機，擬囑小輪生火以待，未知閣下以爲何如？謹奉商，乞示。此請小翁方伯大人台安。弟制曾植稽首。

【案】此札爲 2016 嘉德四季第 47 期 Lot3127 號拍品。作於光緒二十四年戊戌五月（1898 年 6 月）赴湖北途中。翁曾桂（1837—1905），字筱珊、小山。同書子、同穌侄。時任江西布政使。

與吳景祺 一首

弟夏間在鄂兩月有餘，七月至湘，校經開課。八月初反鄂，以祥祭將近，回至揚州。十月初回禾，本月復自揚州返鄂。

【案】此殘札見錢仲聯《海日樓詩注》卷二《丹徒渡江》詩注引"十一月廿四日與季卿書"（《學海月刊》第一卷第五冊 102 頁，中華書局本《海日樓詩注》無）。季卿即吳景祺，參觀本編《與李逸靜書》第十三首案語。此札作於光緒二十四年戊戌十一月二十四日（1899 年 1 月 5 日）。

與吳品珩 一首

佩蔥仁兄同年大人閣下：班侯來滬，言公於鄙人辦法多所挑剔，初聞之驚，既聞減纂脩薪重加徵訪員薪之説，爲之掀髯大笑。意公與班侯戲耳，安得此未經人道語耶？公肯垂顧局事，甚愜鄙懷。當時請公提調，即是此意。第公既不任提調，則廳局權限，彼此晝然。苟局事皆瀆廳長之尊，則局爲廳屬，不成事體矣。<small>如溢出三萬元外，挑剔猶可言也。撙節至此，而不蒙允可，公意乎？勉齋意乎？</small>事體已僵，原單一字不能動，敢先奉告，以去就爭之。望即日覆我。此問勛安。弟曾植頓首。

【案】此札共兩頁，見《二十世紀書法經典·沈曾植卷》（33 頁+21 頁）。原書編者不察，分爲兩殘札。作於民國四年乙卯（1915）。

與吳慶坻　七十三首

一

照相第一次最佳，第三次人物極小而神情畢具，惟第二次遠景，豐泰自謂不佳，欲廢不用，弟視之卻尚有意致，叔衡亦欲留，更請兄一看如何？可用乞擲還，即屬其曬九分也。《大洋泛月圖》昨過論古與商，堅請六十金，弟許以五數，渠方需款，此時似可成議，請酌定。天甯之游，兄有文字否？乞示。此請子脩四兄世媚年大人箸安。弟植頓首。十二日。

周扇<small>鏡漁款</small>。如絅齋兄已書就，希擲下，請轉致，恕不另肅。

【案】此札今藏上海圖書館。又見《海日樓書翰·與吳慶坻書第十二函》。據"天甯之游"，則當作於光緒二十二年丙申七月十二日（1896 年 8 月 20 日），參觀《沈曾植年譜長編》

184 頁。

二

《感蝗》題語，坿以勖勉之詞，悲憫摯懷，隨時流露，茲固子餘所託命，植當奉此箴言以爲闇室神燈耳。杭册奉閱，懇題一詩，必有佳興。此請子脩仁兄同年世婣大人台安。植。十三日。

【案】此札今藏上海圖書館。又見《海日樓書翰·與吳慶坻書第十五函》。作於光緒二十九年癸卯三月十三日（1903 年 4 月 10 日），參觀《沈曾植年譜長編》293 頁。

三

束裝粗竟，初四准行。流寓多年，情如故土。重以合離之感、今昔之懷，惘惘積懷，不覺形諸篇什。漫然涉筆，疘累名畫，如何如何。杭册倘荷題就，希即擲下，明後日再當趨詣。此請子修四兄同年婣世大人台安。弟植頓首。廿七日。

【案】此札今藏上海圖書館。又見《海日樓書翰·與吳慶坻書第十六函》。作於光緒二十九年癸卯三月二十七日（1903 年 4 月 24 日），參觀《沈曾植年譜長編》294—295 頁。

四

子修四兄同年姻世大人閣下：一別三年，時縈夢榖。十月間鄙人到滬，距台從去滬之日僅旬餘耳，交臂相左，良深悵惘。即日敬惟箸祉多宜，起居集福。

京華稅駕，是否仍在故居？政務近事益繁，諒椽筆賢
勞益懋。考察政事館開辦若何情形？憲政問題所聞何若？
陶齋改局爲所，飭弟回江仍司編纂之事，此爲進呈地步。
私家著述固與官書不同，然亦宜略知館中宗旨，庶幾有所
準的。鄙人向持德日國家主義，且妄謂西人立憲實以限制
民權，謂限制君權者表面語耳。此語自謂窺見彼中政治家
隱微，質之高明，當非河漢，第謹閟之，不可爲外人道也。
陶齋不謀而奏，遂使弟與性臣彼此兩難，姑俟開年再行接
印。僕僕半年，仍未得達遠遊目的，殊自笑也。

金和孫大令解餉入都，敬布數行。和孫文秀，於此非
風尚未宜，公能賜與吹噓，則黍谷之惠也。肅請履安，並賀
春禧。緗齋兄同此致意。弟植頓首。臘月廿二日。

【案】此札今藏上海圖書館。又見《海日樓書翰·與吳慶
坻書第十七函》。作於光緒三十一年乙巳十二月二十二日
（1906 年 1 月 16 日），參觀《沈曾植年譜長編》315 頁。

五

子脩仁兄世年大人閣下：去月得靜叟電，頗疑是兄，詢
封弟，無覆，不知此億度中否？邇日惟履祉如宜，行祺楙
吉。仙舟東邁，遠想慨然。都中所研究，東瀛所研究，我公
均當有錄存，能爲我代錄一份否？宋公威太史，公之小門
生，儁材達識，西江秀傑，請公試與久談，當於鄙言有契。
教育家言與時代嬗，當道意旨若何？諸生當道者意旨若
何？東人意見若何？公以定識觀之，所見必然真確。得此
書後，能即覆我數行，則百朋之惠也。仍寄南昌府署沈。另注"如

已行,即交府照廳朱建勳收寄"。蕭泐,祇請道安,不盡不盡。曾植敬上。六月廿七日。

【案】此札今藏上海圖書館。又見《海日樓書翰·與吳慶坻書第十八函》。作於光緒三十二年丙午六月二十七日(1906年8月16日),參觀《沈曾植年譜長編》317頁。宋育德,字翰生,號公戚。江西奉新人。光緒三十年(1904)進士。由翰林院派赴日本留學,時在早稻田大學攻讀政治經濟科。

六

子脩四兄同年大人:頃奉手教,敬承一是。廿六之變,弟與中丞偕出,幸門者不從賊命閉門,否則一網打盡矣。承詢之件,具答如左。

徐,紹興人,俞廣帥之戚,同黨亦皆紹興人,臆測恐是章炳麟門人,然無確據。其人曾游歷東洋,似非留學生,以其普通學未備也。紹興人言徐家頗裕,開有緞莊,熊再青太守起磻在紹時極信用之,侵吞誣諞,聲名狼藉。浙人在皖創辦旅學堂,公舉為監督。弟畏其舉動專橫,遲遲未辦。夢花深惡其與軍界諸人結納,同班諸人形容其鑽營幕府,卑鄙已極,平時眾所見聞止此耳。弟以其與巡兵敘師生,恐將來生事,屢與夢老言之,然亦不謂其深心大用至於此也。徐以捐輸得官,去秋到省。新帥極不信學生及游歷人員,於徐始亦不喜,近乃嘉賞不絕於口,蓋中於左右之言也,哀哉!

學界極乾净,略無干涉。蕪湖始不敢信,然迄今亦尚無發見。軍界則大受籠絡,幸皖人性質,省界頗重,否則不可問矣。

巡兵不從叛，其死黨核實不過三五人，而外來者頗不少。
供詞誇誕，敘次出張次山筆，故彌壯厲。江鄂兵到，地方安
靜，然外匪伏莽恐尚不尠。故現留江軍，又乞鄂艦時巡閱。
徐有父，有兄弟。其父家書深戒以勿搆滅門之禍。其弟徐
煒，昨在江輪被獲，檢其書札，恐亦非安靜者。

　　刻江派許九香、朱菊尊會訊此案，弟不幸以此時權藩
篆，辭之不得，奈何奈何。專覆，即頌道安。忽忽奉答，不
能詳也。弟植頓首。初五日。

　　【案】此札今藏上海圖書館。又見《海日樓書翰·與吳慶
坻書第十九函》。作於光緒三十三年丁未六月五日（1907 年 7
月 14 日），參觀《沈曾植年譜長編》326 頁。

七

　　子脩四兄世嫻同年大人閣下：去冬接奉手牋，並各書
種種，彼時適苦冒病，未得即時肅復。獻歲以來，敬惟道履
延酥，駿猷迪吉。

　　湘中寒節，氣候若何，於衛生尚適宜否？山水清佳，則
曾涉足者，畢世不忘，視皖山城斗大，枯寂無聊，蓋當有仙
凡之別。獨聞經濟一端，尚少於皖，其信然耶？或談者過
甚其詞耶？閱報載高等學堂畢業詳奏，可抄示否？皖亦有
此舉，而學期不能盡合，慮遭部駁覆，故願取法於德鄰，幸
公不吝教之，為感多矣。

　　仲弢卒逝，心骨為寒。節盦復掛冠去，何吾黨宦緣之
澹薄也。弟比亦情懷寥落，慼慼鮮歡。封弟幸得腴壤，藉
可稍紓擔負。老有歸心，而鄉邦擾攘，滄海橫流，奈何奈

何。專泐，敬頌藎安，並賀歲禧。弟植頓首。正月十二日。

【案】此札今藏上海圖書館。又見《海日樓書翰·與吳慶坻書第二十函》。作於光緒三十四年戊申正月十二日（1908 年 2 月 13 日），參觀《沈曾植年譜長編》328 頁。

八

子脩四兄年媚世大人閣下：頃奉手教，敬承一是。道義遺箸，公竟得其一種，剞劂之費，義務應然，謹即匯寄百金，以備發手。乃鄙所念念不忘者，則在道義日記，若能緣此綫路搜討得之，爲故友發幽光、爲學界增鉅箸，嘉惠儒林，良非偶爾，不識有此奇快事否耶？

皖州縣已屆末運，捧檄之喜，適以增憂，故凡有用之才，未敢輕投諸危地。賴令亟求自試，不難如願以償，名實相兼，恐無把握耳。湘江宦味，近復如何？ 籌畫公費，有何善策？ 州縣坐困，行政益難，爲地方自治謀者，殆不可置此於度外也。

弟近狀如常，春陰寒凜，舊疴時發，老境侵尋，頗有行藏獨倚之感。署後有小圃，晨起輒徘徊數次，藉息塵勞，亦所謂見似而喜者矣。肅泐，敬請道安。不具。弟植頓首。閏月十四日。

此前二紙尚是二月中書，齒大痛且作寒熱，病幾浹旬，今日乃續竟此。

【案】此札今藏上海圖書館。又見《海日樓書翰·與吳慶坻書第二十一函》。作於宣統元年己酉閏二月十四日（1909 年 4 月 4 日），參觀《沈曾植年譜長編》334 頁。

九

　　春風步屧，病骨稍蘇。回首八年，真同彈指。野夫爭席，海鳥忘機，惟公勖我退思，去秋至今乃無一札獎借，何也？即日惟道履勝常、勛祺栐晉爲頌。

　　東文繙譯張灼棠，生長靖洲，甲午之役以不肯入彼籍破産。國民志節，矻矻稱臣，前隨彝卿觀察在燕，彝卿逝後，歸於弟所，弟去皖，張亦脱差，無所依倚，刻欲入湘託庇駿帥。此君於法政、法醫皆有程度，在皖頗資其力用，及今乃不能不爲一言。駿帥曾在西江一面，未敢冒昧相干，敢乞左右假之齒頰。舊時燕子，仍戀雕樑，此情爲可念也。

　　吾浙去冬雪少，今春雨多，流氓日漸南來。自治操之太蹙，杞憂誠妄，曹治無期。嘗語客："國家法治期富强，地方自治期安靖。"徧觀各國，咸出兩途。雖東人亦不怫町村習慣，獨其對臺灣、朝鮮一味改良，不問民情之順否耳。吾鄉井之疇侶，可得以臺灣、朝鮮視之否乎？浙東亂象，人人知之而人人諱言之；浙西民俗馴順，亦漸摩於數百年先疇舊德耳。濱海之民固已浸浸同化於浦東矣，樂土樂土，則亦瞻焉靡所也已。

　　在皖所印書數種，曾否寄呈，不能省記，輒復檢奉，聊用伴函。肅請子修仁兄媚年世大人台安。弟植頓首。三月初九日。

　　【案】此札今藏上海圖書館。又見《海日樓書翰·與吳慶坻書第二十二函》。作於宣統三年辛亥三月九日（1911 年 4 月 7 日），參觀《沈曾植年譜長編》355—356 頁。

十

聞台從來滬，亟思一晤傾抒，病魔阻之，無可如何。公若西來，得荷惠存，極盼。闇伯今晨已回。手復，請子修四兄姻年大人頤安。弟植頓首。初三日。

【案】此札今藏上海圖書館。又見《海日樓書翰·與吳慶坻書第二十三函》。作於宣統三年辛亥（1911）。

十一

示《敘》捧讀一過，春容大雅，遠希子固，近挹椒園，德人之言，度葵園亦當滿意。謹藉使繳呈。十八歸來頗疲頓，僕人謂社集改十五，不見催者，遂爾逃學。大作能寫示否？天琴詩已見過矣。此請子脩仁兄年姻大人台安。植。

【案】此札今藏上海圖書館。又見《海日樓書翰·與吳慶坻書第三十二函》。葵園即王先謙，"《敘》"指吳慶坻《王益吾先生七十壽序》（見《補松廬文稿》），序云："宣統辛亥先生七十，七月之朔實初度之辰。"辛亥閏六月十四日沈曾植自上海至嘉興（參觀《沈曾植年譜長編》358頁），此札當作於十八日（1911年8月12日）返滬之後。

十二

衍九薄命可傷，他日存濟之謀，弟自當竭棉薄，聽公指揮可耳。北間頗佳，南中蒸熱不可耐，如何。近有《山居圖》，無聊消遣，擬求喬梓賜題，方爲太夷攜去，遲日奉上。《朱陽卷》先乞賜墨。子修四兄姻世年大人。植。

【案】此札今藏上海圖書館。又見《海日樓書翰·與吳慶坻書第二十四函》。作於民國元年壬子六月（1912 年 7—8 月），參觀《沈曾植年譜長編》369—370 頁。

十三

前日奉教，至慰饑渴。三疊和絅齋詩先呈佛眼，再求轉致，老醜不自匿，然甚望先生老筆不吝垂和也。蘇打餅試否，力亦微耳。泐請子修四兄嫺年大人台安。植。十二日。

【案】此札今藏上海圖書館。又見《海日樓書翰·與吳慶坻書第三十七函》。作於民國元年壬子七月十二日（1912 年 8 月 24 日），參觀《沈曾植年譜長編》370 頁。

十四

手教敬悉。昨方以此商樊山，得止菴同意，諒必可展遲數日，止老信早去爲宜。泐請子脩四兄世年大人台安。弟植頓首。

哀辭昨晚擬成四首，送止老處，公可取閱。

【案】此札今藏上海圖書館。又見《海日樓書翰·與吳慶坻書第三十四函》。作於民國二年癸丑二月（1913 年 3 月），參觀《沈曾植年譜長編》377 頁。

十五

子展於超社有違言，不欲語樊，再滋口舌。弟於樊山先有靜言，既已改期，即不能不略爲辨護，姑以報紙不可盡信爲詞，引輓歌辭易“大行”字爲“清”字作證。鄙詩由樊山處鈔去，然改字亦決樊山也。不意來書誤會至此,可笑而不敢笑也。無從作答,亦不敢再著筆墨。此極無謂。公能爲解此紛否? 展書奉覽。此請子脩四兄媚年大人台安。植頓首。

【案】此札今藏上海圖書館。又見《海日樓書翰·與吳慶坻書第三十三函》。作於民國二年癸丑二月(1913年3月),參觀《沈曾植年譜長編》377頁。

十六

昨歸試一小方,居然得力,今日似可愈矣。聽水册奉到,勉湊四絶,交卷而已。覆上子脩四兄世媚年大人台安。植。

【案】此札今藏上海圖書館。又見《海日樓書翰·與吳慶坻書第二十八函》。當作於民國二年癸丑四月十五日(1913年5月20日)超社第五集題陳寶琛《聽水齋圖》之後,參觀《沈曾植年譜長編》381頁。所題四絶句,見《海日樓詩注》卷五。

十七

老坡格高,小坡辭富。文壇掉鞅,喬梓雙清,此古人所難。來教猶歉若不足,何德隅之抑抑也。諷味再三,頗有繼聲之興,未知能不爲譫言敗興否耳。泐請箸安。植。

止老以《演雅》命題,雲門約同作,未交卷也。節厂屬題伯愚遺書,對之悵絶。

【案】此札今藏上海圖書館。又見《海日樓書翰·與吳慶坻書第三十函》。作於民國二年癸丑六月十二日(1913年7月15日)山谷生日超社第七集之後,參觀《沈曾植年譜長編》

382—383 頁、《海日樓詩注》卷五 622—635 頁。

十八

葉卷二送繳,乞查入。繆壽詩稿並呈教。伯嚴詩遍檢
不得,恐須請渠再録一份矣。腹疾疲憊,老境真無一可者。
此請子脩仁兄世年大人台安。植頓首。

【案】此札今藏上海圖書館。又見《海日樓書翰·與吳慶
坻書第四十二函》。"葉卷"即葉天寥像卷,沈曾植有題詩(《海
日樓詩注》卷五 645—646 頁)。"繆壽詩"即《壽繆藝風七十》
三首(《海日樓詩注》卷五 649—652 頁)。此札當作於民國二
年癸丑八月九日(1913 年 9 月 9 日)繆荃孫七十生日之前,參
觀《沈曾植年譜長編》383 頁。

十九

手教祗悉。惠筆謝謝。樊山社作已見,大作尚未見
也。日來略有吟詠以抒懷抱,社作乃轉未能交卷。和韻易
於自作,新名詞所謂依賴性耶? 有《秋齋》五言八首,當録
呈教。覆請子脩四兄世年大人台安。植。

【案】此札今藏上海圖書館。又見《海日樓書翰·與吳慶
坻書第四十三函》。作於民國二年癸丑九月九日(1913 年 10 月
8 日)重陽社集之後,參觀《沈曾植年譜長編》386 頁。《秋齋》
詩,參觀沈曾植與樊增祥第一函、《海日樓詩注》卷五 659—
666 頁。

二十

公詩,絕唱也。原稿幾欲乾没,念似不可,他日另録一紙見賜,是可

望也。約志婉盡,四諦具足。《春秋》在,詩不亡矣。必欲糾彈,則昔聞句九字或可稍加斟酌。此詩是開元前體格,句調純一爲宜,大雅以爲何如? 催雪,弟漫賦八詩二詞,乃無一字可觀。坡生日,略有一二真語,遲日寫呈。復請子脩四兄年媔世大人年安。植。

【案】此札今藏上海圖書館。又見《海日樓書翰·與吳慶坻書第四十一函》。作於民國二年癸丑十二月下旬(1914 年 1 月),參觀《沈曾植年譜長編》390—391 頁。

二十一

公局事,樊山頃來,已與言大指如來指。鄙意主人不妨略多,明日請公與樊山面訂可也。此請子脩四兄姻年大人台安。植。

【案】此札今藏上海圖書館。又見《海日樓書翰·與吳慶坻書第二十九函》。作於民國二年癸丑(1913)。

二十二

《華宜館詩》奉到,書堂夢影,已四十年,披誦篇章,殆如隔世,感喟何如。和詩擬並前二首一同錄呈,容遲日繳上。前晚感寒,歸即困睡。公有雅興,必當繼和。覆請子修四兄世年大人台安。植。

【案】此札今藏上海圖書館。又見《海日樓書翰·與吳慶坻書第三十一函》。作於民國二年癸丑(1913)。

二十三

久未晤教,弟臥病又經一月,近始向愈。寫呈小詩,懷

抱可想也。竹添文集一部,松崎屬以轉呈,其人想公所素
識也。此請子修四兄同年大人道安。植頓首。

【案】此札今藏上海圖書館。又見《海日樓書翰·與吳慶
坻書第三十五函》。作於民國二年癸丑(1913)。竹添光鴻
(1842—1917),字漸卿,號井井。日本外交官、漢學家。"竹添
文集"即其大正元年(1912)所刊《獨抱樓詩文集》。

二十四

日來似瘧非瘧,畏風特甚,老病常態,不足言也。詩箋
寫得一半,少日當可交卷。味蒓柩船停觀音閣內河招商局碼
頭,吊客皆就船行禮,即晚由內河回淮。弟以瘍故,竟不能
撫棺一慟,傷已。子脩四兄同年媚世大人台安。植。初
一日。

【案】此札今藏上海圖書館。又見《海日樓書翰·與吳慶
坻書第三十八函》。味蒓即楊士燮,卒於民國二年癸丑(1913),
故此札當作於是年。

二十五

謝、陸兩傳,羅君持來,渠言將謁兄請教,未知已來過
否? 陸君,據甸丞云紹興人,公知其籍否? 大箸關係世道
國光,此二字亦可名書,且係對於世界之言。亟思快覩。覆請補松
先生四兄箸安。植頓首。

【案】此札今藏上海圖書館。又見《海日樓書翰·與吳慶
坻書第三十九函》。作於民國二年癸丑(1913)。

二十六

大篇春容深厚,當與南陽、廬陵同聲。旋觀拙作,不免甚囂塵上,信偏鋒不及正鋒也。覆請子脩四兄世年大人台安。植。

【案】此札今藏上海圖書館。又見《海日樓書翰·與吳慶坻書第四十函》。作於民國二年癸丑(1913)。

二十七

昨晚居然安寐,脅痛亦不甚,惟左足腫起,行步略蹩躠耳。風雨且寒,餘悸尚存,社飲殆不能到。前日羅君來,以尊札示之,渠甚欽佩至論。復請補松四兄先生台安。植。

【案】此札今藏上海圖書館。又見《海日樓書翰·與吳慶坻書第四十四函》。作於民國二年癸丑(1913)。

二十八

手教敬悉。賤軀素本畏暑,值此蘊崇,真有不得太息情狀,萬事皆廢,一息僅存而已。北無覆信,宗旨可知,節近有信,著語不多,似寂寞未入都也。旱象極酷,有人言,十二日後雖得雨亦無濟,奈何。覆請補松先生四兄道安。植頓首。

黃喜事祇好照舊送添箱。

【案】此札今藏上海圖書館。又見《海日樓書翰·與吳慶坻書第四十五函》。作於民國三年甲寅(1914)夏。

二十九

移居次日即病倒，齒痛繼以風溫，沉綿至今日始得大段復常，氣力仍惾惾也。初意竟成虛願，然以日計之，當吾輩空談，彼處固已實行矣。沉陰悽黯，人天無色。△君事實容細檢。補松先生頤安。尊恙似宜清上而溫下。植頓首。

【案】此札今藏上海圖書館。又見《海日樓書翰·與吳慶坻書第四十八函》。作於民國三年甲寅十二月（1915 年 1—2 月），參觀《沈曾植年譜長編》404 頁。

三十

多日未晤，至深馳企。弟去月十三移居麥根路之四十四號，屋舍略寬，而入後即病，綿歷兩旬，備諸苦楚，業緣身患，無可說也。節庵述外間蜚語，相與絕倒，盜憎主人，亦何足怪。第此語來自何方，竊欲略知端緒，如出展爲妄言，如出蟄則劫著也。言者必爲被動，其元動力不可不留意耳。略示數語爲盼。以甲乙代上二。此請補松先生四兄台安。植。閱後付丙。

【案】此札今藏上海圖書館。又見《海日樓書翰·與吳慶坻書第五十函》。作於民國三年甲寅十二月（1915 年 1—2 月）。

三十一

刻如得暇，請過我一觀《囈語》如何？嫂夫人調理當已復元。聞絅齋與樊山偕行，確否？此請悔餘先生四兄箸安。植。

【案】此札今藏上海圖書館。又見《海日樓書翰·與吳慶坻書第四十六函》。作於民國三年甲寅(1914)。

三十二

手教祇悉。今日陳詒重來談,談後亦往謁善化。度其事尚有手續,或當十日期耳。其言尤深警,詒重當有文字。弟候伊信再擬作。悔翁。寐敏。昨晚風寒甚,極念公,弟晚齒復大痛。

【案】此札今藏上海圖書館。又見《海日樓書翰·與吳慶坻書第四十七函》。作於民國三年甲寅(1914)。

三十三

手教祇悉。尊恙自以静息爲宜。弟近來亦時苦眩冒,驟寒,陽不潛藏耳。"梵志翻著韤",記出《傳燈録》,語意略如坡詩所謂"狐裘反衣毋乃魯"者,無定解也。復請補松先生晚安。植。

【案】此札今藏上海圖書館。又見《海日樓書翰·與吳慶坻書第四十九函》。作於民國三年甲寅(1914)。

三十四

自去臈來,疴疢纏綿,殆無間日,醫謂有半人之慮。新歲隙風所中,又復瞑眩三日。昨從聚卿知單知公歸有微恙,晚歲羈懷,身中消息與天地應,宜也。大作思之累日,今朝乃得拜讀,閎偉典重,居然亭林詩體,群賢皆拜公風,鄙卷益難出手矣。畏風尚未敢出門,執柯之請,或恐橘農先我著鞭,三日後當可祗謁也。泐請補松先生四兄道安。
弟植頓首。

【案】此札今藏上海圖書館。又見《海日樓書翰·與吳慶
坻書第五十一函》。作於民國四年乙卯正月(1915 年 2—3 月)。

三十五

昨聞台從已歸,陰雨未得趨候爲悵。志事省有人來,
雨霽歸眎家屋,擬順便往與一談曲折。大致斷自辛亥以
前,上續前志而不更舊例。界限如此,行吾説吾黨任之。在
家或在滬。偶繙《亭林年譜》,辭史館而就山東通志局,似爲
鄙解嘲也。拙存任禾,公能任杭否? 泐請補松先生四兄箸
安。弟植頓首。

【案】此札今藏上海圖書館。又見《海日樓書翰·與吳慶
坻書第五十三函》。作於民國四年乙卯三月初(1915 年 4 月),
參觀《沈曾植年譜長編》410 頁。

三十六

溽暑困人,劇於痎瘧。杭事呼應不靈,開一單去,未覆也。
甚悔輕諾,遂生諍議,顧案不可動也。關、唐姑占一席,稍
緩相宜調動。丁在名譽中,尚未發。陳叔通達意投楊,將來
或杭局常住乎? 杭人猶不能無望於公也。社集擬廿一、廿
三,頃方請示於止相,稍待蒿亦佳。補松先生四兄大人。
植頓首。題圖節略失去,乞更賜一紙。

【案】此札今藏上海圖書館。又見《海日樓書翰·與吳慶
坻書第五十四函》。作於民國四年乙卯(1915)夏。

三十七

補松先生四兄閣下：接奉手書，惘然竟日，年内殆不復來滬乎？長庚殘月，耿耿相依。向來出處同聲，忽爾山川異地。有懷悵望，當復奈何。昨得甸臣書，謂公日内來滬，猶恐茲言不實也。局修（脩）已送到否？健伯當可一見，班侯見否？天氣寒燠不勻，近體能勝寓滬時否？嫂夫人體當康勝。炯齋年内能出門否？滇池波起，報家頗覺譁然，然孫、岑均是藥渣，招牌不佳，未見人皆上當也。都中大老似多思脱身，伯唐不知能逃免伯爵否？此間詩社已改鐘社，詒叔尚未歸，節厂卻未北行。弟腹瀉差愈，近又苦耳瘏面腫，醜人多怪，無可奈何。來信作覆稽遲，亦足見精神之不振也。題圖詩尚未交卷，歉甚，圖中記是秋景否？乞示數語，以發詩情。肅泐，敬請箸安。此書直接六年前湘皖簡札也。弟植頓首。十一月廿五日。

【案】此札今藏上海圖書館。又見《海日樓書翰·與吳慶坻書第五十八函》。作於民國四年乙卯十一月二十五日（1915年12月31日），參觀《沈曾植年譜長編》414頁。

三十八

大篇雄傑，當令董浦卻步，藥裹時親而精神益王，茲可喜之尤者。鄙於此彌爲企羨也。拙作寫出當呈教。覆請補松四兄先生道安。弟植頓首。

【案】此札今藏上海圖書館。又見《海日樓書翰·與吳慶坻書第五十二函》。作於民國四年乙卯（1915）。

三十九

手教祗悉。杭局無人，一切不能發表。孫君謹記，留作後圖。所注老莊，不知刻否？亟欲快覩也。楊、顧二君欲懇竹報中請絅齋先爲介紹，可否？頃得樊山書，屬致候。詩鐘與絅角逐，猶勇甚。補松先生四兄台安。弟植頓首。

【案】此札今藏上海圖書館。又見《海日樓書翰·與吳慶坻書第五十五函》。作於民國四年乙卯（1915）。

四十

齒病諒已全愈，即日起居若何？絅齋已到否？虞庭奄忽，身後事計重紆清慮。"今年吁惡歲"，坡公真傷心句也。志事前承慨允相助，局中文字輒以上呈，惟不鄙教之，幸甚。此請補松先生同年台安。弟植頓首。

【案】此札今藏上海圖書館。又見《海日樓書翰·與吳慶坻書第五十六函》。作於民國四年乙卯（1915）。

四十一

常笑陶貞白作《真靈位業圖》，沖虛、南華僭加位號。著書之體不得不然，今日之事，無乃類是，冀達者恕其僭妄耳。漚尹已別通辭，吾儕於逸社外副一書社，亦消遣法也。覆上補松先生同年箸安。弟植頓首。

【案】此札今藏上海圖書館。又見《海日樓書翰·與吳慶坻書第五十七函》。作於民國四年乙卯（1915）。

四十二

補松先生四兄閣下：兩逢（奉）手書，敬承一是。祁寒窮臘，山澤淒悲，山陽之笛頻聞，海外之傳不誤。蛇年起起，乃在此乎？

浙局同人公議，咸望吾公主持。顧既不敢輕言，以招訶責，爰思其次，則來示湛卿、甸臣所擬爲佩蔥，同人均所贊同，佩蔥前曾辭過，未必肯來。擬先與公作一公緘商佩蔥。湛卿處則請公與浹洽，得其認許，再由局請，將來或分一席爲二，甸臣或伯高佐之。尊意謂如何？覆我數行，至盼。

弟今年益憊，終日汲汲於兩餐消化事，健忘益甚，記性全失，"式微式微，胡不歸"，爲之喟然。此請頤安。弟植頓首。卅日。

《花宜館詩》乞賜一部，必得此而後題圖詩可交卷耳。

【案】此札今藏上海圖書館。又見《海日樓書翰·與吳慶坻書第六十六函》。作於民國五年丙辰正月三十日（1916 年 3 月 3 日）。

四十三

補松先生四兄同年閣下：兩奉手書，敬稔潭祉安和，道祺集吉，至慰至慰。前書久未復者，初欲以新正數詩寄呈索和，已而情緒變遷，興懷闌珊，遂爾閣置，此情諒公懸照，不煩覼縷也。

志事於杭郡，緣新舊志皆無，遂致諸門俱闕。茲事不能望之於公，或出藏書創通大例，令虔伯、承孫分類排纂，已

爲虔伯籌得少功課。公就加點閱何如？依《通志》舊目，惟除地理、藝
文。必望留意，敬懇敬懇。承孫了此一事，再改編輯爲校
對，於渠亦無不合算處也。

　　節厂新年未有信，據云甚勞且病，然一山晤面，精神意
興甚好也。一山遊興則春明示及，黃樓、幼雲諸君皆聚於
彼也。仁先在南湖想常見。又舍六弟有一事相干，緣舍姪
在税務處慕韓部下爲催員，同列大半已改爲委任，而渠猶
向隅，公儻與慕韓通信，乞賜一言爲荷。

　　又前所言《太清樓帖》，擬假前數册一觀，如荷允許，當
屬周佐季來取，往返不過五日即歸趙。此請箸安。公詩集見
惠一部。弟植頓首。

　　黃巖詩人王漱巖，子裳太守從孫也。子裳身後以遺書
屬之。頃自其鄉來，將適杭，仰企龍門，乞一書爲紹介。王
君屢辦繭捐，有成績，意蓋有望於齒牙餘論，或懇絅齋遇便
賜一噓藉如何？吾輩不免爲書駛驅使，然究勝爲偉人傀儡
也。植又啟。前信適寫畢，即託其帶呈。

　　【案】此札今藏上海圖書館。又見《海日樓書翰·與吳慶
坻書第六十一函》。作於民國五年丙辰（1916 年）春。

四十四

　　損惠藕粉、湖筆，兩者恰有當時之用。緣藏筆數百株，
大半蛀傷，而秋暑尤苦渴也。台從范局，昨已有報者，極思
一談，顧酷暑弟不能往，亦恐兄不能來，大約需過節乃得清
爽耳。肅請補松先生四兄箸安。弟植頓首。

　　【案】此札今藏上海圖書館。又見《海日樓書翰·與吳慶

氐書第五十九函》。作於民國五年丙辰七、八月間（1916 年 8—9 月上旬）。

四十五

補松先生老哥箸席：瀕行未得趨送，手教又久未肅復。感冒纏綿，變爲痁瘧，雖强起對客，消磨疲憊，一切忘廢多矣。昨復奉書，彌以悚愧。

公有編摩雅興，一山聞之欣躍不勝，擬先送大傳草底百人請公著筆，孔君即可招致助公繕寫，爲繕校，爲書記生，惟班侯之意可也。《杭郡藝文志》公家刻可賜一部否？《華宜館詩》，杭寓宜有印本，亦望檢惠一部。台從何日來滬？吉期何日？望示覆。

節盦有近信否？健伯事容與班老熟商，庸庵諒常常見，聞悼亡詩甚多，訃尚未見也。止、濤皆有聯，鄙亦效顰，有便人寄公，倘見之不落笑海否？去月有意回禾，以病稽延，又須遲之來月，老人意多而力不逮，亦無可如已。泐請箸安。亮照，不宣。弟植頓首。廿五日。

【案】此札今藏上海圖書館。又見《海日樓書翰·與吳慶氐書第六十二函》。陳夔龍夫人卒於民國五年丙辰八月十八日，此札當作於八月二十五日（1916 年 9 月 22 日）。沈曾植所撰輓聯，可參觀《沈曾植年譜長編》429 頁。

四十六

前日失迓，歉甚。移居聞在哈同路，確否？尊處脩改由滬送，前已由余君信致杭會計。健伯來信奉覽，餘容晤馨。復上,即請補松先生道安。弟植頓首。

【案】此札今藏上海圖書館。又見《海日樓書翰‧與吳慶坻書第六十函》。作於民國五年丙辰(1916)。

四十七

前日訪問新居,遍歷長街,卒不得門而返。晤止相,乃知爲百六十一號也。花近壽觴,泊園有另送壽聯之説,應請止相酌定。菜單亦須請公定,明日遣庖丁來領。覆請補松先生四兄台安。植。

【案】此札今藏上海圖書館。又見《海日樓書翰‧與吳慶坻書第二十五函》。作於民國五年丙辰(1916)。

四十八

知單底昨忘繳,近日精神惝恍,往往如此,甚自怪也。庖丁走領菜單,乞擲交預備。此請脩兄年姻世大人箸安。植。

報言京城搖動,有確信否?

【案】此札今藏上海圖書館。又見《海日樓書翰‧與吳慶坻書第二十六函》。作於民國五年丙辰(1916)。

四十九

示悉。黃樓當由弟知照。應用器具已飭奴子料檢。天氣劇佳,南極之耀。弟近殊忽忽疲甚,腦中若空虛然。而不能自言所苦也。覆請補松先生台安。弟植頓首。

【案】此札今藏上海圖書館。又見《海日樓書翰‧與吳慶牋書第二十七函》。作於民國五年丙辰(1916)。

五十

補松先生四兄閣下:兩奉手箋,並承惠《閣帖》兩部,拜領謝謝。獻歲伏惟起居集吉,闔潭安樂。浙事聞諸真長來述始末,似物情厭亂,可望暫安。當洶洶之時,頗望公來。曾屬一山致書,得覆後心猶惴惴也。

歲除北信頗佳,有東海主張復辟之説。小除夕收一摹本元朱君璧《靈武勸進圖》,遂約止公元旦試筆,同賦此題,和者數人。十三立春,又爲天長節,逸社以是開初。止相兩詩,皆光明俊偉,録本寄呈吾公喬梓,不可不作。久鬱思舒,人之常情,暫且勿示外人。蜀日粤雪,慮少見者多怪耳。

一山入都祝嘏,在彼當有少淹留。節厂或聞憎多口,名高謗來,理之常耳。《閣帖》宋刻不疑,天寒尚未能細校,海盦《大觀·宣示表》另有張長吉小字,公近見本有此否?儻來滬,可攜來一觀否?肅泐,敬請箸安。不具。弟植頓首。

敬再啟者,周佐季太令爲子封内弟,昔年深爲廖穀帥器重。在浙多年,屢膺繁劇。徒以母老家貧,辛亥後不能不藉差餬口。貧民工廠成績頗優,而大吕尾聲,遂爲浪人排去。齊省長,翰苑舊人,公喬梓皆其前輩。佐季雅人,嘘枯吹生,或不吝齒牙餘論,亦吾佛慈悲也。佐季太夫人年已九十,其家實不可一日無差。專此再肅,絅兄同此,不另。

【案】此札今藏上海圖書館。又見《海日樓書翰・與吳慶坻書第六十三函》。作於民國六年丁巳正月（1917 年 2 月）。

五十一

補松先生四兄左右：去月歸滬，展頌手書，摯誼雅懷，卷舒心惻。弟才非蕘末，願等愚公，垂翅而歸，俛仰慚怍。顧南中集矢，北乃潰然，此中因果，殊非思議。病不堪憂，實勿復道可已。

聞台從有來滬之意，延領以望，未知果否？志局頗思解脫，顧今尚非其時，微波之搖，不能不堅持以待其定，所關非一人事也。止老久病，歸後通書而尚未晉謁。仁先諒晤談，或云節盒至杭，確乎？內人病幾殆，近日始漸向愈。日對藥爐，課禪誦，近況如是而已。泐請箸安。弟植頓首。十九日。

【案】此札今藏上海圖書館。又見《海日樓書翰・與吳慶坻書第六十四函》。作於民國六年丁巳八月十九日（1917 年 10月 4 日），參觀《沈曾植年譜長編》454 頁。

五十二

補松先生四兄左右：久未肅箋，但殷馳仰。去月猥荷大筆賜聯，盥誦良深愧謝。丘山蹭蹬於陰雨之初，吾輩沉淪於玄黃之後，呼鳩叱犢，福何可及，公差近之，鄙彌遠矣。即日惟頤養天和，起居日勝。弟以三月十二祭掃回禾，庭院雜花，頗覺吾廬之愛，而柳營刁斗，祆廟鐘聲，近月壓人，遠鳧爭水，菟裘之託，墮此圍中。歸思雖殷，不免行行且止。

自丙舍歸，乃得止相噩耗，幽明永隔，悽黯兼旬，歸湜往弔，已屆二七矣。愍縕昨下文慎。易石［甫］、堯衢來遲十日，竟不得見。現開弔尚未定日，訃底屬一山寄公斟酌。觀瞻所在，幸目前尚無異議人，可照陸文端辦法也。台從當用何時來，希先示信。此請頤安。不具。弟植頓首。初七日。

【案】此札今藏上海圖書館。又見《海日樓書翰·與吳慶坻書第六十五函》。作於民國七年戊午四月七日（1918 年 5 月 16 日），參觀《沈曾植年譜長編》465 頁。

五十三

補松四兄嫻年大人閣下：夏間心疾，百事廢忘，如夢如醉。奉惠壽言，逾旬而後能竟讀，情文委至，嘔思依韻奉答一首，思不成緒，至今往來胷次，時時現斷爛朝報。眠食粗復而精神不復，由壞入空，朕兆可悟。詒叔言事如響，鰍生殆已入月旦評矣。即日惟視履如宜爲祝。

世嫂夫人之耗，傳之駭然，體氣素健，何遽至此，及得行狀讀之，乃知病僅三月。衰年失偶，情抱可思，第以净土穢土之説觀之，行者境界光明，或遠勝居者之沉晦，彼且念我，我何哀彼耶？此竟是事理之實，非以妄塞悲者也，達者當必謂然。濤園、湛卿、杏城次第輟春，挽聯幾有應接不暇之勢。"今年吁惡歲，僵仆如蓬麻"，乃至此耶？

善化詩草，世兄欲以手稿石印，屬序鄙人，去年諾責不敢忘，然必得公言乃可信今傳後，未知已屬草否？萬事摧心,屬筆即成哀厲,此陳言乃無可去,如何？泐請頤安。弟植頓首。

欲歸不得,又徙居威海衛路矣,一歎。

【案】此札得自網絡。沈曾植於民國七年戊午十月七日(1918 年 11 月 10)移居威海衛路(參觀《沈曾植年譜長編》471頁),此札當作於此後不久。

2020 西泠春拍 Lot2709 號拍品有吳慶坻之子吳士鑑致魏家驊梅蓀札,略云:"伏念先慈畢生勤勤,佐家嚴睦族興宗。自遘滄桑,愴懷君國,憂危念亂,無日或忘。旅滬五年,屢病幾殆,前秋返里,情緒稍好。今歲春夏,日形衰象,然精神興會尚未改常。不意時疾驟攖,竟至沉緜莫挽,倉卒之閒,終天抱恨。痛定思痛,罪積山邱。袛以家嚴垂暮,觸景增悲,不得不視息人閒,勉承大事耳。"可與此札參觀。

五十四

去夏以來,心神惘惘。西醫謂心房衰弱,聽管有徵。服其藥頗有近効。然病本卒不能除,則古人所謂無藥可醫老也。神明亦自如常。惟解份與健忘遂成有增無減之勢,大有錢密老暮年氣象,若何。

杭人來,詢公起居,並謂步履輕健,時爲湖上之遊,極慰馳企。昨一山來,乃謂謁公未見,適值延醫,乳脅閒生小瘡癰,自是暑天常有,顧述焉不詳,不能不馳書一問,庶日內已康復無它矣。

甸臣寄稿子册來,讀公跋語,愀焉酸惻。朋輩中知家慈苦行者,近已落落星稀,深悔流浪數十年,未有機聲燈影之請,異時尚有禱於公,若終惠之,幸已。此請補松先生同年大人頤安。弟植頓首。

【案】此札今藏上海圖書館。又見《海日樓書翰·與吳慶坻書第六十八函》。作於民國八年己未(1919)夏。解㑊,《素問》:"尺脈緩濇,謂之解㑊。"

五十五

手教祗悉。垂詢數端,此間亦無確信。溫客入都,屬其詳詢報告,仁先今日回杭,可面罄也。弟挽詩慘怛無緒,錄就另寄。先此奉覆,此請補松先生箸安。

閩僧學真,樸仁山之部將,自盡遇救出家,言閩中殉難者數人。記出而檢之不得,先錄鄭君履歷奉上。

【案】此札今藏上海圖書館。又見《海日樓書翰·與吳慶坻書第六十九函》。作於民國八年己未十二月(1920年1—2月)"挽詩"即《少保梁文忠公輓詩》(《海日樓詩注》卷十1260—1262頁)。學真爲福建瑞峰林陽禪寺監院、黃檗山萬福寺僧人,參觀《沈曾植年譜長編》485頁、《徐乃昌日記》民國十二年五月十五日(1923年6月28日)條。樸壽(?—1911),字仁山。滿洲鑲黃旗人。官至福州將軍。辛亥九月(1911年11月)被民軍俘殺。

五十六

子修四兄世年姻大人閣下:去月接奉手書,心緒惡劣,兼以疾疢,久思肅覆,而不能操管也。舍弟自前年類中後,迄未復元。去臘今正自都來,僉謂神采甚佳,不意三月中約初十前後起,十八、九始識爲疽。疽發肩後背旁,延城中一老醫視之。三月底甚危險,四月初有轉機,至初八、九腐肉脱去,醫謂功成七八矣。初八忽發寒熱,自此情形驟變,外科回報,内科束手,於是有十六亥時之變,傷哉!丁巳秋間,津門相送,不意遂成永訣。人琴之痛,適得其反,老懷病榻,何以堪兹。公於吾弟投分,他日埋銘之文,恐須敬求椽筆。惟聞諸姪遵奉遺言,卜葬西山,不復南歸,彌令生者難爲懷耳。弟一味萎茶,他無所苦,惟賴補心之劑勉强支持,欲治本而無適當之方,奈何!

杭、滬相去咫尺,譌言日出,諒無其事,而亦不盡無因。省長頗望吾輩老人發些議論,灌灌者果孰聽耶?八米之愚可憫,事急或設法勸諭之。浙地形勢俱紬,奔湊潮流,豈能作主,徒爲人奴耳。公謂若何,餘由同莊口述。此請頤安。不盡。弟植頓首。初一日。

【案】此札今藏上海圖書館。又見《海日樓書翰·與吳慶坻書第六十七函》。作於民國十年辛酉五月一日(1921年6月6日),參觀《沈曾植年譜長編》502頁。

五十七

經歲不出門,台從之來,亟欲一瞻風采,而病體不可風,足又不任體也,悵望奈何。伯皋、堯衢傳尊指,廿四日可惠臨敝齋一談,慰我渴忱,曷勝忻遲。略備蔬肴,即請覺生、健之、古微、柏皋奉陪,不復約他人,省公酬應。七年闊别,懷懷何任,一日之歡,未容輕視。專此,即請補松四兄姻世年大人頤安。弟期植頓首。廿三日。

【案】此札今藏上海圖書館。又見《海日樓書翰·與吳慶坻書第七十函》。作於民國十一年壬戌正月二十三日（1922年2月19日），參觀《沈曾植年譜長編》509頁。是日《徐乃昌日記》云："沈乙盦、余堯衢約廿四日午刻酒叙，座有吳子脩、袁珏生，以病辭。"覺生即袁勵準（字珏生），《長編》誤作張元濟，當改正。

五十八

補松先生四兄尊鑒：三奉手教，久稽裁答，心目交困，長夏昏昏，亦不能自言其所以然，知我者當或諒之。舍六弟病非風非痺，壯盛之軀，閔閔默默，奄然終古，去五弟忌日後六日耳。家兄忌日亦在此月，誠事之不可解者也。孑然獨立，天壤四虛，壽者相乃苦相乎？

結縭紀念，婿女輩起鬨，遂多驚動，殊非鄙意。傀偄不能禁約，殆於期功絲竹矣，慚疚慚疚。賜詩尚未得拜讀，先謝美意。

志事十股份包，此不得已之下策。股單呈覽，有所指教，乞示。每股主任一人，分任二人。主任月任三四卷，分任每人月課一卷，每卷三十五元，交卷領款。大例如是，仍由主任量宜損益。股友本擬請主任自延，而局友多數向隅，不能不略爲分配。尊處唐、關兩君，均公所獎借，諒可指揮如意也。○○大婚貢品，尊見若何辦法，亦希酌示。肅泐，即請頤安。弟期植頓首。十二日。

【案】此札今藏上海圖書館。又見《海日樓書翰·與吳慶坻書第七十一函》。作於民國十一年壬戌六月十二日（1922年

8月4日），參觀《沈曾植年譜長編》514頁。

五十九

手教敬悉。明日爽兄行後，弟處當即遣人往守。摺收到，後半日看屋時再帶交也。餘容晤罄。家慈發熱已退，承念敬謝。復請子脩仁兄世婿年大人晚安。弟植頓首。

【案】此札今藏上海圖書館。又見《海日樓書翰·與吳慶坻書第一函》。

六十

允假《金石萃編》金源一代，即希檢付爲荷，閱畢即奉趙也。陳君信并繳還。此請子脩四兄同年婿世大人韜安。弟植頓首。

【案】此札今藏上海圖書館。又見《海日樓書翰·與吳慶坻書第二函》。

六十一

昨仲弢見過，言總圖有應商之事。十九日閣下屬弟到館一談，第是日午刻開印，事畢到館，或恐太遲，反累諸君久候。鄙意欲請改於廿一，是日兄及仲兄諒均到館，弟亦必于十一鐘前到。如以爲可，即望示覆，並轉訂叔蕃，此請子脩仁兄世年婿大人韜安。弟植頓首。十八日。

【案】此札今藏上海圖書館。又見《海日樓書翰·與吳慶坻書第三函》。

六十二

示敬悉。冗迫無暇晷,明早得間或可館中一轉。第浙圖已交到否,尚未能知,如即日能攜歸,自當如命也。復請子脩四兄同年世媚大人晚安。弟植頓首。

【案】此札今藏上海圖書館。又見《海日樓書翰·與吳慶坻書第四函》。

六十三

康熙內府輿圖一帙奉覽,乞查入。浙圖繪竣,已見邸抄,明當就館中問之。如已至,當攜奉也。此請子脩仁兄同年世媚大人禮安。弟植頓首。

【案】此札今藏上海圖書館。又見《海日樓書翰·與吳慶坻書第五函》。

六十四

康熙內府輿圖想已校過,頃巽庵來取,請先檢還爲荷。此請子脩四兄同年媚世大人晚安。弟植頓首。

【案】此札今藏上海圖書館。又見《海日樓書翰·與吳慶坻書第六函》。

六十五

圖一幅奉上,送禮不成,祇可送分,第恐不收耳。此復,即請子脩仁兄同年媚世大人晚安。弟植頓首。

【案】此札今藏上海圖書館。又見《海日樓書翰·與吳慶坻書第七十二函》。

六十六

伯唐文稿奉閲，清潤可愛，當是勝氣。渠屬勿遺失，即可由尊處繳還。此請子脩四兄世姻年大人午安。弟植頓首。

【案】此札今藏上海圖書館。又見《海日樓書翰·與吳慶坻書第七函》。

六十七

浙省輿圖一匣，昨中弢自館中攜歸，謹送上。此請子修四兄同年媚世大人早安。弟植頓首。

【案】此札今藏上海圖書館。又見《海日樓書翰·與吳慶坻書第八函》。

六十八

俗冗歷碌，久未晤教，甚念。《浙江圖説》未審已脱稿，如脱稿，希得先覩。近來有數省已交繕清本矣。此請子脩四兄同年媚世大人箸安。弟植頓首。

【案】此札今藏上海圖書館。又見《海日樓書翰·與吳慶坻書第九函》。

六十九

藥爐禪榻，聊作臥游。從叔衡借得《鷗波亭圖》，乞借尊齋房山畫並觀之，半月爲期。此請子修四兄世姻年大人台安。弟植頓首。望日。

七十

前夕入内，昨晚始歸。手教未覆爲歉。目疾諒已痊平。高畫繳還，神趣所存，未窺百一。前言尚有一幅，暇尚思乞一觀。迫於期會，神思疲塞，節後當就公一談，前期奉約也。泐請子脩四兄世年姻大人開安。弟植頓首。初二日。

七十一

聞苦齒痛，比已全愈否？昨歲有友見授一方，頗著捷效，輒錄奉呈，若火痛者，似可試用也。藥味刊左：

冰片、樟腦、花椒三味略等分，取净碗，棉紙封其口，置三味紙上。冰片居中，樟腦環其外，花椒環樟腦之外，艾絨徧覆之。引火燃艾絨，歷刻許時去藥發封，碗底有白霜，刷去塗齒，治熱痛極效。

右錄奉子脩仁兄同年姻世大人。弟植頓首。

七十二

示敬悉。龍泉寺明日亦擬飯後往，兩公清興，謹當奉陪。此請脩翁同年媚世大人晨安。植。廿八日。

【案】此札今藏上海圖書館。又見《海日樓書翰·與吳慶
坻書第十四函》。

七十三

老鶴霜皋，聲滿天野，同此羈懷，不知何以。言出自
公，彌令我怦怦難已也。濤園獨爲排奡語，亦一消遣法。
肅復，即請子脩四兄媚年大人頤安。植。

【案】此札今藏上海圖書館。又見《海日樓書翰·與吳慶
坻書第三十六函》。

與吳慶燾 二首

一

重陽詩補作否？昨晚雪興如何？《校碑隨筆》頃須檢，乞交
去价爲荷。此請孤清大師道安。植頓首。

【案】此札今藏上海圖書館。作於民國九年庚申九月
（1920 年 10—11 月）。

二

聞公臂間瘡瘤已漸結痂，酷暑至以爲念。得手教，如
面談，慰甚。惠菌，謝謝。病來五味皆味，獨餐淡齏耳。稍
涼，得免喝死爲幸。石榴木乃不能當盛夏耶？泐謝，即請
炯然大師道安。期植頓首。

【案】此札今藏上海圖書館。作於民國十一年壬戌(1922)夏。

與吴受福　二首

一

璡軒世叔大人左右：廿八日自鄂回揚，接奉惠札，快如面對。冬月一緘，舍姪書内曾提及，然在鄂未接到。回揚詢家兄處亦未見，意竟付洪喬矣。新歲惟動定多宜、起居納祜爲頌。

姪現定于初十動身，稍遲亦不過一二日，十六、七必可抵里。在鄂得彝卿信云，潘公正月再到禾，若與盧捍同行，諒尚可無多事，過滬如相值，或當謁詢之耳。小長蘆卷，家兄意欲得之，前信曾奉佈，第不知秦關之數尚可略減否？相見匪遠，當面商也。

姪入冬體中略勝，惟不能勞爲苦，此間新歲寒雪，未知家鄉如何？肅泐，敬請年安。不一。世小姪制曾植稽顙。保兹兄均候。新正初五日。

【案】此札今藏上海圖書館。作於光緒二十五年己亥正月五日（1899 年 2 月 14 日），參觀《沈曾植年譜長編》212 頁。

二

《夢窗詞》二册、箋櫝各二匣，留志別懷，伏惟莞存是荷。江湖朝市，風味俱醨。家無一椽，不得不以久病羸軀衝暑北上。此情殊亦自憐，願公以此箋櫝作夢窗詞嘲之，北山之騰哨（誚），東華之棒喝也。此請晉仙世叔大人箸安。姪植頓首。初一日。

【案】此札今藏上海圖書館。作於光緒二十六年庚子四月一日（1900 年 4 月 29 日）。是月初沈曾植離嘉興北上，參觀《沈曾植年譜長編》227 頁。

與吳士鑑　五首

一

久未晤爲念，比更有何新著？同曹周鏡漁駕部一扇乞法書，望暇時一揮擲下爲荷。此請絅齋仁兄世媚大人開安。弟植頓首。

【案】此札見《浙江圖書館藏名人手札選》（99 頁）。據爲周鏡漁書扇事，則約作於光緒二十二年丙申七月初（1896 年 8 月中旬），參觀本編《與吳慶坻書》第一首。

二

桐城蕭金甫穆，掌故、目録二學並爲精博，與許仙屏、王益吾諸公皆至交。同治耆舊，淮、皖間爲魯靈光矣。頃來此謀刻《章實齋遺稿》，寄榻敝署，欽仰德輝，奉所刻書兩種屬呈左右，不識清燕時可一接否？專泐，敬請絅齋仁兄學使大人台安。植上。廿四日。

【案】此札見《浙江圖書館藏名人手札選》（97—98 頁）。作於光緒二十九年癸卯九月二十四日（1903 年 11 月 12 日），參觀《沈曾植年譜長編》305 頁。

三

緗齋仁兄世大人閣下：昨以舍親周佐季事致一書，過庭之餘，諒已達覽。頃聞有齊省長於滬紳延聘名譽顧問，或云賤名濫廁其中，不知確否？齊君滬官才望，鄙人夙所心欽，且於舍間兼有世誼。平生於賢達下問，未嘗敢有隱情，況在齊君，似不煩此形式。卻則不恭，不若預爲邀免，敢希遇便曲呈。此請侍安，忽忽不盡。植頓首。

【案】此札見《二十世紀書法經典·沈曾植卷》（43頁）。作於民國六年丁巳正月（1917年2月）。周佐季事，參觀本編《與吳慶坻書》第五十首。

四

前攜去之《醫心方》，頃笏卿來取，乞檢交去手爲荷。此請緗齋仁兄世姻大人開安。弟植頓首。

【案】此札見《浙江圖書館藏名人手札選》（99頁）。

五

《關勝頌》向無考跋，高明曷一補之。永定造像出自蜀中，或僞之以惑好古者。其石有人云在都中。此復，即頌緗齋仁兄世大人元安。弟植頓首。

【案】此札今藏上海圖書館。

與吳玄眇　一首

玄眇仁兄閣下：前日枉過惠談，極暢。到滬時不過晚否？端士謂此間寂静不異山林,刻方請出三論宗書逐日研究,此雖一兩人之事,卻與研究本義合,且作預備雜誌,料亦較近。此時姑勿侈談,一個月後有成績再説。所寫取銷餘款若干,乞示一賬,暫存尊處備用。此請誦安。外書單,請照購寄下。乙泐。

【案】此札今藏上海圖書館。作於宣統三年辛亥三月（1911 年 4 月）初,參觀《沈曾植年譜長編》355 頁。

與謝鳳孫　三十四首

一

石卿仁弟閣下:得手書,知初八來禾,且喜且悵,喜其來而病其遲也。料滬上多留之日,必終從晤聚日中扣除,亦無可如何耳。弟初七赴杭,請公初八徑至杭州,盼甚盼甚,此問日祉。植。初六日。

【案】此札爲《同聲月刊》第四卷第三號《海日樓遺札・與謝復園》第五函。作於宣統二年庚戌十一月六日（1910 年 12 月 7 日）,參觀《沈曾植年譜長編》351 頁。

二

石卿仁弟閣下:別後屢奉手緘,病懶未復,至以爲歉。愚自入夏以來,困於濕氣,百病叢生,久而驗爲水土不宜。適會封弟歸來,乃定滬上貸屋避暑之計,顧亦不能常在滬,隨時往來,以換天氣而已。北人歸北,理在不疑。本擬端節後行,而兩弟皆歸,聚首難得,遂復變計,與封弟縱談道

藝，意有所會，未嘗不思閣下也。太夫人大事竣工，相助忻
慰。文事屬腹稿者屢，而尚未能落紙，久負諸責，撫心爲
愧。公詩有骨無肉，須從句法著意。韓之奧，杜之雅，黃之峭。書
則行楷筆法，當截分兩途，學《信行》絕無入處，不知仍須
裴、柳，乃能褚、薛也。行止機會，究竟若何？入都時能先
示一信，約地相見最好。瑩甫遇諸滬，似亦不甚得意。都
中在官吏過度時代，一切現象，大抵諸公官星之變現耳。
企候續音，即請道安。不具。植。七月十三日。

【案】此札爲《同聲月刊》第四卷第三號《海日樓遺札·與
謝復園》第三函。作於宣統三年辛亥七月十三日（1911 年 9 月
5 日），參觀《沈曾植年譜長編》359 頁。

三

一別經年，時從仁先處略聞起居近狀，天不絕人，爲公
留此一席脩羊，即爲閭閻子弟留一線元氣、人道種子，勿輕
視之。海上得一陳仲遠者，曉音瘏口，力張孔教，志意堅
卓，極爲可敬。茲寄上其所著書一册，閱之當有同然之感。
兄久滯此間，極意擲節，而殊尠成效。念此身本從艱苦來，
木落歸根，亦固其所。滄海橫流，祝宗無驗，萬物同盡，我
獨有異於物乎？

公書卓然成就，傳後可期，第鋒穎太露，擬諸古人，所
謂散僧入聖者，將來或守駿以跛，或返虛入渾，時節因緣，
或非自主，多鑑多擬以待之而已矣。既寫《鄭文公》，即當
並參《瘞鶴》、《閣帖》大令草法，亦一鼻孔出氣者。形質爲
性情之符契，如文家言，氣盛則長短高下皆宜也。近詩亦

卓雅入古，此是讀韓之效，益宜數數爲之，刻意摹其句奇語重者。公凡事以魯得之，而所得多本望之外，是最可喜者，可以自怡悦矣。

【案】此札爲《同聲月刊》第四卷第三號《海日樓遺札·與謝復園》第六函。陳焕章（重遠）所著《孔教論》於民國元年壬子十月十五日（1912 年 11 月 23 日）出版（參觀《沈曾植年譜長編》364 頁），此札當作於壬子冬。

四

石卿仁弟閣下：連得書，未復爲罪，此雖積習，而自去臘以來，脾泄所困，倦極多睡，一切事無興致，殆俗語所謂老熟者已。新春維起居如意。寄來一聯，已交仁先，隸法清逸而飄摇，波發皆合，以此應世，財源漸濬，品格亦不傷，極好。

《王祠井歌》，昨日爲公點染一過，而今日書來，遂即寄上。寄李道士詩，中間總覺差些，請再思之。拙作關先生劄記序，已入覽否？請爲我一評，於漢何似，於宋何似，本朝誰似也？

仁先常相見，見必話弟，渠近日詩極鋭進，又致力於詞，天資誠高絶也。寶慶曾士元，小楷精極，殆自祝京兆後四百年來第一人，乃不能作行書，故弟行書切須自尋位置。張濂卿言“我學篆隸諸法，一切入之楷書中”，此言可味也。山谷用筆法楊少師《神仙起居注》，亦可覓覽一參。此問日祉。寐叟上言。正月二十八日。

【案】此札爲《同聲月刊》第四卷第三號《海日樓遺札·與

謝復園》第十二函。"拙作關先生劄記序"即《關氏讀易劄記序》,作於民國四年乙卯十二月(參觀《沈曾植年譜長編》415頁),此札當作於民國五年丙辰正月二十八日(1916 年 3 月1 日)。

五

石卿仁弟閣下:得手書,喜慰。文境劇佳,詩尚未得手,病在無句法。蓋詩家句法,即書家筆法也。昌黎句法最備,不可不熟參之。寄梅道人詩,筆剛情柔,昌黎中亦有此體,試尋之。泐請著安。植。

　　【案】此札爲《同聲月刊》第四卷第三號《海日樓遺札·與謝復園》第十三函。"寄梅道人詩"即第四首"寄李道士(李瑞清)詩",此札當作於民國五年丙辰二月(1916年3月)。

六

石卿仁弟如晤:惠示兩詩,鄙人薄德,乃與關先生並舉,惶悚之至。然平生身世之感,竊亦有貌異心同者,惜大篇於此發揮仍未透澈,恐須代增數語耳。

爲錢聰甫所作各體並佳,如昔人用筆者天、流美者地之説,極盡其致,想見解衣磅礴時。篆用陽冰,隸兼《史晨》,皆妙,第須時時顧母。凡爲道爲學,功力既深,每閲一時,輒有水到渠成之樂;更閲一時,忽然如觸牆壁;更閲一時,又復水到渠成。此在禪家,大慧所謂大悟數十、小悟無數者;文家則昌黎《答李翊書》盡之。公此時其在浩乎沛然之境乎?

武昌有一高等學堂教習姚明煇,上海人,子梁先生之子。在舉世非笑之時,能抗顏而談舊道德倫理,同儕忌之,慫學生使起風潮,而學生不應,校長不悅姚,亦不敢袒忌者也。此教習,此學生,當皆爲公所樂聞者。姚亦知公,時欲造訪,如來時,勿拒之。此問學祉。近苦目疾,早凉書此,然不敢多也。植頓首。八月十一日。

【案】此札見《番禺黄氏憶江南館珍藏近代名人翰墨》(65—66頁),録文見《同聲月刊》第四卷第三號《海日樓遺札·與謝復園》第十六函。作於民國五年丙辰八月十一日(1916年9月8日)。

七

石卿先生賢契左右:累奉手教,久未肅復。知吾弟相望甚殷,亦時時得有新意,欲書以相告,所謂"春光有佳句,吾醉墮泱漭"者,蓋亦不知凡幾矣。大患意多而辭不能約,猶思而不學之影響也。年來精力先竭,而志願猶不與俱盡,如眇者之視、跛者之履,欲罷不能,而所能及者鮮矣。

公書已卓然成家,第酸鹹已與俗殊,不入耳之談,理所不免。《論語》第一章即言"人不知",《易》第一爻言"不見是而無悶",昌黎《伯夷頌》由此作也。天下之事,大若孔明、謝安之治國,細至於陸子剛之治玉、時大彬之治壺,莫不有心之精微、口不能言,亦莫不有見排於當世、見規於親愛之一境,然皆一時幻象而已。真是所在,幻滅即見,若目光爲幻所眩,則真是永不可見矣。幻之爲物,蕃變無窮,幾無不爲所眩者。近日感觸特多,非可言罄,書道其小焉者也。

公詩質勝於文，欲望取通行本五色批韓詩細閱，其中竹垞批甚可玩。文則朱子句法，望溪句法，皆可增長力量，宜熟研之，大抵心有意而辭不能達時，求之二集，必有佳句，此屢試屢驗方也。小詩一首奉懷，試和之。陳壽文容細讀再奉復，此問著祉。寱叟頓首。

【案】此札見《番禺黄氏憶江南館珍藏近代名人翰墨》（60—64頁），録文見《同聲月刊》第四卷第三號《海日樓遺札·與謝復園》第十五函。作於民國五年丙辰（1916）。

八

別後惘惘，若有所失。謝公中年與親友別，尚作數日惡，況僕桑榆暮景耶？《蕪湖舟中詩》，讀之感愴，厚意銘泐，第衰氣所乘，時有不能自遣者。鄙亦竹頭木屑之一，大廈需材，所望在仁先昆季及吾弟耳。詢先亦復英英，甚矣陳氏多才也。《常醜奴志》一紙，寄奉雅賞。

【案】此札爲《同聲月刊》第四卷第三號《海日樓遺札·與謝復園》第十四函。作於民國六年丁巳十月中下旬（1917年11—12月），參觀第九首案語。

九

感冒，長日憒憒，見示新詩，閱日乃盡其指。此行天機駿發，所謂得江山助者耶？奉和一章録右。

秋潮異僧魂，秋樹猛士血。器界熱煎熬，懺以甘露滅。湖山二客封，乾坤一髮絶。心肝邈誰論，不若墮楛葉。

石公近作，一往高朗，散原神助之評，誠爲尊論。仁公書跡，直逼雲林。平陵長篇，乃涪皤學騷，極深微境界。宣政以後，窺見此秘者鮮矣。三復讚歎，寄此助興。

【案】此札爲《同聲月刊》第四卷第三號《海日樓遺札·與謝復園》第十九函。詩又見《海日樓詩注》卷八 1102 頁《和謝石卿紅葉詩》。民國六年丁巳九月三十日（1917 年 11 月 14 日）謝鳳孫抵上海，下榻海日樓十日（參觀《陳三立年譜長編》1175 頁，《沈曾植年譜長編》458—459 頁），此札當作於是年十月中下旬。

十

自評四等均確，此書是同州聖教體，如刻石，當有異彩，恨無佳刻手耳。微有商者，如門字詞字等，右手不可不直，不直即不洞達，有損行氣也。鄙近日爲《楊仁山塔銘》，頗費參考，不暇他及，老憊真憎厭。此問著祉，寐叩。四月初一日。

【案】此札爲《同聲月刊》第四卷第三號《海日樓遺札·與謝復園》第二十一函。《楊仁山塔銘》作於民國七年戊午（參觀《海日樓文集》213 頁），則此札當作於是年四月一日（1918 年 5 月 10 日）。

十一

《堤記》莊雅可誦，《王一（玉）峯》文仍嫌板重。此小品文，皮陸爲宜，昌黎不及柳州也。鄙苦心房衰弱症，有似怔忡，而疲憊更甚，加以溽暑，殆不聊生。賤辰乃辱大文，慚恧慚恧。徐當細讀，增損數字。他日請作小卷書之，元明舊式如是也。

【案】此札爲《同聲月刊》第四卷第三號《海日樓遺札·與謝復園》第二十函。作於民國七年戊午六月（1918 年 7 月），參觀《沈曾植年譜長編》467 頁。

十二

和石卿晨起遠望韻

悲臺蕭颯接哀墟，萬古銷颯覽冀餘。雪避海氛遲後集，花隨卦氣得先舒。商量舊學重溫故，收攝心靈極致虛。一大事緣猶未了，何年淨土得同居？

【案】此札爲《同聲月刊》第四卷第三號《海日樓遺札·與謝復園》第二十六函。作於民國七年戊午（1918）。詩又見《海日樓詩注》卷九 1206 頁《和石欽韻》。

十三

石卿仁弟閣下：久不作書，絕無一事，而終日僕僕書城中，乃亦有應接不暇之勢，老翁童心，甚可笑也。冬令頑軀較健，足慰遠懷，即日起居想多佳勝。寄來《復園記》，真有《項脊》骨韻，詠懷詩韓貌而陶情，浸浸與道適矣。公自夙根勝人，不必佞佛，乃不能不似僧。静坐是延平家法，若於坐前坐[後]，專以《程子易傳》，玩味思索，證明性理，吟風弄月，當更有左右逢原（源）之樂，曷試行之。

朱子《四書注》手稿，近商務印書館借去印出，寄上一册，以助道味。齊氏跋，前是張菊生所得，以後鄙所藏，公曾見者,合之《顏淵》一篇恰全,甚奇事也。春日回禾,得叢殘舊稿於敝麓中,皆三四十年間舊物,前塵夢影,怳若隔生,其間頭緒可尋者,略加銓次,似亦尚可成短書一二種。

伯衡辭館之後,頗思留之在寓過年,相助料理。商諸仁先,爲薦黃氏館,他方尚有一小席可兼,約足抵關氏之數,舍間近有餘屋,儘可安研。伯衡嚮學方殷,竊願以傳校之功,助其藏修之益,一舉兩得,公謂何如? 間歲焱來,是所望已。明春擬移眷歸禾,聞公有意來遊,願以暮春期諸鴛鴦湖上。近事殊無足談者。蕭泐,即請箸祉。不具。長至後四日,寐叟泐上。

【案】此札見《番禺黃氏憶江南館珍藏近代名人翰墨》(67—68 頁),錄文見《同聲月刊》第四卷第三號《海日樓遺札·與謝復園》第十七函。作於民國七年戊午十一月二十五日(1918 年 12 月 27 日),參觀《沈曾植年譜長編》474 頁。

十四

行筆有澀意,是習包法,諸家所無。仿紫陽條幅,疏落可喜,然不似紫陽,試求之《四書注藳》,能于其中楊風出現,則真際見矣。

【案】此札爲《同聲月刊》第四卷第三號《海日樓遺札·與謝復園》第十八函。作於民國八年己未(1919)。

十五

雲臺山無石室銘,但有論經書詩耳,皆道昭書,而碑體謹嚴,摩崖體較縱,其超逸蹁躚,真令人對之飄飄有凌雲氣也。論韻格,徑恐在《鶴銘》上,第彼以石頑,不見筆鋒,轉得藏拙。

《常醜奴志》,覃溪極力推崇,殆以謂《化度》一家眷屬耶?愚特喜其行法,公試一擬何如?《大爨》全是分法,而分法又非今世寫隸書者觀念所及。昔與仲弢論書,謂冬心開頑伯之先,仲弢頗詫其言,然熟思竟不可易,學《爨碑》定不可不知此意。將來有古澹之六朝書出,乃應思吾言耳。

五言詩甚有進境,天機溙發,乘此取阮公《詠懷》、陶公《飲酒》諸篇熟讀,以能背爲度,當有奇味洋溢胸次。《歸集》檢得寄奉。《流沙墜簡》,明歲令郎來時,寄下爲盼,甚思之,價太昂,遂不能再購矣。石卿仁弟大雅。寐叟上。臘前一日。

【案】此札見《番禺黄氏憶江南館珍藏近代名人翰墨》(56—59頁),録文見《同聲月刊》第四卷第三號《海日樓遺札・與謝復園》第二十四函。作於民國八年己未十二月七日(1920 年 1 月 27 日)。

十六

《流沙墜簡》,頃復索得一本,前本仍寄奉,以慰公惓惓之意。然公前次所摹,殊無得處,試懸臂放大書之,取其意而不拘形似,或當有合。副以《六朝墓誌菁英》一册,亦羅君所印,皆新出土精品,外間難得者也。近書作褚體特佳,照此寫出,刻後未必非《常醜奴》,刻意學《常》,乃轉不似。此問石卿仁弟箸安。寐叟渤上。三月初十日。

【案】此札爲《同聲月刊》第四卷第三號《海日樓遺札・與

謝復園》第二十五函。作於民國九年庚申三月十日（1920 年 4
月 28 日）。

十七

大文尚未得澄心細讀。書則古懷逸思，遠挹潘、鄧，闖
其藩籬矣，欽佩之至。可知解悟非難，平日積功累行，乃至
要也。請再作數紙見示，勿吝。

　　【案】此札爲《同聲月刊》第四卷第三號《海日樓遺札·與
　　謝復園》第一函。

十八

石卿仁弟閣下：屢奉手書，快如面對。書法蒼健，筆勢
時見一二，尤可喜也。賑務既無多事，禫除禮竣，幸望速
來。專泐，敬問箸祉。乙盦手奏。九月十四日。

　　【案】此札爲《同聲月刊》第四卷第三號《海日樓遺札·與
　　謝復園》第四函。

十九

得長箋，快如作竟日之談，時適康長素在座，此君性不
讓人，見書亦把玩不置，蓋渠於《藝舟雙楫》用功，與梅蓉、
蘇龕純任我見者固自不同。合肥劉訪渠謂臨《鄭文公》一
直幅，在對聯上微有道士風習，此亦有淵源語也。鄙以《史
晨》貢諸左右，以公新見鄧屏，冀有參悟，爲隸計，非爲楷
計。後見來書，多以《史晨》波發入楷，此入方便門，故謂不
若仍參《石門》，非《史晨》時髦也。鄧氏所謂"疏處可使走

馬、密處不使通風"者,政指《史晨》邃密處言之。豈時人所
能窺見萬一哉?訪渠亦正有慨於滬上議論之雜也。

公詩學昌黎一二即佳,無所依傍,即不得手。來稿略
爲點定,《西湖》一章,雖塗乙過半,猶爲原韻所拘,若清出
後,再尋昌黎詩,句摹而字仿之,當更有樂處,試於暇日尋
之。句摹字仿,是章實齋自道平生得力語也。

【案】此札爲《同聲月刊》第四卷第三號《海日樓遺札·與
謝復園》第七函。

二十

石卿先生如晤:別後三得手書,拳拳雅懷,彌軫離感。
鄙今歲外狀如常,而神明自覺衰損,得大解脱,亦復無憾。
所未忘情者,二三知己、寥寥天壤耳。足下擇善固執,深造
自得,守先待後,斯文攸寄,神之聽之,道不終窮也。文藝
末事,顧亂世幽國,所藉以寄茲微尚者,舍此末由。平世有
儒林、文苑之分,貞元之際,儒道且藉文以存一線,議論風
旨,所以不可自貶降也。海上爲首惡之區,一言一字,不可
不嚴爲分別。士大夫而爲海上俗論轉移,則失其所以爲士
矣。足下須記吾言,他日請驗。

書聯寄至,適當回禾束裝之際,匆匆一閱,未能細玩,
約計似分兩種,一微有肉,可娛俗目;一純以骨勝,本色字
也。分書正以不當行爲佳,《史晨》且置,仍時玩《石門頌》可也。以尋常
論,或謂肉勝較可利行。然滬上嗜好,非吾輩所能測,梅盦
初上亦落寞,後得東洋賞識,生意乃漸旺。古微學書亦不
踴躍,吾輩不可以此介意。尤不可以此溷入書評也。尊太

夫人事略,屢經遷居,倉卒竟遍尋不得,比來頗思屬筆,幸望更抄一分見寄。前一信從褚理堂處交來,未解其故。泐請道安。植頓首。四月初二日。

【案】此札爲《同聲月刊》第四卷第三號《海日樓遺札·與謝復園》第八函。

二十一

《虞書》渾渾,《夏書》噩噩,揚子雲氏之觀於《書》也。周誥殷盤,詰屈聱牙,昌黎之觀於《書》也。<small>今人所謂崛強。</small>合此二義而《書》之文見,昌黎文之得力於《書》者亦可見。知昌黎文之得力於《書》,則知昌黎詩之得力於《書》矣。<small>古言古字宜留意。</small>詩道性情,由之而生風趣。太白以放逸爲風趣,杜陵以沉摯爲風趣,並出於《風》;韓公則出於《雅》、《頌》,義山詩所謂"點竄《堯典》《舜典》字,塗改《清廟》《生民》詩",已兼《詩》、《書》言之。昌黎儒道自任,多莊語,莊語而不爲《太公家教》,<small>見李習之文。</small>《書》之爲効可知矣。<small>公儒者,尤不可不知此。</small>

【案】此札爲《同聲月刊》第四卷第三號《海日樓遺札·與謝復園》第九函。

二十二

尊書已自成體,只要多觀古人論書之言,得其會通,功在筆墨外也。近有會於心正筆正之語,蓋柳氏晚年心得,究側勢後,不可不知此。學大王草,觀其筆筆皆斷,學小王草,觀其筆筆皆連,其爲點畫狼藉則同,而斷猶宗漢,連乃開唐。弟筆性特與北海、《中岳》近,則學小王宜,然大王古法,不可不知。弟操行是《後漢·獨行傳》中人,於書亦然,古所謂散僧入聖者。白雪之音,終不似箏琶悦耳也。關先生志,檢交仁先。石卿仁弟足下。寐叟頓[首]。廿五日。

　　【案】此札爲《同聲月刊》第四卷第三號《海日樓遺札·與謝復園》第十函。

二十三

　　草書用筆,略緩於真,極是。所書見筆力,但無結構,故無古意耳。結構必於右軍書勤加察擬,子敬、顛、素,皆放(倣)筆右軍也,右軍是草隸。石卿仁弟足下。寐上。

　　【案】此札爲《同聲月刊》第四卷第三號《海日樓遺札·與謝復園》第十一函。

二十四

　　《書譜》四幅,第一幅最清峭,餘亦適悦,有由素師入右軍意,寫《王基》而《夏承》應筆,所謂忽自得之耶? 近作皆静氣可喜。朱子學景度而自成正格,《四書注》可細玩。吾學公書,略添數分山林氣。寐書。

　　【案】此札爲《同聲月刊》第四卷第三號《海日樓遺札·與謝復園》第二十二函。

二十五

　　晨起日光照壁,忽思公書已大成,詩文亦具古人格法,惟理學宗傳尚無著述,曷專志於程朱《易傳》、《近思録》,悦心研慮於身心性命之實踐,有德有言,不亦善乎？試於二書作筆記,鄙人樂以詗聞裨奉一二焉。此問石卿賢弟老友近祉。寐上。八月廿五日。

【案】此札爲《同聲月刊》第四卷第三號《海日樓遺札·與謝復園》第二十三函。

二十六

絕句以風神爲主,宜柔不宜剛,柔者宜情不宜理。韓、杜多涉理,故以拗句出之,此不得不然者。

【案】此札爲《同聲月刊》第四卷第三號《海日樓遺札·與謝復園》第二十七函。

二十七

《閣帖》跋信筆所如,自然茂美,此宋人佳境,鱸江初月,亦僅偶一遇之耳。無事時更可親歐、曾以博其趣,二公亦學韓者也。書於楷隸之間,亦有心會,然祇可作爲別體,安身立命,自在太傅家。凡諸家法,皆當融入太傅,雖藏真亦可融入也。昌碩昨談,猶嘖嘖《會館碑》不去口。此問著安。寐泐。

【案】此札爲《同聲月刊》第四卷第三號《海日樓遺札·與謝復園》第二十八函。

二十八

示件無一不佳,於筆墨畦徑間得大自在。惟素師《千文》,據字、鬱字,皆沿譌未正,不免爲美玉之瑕,蓋此書刻本多誤字，正須時時以永師本校之，乃不至誤耳。山林氣，請仍從紫陽書中證之。酷熱，家中多病者，鄙亦不支，頃略安適。

　　【案】此札爲《同聲月刊》第四卷第三號《海日樓遺札·與謝復園》第二十九函。

二十九

近詩皆成就和適，去其字句小疵而已。伯嚴評云何？劉訪渠言，沈先生合肥。不敢用側筆，晚學梁問（聞）山，但極頓挫之勢於畫中而已。然則公能極側筆之勢，兼窮頓挫，此詣豈易得哉？

　　【案】此札爲《同聲月刊》第四卷第三號《海日樓遺札·與謝復園》第三十函。

三十

吾嘗以閣下善學古人爲不可及，今忽曰以臨古爲大病，此何説耶？來屏有使轉而無點畫，即使轉亦單薄寡味，如此便是自尋墮落矣，如何如何？米元章終身不離臨摹，褚公亦然，上至庾亮、謝安石，亦有擬法。鄙人臨紙，一字無來歷，便覺杌隉不安也。

　　【案】此札爲《同聲月刊》第四卷第三號《海日樓遺札·與謝復園》第三十一函。

三十一

昨吳昌碩在此，談及君之書運未通，海上人之無目。

已而曰:"此君功行精到,一朝時至,白日升天矣。"此語頗入耳爲慰。君書飄飄有仙氣,此似得薰習於香光。香光、安吳,本是一家眷屬,血脈相通,自然發現,是真進境。所謂資深返原也。鄙此月甚好,但未復元,恰尚安適,文債爲累耳。

　　【案】此札爲《同聲月刊》第四卷第三號《海日樓遺札·與謝復園》第三十二函。

三十二

惠書展誦一過,諷味無盡,出入素室不必疑。就二紙十餘行文筆,亦軼元祐而幾元和矣。習之學韓,正是歐公、震川導源處。君自此遠矣,請爲作《海日樓記》。

　　【案】此札爲《同聲月刊》第四卷第三號《海日樓遺札·與謝復園》第三十三函。

三十三

冬月以來,頑健似有復元之意,惟小便過多,一周時十六七次甚暢。西醫驗視,亦無雜質,此不可解者。中醫時服清熱養陰之劑,補則不受也。歲底文字債甚勞碌,大作氣體雄渾,亦無累句,故讀後無多著語,《毀城篇》且不忍卒讀也。日記亦妙文。雪窗書此,即請石卿仁弟姻大人著安,並賀年禧。寐泐。廿日。

　　【案】此札爲《同聲月刊》第四卷第三號《海日樓遺札·與謝復園》第三十四函。

三十四

屢得手書,知未有東遊期,甚悵。近詩甚少,何也？文有新製否？僕近日縱筆爲大草,時時有新意,亦時時撞著牆壁不得,前試作篆隸亦然。寄上隸書四幅,試評之。暇當更爲公作扇書小草,自覺行氣有特會古人處,先呈石印一紙。此請石卿仁弟姻大人靜安。寐上。五月十三日。

【案】此札爲《同聲月刊》第四卷第三號《海日樓遺札·與謝復園》第三十五函。

《同聲月刊》所載《海日樓遺札·與謝復園》後有龍榆生跋,附録如下：

右沈乙庵先生寄謝復園遺札一卷。松生從兄從謝君哲嗣伯衡逐録,擬輯入《海日碎金》者,適上虞羅奉高君,亦從旅順傳寫一本見寄,參校小有出入,因彙存之。復園名鳳孫,字石卿,湖北漢川人。曾列乙庵先生門下,誠樸爲先生所喜,故書中獎誘之意特多云。乙酉春龍沐勛謹識。

與徐乃昌　四首

一

書三册,繳還鄴架。訪碑圖并繳。率題四絶,惟大雅教之。此請積餘仁兄大人台安。植。十六日。

【案】此札今藏上海圖書館。作於光緒二十七年辛丑(1901)。沈曾植有《題徐積餘定林訪碑圖》四絶,見《海日樓詩注》卷三326—328頁。

二

隨菴以余舊影索題，是癸卯歲南昌所攝，甲辰在滬相遇所贈也。俛仰十年，感懷題句。

似曾相識是何年？露電光中萬變遷。梵志甯知前世我，陽休或是古時賢。影諾罔兩都無對，化等蟲沙已渺然。寄附錢王金塔畔，長恩還作守書仙。　　寐叟植。

【案】此札今藏上海圖書館。作於民國三年甲寅（1914）。詩又見《海日樓詩注》卷六《徐積餘出余乙巳年攝影索題》（一作《徐積餘以余舊影見示言是甲辰年江船中以贈積餘者》），詩句亦有所不同（814—815 頁）。沈曾植贈徐乃昌相片，當在光緒三十一年乙巳十一月（參觀《沈曾植年譜長編》313 頁），兩人皆誤記年份。

三

《讀碑圖》題就奉覽，乞查入付收條。前日書來，方困臥，竟不能作答也。《鄉約》奉到，謝謝。此請隨菴仁兄大人晨安。植頓首。十六日。

【案】此札見《番禺黃氏憶江南館珍藏近代名人翰墨》（69 頁）。《徐乃昌日記》民國十年辛酉四月五日（1921 年 5 月 12 日）：“以顧西津畫《隨庵讀碑圖》軸乞沈乙盦尚書題。”又五月十六日（6 月 21 日）：“沈乙盦爲題《隨盦讀碑圖》軸五律一首。爲乙盦印《呂氏鄉約》、《酒經》，先後送去。”此札即作於是日。沈曾植《徐隨庵讀碑圖》詩，見民國十一年壬戌十月十四日（1922 年 12 月 2 日）《徐乃昌日記》，與《海日樓詩注》卷十二（1400 頁），字句有所不同。

四

《廣武碑》奉到,謝謝。《大乘次第章》一册,相宗要典,聊以伴緘,匪云報也。《佩觿》萬玉、《袖珍》麻沙,如不能得,似不可不記其崖略。覆請積畬仁兄媚大人年安。期植頓首。

【案】此札爲 2019 廣東崇正春拍 Lot0176 號拍品。作於民國十年辛酉十二月二十八日(1922 年 1 月 25 日),是日《徐乃昌日記》云:"以新搨《廣武將軍碑》貽沈乙盦尚書,覆書貽《大乘道次第章》,唐沙門智周撰,北京刻經處本。并云萬玉堂本《佩觿》、麻沙本《袖珍方》,如不可得,須記其崖略。"十二月二十九日(1 月 26 日)日記略云:"《佩觿》三卷。每半葉八行,行大十七字,小廿四五六字不等,後傳行十六字。共五十五葉,每葉中縫魚尾下有'佩'字,下有'萬玉堂雕'四字……《袖珍方》四卷。每半葉十六行,行廿六字……按此本字體酷似《陽春白雪》,同爲建陽麻沙本式。洪武去元末未久(周、王序爲洪武廿四年),書體、刻工風氣相沿故也。"可參觀。

與許景澄　一首

竹篔星使閣下:密啟者,本月十三日接准使字六十六號來函,並摺片及往來照會問答各件,具悉壹是。此事既彼此相持不決,暫立此各不進兵之約,以免邊陲將士相逼生嫌,局勢稍寬,當不致另生枝節。各不進兵之約發自嘎,則所謂俄廷意在保全和局,似尚非一味空言,嘎且謂既有喀約,無論如何渾含,中國總有應得之權利,足見是非公理所存,雖悍者心亦不能冥然罔覺。閱尊處照會節略,已將

此意列入,雖詞氣婉約,而藎慮周詳,預作將來地步,極深
欽佩。惟喀使自匆匆會晤,並無照會前來。將來若由喀使
在京商議,尊處有案而署中無案,猶慮其易於反覆也。喀
以本月十三出都,經蒙古草地陸路歸國,度其抵彼得堡尚
需時,特先馳佈,望先事籌之酌度。阿克蘇河東之地,爲由
喀城通印度要路,並非由敖罕入印所必經,且此地應劃入
中界,並無劃歸英界之説,何以嘎謂捨此必受英國之害,此
語殊所不解。且兵事兵部主之,署務則交涉所關,外部
之權重於兵部,嘎動以兵部掣肘爲言,疑亦託詞,非實也。
【後缺】

　　　【案】此札今藏上海圖書館。作於光緒二十年甲午四月
（1894 年 5 月）,參觀《沈曾植年譜長編》168 頁。

與楊士燮　一首

　　味蒓大兄親家世年大人閣下:朗川歸後,消息較疏,秋
氣漸深,即日惟興居百福。聞戒酒甚嚴,深佩進德之猛,不
知飯量能有增加否？警署常年經費已籌定否？海軍經費,
浙認若干？兩大臣到杭,共用若干？此間經費,勉認常年
八萬,開辦十二萬,其實一無捐款。歡迎僅費四千,幸無挑
剔,若釋重負。第不知月末赴滬,此間經過否耳。

　　任州同壽彭,在皖數年,紫泉、蒿盒均極倚重,其人精
覈而慎密,實財政難得之才。頃以奉諱去官,弟留之不得,
念其寒素,家食亦難,輒爲介諸左右。出納之司,稽覈之
任,如有所需,皆妙選也。石臣竟不能長侍左右,殊不可
解。王監理清理財政,風采若何？專肅,即請勛安。不盡

不盡。弟植頓首。八月十六日。朗川履歷請速開交快班寄下。

【案】此札見《香書軒秘藏名人書翰》（484—486 頁）。作於宣統元年己酉八月十六日（1909 年 9 月 29 日），參觀《沈曾植年譜長編》336 頁。

與姚丙然　一首

昨得重遠信，謂各省來電甚多，總統甚以國教爲然云云。似此情形，似都督助力之事略可從緩。蓋軍警爲議院側目，非急時暫可不用也。晤朱督，或與徵商，則亦無不可。鄙見如此，候公指示。此請菊坡仁兄同年大人臺安。弟植頓首。

【案】此札見《中國書法》1999 年第 2 期、《二十世紀書法經典·沈曾植卷》（28 頁）。作於民國二年癸丑（1913）。

與姚永概　一首

叔節仁兄大人閣下：兩奉賜書，並得讀致師範學堂諸君書，藉稔履祉安和。遊屐所經，聞知日偉，甚休甚休。前需款，良生已經匯出，擬更由學堂籌寄三百元。純齋另由弟處籌寄百元，述庵如需款，亦望約數見示。張太尊、趙觀察考察所得若何？相見頻數否？新譯書必甚佳，極思快覩，國會當有許多刻印文件，能設法蒐集，愈多愈妙愈妙。

固知公臘尾不能歸，年考一切，堂中諸君早經預備，諒孝寬已經函達矣。理化教習，必得大學畢業而曾任三二年教員者乃適用，皖財力不能多致，不能不鄭重出之。鄙意並欲爲高等實行預備，若更得一兼文科、法科之教習，尤合式也。日人多能英文者，將來高等改良，亦以兼長英文者爲宜。高田君晤時，希代鄙人致候。鄙總思模範早稻田施之皖學，高明視察，以爲如何？

述庵近體如何？尚耐勞否？公歸，乞代致櫻花、茶花各數株。聞田中旅館能代辦代運也。泐請旅安。植上。冬月廿二夜。

【案】此札今藏嘉興博物館，收入《海派代表書法家系列作品集‧沈曾植》（90 頁）、《函綿尺素》（38—39 頁）。據姚永概《慎宜軒日記》，光緒三十三年丁未十月姚氏赴日本考察，十月二十二日"發信與沈公及學堂諸子"、十一月十三日"夕作函上沈提學"，即此札所謂"兩奉賜書"。故當作於是年十一月二十二日（1907 年 12 月 26 日），《函綿尺素》注作於"光緒三十二年十月二十二日"，不確。

與葉昌熾　三首

一

前日盛擾，謝謝。奉摺扇一柄，敬求法書，得錄近作題跋，尤所願也。連州題名一束，坿呈清覽，祈哂存。此請菊裳仁兄大人箸安。弟曾植頓首。

【案】此札今藏上海圖書館。作於光緒十五年己丑六月三十日（1889 年 7 月 27 日），參觀《沈曾植年譜長編》108 頁。

二

《靈泉寺碑》奉繳，弟處記有此碑而徧檢未得。筱山云，石在中州，《集古錄》著之。弟檢黃氏刻本，卻未得也。此請菊裳仁兄大人箸安。弟期功植頓首。

【案】此札今藏上海圖書館。箋邊注"葉老爺　外帖本一　順治門大街北路東　翰林院"，當作於光緒中葉沈曾植爲京官時期。

三

家刻二册呈教，新出大箸亦希見示快覩爲盼。此請菊裳先生仁兄道安。弟植頓首。

【案】此札今藏上海圖書館。作於民國五年丙辰（1916）。

與于式枚　一首

問訊于公異，秋霜鬢幾莖。瑣言存北夢，佳味憶南烹。戊戌春，飯於君賢良寺寓，鹽豉甚美，別後未再見也。歲月翻龍漢，荒唐話鼈令。可無迁恠客，同證海桑情。

晦若仁兄同年政和。植。

【案】此札今藏上海圖書館。作於民國二年癸丑（1913）。

與袁昶　一首

漸西先生左右：五月初九日，搭吉和輪行過姑熟。舟人有登陸者，詢知舟停不久而埠頭去城數里，往返需歷數刻。書篋過多，僕人難恃，入城非越宿不能罄積愫，躊躇再四,止可期之異日,延望青山,徒深弛企而已。到此知公有代奏大文,_{賜書奉到}。雖未得見,固知見道之言,非尋常談士所能測。繼又聞開藩之擢,恩命便蕃,柏薇洊進,微獨吾黨所希有,抑亦近時罕覯者已。月中當即入都,前席諮諏,訏謨啓沃,竊恐繼今良覿,不在六朝山色之中,而在兩府待漏之地矣。

植來此匝月,暑病纏綿。過蒙駿骨之矜,深愧豬肝之累。風土不習,寒雨咸咨。秋間得閒,念且來歸。江上多故人,廬阜、九華、鍾山、北固,或當逐處一遊,以畢平生五嶽願耳。世事無足言,昔人譬講席於祠禄,此後化山林爲朝市矣。林無静柯,可爲喟息。泐請台安,不具。弟制植稽首。六月廿六日。武昌紡紗官局寓館緘。

【案】此札今藏上海圖書館。作於光緒二十四年戊戌六月二十六日(1898 年 8 月 13 日),參觀《沈曾植年譜長編》205 頁。

與張詧、張謇　一首

叔儼、季直仁兄同年大人閣下:去月眉壽嘉辰,猥以病軀,未得趨賀,至爲歉悵。其時賤軀微有不和,未幾大病,肝風煽動,西醫鍼治經月,乃漸平復,迄今未能窺户也。獻歲發春,伏惟興居萬福。

兹有請者,京旗苦況,慘不可言,舉其事出意外者。肅邸叔母家大小十餘口,有衣者僅一人,餘皆蜷伏故紙堆中。靖逆侯張勇之裔孫家亦然,襲侯拉洋車,不能一飽,槁瘠如鬼。巴侍御一門五口,同日自盡。類此尚多,不勝枚舉。同人在都發起急賑會、生計會,茲奉公啟一紙。兩公具菩提心,行長者事,善權宏願,炳炳人間。此二百萬喑啞無告之衆生,脫感慈光,定離餓道。斯亦足表善拔之殊能,昭義問於天下矣。生計會惟開墾、工藝兩端最急,尊處工振協會能撥給一款否? 企望還雲,如待霖雨。肅請年安。不具。弟曾植頓首。除夕。

【案】此札今藏長春吳振武莫神一好齋。作於民國九年庚申十二月三十日(1921 年 2 月 7 日),參觀《沈曾植年譜長編》497 頁。

與張爾田　二十首

一

手示祇悉。菊老在此久候,雨未霽,知君未必能來也。弟行計亦尚未能定,得蔣君同伴,至佳。菊老、東老,公擬一電,請與明遠兄酌定,即發或交去手攜回由弟處發,均可也。孟劬先生。植。

【案】此札今藏上海博物館。作於民國二年癸丑(1913)。

二

即晚約廖季平來寓一談,請公惠臨,共張轡鞃,亦有此佳興乎? 下午四鐘前後來最佳,可先略觀其新箸。此請孟劬仁兄大人台安。植。

【案】此札見《二十世紀書法經典·沈曾植卷》(26 頁)。

作於民國二年癸丑(1913)，參觀本編《與廖平書》。

三

近日體中無苦，頗思努力爲曲阜之行，不宷公有此意否？祇(祇)謁後同游泰山，亦聊可滌蕩塵障也。蕭請孟劬先生箸安。植。

致彊邨一箋請轉送。

【案】此札今藏上海博物館。作於民國三年甲寅(1914)。

四

水調歌頭　　答孟劬

病鶴有奇翼，歸燕睇空梁。江南草緑千里，晦朔昧陰陽。築室已虛三瓦，説法未安一把，尺宅自清涼。好在張平子，遠道四愁將。　　窈鳴宫，野駃豕，醉吟商。幕天席地，何處走見二豪僵。灰劫朱明誕謾，夢語清都河漢，天地豁雷硠。乞子青霞佩，方駕白雲鄉。

略仿後村體呈孟劬先生教正。遜翁嘹嚦。

【案】此札今藏上海博物館。作於民國三年甲寅(1914)。此詞與《曼陀羅㝠詞》(《沈曾植集校注》1529頁)所載字句有不同處。

五

蒙許助修《浙志》，忻感萬分，奉書敦請，腒乾腏薄，不以草具揮之，至幸。行期定否？明晨能惠顧一談否？或四鐘後來，晚共飯益佳。允惠《成實論》，倘檢出，希交去价，

遲日當以東瀛舊刻《慈恩無垢稱經疏》爲報。此請孟劬仁
兄大人箸安。植。

【案】此札今藏上海博物館。作於民國四年乙卯（1915）。

六

道釋近代寂寥，自當以補舊爲主。或十科，或諸宗，統
爲尊裁，爲子目於卷中可耳。各門自當有敍述，則以案語代小敍。
舊志仙釋、方技兩門二册。並奉上，祈詧入。護教大文，能示
一讀否？孟劬先生。植。舊所有亦不詳，是不惟補人，且
當補事。

【案】此札今藏上海博物館。作於民國四年乙卯（1915）。

七

喉痛總宜先請西法醫一看，或華或洋皆可。鄙處常請
之林洞省，住北四川路，診價不過兩三元，所用藥水甚有効
也。尊恙究是喉痛或時感，須以西法辨之乃確。鄙見如
此，請酌。寫官明日飭令趨前。敝齋有義山題名、令狐綯
書，公愈後不可不來看。復請孟劬仁兄世大人台安。植
頓首。

【案】此札今藏上海博物館。作於民國五年丙辰（1916）。

八

歐陽境無昨奉訪，談話如何？今日四句鐘，約渠至敝
齋一飯，並約橘農，請台從惠來，共宣真諦。此請孟劬仁兄
大人箸安。植。

【案】此札今藏上海博物館。作於民國五年丙辰(1916)。

九

奉教如接塵談，詩有天聲，尤令人增魚山之感。行道有以報恩，講誦皆資增上，賢者之事也。橘農新居在吳淞路嘉興里，有暇企得一談。此請孟劬仁兄大人日安。植頓首。

【案】此札今藏上海博物館。作於民國五年丙辰(1916)。

十

北風勁厲，思歸不得，台從北征之期如何？《俱舍法原》尚未檢得，前攜去劄記乞擲還，有所改竄也。泐請孟劬道兄箸安。植。

【案】此札今藏上海博物館。作於民國五年丙辰(1916)冬。

十一

境無來見否？蔚如亦來，愚意欲乘此機緣，倡刻全藏，公當贊我此議。下午能枉駕一談否？此請孟劬仁兄大人台安。植頓首。

【案】此札今藏上海博物館。作於民國七年戊午(1918)。

十二

解脫無期，觸事增感。重承嘉貺，滋益慚惶。梁、唐二師異同，亟欲聞其大略。境無屏真諦於系統之外，鄙心乃極不安也。復請孟劬仁兄世大人台安。令弟同候。植頓首。

【案】此札今藏上海博物館。作於民國七年戊午(1918)。

十三

境無爲唐學,未必能申梁義,普寂書惜不令端甫見之,甸臣文尚未來也。《儴詞》希著墨擲還爲盼,擬擇君所許可者數首,坿入補特伽羅中。平生於此事頗著相,亦尚有詞話數十條。此請孟劬仁兄大人箸安。植頓首。

【案】此札今藏上海博物館。沈曾植《儴詞序》末署"戊午十一月"(《沈曾植集校注》1497頁),則此札蓋作於民國八年己未(1919)。

十四

甸丞文來,捄時之言,亦自痛切,然研究會公啟不必落邊際,則莫如用大作矣。周君明晨行,甸以江浙會爲比,亦謂事可期成。此請孟劬仁兄大人台安。植頓首。

【案】此札今藏上海博物館。作於民國八年己未(1919)。周君即周少猷。

十五

手示尋繹再三,深服妙觀察智。新居頗有餘地,公若能來繙經,當爲掃除一室。基師所謂勝空者,意自指清辯門徒,然述焉不詳,清辯學説必不盡於此也。西域大乘殆無不兼小乘者,決非今時印度所謂小乘者。公他日若發揮六足,當更爲印度文明發一異彩耳。復請大安。植頓首。

【案】此札今藏上海博物館。作於民國八年己未(1919)。

十六

日來起居若何？傷風已全愈否？倭僧攝論，乞借一觀。扇子塗就奉上。全藏目已著手否？此間人竟無鼓舞意，不知蔚如到今後如何耳。仲遠當已晤談。此請孟劬仁兄大人箸安。寐叟上。

【案】此札今藏上海博物館。作於民國八年己未（1919）。徐文霨（1878—1937），字蔚如。浙江海鹽人。佛教居士。民國間創立北京刻經處、天津刻經處，刊行佛典。

十七

比日寒威酷甚，幾不復能親筆硯矣。周少猷信來，言葉玉虎於募刻事甚踴躍，擬有切實辦法，公處得周信否？鄙意此機會不可失，台從乘晴時過我一談爲盼。此請孟渠仁兄大人箸安。寐上。

【案】此札今藏上海博物館。作於民國八年己未（1919）冬。

十八

健兒身手瘦生心，搖落江湖費苦吟。江西自來有祖印，章泉山水多清音。誰歟先鋒當上將，我欲去鲠以觀琴。借向詩廬開詩境，後山深是簡齋深。寐叟拜讀。

【案】此札今藏上海博物館。約作於民國十年辛酉（1921）。

十九

頻從靜盦處詢公目疾，知漸向愈，第病根究在何所，不可不尋其根本。林醫之説如何？釋傳如公辦法最好，此爲初稿，將來或尚有删潤機會，極易事耳。道家似可帶辦，容晤談。孟劬仁兄大人。期植頓首。

【案】此札今藏上海博物館。約作於民國十年辛酉（1921）。

二十

此間有净業社，爲關絅之、沈葦叔二君所立。敝友金淮秋在社主持，聞公宏揚彌勒宗風，極深欽慕。茲介紹淮秋奉謁，公有餘閒，至社中略宣妙諦，則大眾所渴企也。此請孟劬仁兄大人道安。寐叟和南。

【案】此札今藏上海博物館。上海佛教净業社成立於民國十一年壬戌（1922）春，社址在愛文義路（今北京西路），此札當作於此時。關絅之（1879—1942），湖北漢陽人。清末任上海租界會審公廨大法官，民國後皈依佛教。沈葦叔，即沈惺叔。蘇州人。銀行家、居士。

與張謇　二首

一

去月肅奉一緘，久未得覆，徵以黶敗神奇云云，置辭激宕，難以作答耶？此挾長挾故之談，正言以悟之可，戲言以報之亦可，懟置之則不可。試繙《世説新語》，當此問正有風味。東瀛西鄉、大久保，於此興復不淺也。大隈、伊藤純以談諧應政黨，公今日已在大隈地位，雖不承認，不可得也。亟思一談，佇候報章。季直四兄同年。植。十一月八日。

【案】此札爲鄭逸梅舊藏。作於光緒三十三年丁未十一月八日（1907 年 12 月 12 日）。西鄉即西鄉隆盛（1828—1877），大久保即大久保利通（1830—1878），皆明治維新領袖。大隈即大隈重信（1838—1922），伊藤即伊藤博文（1841—1909），皆曾任日本内閣總理大臣。

二

見致叔明書，見詆如寇讎，派書細事耳，藏怒乃爾，公耄荒耶？卅年歷史乃終以此也。潘君事，意到筆隨，受命如響，顧乃駁於南洋，度將來裁判必又增一罪過。江北君主誠專制無限之國矣，僕寄於此，贅疣耳，公意中猶律以赫赫萬能之貴官，忍乎？患難艱苦，不聞以一言相恤，獨日以鷹擊毛摯相期，公自處至高，乃視故人何等也。笑談而靖奇變，鄙人胸襟竊亦有自負者，顧不樂與人争名報界耳。陰德耳鳴，甘自遁於萬物不知之地，顧公有意，不能默默也。究竟公近日視我何等，願昌言之，不則毀人名譽，當與子訟。季直四兄足下。植。臘月四日。

【案】此札今藏上海圖書館。作於光緒三十四年戊申十二月四日（1908 年 12 月 26 日），參觀《沈曾植年譜長編》333 頁。

與張美翊　五首

一

別經一載，屢奉惠緘，偉論精思，風裁日上，欽遲私抱，

良慰返期。以先生進德之猛，自視歉然，彌增悔吝。報章
稽疏，將亦所謂"詩句對君難書(出)手"。近有剝床之兆，
竊願爲公言之。江右人民拗而非悍，比於河北兇剛、嶺南
鷙忍猶爲易與。惟其特別風俗，族制民權重於官吏；催科攝
犯，非協同族長不能行。特別性情，教民、非教民均以囂訟爲能，
曲直勝負，永無了日。基此二端，遂成糾葛。其現象爲誣
告，爲越訴，爲造謠，爲結會，爲聚衆，爲罷市，爲鬧署，習以
爲常，蓋有(無)歲無之。然大姓丁多，身家綦重，鬧事後輒
易頑爲馴，償款縛兇，彌縫結束。官籍大姓以行政，無賢愚
皆不得不遷就，此其歷史，非一朝一夕之故矣。近日新昌、
樂平二案，一則大姓自戕其同族教民，毀屍滅跡，狡不交
兇；一則鹽釐二卡苛罰積怨，憤而思報。案中皆焚燬教堂，
實無堂，乃民屋而懸教牌者。事後亦聲言仇教。其實一命案，一
鬧捐，初意本非仇教，既出事，乃假仇教爲名以煽衆耳。衆
情初亦闃然，而官府重視教案，不免張皇其事。

【案】此札見《海日樓手簡》。新昌、樂平教案發生在光緒
三十年甲辰五月、七月間(1904 年 6 月、8 月)，此札當作於此
後不久。

二

抄件呈閱，擬將兩件合併修改，即定作本局辦事章程
便可排印。公試一加筆削如何？十一區徵訪員，杭嘉弟意
中有人，溫台處任之班，甯紹公可擬定，通知杭局。逸農訂定，
現名譽編輯，將來特別徵訪，請轉致。顧輔卿有信允來，覆信當請公
轉寄，有暇盼一談。肅請讓三先生道安。弟植頓首，十

四日。

【案】此札爲 2018 西泠秋拍 Lot2666 號拍品。作於民國四年乙卯(1915)。

三

顧世兄佳士,其尊人固西江舊雨,且欲喬梓雙收。公能再作介紹否? 吳絅齋先之矣。班侯已來,即晚請惠臨寒齋一敘。公能於四鐘前先到,瑣事可談。尤昐。此請讓三先生台安。弟植頓首。

【案】此札見《清代名人手札甲集》卷六。作於民國五年丙辰(1916)。

四

昨奉手教,敬承一是。此議發自一山,吾輩固無不贊同之理,蓋以租稅爲抵押,天下所未聞,暴惡政府所不爲,豈可自浙剙之? 爲當事諸公謀,亦非計也。多藏且誨盜,何苦爲此? 沈衡山昨來,語不及此,蓋有所諱。鄙告以增兵召敵之可危,彼若坐不能安者,遂辭去。莫、陳見事敏於沈,能容公置喙否? 甚望台從抽暇一談。此請讓三先生仁兄早安。植。

【案】此札爲 2010 西泠春拍 Lot579 號拍品、2016 北京誠軒 Lot227 號拍品。約作於民國五年丙辰(1916)。

五

久未晤爲念。北京孔教會陳仲遠先生,遠慕大名,思欲一接言論,屬爲介紹。專此佈達,即請讓三仁兄大人台安。弟植頓首。

【案】此札爲2001上海敬華秋拍Lot470號拍品。鈐"吳省庵藏"朱文印。約作於民國九年庚申(1920)。

與張鳴珂　一首

法書小卷,借題數行,不免佛頭著糞之愧。德興案,尚未得窺全豹,昨札語未能答問也。此請公束先生尊兄台安。弟期植頓首。初四日。

【案】此札今藏上海圖書館。張鳴珂曾任江西德興知縣。德興教案起於光緒三十年甲辰(1904),此札當作於是年。

與張勳　一首

暌侍以來,裘葛再更。歲月不居,撫心何已。沙中偶語,時有傳聞,不敢遽信,不能無望也。天機絶續,係在台端。即日敬維鼎祉凝庥,師貞楙吉。鄙人海濱戢影,衰病纏身。自斷此生,固已上負國恩,下慚義士,嗶經密祝,忽發愚誠。

竊思昭代開基,佛教實爲國本。滿珠瑞號,冥協文殊;九敏隆禮,等同大梵。聖聖相承,以人王兼法王之統,以此綏和中夏,以此宏被萬方。華梵二藏,殿板流布,太平盛業,紀周三甲。乾嘉以後,風俗澆灕。象教既衰,莠民乃作。布金造塔之日希,斬木揭竿之日盛。革群激黨,政客學徒,并起爭心,熾爲殺氣。永言末劫,良切大悲。

　　茲寧滬研究會同人，發願推廣刻經處事，募刻全藏善緣。集中外罕傳之秘本，作古今未備之宏規，下濟含靈，上綿寶祚，冀以慈悲之法雨，湔除魔外之凶災。念眾生共業，既積造於三世三生；則大願同仁，不可限以一方一邑。人賦一錢以造象，具有傳聞；身施百萬以檀那，非無經證。宏大法，顯謨也。保國家，忠悃也。濟眾生，仁恩也。銷魔難，正願也。

　　公之偉望，海內具瞻，諒當有契於淵衷。延望主持，增茲福聚。近者《道藏》全書，傅沅叔一力成之。佛教之感人心深於道教，以彼例此，知有願者必有成之。其詳具周少猷君口述。輒以悃愊，上瀆威嚴，一是統希亮照。不莊。弟某頓首。

　　【案】此札見《沈曾植未刊遺文（續）·與張少軒書》（《學術集林》第三卷，113—114頁），又見《海日樓文集》卷一（30—31頁）。據“睽侍以來，裘葛再更”等語，此札當作於民國七年戊午（1918）夏。

與張元濟　三首

一

　　《莊》、《荀》兩種，願並得之，否則一子一經。論疏。不審公能如所請否？四種百五六十元百廿恐不成。可取也。復上菊生仁兄大人台安。植。

　　【案】此札爲2017年4月18日合肥種芸山館第84期微拍拍品。據筆跡當作於民國元年壬子（1912）。

二

《鼎帖》僞本無足取，舍間有殘本，杭有全本，三年不售，猶居奇眩人也。賤恙今日差愈，承念謝謝。《公言報》頗有稱之者，務望代訂。此請菊生仁兄大人台安。植。

【案】此札今藏上海圖書館。作於民國六年丁巳（1917）。

三

丁茂才_浩，杭之能文雅士，品行優潔，曾爲沈衡山學署科員。其戚馬一浮君，則浙士之領袖也。諸貞壯已介紹於鑑丞，若得鼎言，益當增重。其人志願不奢，位置固易易也。此請菊生仁兄大人台安。植頓首。

【案】此札今藏上海圖書館。約作於民國九年庚申（1920）。

與張之洞　二首

一

漢皋艦發，四望眷然，深維釣座淵懷，其於消息盈虛之理，剛柔摩蕩之情，誠有縱萬年，橫九畡，造耑未伸，悉數難罄者。忽忽拜辭，退而自思，良悔未窮淵旨。雖然，先識者道之華，曲突徙薪，迂而無當。事變在隔二隔三之後，則豫計者亦不必汲汲焉以取求時求夜之譏。

《易》貴當時，《春秋》因行事，至言之出，後於俗言，事理宜然，固不妨待叩於異日也。惟是中朝宗旨，實以江鄂爲南針。江鄂之言不必盡行，而江鄂奏入之後，大局未必不從茲而定。近世人心慮淺短，呼號企望，只延頸於詔書一紙，曾無有計及於詔下後奉行措注之若何。隱心言之，假令中朝盡采嘉謨，天下果一揮而定乎？假令用其言而失其旨，一切以操切暴慢發之，天下事得無猶有當長慮而卻顧者乎？假令擇用者盡失緩急後先之敘、開塞操縱之宜，將實力奉行乎？抑敷衍從事乎？

《革》之卦辭，四德備不能無悔，必“巳（己）日乃孚”之後，“革而當，其悔乃亡”。《鼎》元亨，“柔進而上行”，而“我仇有疾”，著戒辭焉。取新順而去故逆，夫是以革之道止於悔亡，至於鼎而後可言大亨之吉也。

中外所屬目皆在公，儒墨名法、九流百族所屬目亦在公。夫挾私意而廢吾言，政府之責也。夫用吾言以號令於天下，而以淺見私意顛倒之，事成尸其功，事不利彼不任其罪，此則近代政府所優爲，抑不可不慮其後矣。犯天下之謗，其事在一身。啟天下之爭，其事關數世。尸祝不能越尊俎而代庖丁，抑相瞽有道，扶醉人者，不獨掖諸東，亦且掖諸西。玉人受教而斫玉，爲圭爲璧，主人之教也。方圓尺寸，渠□［眉］邸射，曰吾皆將受教諸主人，不敢少參己意，玉必毀，而天下之譏議將不在主人而在玉人矣。莊氏言竅要，荀氏言節奏，而望溪之説《周禮》也，深致意於空曲交會之中。所謂空曲交會者，平心論之，豈必待瑰意琦行、危言激論而後有益當世哉？陰陽相生，奇正相成，老生常談，卑無高論，而有可應無窮之變、濟非常之原者。陰陽相生，奇正相成，理固然也。某有美芹之説四焉，敢以陳諸左右。

一曰通志意。將相不和士不附，帥乘不和戰無功，世變至斯，謂當事者無求全厭亂之意，蓋非人情。然而意見猶未盡融，習氣猶未盡湔者，何哉？內外之情意不通，相資者反爲相軋也。近日內外之相商以電，同治舊事則以函，電簡而函詳，電直而函婉，電迫而函舒，電質函文。夫尋常例行公事，尚有待反復指陳者，況新政之變動不居、情形百變乎？先事當預籌，既事當補救，奏牘有所不盡，公文有所難言，凡皆宜以函啟達之，略如宋人告廟堂以劄子之意。必疆吏先示恪慎之風，而後可望柄臣以虛和之度，事有甚細而不可忽者，三寸之轄，以制千里，此類是也。

其二曰議奉行。新政在內有專司，在外亦宜有專局。立法之初，庶端並起，僚屬之諮詢，士民之陳訴，事或可行而中沮，機或屢變而無方，獨斷則勞而鮮功，博訪則繁而無統。謂宜仿牙釐善後之例，專設一局，選僚吏通知中外者，明達事理者，資望深重者，咸使入焉。而所有新政詔書，或詔書未及而事當舉辦者，皆責之令評議，令檢會以成事。徵之詔書，未必皆實行，奉詔書而設立局所者，無不實行。督責之虛文，誠不如局所之實際。創一局而全域皆定，何憚而不爲，此又極平易極變通之一術也。

三曰議章程。由議法言之，則有治人而後治法；由奉法言之，則有治法而後有治人。喪亂頻仍，朝野焦然，雖彼昏庸惰慢之人，亦孰不樂於改圖以自效，顧欲從末由耳。不授以章程而責之行事，抑已過矣。有紀律則懦卒皆可爲精兵，有章程則庸才皆可爲能吏。既設專局，即議章程，凡有應行新政，先令局員搜訪東西各國章程，以博爲量，以考異同、酌民俗爲功，折衷簡要，爲試辦章程，徐而加精密焉，徐而加推廣焉。事無大小，愈細瑣愈當求其條理，愈當備其章程。訴新政不便及因新政而生異義者，不可慭置，但修改章程以應之，而決不搖我宗旨。如此然後人望可厴，人心亦可定也。

　　四曰劑名實。與人以實者，不必倍稱以名；奪人之名者，不可盡除其實。勇變政者，才士也；憚變法者，不可謂非國家服教畏神、奉公守法之良士也。新政究非王道，異趣者又不可曰邪人。朝爲健吏，莫作庸材，昔之勝流，今成廢物。所進者之言行，又不必能厴人心，勝前人。怨謗繁興，勢有必致，翕翕訛訛，安所極乎？此意一時未可能渠達於朝廷，不得已而思調劑之，莫若仍守差遣員缺之常，以差遣任新人，以員缺安舊人，新者顯榮實，舊者不必靳其廉退之名，但使一切皆有章程，彼舊者何必不樂奉周旋。況地方公事，固不能不循舊日禮律乎。如爲預計之言，則他日積重所趨，如歐洲各國，如日本，勢不至盡變要職爲局所，不止新人後望方長，何必壟斷以啟天下之爭乎！

　　以上所言，固近代疆臣所習行之事，抑亦即公所常用，或且唾棄而不屑爲者。發此論於開物成務之時，陳義可爲猥下，然天下非常之業，事運以常則事行；至動之機，根養成於靜而根固。兼不易變易兩義，而後易之用備。得中庸，具減進，而後禮之體全。方今天下洶洶，平陂往復，豈盡庸愚陋劣之爲害哉！士大夫躁動無常，爭名爭權之機械，十百倍於爭利。黨論之禍，人所見也。尚有伏而未見者,履霜冰至,遠想慺然。請即變法言之。

西人之來,言變法久矣,論其便而諱其敗,言其善而蔽其患,策士代謀,從古已然。夫歐洲改革,起自十八周以來,始焉爲宗教之改革,繼焉爲政治之改革,其改革之利鈍成敗不一。其在於今,各國文化之昌,富强之進,誠倜乎不可及矣。然英、法有革命之變,德有政黨教黨之争,南北花旗,禁奴成戰。溯其改革之初,安居樂業之民,無端而張脈僨興,肝腦塗地,蓋不知凡幾。幸彼數大國,無强敵覬覦其側,維新者得以屢蹶屢起,僅而集事耳。其不幸者,若波蘭之政黨分争,若埃及之上下乖戾,以變法而覆亡,固亦非無其事矣。獨俄彼得藉戰功之偉,以用其君主之權,日本以將相之和,盡其臣民之用,是變法之最有效者。然日本於西法講求委曲於國俗,劑量分寸,其心思之微密,決非吾人之淺嘗暴發者所可同日而言。俄以變法不和,彼得時内訌再三,大臣戮死者數百人,禍及於其后。其太子,蓋犯亡國之戒者若干,幸而不亡,尤非吾今日所能比。

夫誠平心探討於歐洲十八周來政治文明之史,博考其君臣言行,黨派異同,奭然有動于人心。不得已而變法,方將憂危惕厲之不遑,惻怛哀矜之不暇。沉思遠慮,不獨發其端,且圖善其後,又何頑固之介我胸臆,闒冗之當我譏評乎?況乎新政改革,政令必日繁,民生必日促,風俗必日薄,道德文學必日荒,外人之勢且日尊,國家之根本且日撼,弱國貧國之勢固然。彼日本已著成功,猶念念不忘於此,吾可以漠然無念乎?

鈞座所當之位,誠限於分而有不能爲,然天下大事,不外政學兩途。以政言，則公所舉措，各省撫視爲步趨；以學言，則公所舉揚，天下人准爲圭臬。物情事勢，積望已成。率天下以言者在政府，率天下以行者在公。言及於此，蓋有爲公慮而不敢爲公喜者矣。自今以後，願公以變法之利益開導恒人，以變法之禍亂提撕同志。保國民之秩序，而後堂高廉遠，可以保君權；存歷史之性情，而後林茂淵深，可以存國教。以實事改之，與以空言争之，勢相百，效相萬也。

　　某倡言變法，遠在甲申、乙酉以前，在戊戌被排以黄老之譏，在庚子見絀以儒書之誚。顧其愚固逝不可回，而亦自念冗散不材，終不足有補於世，但冀世事粗安，得自放於寂寞寬閑之地。風流歇絶，自公外，無復可與斯言。不勝憒悱，聊干鈞聽。某頓首。

　　【案】此札見《沈曾植未刊遺文（續）·揚州與南皮制軍書》（《學術集林》卷三，106—110頁），又見《海日樓文集》卷一（21—25頁）。原注“辛丑春在揚州”。當作於光緒二十七年辛丑二月二十二日（1901年4月10日）之後，參觀《沈曾植年譜長編》242頁。

<h2 style="text-align:center">二</h2>

　　江南擬稿，縱意妄言，不謂新甯遂以馳閱。雷門布鼓，聞之汗顔。腐朽陳言，誠不足當坐上諸君一笑。乃某憧憧之忱，固有不能自已於言者。世變至今日亟矣，體大者不可以狷懷理，事遠者不可以快論攖，中西之法雖殊，所以行法者，知及仁守，莊涖禮動，縱千古，横四海，無異理也。以禮義誠

恪之心行新政，新政，仁政也；以憤時嫉俗之心行新政，新政，虐政而已矣。戊戌之敗，本原在此。以今日國勢言之，譬之病後，形神尪瘠，而又欲治其癰疽，癰疽不免刺割，不免痛楚，固也。華醫之良者，曰大痛傷元氣；西醫之良者，曰痛劇者致死。當預講止痛之方，而後得盡其刺割之術。市井拙工之言曰：不忍痛，何能治病者。貿然以毒劑腐藥進，則病未愈而宛轉號叫以斃者不知凡幾矣。宮府積弊，官吏各習，大癰疽也。變法，大刺割也。事失故業，官失定位，舊德亡，先疇改，隱心以言之，不得謂非天下一大痛楚也。故嘗謂開新與守舊二說不必並提，興利與除弊兩事不可並進，新既開，不憂舊不去，利既興，不憂弊不除，此事理之自然。若囂囂然日以訾諑之聲聞天下，人匿其情，而爭心並起，則無一事可行，行而可成者矣。以開新爲樂者，文明之象也；以除弊爲快者，野蠻之習也。彼赫德，駔儈才耳，於關稅，於郵政，尚能規模素定，相人情之緩急而次第施之，終以集事。常關之習未盡除，信局之舊不盡去，何害於關稅之日增，郵政之日擴乎？夫彼固習於西法者，而其行法之從容如此。然則言西法而必以操切之論濟之者，得無知有法而不知所以爲法者乎？愚管之見，大抵如此，誠不敢自以爲當，謹就正於有道之前。孝章以條約爲譬，謂此時宜粗大綱，奉俞而後陳細目，亦揣摩有得之言。此非帝德王道之敷陳，事求可，功求成，則寀機寀勢，慮亦葛相晉公所不廢者也。久未侍談，因舍弟趨前，輒妄發，又累數紙，惶悚惶悚！

　　【案】此札見《沈曾植未刊遺文（續）·與南皮制軍書》（《學術集林》卷三，110—111頁），又見《海日樓文集》卷一

(25—26 頁)。作於光緒二十七年辛丑二月二十二日(1901 年
4 月 10 日)之後,參觀《沈曾植年譜長編》242—243 頁。

與趙于密　一首

瘝下乞假。奉惠嘉珍並承,仙舟已蒞江干,下懷踴躍,
企盼速臨。

　　【案】此札見《海日樓手簡》"致趙伯臧小簡",原注"戊
申",即光緒三十四年(1908)。

與鄭孝胥　四首

一

允假舊拓石鼓文,希檢交去价爲荷。此請蘇盦仁兄先
生箸安。弟植頓首。

　　【案】此札爲 1997 年嘉德秋拍 Lot508 號拍品。據筆跡,當
作於光緒十五年己丑(1889)。《鄭孝胥日記》己丑年有數月殘
缺,惟三月四日(1889 年 4 月 3 日)略云:"夜,黃仲弢來觀《石
鼓》、《聖教序》。"此"《石鼓》"當即札文"舊拓石鼓文"。

二

江湖無静浪,鳥獸欲同羣。爲拭風胡劍,言尋滄海君。
蒼茫嘶騎遠,浩蕩白鷗分。念子終無已,憑高望斷雲。奉
送蘇盦先生南歸。曾植。

　　【案】此詩札見《二十世紀書法經典·沈曾植卷》(44 頁)。
《鄭孝胥日記》光緒二十一年乙未十月二十九日(1895 年 12

月 15 日）："子培以詩招余，遂詣談，至三鼓乃返。"當即此詩，
鄭孝胥將於下月出都南歸。《沈曾植年譜長編》（126 頁）繫於
光緒十六年庚寅九月（1890 年 10 月），不確。此詩又見《海日
樓詩注》卷一 181 頁，題作《太夷別後重寄》。

三

莊可莊也。老云殂，臣之質死。鐵石之托，今在公矣。

【案】此殘札見《鄭孝胥日記》光緒二十一年乙未十一月五
日（1895 年 12 月 20 日），略云："子培贈五古三首、古風一首，
來書曰：'莊可莊也。老云殂，臣之質死。鐵石之托，今在公
矣。'五言悲壯，讀之感動。"五古三首蓋即《海日樓詩注》卷一
172—177 頁《雜詩》五首中三首，古風一首即《海日樓詩注》卷
一 178—181 頁《贈太夷》，茲略。

四

久疏音問，馳念無已。開藩不敢言賀，建節或可略抒
己見耳。包工若專屬英，宜使略知吾華對英厚意。湘水清
泚，異日或買棹相訪，但恐公亦未必久於彼土耳。海藏樓
宜獨居，能借我爲遊我舍館否？月初可赴滬，然恐行旌已
發矣。太夷先生方伯。植。廿六日。

【案】此札今藏上海博物館。作於宣統三年辛亥五月二十
六日（1911 年 6 月 22 日），參觀《沈曾植年譜長編》358 頁。

與鄭孝胥、陳邦瑞、余誠格、劉世珩　一首

昨接寶瑞臣信，其太夫人八旬正壽，陳弢老爲壽文，欲

請諸公台銜以爲光寵，特此佈達。原［信］呈閱，閱竟擲下。
台銜開示爲荷。請書左方。蘇戡、瑶圃、壽平、聚卿仁兄大人
台安。弟期植頓首。

　　【案】此札今藏上海博物館。作於民國十年辛酉（1921）正
　　月，參觀《沈曾植年譜長編》499 頁。札中空白處四人書各自
　　官銜、姓名如下：湖南布政使愚姪鄭孝胥、度支部右侍郎世愚
　　姪陳邦瑞、頭品頂戴前陝西巡撫調補湖南巡撫門生余誠格、頭
　　品頂戴度支部左參議年愚姪劉世珩。

與周家禄　十三首

一

　　昨晤教爲快，季直一緘，敬希代致。泐請彦升先生行
安。弟沈曾植頓首。

　　【案】此札今藏上海圖書館。書於“沈曾植”名刺上，邊注
　　“周老爺　武備學堂　外信同送”字樣。此札當作於光緒二十四
　　年戊戌（1898），時周家禄任職於湖北武備學堂。

二

　　昔聞周北張南雅，今共吴咮楚尾來。名字眇然成舊
故，江山猶得助嘲詼。清秋高館霜華入，白日黄河鬢影催。
肯放旅懷同寂寞，不妨散策共徘徊。奉簡彦昇先生有道。
苻嫠庭橐。九月廿六日。

　　【案】此札今藏上海圖書館。作於光緒二十五年己亥九月
　　二十六日（1899 年 10 月 30 日），參觀《沈曾植年譜長編》218

頁。此詩又見《海日樓詩注》卷二 238 頁。

三

奉大教,如讀異書,欽佩忻快兼之,客中難得此風味
也。遲日容再趨候。此請彦翁仁兄大人箸安。弟制植頓
首。望日。

【案】此札今藏上海圖書館。作於光緒二十五年己亥(1899)。

四

天雨,未得趨談。季直聞在金陵,尊處曾得其信否?
《朝鮮三種》,息岑觀詧、節盦編修各乞一册,屬弟轉致,能
檢交去价尤荷。此請彦昇道兄先生箸安。植頓首。十
六日。

【案】此札今藏上海圖書館。作於光緒二十六年庚子(1900)。

五

示悉。信收到。粤督今日行,蘇撫説未聞。即上彦昇
先生。植頓首。初三日。

【案】此札今藏上海圖書館。作於光緒二十六年庚子(1900)。

六

弟行期約亦在月半前後,然課卷未來,不能定。明當
趨候,信繕就攜呈。此請彦昇先生尊兄刻安。弟植頓首。
初九日。

【案】此札今藏上海圖書館。作於光緒二十六年庚子十二

月九日（1901 年 1 月 28 日），參觀《沈曾植年譜長編》239 頁。

七

彥昇先生尊兄閣下：冬初接奉手書，懸測尊旨，未能暸達，又未有機會可言，坐是躊躇未肅復，而先布下懷於季直，顧季直亦無答詞。月初乃從大生帳房得賜書，知季直已達鄙意。又知公十月中曾過滬，甚以不得一面爲悵也。即辰惟道履如宜爲頌。

學堂一事，言易行難，空腹褊心，競談教育，教育固若是其易言乎？今日所當整頓，固不在西文而在中文，中文且不在國學而在國文。此間有學課、文課之分，其文課總教習一席，歲脩千二百元，頗望高賢惠來海上，力爲主持。外風輸此始於此，江左舊風維持亦當在此，此植所以企望德風，引領以冀者也。或聞汝南幕府虛坐待公，彼規模自閎偉於此間，然宏獎士流、陶成後進，則南中尤重於北中。且鄉閭咫尺，與公望雲之念亦屬相宜，不審先生許我此意否乎？企盼還雲，計日以俟。學課一席，已訂姚子讓。弟開歲北歸，異日教育法程，將惟二公是賴，是植所以竭區區於公學者矣。專泐，祇請箸安。不具。十一月廿七日。曾植泐上。

【案】此札今藏上海圖書館。作於光緒二十七年辛丑十一月二十七日（1902 年 1 月 6 日），參觀《沈曾植年譜長編》265 頁。

八

昨忽忽輶褻爲愧。《反切通義》藉使繳上，指示親切，真教科佳本也，欽服不盡。泐復，即請彥昇先生箸安。曾植泐上。

【案】此札今藏上海圖書館。作於光緒二十八年壬寅（1902）。

九

昨晚歸讀手教，今晨即屬橘農轉詢，頃得回書，開來坤造，謹轉呈，乞詧入。閏枝丁巳生，并奉聞，以備擇日。日來困於酒食，未得趨候，明晨准行否？乞示復，此請彥昇先生道兄台安。植。十七日。

【案】此札今藏上海圖書館。作於光緒二十八年壬寅十月十七日（1902 年 11 月 16 日）。

十

彥昇仁兄大人閣下：初二日晚接奉手教，次日清晨至太倉館趨送行旌，不謂於八點鐘前早經遄發，悵惘以歸。閏枝編脩於世兄風儀文字備極傾心，惟其家諸姑伯姊咸有參預之權，必俟會商，始能決議。又將來世兄家室爲當寓直爲復，回通能來都門結親否？並望先示崖略，以答閏枝之問。刻八字尚未合定，台從計即日南歸，幸賜復數語，並將寄信地址開示爲荷。

公學事，王梅伯至，略述梗概，大都共和是其本旨，師徒之間藉端起釁，現在寶梁爲總理，讓山爲提調，掃除廓清，亦恐未易言耳。泐請箸安。冬月初七日。曾植頓首。

【案】此札今藏上海圖書館。作於光緒二十八年壬寅十一月七日（1902 年 12 月 6 日），參觀《沈曾植年譜長編》278—

279 頁。

十一

彦升先生尊兄左右：臘底接奉來教，當即轉致閨枝，閨枝總以世兄行將隨節，愛女未免遠離，躊躇累旬，終以人才難得，當爲長遠之計。昨過敝齋，屬弟速報先生，請於北來之日面議定局。意甚懇至，詳鶴亭信。閨枝傾慕德風，蓋非一日，即日驥從北來，一宿飆輪，稍紆文軌，亦弟輩所同盼也。

季直諒常晤聚，秣陵之遊，議論若何？昭裔來此，始悉公學真況。公辭南就北甚善，今歲教育風潮，正不知作何醜態，顧語昭裔，有識惟當袖手耳。泐請道安。不具。正月十八日。曾植頓首。

【案】此札今藏上海圖書館。作於光緒二十九年癸卯正月十八日（1903 年 2 月 5 日），參觀《沈曾植年譜長編》285 頁。

十二

彦昇先生有道：前奉初五手書，敬承一是。今晨續奉廿七書，世兄來晤，並得詳起居近狀，甚休甚休。弟擬於下月廿前後出都，過津可圖良晤，然公果得暇來此，一切自更從容也。閨枝十七出都，不數日即有鼓盆之戚。前書先行入贅之説，接信在閨枝行後一日，尚未達知，刻下事勢變遷，自當先議百日後能否從權辦理一節。閨枝瀕行屬弟，尊處有信，可先與其妹商酌，然其妹亦但能商酌，未能主持，還須閨枝歸耳。彤士前後事語均接頭，弟行後，尊處指意已面告閏枝,請彤代達。忽忽不盡,即請箸安。弟植頓首。二月三十日。

【案】此札今藏上海圖書館。作於光緒二十九年癸卯二月三十日(1903年3月28日),參觀《沈曾植年譜長編》291頁。

十三

彦昇先生尊兄左右:接奉手書,敬承壹是。遵即礲括尊意,留書以告閏枝。以目下情形而論,吉期、入贅兩節,夏宅親族均謂無難,度閏枝歸來,亦當無他斟酌。文定時,台從來都,與閏一面部署即定矣。弟擬定初六出都,到津寓佛照樓,屆時再行奉候。泐請箸安。不具。弟植頓首。初四日。

【案】此札今藏上海圖書館。作於光緒二十九年癸卯四月四日(1903年4月30日),參觀《沈曾植年譜長編》295頁。

與周樹模　二首

一

大篇以硬語道苦言,曲終奏雅,彌徵蘭臭。昨晚略得安眠,今日社集不能到,半爲蹇步,亦半爲風雨耳。胡石莊詩,尚有半册未卒業,遲日即繳。復請泊園仁兄社長大人台安。植。

【案】此札見《二十世紀書法經典·沈曾植卷》(32頁)。作於民國三年甲寅(1914)。

二

開(聞)有省墓之行,確乎? 大集五册繳呈。庋置經時,卒未能次第細讀爲憾。甚矣,心志衰也。肅泐,敬請泊園先生箸安。弟植頓首。

【案】此札見周樹模《沈觀齋詩集》第五册末所附影印件。作於民國七年戊午八月(1918 年 9 月),參觀《沈曾植年譜長編》469 頁。

與周少猷　一首

少猷仁兄大人閣下:兩奉手教,具悉一是。葉君宏願,深副同人之望。辦法三條,第二條尤爲發軔要著。頃與孟劬商略,最好先將燉煌寫經中東西藏所未收者先行印出,事易集而銷數必暢,其次印宋藏,不過數萬金,基本立矣。近日商議如何? 希續示。寫經留在英法者,伯希和允助力。此請日安。不具。寐叟手泐。

【案】此札見《鄭逸梅收藏名人手札百通》(93—94 頁)。作於民國八年己未(1919)。

與朱祖謀　九首

一

古微仁兄大人閣下:冶城分手,倏已五旬。歸禾後埋首書叢幾及一月,卷帙始稍歸次第,而詞律末帙迄未檢得,戚夫人楚歌聲節尚在夢夢也。硯傳大屋，未曾忘懷，茲請李景虞君前往一看，景虞爲橘農廉訪喆嗣，公在都當曾見過，乞飭紀嚮導爲盼。鄉閒凋劼，月異歲殊，而農民疾苦真形，轉掩於斷爛名詞之下。法政學者主持加稅，心理更熱於農曹，此事隱憂殊難意量。憲法不保治安，氓庶安所託命乎？日内擬至杭一轉，近有新製，幸示一二，以警蓬心。泐請箸安。不具。植。冬月初五日。

【案】此札今藏上海博物館。作於宣統二年庚戌十一月五日（1910 年 12 月 6 日），參觀《沈曾植年譜長編》351 頁。

二

古微仁兄大人閣下：冶城分道，眴已逾年。冬月明聖泛舟，靈山韶濩，頗有領會，惜不得與公偕行共證也。獻歲以來，伏惟起居集福。坡詞校例精詳，恐當爲七伯年來第一善本，願記數語，發揮此意，機緒尚未湊泊也。杭游得詩十餘首，録奉教覽，以當晤談。頗有鄧尉探梅之意，天氣稍和，即當買棹，但須公作導師耳。甚望覆我數字。此請道安。植。初九日。

【案】此札今藏上海博物館。又見《詞學季刊》創刊號（165 頁）。作於宣統三年辛亥正月九日（1911 年 2 月 7 日），參觀《沈曾植年譜長編》355 頁。

三

賀新郎　甲寅重午日滬西麥根路作

滿泛雄黄酒，且從容、艾簾蒲劍，今年依舊。安石榴花

開幾朵,太息吾行長久。問客子、不歸安否? 長月荒唐成毒
月,付混元、合子張翁手。何蟲豸,強蟠糾。

　　清江湛湛平無皺,禦風來、終南進士,終葵杅首。踏浪
吳兒休競渡,閒看吳娃競走。儘塗抹、青紅新舊。暮色蒼
然從遠至,最高樓、倚望雙虹轂。墻角落,雞蟲鬭。

　　不及後邨老練,乃頗有稼軒皮毛,録請彊邨先生呵政。
遜翁瓃語。

　　【案】此札今藏上海博物館。作於民國三年甲寅五月五日
(1914 年 5 月 29 日)。此詞《曼陀羅瓃詞》(1531 頁)題作《金
縷曲　甲寅端陽》。

四

　　碧瀾霽色,斂新寒,秋山爲整妝容。鼻孔禪撩,顛毛病
禿,還來落帽西風。人閒斷蓬,著淚痕染遍江楓。度關山
萬里雲陰,傷禽不是楚人弓。

　　古往今來多事,儘牛山坐看,哀樂無窮。壞井蛙聲,危
柯蟻夢,臺邊戲馬忽忽。騎兵老公,莫青袍誤了吳儂。仗
茰觸辟惡袚愁,愁來還盪胷。

　　彊邨侍郎示我九日霜花腴詞,感賦繼聲,即呈教
覽。植。

　　【案】此札今藏上海博物館。據筆跡,作於民國五年丙辰
(1916)。此詞又見《曼陀羅瓃詞》(1534 頁)。上海圖書館藏
《霜腴圖》手卷,沈曾植書此詞而跋曰:"詞作於丙辰,書於戊
午,卷存余齋者經年。黃落山川,今己未歲聿云暮矣,展眎感
愴,復紀一詩(下略)。"可參觀。

五

　　紫萸香慢　彊邨見示九日焦巖登高詞率爾依和

　　折茱萸,焦巖招手,詞人共是仙曹。泛淩江單舸,靈胥眼,海門高。風雨年年重九,那今年殘照,與煖霜袍。對江山搖落,不是舊題糕。關塞路,影消夢消。

　　松寥。閣自前朝。呼舊酒,炙新螯。望南山不見,尋尋覓覓,暮暮朝朝。鴈來數行題字,迴颭摻,蕩歸潮。盡人閒、難開笑口,桑田擲米,新句得恁相招。愁重癢搔。寐叟呈草。

　　【案】此札今藏上海博物館。作於民國七年戊午九月(1918 年 10 月)。此詞又見《曼陀羅㝧詞》(1537 頁)。

六

　　西北浮雲車蓋去,晚來心與飄風。高樓獨上與誰同?名隨三老隱,聲在九歌終。　不是憑闌無下意,新來筋力添慵。江心桃竹倚從容。音書遲鴈字,經本閟龍宮。　調寄臨江仙。

　　彊邨先生郵示新詞,調高意遠,諷味不足,率爾繼和,即希郢政。餘齋呈草。

　　【案】此札今藏上海博物館,曾刊登於《詞學季刊》創刊號卷前。作於民國九年庚申(1920)。此詞又見《曼陀羅㝧詞》(1537 頁)。上海圖書館藏另一箋(收入《海派代表書法家系列作品集·沈曾植》157 頁),內容基本相同,惟"晚來"作"老夫","聲在"作"聲逝",題作"調寄臨江仙答彊邨"。

七

再和彊邨韻　鷓鴣天

別浦徘徊隱鈿車，謫仙散誕醉流霞。歸來漁子都忘世，去後劉郎不問花。　空色眩，色空嗟。杳然流水到天涯。東皇合念春無主，處處流鶯憶故家。　寐稿。

【案】此札今藏上海博物館。約作於民國十年辛酉（1921）。此詞又見《曼陀羅寱詞》（1539頁）。

八

消寒第八集詩題，請賜題。適檢出，茲先將自題拙句抄呈。乞古微仁兄大人台安。植頓首。

【案】此札今藏上海博物館。作於民國十年辛酉正月十六日（1921年2月23日）之前，參觀《沈曾植年譜長編》499頁。

九

摸魚子　彊邨寫示龍華桃花詞，和韻答之。是日僧約看花，未往。

謝闍黎，十年禁足，忘了玉鞭春騎。夕陽漫想亭亭影，烘入澄江霞綺。呼甶里。道收拾商芝，移種秦源裏。鷓鴣啼起。便紅雨紛紛，道人悟了，作飯了非計。

傷春目，多少蜂酣蝶戲。不是涼州樂世，散花天姊含矉見，不斷花間興廢。樓笛倚。便吹徹蒼龍，難遣悲華意。東風休矣。只笑也堪憐，開元多事，鵑血漬巾淚。

錄奉彊邨大師正律。寐叟。初。

【案】此札今藏上海博物館。作於民國十一年壬戌（1922）。"忘了玉鞭"，平仄不協，《曼陀羅㜝詞》（1538—1539頁）作"玉鞭忘了"，是。"初"字下漏書日期或"稿"字。朱祖謀元唱見《彊邨語業》，題作《摸魚子·龍華看桃花》。

與朱一新　一首

昨暮小病伏枕，邸抄至偉，覩昌言不覺霍然起立。萬物皆流，金石獨止，任道勇猛，固若是耶？拜服拜服。覆奏想尚未上，天意未必無動，冀遂乘此一綫，重進至言，忠愛悃愊之誠，溢於簡牘，必有可以感格於萬一者，此亦由否反泰之一機也。世事未必不可爲，將於先生此舉望之。輒效愚管，未知然否？此請尊安。弟植頓首。

【案】此札今藏上海圖書館藏。作於光緒十二年丙戌八月二十五、六日（1886 年 9 月 22—23 日），參觀《沈曾植年譜長編》73—74 頁。

與朱士元　一首

士元仁兄先生閣下：遠奉惠牋，快如面對。黃君嘗一面，固思位置一差。今知出自門下，自更可資信任矣。即有報命，以慰遐系。秋初得閑，果能枉駕，何快如之。掃榻以待，盻盻。泐請箸安。植。六月初七日。

【案】此札今藏嘉興博物館，收入《函綿尺素》（42 頁）。所用箋紙印有"安徽師範學堂紀念品 戊申第一次運動會"字樣，又據筆跡，當作於光緒三十四年戊申六月七日（1908 年 7 月 5 日）。

與左紹佐 一首

笏卿仁兄同年大人閣下：已秋一晤，別又兩年。賢郎在此，時得藉詢起居。新春敬惟履祉如宜、升祺楙吉。

立憲從官制入手，此箸匪夷所思，或謂是木齋主義，信乎？東西固皆無此例也。鄙見各國立憲之原，均因政黨不和，羣情乖刺，不得已而出於調停之策。彼此交讓，消沴戾而望和平。雅言之，即宋人所謂建中靖國者，與改革主義判然兩途。若以改革意見行立憲政體，於其本義，翩其反矣。由朝廷爲立憲主動者，君權所存多；由民間爲立憲主動者，民權所得多。此亦物理之自然，然苟其辨之不明，則其變態將有不可意測者，不識城南諸老其伽今日之事爲國家主動乎？庶民主動乎？滬市雜民，東瀛游士，彼囂然自命爲主動者，蓋不知若天尊主庇民，竊意主持清議，辨之不可不早也。

學界風潮近來專在東洋，內地轉稍平靜，意奇傑之士多聚彼方耶？皖學窘於經濟，充擴特難，祇可從切實處逐節整齊，幽者明之，紊者理之，不合者更正之，然無所建築，又不能破壞，不免寂寞，無以饜才氣縱橫之慾望矣。然鄙人在東所聞見，彼中恒言固崇樸素，不侈豪舉也。

外官制究以何時發表，可得暫緩以作審詳地步否？察院當上議院地位，然乎？果爾，則諸公亦當略有草定發言權，非專在年少也。公近日作何消遣？節盦在都亦嘗上下其議論否？寄上相片一頁，亦乞報我一頁。卅年老友，海內寥寥，甚相念也。公須諒未白，僕則蒼矣。泐請道安。

不具。弟植頓首。二月廿日。

　　【案】此札見《海派代表書法家系列作品集·沈曾植》
（16頁）。作於光緒三十三年丁未二月二十日（1907年4月
2日）。

與楚生　三首

一

《驪唱集》簽塗就奉上。游藝展期之款，前云提作公
益。昨沈秾安、陸仲襄兩君來言，圖書館經費似即可於此
中挹注。議似可行。專請楚生仁弟父臺台安。寐上。

　　【案】此札今藏上海博物館。作於民國十年辛酉（1921）。
陸祖穀（1874—1944），字文達，號仲襄。嘉興人。時任嘉興圖
書館名譽館長。

二

龔先生回禾，雅意已告之。兩賢相契，地方之福也。
此請楚生仁弟大安。植。

　　【案】此札今藏上海博物館。作於民國十年辛酉（1921）。

三

楚生仁弟閣下：前奉手牋，備承關注，感荷感荷。病體
刻已復常，足紓尊廑。書件容即交卷，近殊喜作大字，大紙
甚歡迎也。王叔庸事居然清結，非明識敏腕，不能如此之
速，王君頌德不置，鄙亦助爲忻快也。朱贊廷來，稱公念舊

情殷,諸事極爲關切。此君質直,有父風,頻年蹭蹬,景況
亦甚不佳。度公胸中當早已有位置,或署中,或地方,無不
可也。蒸檢事,輿論甚驩,報中見之,贊廷復言其詳。叔詹
謂公拼命作官,<small>曾文正評李文忠語</small>。信不虛譽乎? 此問蓋安。
不具。寐叟泐上。十六日。

　　【案】此札今藏上海博物館。作於民國十年辛酉(1921)。

與鄂友　一首

　　鄂友仁兄大人閣下:敬啟者。竊維玉笋睽班,儒士誌
登瀛之慶;錦衣歸里,朋儕殷贈縞之歡。凡屬摶鵬,允宜燕
賀。茲有新科貢士曾嗣元主政,膺上第於春官,作揖客於
夏帥。既已鄉邦重誼,又復世代論交。雖東道引嫌,未便
呼將伯之助;而西江同宧,應共伸地主之情。特修公函,附
呈試卷。即希詧核,並爲鑒評。庶幾一經品題,便益龍門
之譽;尚望百朋遠錫,藉增雁塔之榮。敬圖託物以將,免致
乏儀供帳。禮有以多爲貴,俾得潤色行囊。在執事雅重禮
賢,鶴俸聊分餘潤;即不才冒爲介紹,鴻施不啻親承矣。如
蒙賜贈,請寄至南、新兩縣帳房代收轉交爲禱。專肅奉懇,
祇請勛安。統希愛照,不備。沈曾植、文聚奎、魏殷修、江
召棠、杜璘光仝頓首。

　　【案】此札爲 2011 浙江駿成夏拍 Lot1116 號拍品。曾熙,
字嗣元。湖南衡陽人。光緒二十九年(1903)進士。此札當作
於是年。文聚奎,時任新喻知縣。江召棠(1849—1906),安慶
人,時任德化知縣。杜璘光,邵武人,時任樂平知縣。

與公達　一首

昨憎仲來，重申盛指，豬肝之累，且感且慚。茲遣頲兒奉謁，希以子弟教之，則受益多矣。此請公達大兄世講台安。寐上。

【案】此札見《二十世紀書法經典·沈曾植卷》（25頁）。約作於民國八年己未（1919）。

與秬卿　一首

示藁極佳，惜現情未能恰合。頃黃世兄仲弢長君。堅請一書，理不得辭，遂與莒生合傳其大略，謂"在江右與顧荀方駕，才鋒略遜，福德過之，時方多難，敢貢吉人"云云。閒人閒話，錄奉一笑，勿語他人，恐成笑海。復請秬卿仁兄大人台安。植頓首。

【案】此札見《二十世紀書法經典·沈曾植卷》（24頁）。約作於民國三年甲寅（1914）。秬卿或即劉聚卿（名世珩），待考。

與坤吾　一首

今日舍弟起身，弟未能趨署。計閣下當往耶？福純槀攜歸細閱，多不妥處，然自己胷中卻無主見，還以送呈。請漢庭老手決之。此請坤吾仁兄同年大人升安。弟植頓首。

【案】此札見《二十世紀書法經典·沈曾植卷》（5頁）。

與乙公 一首

屢得手教,心緒紊亂,無從作覆。政客塞滿乾坤,如五毒塞滿盆盎,非互相吞噬,如何得了? 彼利用武人而排武人,利用百姓而犧牲百姓,從古無如此毒物,地獄所不容。近復一意利用俄、美,以自治爲自殺利器。闖、獻無此毒也。《鐵冠數》之"天開一口是冤仇",《燒餅歌》之"一個鬍子大將軍",恐皆將於今明年有影響。黄蘗之"繼統偏安,三十六年",大與尊説相近。預備止能在無形之中。閑著。遼、桂不能遽令束之部下,衛鞅爲政,韓陵片石,唯在髯公,而亦爲鞅蔽,若之何哉! 此請乙公年大人箸安。寐渢。八月廿九日。

【案】此札見《二十世紀書法經典·沈曾植卷》(3頁)。作於民國九年庚申八月二十九日(1920年10月10日)。劉元楷,字乙笙。浙江仁和人。同治四年(1865)舉人,光緒十二年(1886)署海防同知(《上海續縣誌》卷十五)。《夏曾佑日記》稱劉元楷爲"乙笙司馬"、"乙丈"、"乙老"。此札上款"乙公年大人"或即劉元楷。姑記於此,以俟更考。

與蟄庵 九首

一

蟄菴仁弟閣下:迭次書均接到。文筆極暢,胸襟亦軒豁,甚可喜也。考優能來助我,至感。卻須面面招呼,萬勿一意孤行。方伯觀人極有法眼，務以至誠親坿，瑣事不可屢瀆，渠必不負人，可操券也。

李矩亭能來，當以副課長處之。皖調贛必留，慮仍虛語耳。成君請函屬前來，前處以課員，將來或視學或教員，因時爲制。凡鄙人所注意之人，常先歷試而後乃置諸本位。有雅度者，度亦有樂於此，躁者則不能耐矣。此間事循例爲之，未能自出手眼，有臣無君，有君無臣。思吳仲帥、沈方伯爽朗，及諸君子，何易得也。此頌勛祉。植。初四日。

【案】此札今藏上海圖書館。吳重熹(仲怡)於光緒三十二年丙午(1906)六月十四日至十一月二日任江西巡撫，沈瑜慶於同年五月十五日授江西布政使(《清代職官年表》)。此札當作於是年。

二

蟄菴仁弟閣下：朗先來，攜示手書，快若晤敍。江報得暇，閒繙數紙，極知良工心苦也。熊亦園回江，來信未提及，當是不曾相見。聞渠有喪明之痛，近狀若何，乞示，極念之。

羅叔韞視學到贛，贛省待以何等禮式？住何處？學司爲辦供張否？來者幾人？有隨員否？均望詳探示知。報言公瑾在都，休文飭查其【後缺】

【案】此札今藏上海圖書館。作於光緒三十三年丁未三月(1907年4月)。

三

【前缺】一談否？小价林升，是閣下所識者，厭皖清苦，願從閣下飲高安水。其人小有才，或可効奔走。此問近祉。
乙盦手泐。初六日。

【案】此札今藏上海圖書館。作於宣統二年庚戌（1910）。

四

書目各種皆可留，鄙見之食指亦微動，然恐價且奇昂，
不易購也。《筆叢》價三元，繳上。《七經緯》，便乞代購。
《小畜集》奉覽。面腫仍未盡消，適有客，不及覶縷。執安
仁弟台安。植。

【案】此札今藏上海圖書館。約作於民國二年癸丑（1913）。

五

昨聞尊紀言公病狀不甚明晰，甚念。得書爲慰。腹滿
由於便秘，林洞省有藥甚效，可延一診。敝處有《白集》無
《元集》，昨札失去，請再將《白集》闕卷開示。此問執安仁
兄大人痊安。寐。

【案】此札今藏上海圖書館。約作於民國二年癸丑（1913）。

六

行止非一時所能決，僕歸思縈濃，而未敢輕動也。數
面皆不盡意，今晚來共飯何如？執安仁弟晨祉。植。

【案】此札今藏上海圖書館。作於民國二年癸丑（1913）。

七

昨自禾歸，詢知台從久未枉過，頗爲馳系。得手教甚

慰。漢律清本亡於拳匪,草本粗有崖略。公若能相助排比,固猶可成一部帙也。餘容面罄。此復,即頌執安仁弟午安。南海可作談友。

此間行篋大都輕齎,大部尚不能致,副本更無論矣。

【案】此札今藏上海圖書館。作於民國四年乙卯(1915)。

八

鄂來一信三日矣,待公不來,茲寄上。明日能來談否?欲奉煩作一文字。此問執安仁弟旅祉。植頓首。

珍賜謝謝,書有可買者。

【案】此札今藏上海圖書館。作於民國五年丙辰(1916)。

九

昨苕生來,言公病而不能言病狀。林醫言若何?滬上多醫,人持一説,慮公求速効,且墮三里霧矣。甚盼示我數字,諒未必竟不能執筆。鄙中暑泄瀉,甚憊,然不廢簡札。此問執安仁弟痊安。植。

【案】此札今藏上海圖書館。作於民國五年丙辰(1916)。

與仲房、季平　一首

雪岑復信奉覽,仲弢須相見乃可商。彼此皆病魔,真可慨也。昨失迓爲歉,聞即日欲過江,確否?賤恙今日略可。此請仲房、季平兩兄大人台安。弟植頓首。

【案】此札今藏嘉興博物館,收入《海派代表書法家系列作品集·沈曾植》(10頁)、《函綿尺素》(35頁)。作於光緒二十六年庚子(1900)。此季平或即廖季平。

與仲文　一首

藤田東湖君,東瀛漢學巨擘,鄙人老友也。應報館之聘入粵,欽仰德風,輒削牘介紹。此請仲文仁兄大人台安。曾植頓首。

【案】此札見《二十世紀書法經典·沈曾植卷》(29頁)。藤田豐八於民國七年戊午(1918)赴廣東辦《嶺南新報》,此札當作於是年。

與仲興　一首

仲興先生足下:前覆鴻老一書,屬與足下同閱,不知已達覽否? 近日外交如何? 以理度之,想應得手。北語傳來甚佳,不知潘已來過否? 詳細辦法具告潘。切望得信即覆數紙,機會不可錯過也。辦法抱定,寬大和平宗旨,切忌不可談兵,萬一事有端倪,切望兄來滬一談,即住敝處。此請日安。梁來島否? 遜上。

【案】此札見《二十世紀書法經典·沈曾植卷》(19頁)。約作於民國元年壬子(1912)。

與佚名　二十二首

一

奉懇代訪事目。曾植録呈。

近時俄人測繪之内外蒙古地圖。倘有行記及青海、西藏圖尤佳。

近日中亞細亞詳圖。乾隆以前中亞細亞舊圖。

元代蒙古汗王世系。喀山之庫程汗當在何時并其世系。

元太祖取俄侵奥日二國事跡。此種聞洪文翁已繙，未知成否？帖木兒郎世系。

近裏海之克力米亞部，《四裔年表》謂之蒙古克林部，疑即元時康里，請訪問其種人本末暨其世系。

噶爾丹與俄國有交涉事否？

瑪嘉國疑古匈奴遺裔，土耳其即唐世突厥，而不知尚有阿史那氏否？點戛斯勃興唐季，不知何時式微？此三種皆與俄交通最先，彼中博士倘有能詳其本末者【後缺】

【案】此札爲 2018 保利秋拍 Lot3758 號拍品、2019 保利秋拍 Lot3819 號拍品。本無上款，據其内容，似致繆祐孫（1851—1894）或許景澄（1845—1900），俟考。札中“洪文翁”即洪鈞（字文卿），著有《元史譯文證補》。此札當作於光緒中葉。

二

江夏議論，不愜公及帥意，事理誠然。第穰勢弱，此間又呼應不靈，姑了此局，徐圖所以自伸。亦未必無策，不必抱定此題作文也。試商穰如何？兩略。

【案】此札今藏上海圖書館。又見《汪康年師友書札·沈曾植第十一函》。札云“試商穰如何”，顯非沈曾植與汪氏書。原件注：“八月初七到”，當作於光緒二十四年戊戌八月初

（1898 年 9 月中旬），參觀《沈曾植年譜長編》207 頁。

三

【前缺】東歸定廿四日，雪岑有惜別之語，遠想悵然。抱冰雅意，彌深愧對，顧舍間情事，良非意念所期，身不到即百事皆廢。僕僕道途，耗財費日，悽苦政無可喻耳。屏四扇一，代家兄奉求法書，廣陵漆器兩事以充潤筆，不嫌簡褻否？弟甚愛此淺刻法，若得先哲像佳者，刻之漆屏，亦齋中清供也。二十后再奉詣話別。此請。植又啟。

　　【案】此札據網絡圖片。似致梁鼎芬者，作於光緒二十五年己亥八月中旬（1899 年 9 月中旬），參觀《沈曾植年譜長編》217 頁。

四

護院齒痛不見客，擬訪文通，因雨中止。悶葫蘆今日仍打不破，奈何？王鐵山來，劇談勸駕，因即屬其代辭。公有懸解才，試斷此局如何？兩恕。

　　【案】此札見《二十世紀書法經典·沈曾植卷》（36 頁）。約作於光緒二十九年癸卯（1903）。

五

楊惺吾屬弟序其所作《水經》諸書，茲事體大，非淺嘗者所敢擔承。舉以屬公，惺吾亦極致景仰。此老耳雖重聽，而神智未衰，甚思二老一談，當亦桑酈所樂許也。蕭泐，敬請箸安。弟植頓首。初八。

　　【案】此札見《二十世紀書法經典·沈曾植卷》（10 頁）。

約作於光緒三十二年丙午（1906）。

六

【前缺】代辦，祇可懇情。舍五弟爲安帥門生，電商亦尋常之事。薄老逢怒，皇（惶）愧萬分。然坐以侵吞，乃可斷爲必無之事。茲事非藉吾公之力，不知成何文章。度都轉亦爲妻菲所搖，未必處心爲此，然來函語意似尚不平，謹備覆函，仍乞吾公代轉。君房語妙，仰仗釋紛。明歲五弟赴粵，晤面再當道歉。鄙則惟慚冒昧，決不敢存芥蒂也。

莘儒入贛，自可坐致封疆，留吳足慰民望，私計固有益乎？僕則甚望其移節吾浙也。梟焰益張，民氣不靖，眷焉桑梓，怵惕隱憂。吾公目擊情形，不審有靖亂良策否？覯察近日現象，乃知贛皖猶爲馴順，亂易作，亂亦易平也。若生聞曾入都，未知何事？公曾與通信否？近日公暇作何消遣？專泐，敬請勳安，不盡悵悵。曾植頓首。臘月初十日。

【案】此札今藏上海圖書館。瑞澂（1863-1915），字莘儒。光緒三十三年丁未八月廿六日由蘇松太道遷江西按察使，十一月十五日調江蘇按察使，十二月九日遷江蘇布政使（參觀《清代職官年表》）。據"莘儒入贛，自可坐致封疆，留吳足慰民望"、"明歲五弟赴粵"等語，此札當作於丁未十二月十日（1908年1月13日）。

七

【前缺】阮，他日得造就一秘書官資格，公之賜也。鄙碌碌終日，無足可言。皖省財政，大半糜於軍界。究其將弁，

大都江鄂揀餘，容身而已，兵輕其弁，弁輕其將。譌言月
起，形式不完，主者甚秘密之，欲施補捄，無從插齒，行自免
去，不願長於周旋也。憲政究應從民選起點否？請與歐西
學者詳之。肅請勛安，不盡縷縷。植。三月十一日。

【案】此札今藏上海博物館。約作於光緒三十四年戊申
（1908）。

八

【前缺】有新雅式樣否？巢子餘近在何處？弟近畫戴笠
小影，欲倩人補景，不知滬上山水家有能錢叔美派者否？
又欲畫吉祥天女，不知【後缺】

【案】此殘札今藏上海圖書館。巢勛（1852—1917），字子
餘。嘉興人。畫家。此札約作於宣統二年庚戌（1910）。

九

上燈後發燒甚重，十鐘後有微汗，昏昏酣睡，筋骨酸
痛。服藥汗漸多，昏睡竟夜，刻尚未起身。熱至下半夜漸
退，早晨尚未退盡。先愛暑濕，後感風寒。停歇尚請一診。

【案】此札今藏嘉興圖書館。書於一信封背面空白處，封
上有“辛亥”殘郵戳，當作於宣統三年辛亥（1911）夏。

十

任守來電呈覽。果若此，大事去矣，後患且不堪置，奈
何。代表於此似不能不干預，公意若何？請轉茂先，仍擲
還。此請【後缺】

【案】此札今藏上海博物館。約作於宣統三年辛亥(1911)。

十一

病暑，不親筆墨一來復矣。《山居圖》成四章，録呈教正。閲後仍希發完，録入卷中。此卷【後缺】

【案】此札今藏嘉興博物館，收入《海派代表書法家系列作品集·沈曾植》(86 頁)、《函綿尺素》(43 頁)。作於民國元年壬子(1912)，參觀《沈曾植年譜長編》369—370 頁。

十二

《賢母圖》清潤可玩，摹本之有意者。小楷不佳，非特不元，且非明也。《閣帖》、潑墨均可留。其估，畫不過四十，《閣》不過三十，潑墨不過十。藉使繳還公所購之古銀錠，《閣帖》欲借一校，校竟即還。兩恕。

【案】此札見《二十世紀書法經典·沈曾植卷》(35 頁)。作於民國二年癸丑(1913)。

十三

瞻企積年，不意邂逅。得承談麈，江左蘭闍，蒼生有望矣。法書高际瓠菴，輒求一聯，以光蓬蓽，歸時走領。今日登舟，不及展謁。肅請尚書大人頤安。曾植頓首。十八晨。

【案】此札今藏上海博物館。作於民國四年乙卯四月十八日(1915 年 5 月 31 日)。

十四

杨不可拒，請告周、夏歡迎，公能先爲達意尤好。此因敗爲功之策。兩恕。

【案】此札見《二十世紀書法經典·沈曾植卷》(34 頁)。
作於民國四年乙卯(1915)。

十五

英報《論西報》。館傳路透、《字林》電,土以腎炎今日十
一鐘伏冥誅。此信如實,北且不亂,文仲宜探實再行。
兩隱。

【案】此札今藏上海博物館。作於民國五年丙辰五月六日
(1916 年 6 月 6 日),參觀《沈曾植年譜長編》422 頁。

十六

公祐來,詢問近狀,知興居安吉,箸作不停。甚慰甚
慰。場期既遠,自可出都一遊金銀宮闕,亦可充經藝資料。
道家者言,求諸瀛島,尤近便也。林一究若何?繫傳特須
留意,交遊能多數人否?餘及鄙人近狀,仲遠口述。泐請
道安。兩恕。九月廿二日。

【案】此札今藏美國普林斯頓大學美術館。作於民國五年
丙辰九月二十二日(1916 年 10 月 18 日)。

十七

爲七日之謀,利會散,不利閣倒。閣倒蓋彼利,即我不
利也。混和内閣是彼明修暗度文章,注意。故目前情形,謂
之軍敗議勝,可謂之理敗統勝,無不可者。燕樓到此,不可
不與倪、王輩作主盟,雖擁閣無不可者。事機至急,請公發

電堅其意嚮。兩恕。

【案】此札見《二十世紀書法經典·沈曾植卷》（30 頁）。作於民國五年丙辰（1916）。燕樓即燕子樓，在徐州，此處代指張勳。倪、王，即倪嗣沖、王士珍。

十八

連日得北信，似尚有轉圜之望。萬囑劉、陳留津勿散，尚有文章逐漸開展。如得南海入都，必有效果也。未知黎阻之否耶？素遽歸尤可惜，勸其在島活動如何？

【案】此札見王益知注釋《沈曾植函稿》（《近代史資料》總35 號，88 頁）。作於民國六年丁巳四月末至五月初（1917 年 6 月中下旬）。

十九

日暮途遠，事誠可畏。周議若何？李若何？京朝官戚戚嗟嗟，而亂黨非凡活動。抽暇仍思一談，或今晚我就公耳。兩恕。

【案】此札見《二十世紀書法經典·沈曾植卷》（38 頁）。作於民國六年丁巳（1917）。

二十

沈先生照三十三觀音像中馬郎婦、蛤利兩尊刪去，換畫千手、不空兩像。此致，即請日安。麥根沈拜。

【案】此札今藏上海圖書館。作於民國七年戊午（1918）。

二十一

手教祗悉。止有添派一法，鄙處萬不能先動，先動閣下
將來恐甚難處。非但鄙處人受熱也。當道忽然怕，則旁人更
不能不怕傳染。此事非鄙發意。昨致晴初一信，遷就已極，
再遷延將成笑話。公可拒絕，請其不必多事矣。兩渾。

【案】此札見《二十世紀書法經典·沈曾植卷》（20頁）。
作於民國十一年壬戌（1922）。

二十二

聞台從來往杭滬，月且數，勞甚如何？汪樸齋貧不可
支，還須吾兄全力注之。

【案】此札見《海日樓手簡》。

參考書目

1、程道德主編:《二十世紀中國文化名人墨蹟》,北京出版社 2000 年。

2、程道德、方季孝:《字字珍藏——名人信札的收藏與鑒賞》,北京圖書館出版社 2004 年。

3、崔燕南整理:《曹元弼友朋書札》,上海人民出版社 2018 年。

4、傅增湘:《藏園群書經眼錄》,中華書局 1983 年。

5、顧廷龍主編:《清代硃卷集成》,臺北成文出版社 1992 年。

6、國家圖書館善本部編:《趙鳳昌藏札》,國家圖書館出版社 2009 年。

7、國家圖書館古籍館編:《國家圖書館藏王國維往還書信集》,中華書局 2017 年。

8、黃蔭普編:《番禺黃氏憶江南館珍藏近代名人翰墨》,1977 年。

9、冀淑英、張志清、劉波主編:《趙萬里文集》,上海科學技術文獻出版社、國家圖書館出版社 2011 年。

10、嘉興博物館編:《函綿尺素——嘉興博物館藏文物·沈曾植往來信札》,中華書局 2012 年。

11、江兆申編:《明清書法叢刊》,二玄社 1987 年。

12、蔣貴麟編:《萬木草堂遺稿外編》,臺灣成文出版社1978 年。

13、李開軍:《陳三立年譜長編》,中華書局 2014 年。

14、李詳:《李審言文集》,江蘇古籍出版社 1989 年。

15、李稚甫:《李審言交遊書札選存(續一)》,《學土》卷二,廣東高等教育出版社 1996 年。

16、劉鶚、葉玉森:《鐵雲藏龜拾遺坿考釋》,民國十四年(1925)珂瓃版影印本。

17、劉仁航:《樂天卻病詩》,民國十七年(1928)鉛印本。

18、劉壽林、萬仁元、王玉文、孔慶泰編:《民國職官年表》,中華書局 1995 年。

19、劉憶江:《李鴻章年譜長編》,河北大學出版社2015 年。

20、龍沐勛整理:《海日樓遺札·與謝復園》,《同聲月刊》第四卷第三號,民國三十四年(1945)。

21、龍沐勛主編:《詞學季刊》創刊號,民國二十二年(1933)4 月。

22、羅繼祖整理:《海日樓遺札》(與羅振玉),《同聲月刊》第四卷第二號,民國三十三年(1944)11 月 15 日版。

23、羅繼祖:《庭聞憶略·回憶祖父羅振玉的一生》,吉林文史出版社 1987 年。

24、羅繼祖:《永豐鄉人行年錄》,《雪堂類稿》附錄,遼寧教育出版社 2003 年。又見《羅振玉學術論著集》第十二集附錄,上海古籍出版社 2010 年。

25、羅繼祖輯録:《沈曾植致羅振玉書札》,《學土》卷三,廣東高等教育出版社 1997 年。

26、羅繼祖主編、王同策副主編:《羅振玉學術論著集》,上海古籍出版社 2010 年。

27、錢實甫編:《清代職官年表》,中華書局 1980 年。

28、錢仲聯整理:《沈曾植未刊遺文(續)》,《學術集林》卷三,上海遠東出版社 1995 年。

29、錢仲聯校注:《沈曾植集校注》(《海日樓詩注》、《曼陀羅㝩詞》),中華書局 2001 年。

30、錢仲聯編校:《海日樓文集》,廣東教育出版社 2019 年。

31、秦國經主編:《清代官員履歷檔案全編》,華東師范大學出版社 1997 年。

32、任琮標點、顧廷龍校閲:《藝風堂友朋書札》,上海古籍出版社 1980 年。

33、[日]宗方小太郎撰、甘慧傑翻譯:《宗方小太郎日記》,上海人民出版社 2016 年。

34、上海博物館圖書館編:《冒廣生友朋書札》,上海書畫出版社 2009 年。

35、上海書法家協會編:《海派代表書法家系列作品集·沈曾植》,上海書畫出版社 2006 年。

36、上海圖書館編:《汪康年師友書札》,上海古籍出版社 1986—1989 年。

37、沈潁鈔録:《海日樓手簡》,上海圖書館藏鈔本。

38、釋宗演:《支那巡錫記》,《釋宗演全集》第九卷,東京平凡社 1929 年。

39、王爾敏、陳善偉編:《近代名人手札真蹟》,香港中文大學出版社 1987 年。

40、王爾敏、吳倫霓霞編:《盛宣懷實業朋寮函稿》,中研院近代史研究所史料叢刊(35),香港中文大學 1997 年版。

41、王貴忱等編:《晚清名人墨蹟精華》,遼海出版社 2009 年。

42、王貴忱、王大文編:《可居室藏清代民國名人信札》,國家圖書館出版社 2012 年。

43、王立中、胡元吉撰:《徵君程抑齋先生年譜》,民國鉛印本。

44、王慶祥、蕭立文校注,羅繼祖審訂:《羅振玉王國維往來書信》,東方出版社 2000 年。

45、王益知注釋:《沈曾植函稿》,《近代史資料》總 35 號,中華書局 1965 年。

46、王鏞主編:《二十世紀書法經典·沈曾植卷》,河北教育出版社、廣東教育出版社 1996 年。

47、溫州博物館編:《黃紹箕往來函札》,浙江攝影出版社 2012 年。

48、翁中和:《人天書》,2006 年影印民國三十年(1941)版。

49、吳長瑛輯:《清代名人手札甲集》,民國十五年(1926)華南印書社石印本。

50、吳慶坻:《補松廬文稿》,上海圖書館藏民國三十年(1941)抄本。

51、吳天任:《梁節庵先生年譜》,藝文印書館 1979 年。

52、徐海東:《沈曾植致王秉恩札》,《中國書法》2016 年 9 期。

53、徐乃昌:《徐乃昌日記》,國家圖書館出版社 2015 年。

54、許全勝:《沈曾植年譜長編》,中華書局 2007 年。

55、許全勝整理:《海日樓書翰》(致吳慶坻七十二首),《歷史文獻》第五輯,上海古籍出版社 2001 年,1—25 頁。

56、許全勝整理:《海日樓家書》,《歷史文獻》第六輯,上海古籍出版社 2004 年,190—232 頁。

57、許全勝整理:《沈曾植致丁立鈞書札》,《歷史文獻》第十六輯,上海古籍出版社 2012 年,134—151 頁。

58、許全勝、柳岳梅:《海日樓書目題跋五種》,中華書局 2017 年。

59、姚永概:《慎宜軒日記》,黃山書社 2010 年。

60、張錦貴整理:《退廬箋牘》,《近代史資料》總 35 號,中華書局 1965 年。

61、趙胥编:《樸廬藏珍》,中華書局 2013 年。

62、趙一生、王翼奇主編:《香書軒秘藏名人書翰》,浙江古籍出版社 2005 年。

63、浙江圖書館編:《浙江圖書館藏名人手札選》,浙江人民出版社 2000 年版。

64、鄭海麟輯錄:《清季名流學士遺墨》,《近代中國》第十一輯,上海社會科學院出版社 2001 年。

65、鄭鶴聲編:《近世中西史日對照表》,中華書局

1981 年。

66、鄭汝德整理、雷群明選編:《鄭逸梅收藏名人手札百通》,學林出版社 1989 年。

67、鄭孝胥撰、勞祖德整理:《鄭孝胥日記》,中華書局 1993 年。

68、中國第一歷史檔案館、福建師範大學歷史系合編:《清季中外使領年表》,中華書局 1985。

69、周法高編:《近代學人手跡》,臺北文星書店 1962 年。

70、朱寶炯、謝沛霖編:《明清進士題名錄》,上海古籍出版社 1979 年。

後　記

　　此書爲二十年來錙銖累積而得，在收集沈札時，曾蒙諸多師友幫助。上海博物館黃福康先生賜示上博藏札數册；國家圖書館張志清先生提供查閱沈曾植致王國維書札便利；美國普林斯頓大學劉先先生惠賜家藏沈曾植致金蓉鏡尺牘册複印本；浙江永嘉方志辦公室徐逸龍先生、加拿大沈迦先生亦賜示沈曾植致金蓉鏡札一紙；中華書局俞國林先生賜寄《國家圖書館藏王國維往還書信集》；中國社會科學院高山杉先生告知《世界佛教居士林林刊》所載沈曾植致金蓉鏡兩札，後蒙唐雪康君代爲查得；沈曾植致王秉恩四札亦蒙唐君檢示；任國輝先生惠示沈曾植致劉世珩兩札照片；丁小明兄惠示鄭逸梅舊藏沈曾植致張謇一札照片。上海圖書館梁穎先生、王洪治先生，原《上海商報》總編輯馮學鋒先生亦鼎力相助。吉林大學吳振武教授不僅惠寄家藏沈曾植致張謇張謇書札複印本，而且告知沈札著録信息，并一直關心本集之整理出版。中華書局責編杜艷茹女士爲此書出版付出許多辛勞。在此一併表示衷心感謝。

　　本書共收録沈札八百八十首，公私藏家所蓄而未刊佈者更不知凡幾。拾遺補闕，有待來日。庚子避疫滬濱，校畢海日樓書信集，追和乙盦先生辛卯祭金危危韻兩首，其詞曰：

　　前緣注定不須占，九曲羊腸上阪鹽。立志登峰迎海日，澄懷觀道展雲籤。且看藤葛枯雕盡，勿迫崦嵫壯麗添。秉燭誰期茶壽樂，夜遊應到鼓三嚴。

　　久病惟求勿藥占，孰堪弱質寄梅鹽？進身人愛非非想，退步吾拈上上籤。指月曹溪城府減，避名愚谷屋籌添。棲情文史三冬煖，不待春風已解嚴。

　　　　　　盧州許全勝無咎甫謹記於海上懷素軒